U0574275

王 富 仁 论 文 精 粹

DUOYUAN TANJIU

多元探究

中国现代文学的深层体悟

王富仁／著

刘勇　李春雨　宫立　张悦／编

ZHONGGUO

XIANDAI WENXUE DE

SHENCENG TIWU

北京师范大学出版集团
BEIJING NORMAL UNIVERSITY PUBLISHING GROUP
北京师范大学出版社

图书在版编目（CIP）数据

多元探究：中国现代文学的深层体悟 / 王富仁著.
刘勇等编. —北京：北京师范大学出版社，2023.3
　ISBN 978-7-303-28229-6

Ⅰ.①多… Ⅱ.①王… ②刘… Ⅲ.①中国文学－
现代文学－文学研究　Ⅳ.①I206.6

中国版本图书馆 CIP 数据核字（2022）第 197464 号

图 书 意 见 反 馈　gaozhifk@bnupg.com　010-58805079
营 销 中 心 电 话　010-58807651
北师大出版社高等教育分社微信公众号　新外大街拾玖号

DUOYUAN TANJIU：ZHONGGUO XIANDAI WENXUE DE
SHENCENG TIWU

出版发行：北京师范大学出版社　www.bnup.com
　　　　　北京市西城区新街口外大街 12-3 号
　　　　　邮政编码：100088
印　　刷：三河市兴达印务有限公司
经　　销：全国新华书店
开　　本：730 mm×980 mm　1/16
印　　张：18.5
字　　数：260 千字
版　　次：2023 年 3 月第 1 版
印　　次：2023 年 3 月第 1 次印刷
定　　价：68.00 元

策划编辑：周劲含　　　　　　责任编辑：杨磊磊
美术编辑：李向昕　　　　　　装帧设计：李向昕
责任校对：陈　荟　　　　　　责任印制：马　洁

版权所有　侵权必究

反盗版、侵权举报电话：010-58800697
北京读者服务部电话：010-58808104
外埠邮购电话：010-58808083
本书如有印装质量问题，请与印制管理部联系调换。
印制管理部电话：010-58805079

丛书前言

　　虽然王富仁先生离开我们已经五周年了，但他的身影似乎一刻也没有离开我们。随着王富仁先生的离世，我们有一种越来越强烈的感觉——王富仁先生在世时，外界对他的研究和评论其实并不是很多，这主要和他一直以来的平和、低调个性相关。直到王富仁先生去世之后，人们才越来越深刻地感受到他在现代文学研究领域的价值和贡献。这几年关于王富仁先生的追思录、纪念集和学术选集陆续出版，仅追思录就已经出了好几个版本。应该说，这只是一个开始，随着时间的推移，王富仁先生学术研究的价值会越来越明显地显现出来，对他的讨论也会越来越多。

　　作为王富仁先生曾经长期学习和工作的地方，北京师范大学在此也献上一份自己的心意。王富仁先生是从北京师范大学毕业的现代文学专业的第一位博士，毕业后长期在北京师范大学工作。在鲁迅研究等方面里程碑式的贡献，使他长期被视为北京师范大学现代文学研究的一面旗帜。今天由北京师范大学出版社来出版这样一套论文精粹集，既是应有之义，又有着特殊的意义。我们对王富仁先生学术论著的精华部分进行了整理和编选，形成了上下两册。

上册《回归启蒙：〈呐喊〉〈彷徨〉新解》："思想革命的镜子"是王富仁先生学术的重要起点，也可以算作新时期鲁迅研究的一个重要拐点。在此之前，从政治革命的视角进入鲁迅的文学世界并建构鲁迅的形象，是学界一个极为重要的研究思路。但王富仁先生发现，这种观点虽然在一定时期内发挥了重要的作用，但在更为广阔的空间范围和更为悠长的时间范围内，如果继续沿用政治革命的思路，是比较难接近鲁迅小说创作的真实意图和思想本质的。虽然鲁迅的作品在政治革命方面具有不可忽略的重要意义，但事实上鲁迅创作的根本价值在于他是从思想启蒙的层面来影响中国社会革命进程的。由此王富仁先生大胆地提出应该"以一个较为完备的研究系统来代替"它，并明确提出《呐喊》《彷徨》"首先是中国反封建思想革命的一面镜子"这一具有划时代意义的论断。从"政治革命的镜子"到"思想革命的镜子"，王富仁先生开创了一个全新的鲁迅研究视角和系统，这对后来的学术研究具有极其重要的方法论意义。在这一册中，我们比较完整地选编了王富仁先生关于"思想革命的镜子"的相关论述，以求在研究内容和研究方法上给予读者以启示。

下册《多元探究：中国现代文学的深层体悟》：王富仁先生专注于研究鲁迅，但是他的视野远远不止于鲁迅研究。从研究的对象来看，他不仅关注鲁迅，而且还写过包括胡适、郭沫若、冰心、曹禺、端木蕻良等在内的多位现代文学作家的"作家论"；从研究的文体来看，他不仅关注小说自身的各种分类，对诗歌、戏剧、散文也都有所涉及；从讨论的话题来看，他既关注着现代文学学科的整体走向，也关注着一些文学流派的具体研究方法，既有对学科过去历程的反思，也有对未来发展的展望。关于这些内容我们都选取了相关的代表作放在这一册中，以求为读者朋友呈现王富仁先生广阔丰富的思想图景。

遗憾的是，由于篇幅所限，我们未能将王富仁先生的所有论著都完整呈现，有些篇章的内容还做了适当的节选。目前，保留在论文集中的都是王富仁先生的学术精华所在。按理说以上下两册来呈现王富仁的学术思想是远远不够的，但是我们认为，文学史也好，文集的编撰也好，只能越写越薄而不是相反。即便是论文集的编纂，也多少会有遗漏，一味地追求全反而可能会本末倒置。精选有精选的价值，这种编选可以更好地凝聚视野，更集中地呈现王富仁先生的学术核心和价值。而且两册的论文精粹也更适用于广大读者的学习和研究，特别是对于在校的进修教师、博士生、硕士生、本科生来说，能够更加容易接近王富仁先生思想的本质，也能更加直接地领略王富仁先生的学术风采，在精短的篇幅里尽快把握王富仁先生的学术逻辑和思想本质。至于这样节选的方式，不免会对某些章节的完整性带来一些遗憾，这一点也希望各位读者理解和原谅。

学术的发展是代代相传的，从各位先贤前辈，一直到王富仁先生，我们既看到一代又一代人的学术承传，也看到了这种传承中每一位学者独特的思考和贡献，如何在传承中创新，在创新中稳步前进，这是每一代研究者的学术使命和责任。将王富仁先生的学术思想、学术方法传承下去，正是我们编撰这套文集最衷心的愿望。

编者

2022 年 5 月于北京师范大学

目　录

中国现代文学研究中的"正名"问题　/001

中国现代主义文学论　/014

关于中国现代文学史编写问题的几点思考　/051

中国现代短篇小说发展的历史轨迹　/067

中国现代诗歌的发展　/100

河流·湖泊·海湾
　　——革命文学、京派文学、海派文学略说　/164

文事沧桑话端木
　　——端木蕻良小说论　/174

中国现代新诗的"芽儿"
　　——冰心诗论　/214

闻一多诗论　/225

他开辟了一个新的审美境界
　　——论郭沫若的诗歌创作　/244

《雷雨》的典型意义和人物塑造　/263

现代文学研究展望　/285

丛书后记　/288

中国现代文学研究中的"正名"问题

孔子创立儒家学派、确立他的一整套礼教制度，在文化上做的实际只是"正名"的工作。用现代的术语来说，就是建立自己的一套概念系统，确定其中每个具体概念的含义及其彼此的关系，从而把中华民族的语言都组织在自己的概念系统当中。儒家思想之所以能够统治中国人的思想达两千多年并且至今仍有很深的影响，就是因为它确定了中华民族的语言及理解这种语言的方式，它的思想就在语言中，就在人们自觉与不自觉运用的各种概念中。当然，儒家学派的这种"正名"工作由于道家文化、法家文化、佛家文化等各种文化学说的同时存在是没有、也不可能最终完成的，中国古代文化始终不是一种完全统一的文化，始终不是一个一以贯之的统一的语言概念系统，但儒家的重视"正名"确实体现了文化工作的实质，体现了知识分子发挥自己的独立作用的基本方式。具有确定含义的概念以及各种不同概念之间的特定关系是使知识分子的工作具有自己的有效性的基本前提，失去了这个基本前提，知识分子的工作就失去了自己的有效性，它所负载的文化信息就是不明确的、混乱的。我认为，当前的中国现代文化研究，其中也包括中国现代文学的研究，存在的最严重的问题就是基本概念的混乱。迄今为止，中国现代文化和文学的研究还没有属于自己的独立的并且是相对稳定的概念系统，它的概念系统只是中国古代文化和西方文化各种不同文化概念的堆积，既不具有概念自身的明确性，也不具有概念之间的系统性，因而它们也不可能把中国现代文化和中国现代文学组成一个完整的系统。读西方现代文学史，我们感到它是有一个统一的脉络并把西方各类优秀的文学作品都组织在这个统一的文学史框架中的，但我们读只有 30 年历史的中国现代文学史，却很难找到它的统一的发展脉络。然而，这并不说明它就没有像西方文学史那样的清晰的脉络，而是说明我们还没有厘清它的脉络，我们所使用的基本概念无助于我们描述中国现代文化和文学的发展轨迹。

要了解我们现在所使用的一些基本概念的性质和作用，需要从它产生的背景来考虑。我们现在使用的这套语言概念是新文化运动之后逐渐积累起来的。新文化运动有两个相联系的方面：用白话文代替文言文；用新道德代替旧道德。从相分离的角度讲，前者是用口头语言的语法形式代替雅文化中的文言文的语法形式，它并不一定意味着改变中国传统文化的整个概念系统，而是以口头语言的语法形式对之进行重新组织，把融化在人们日常生活用语中的传统思想和感情作为表现的主要对象。白话仍然是中国话，是中国人在日常生活中用来表达思想感情的工具，所以它很快就得到了实现。后者是用新的概念系统代替旧的概念系统，这是一个更加艰巨的工作，一个缓慢的由旧蜕新的过程。从相联系的角度讲，前者用更加自由的口头语言的语法形式为容纳新的概念和新的概念系统提供了更方便的条件，文言的僵固性与白话的灵活性使二者对新的概念及概念系统提供的活动空间是大不相同的，而现代白话文则借助新的概念及概念系统的加入而成为现代的雅文化。但是，新文化运动不是中国传统文化自行独立演变发展的结果，而是在西方文化的影响下实现的，当时所谓新道德、新文学、新文化都是指的西方的道德、西方的文学、西方的文化，所有有关的语言概念都是从西方文化系统中借取过来的，这给它的发展带来了复杂性。这种复杂性首先就表现在各种语言概念的异变上。借助西方的文化学说发展中国的现代文化，使中国现代文人手下的西方文化学说及其语言概念同时具有了两种不同的理解形式：第一，它们是在西方文化的概念系统中产生的，其作用也是在西方文化的系统中被认识、被界定的，它们有一种独立于中国现代文化系统之外的意义和价值，也有独立于中国现代文化系统之外的解读方式；第二，它们是被用于中国现代文化系统中并发生了特定影响作用的文化学说及语言概念，由于东西方固有文化传统的不同，这些文化学说和语言概念在中国现代文化系统中的作用，一般说来与它们在西方文化系统中所发生的固有作用是不同的，因而它们在中国现代文化系统中就有与之并不完全相同的含义。在这两种不同的理解形式之间，还同时存在各种不同的中间形态的理解形式，这就使同样一个从西方传来的文化概念同时有了各种不同的解读方式，从而失去了它们在西方文化系统中的固有的明确性和固定性。什么是现实主义文学？在西方文艺理论家提出这个创作方法的概念的时候，它的含义是非常明确的，它概括的是西方文学史上的一个有相同特征的文学流派，他们的作品有着相近的审美特征，但到了中国现代文学史上，它的含义就变得并不那么明确了，不论我们在文艺教科书上给它下了怎样明确的定义，我们对它的理解仍然是极不明确的。按照巴尔扎克、列夫·托尔斯泰的作品所理解的现实主义同按照鲁迅的作品所理解的现实主义是不同的，而按照鲁迅的作品所理解的现实主义和按照茅盾、赵树理、孙犁、柳青、曲波的作品理解的现实主义又不相同，我们已经很难确定现实主义文学到底是一种什么形态的文学。与此同时，大量西方文化概念的加入，反过来又使中国古代的一系列文化概念发生了异变。第一，中国传统文化在中国古代是由当时最有文化教养、站在中国文化发展的最前列、最富有创造性的一些知识分子所创造，它体现了中国古代人民的智慧。但到了现代中国，由于中国现代文化的发展主要是通过输入外来文化的形式实现的，中国传统文化在中国现代文化中具体表现为固有的旧质因素，在与从西方传来的新质因素的对立中随之带上了陈旧的特征，特别是在它经常被反对新文化的保守的社会文化势力所利用、所提倡的时候，它的语义中就被注入了浓重的保守的色彩，其语义便与古代迥然不同。第二，中国传统文化为了生存和发展，又有适应现代社会、在自己固有的概念中融入新的含义、新的文化概念构成新的语义关系的一面。在这时，在中国固有的文化概念中又包含了新的意义。也就是说，中国古代文化中的一系列文化概念也同时有了各种不同的含义，它们可以在中国古代文化系统中被理解、被利用，也可以在中国现代文化系统中被理解、被利用。什么是"文以载道"？在中国古代文化系统中有它的确定的意义和内涵，其"文"、其"道"都有确定的所指，它体现了中国古代儒家知识分子把自己的文化活动同修身、齐家、治国、平天下的社会理想结合在一起的愿望，此"道"借此"文"行于世，此"文"借此"道"获其值。在新文化运动中，新文化的倡导者们是反对传统的"文以载道"的，然而当中国现代文学中出现了"为人生"派和"为艺术"派两个文学派别时，不但"为艺术"派把"为人生"视为同传统的"文以载道"没有本质区别的理论，就是"为人生"派中的很多人也开始在自己理论的基础上接受这个传统的文学命题。以传统的"文以载道"的文艺观对待文艺的文艺学家则把像鲁迅、茅盾这样一些关心社会问题的现代作家都纳入"文以载道"的文学传统中来理解、来接受。这样，在现代文学的语言概念系统中，就不但有韩愈的"文以载道"，也有了鲁迅式的"文以载道"，胡适式的"文以载道"，周扬式的"文以载道"，它有时被作为褒义词，有时又被作为贬义词，这个概念的明确性也就不存在了。但是，我们在中国现代文化和文学的研究中所使用的基本概念却恰恰是这样一些失去了含义的明确性的语言概念。而我们之所以会把它们作为我们研究工作的基本语汇，其原因则在于它们曾经是中国现代文化和中国现代文学发展过程中所使用的语言形式。

　　一种文化的研究形式常常受到这种文化发展形式的影响和制约，但它的研究形式不能等同于它的发展形式。中国文化在现代的发展是通过吸收外国文化的现有成果实现的，当新文化的先驱者输入一种新的文化学说的时候，他所使用的必然是西方文化中的这种文化学说的语言概念，他在中国知识分子的心目中也就自然而然地成了这种文化学说的具体体现者，但这个体现者是与西方文化系统中的原有的体现者迥然不同的。首先，一种文化学说在西方文化系统中所发挥的作用并不等同于它在中国现代文化系统中发挥的作用；其次，这种文化学说的中国输入者与它的西方的创立者对这种文化学说的理解是存在着极大差异的，因为他们是以不同的文化心理在不同的文化环境中理解同一文化命题的；最后，中国现代知识分子有自己更加丰富多彩的文化活动，这些文化活动并不受某种西方文化学说的限制。巴金一度提倡无政府主义，胡适在中国提倡实用主义，梁实秋宣扬白璧德的新人文主义，茅盾一生宣传现实主义，李金发自觉效法法国象征主义，但我们能不能说巴金就是无政府主义者、胡适就是实用主义者、梁实秋就是新人文主义者、茅盾就是现实主义者、李金发就是象征主义者？从他们在中国现代文化或文学发展过程中发挥的具体作用来看似乎是合理的，但作为对这些现代作家的本质概括则显然是极不准确的，并且这种判断形式本身就使西方这些原本比较明确的概念变得模糊起来。与此同时，中国现代文化和文学并不是单一的西方文化和文学的发展，它们是在中国传统文化和文学的基础上通过吸收外来文化和文学实现自己的发展的，传统文化和文学也同样参与了中国现代文化和文学的发展过程，它是通过部分中国现代知识分子的自觉提倡和宣扬参与这个过程的，他们在中国现代社会成了中国传统文化和文学的体现者，他们使用的语言是中国传统文化中的语言，但他们作为这种文化和文学的体现者与中国古代文化和文学的创立者也是迥然不同的。也就是说，他们所使用的文化语言并不能体现他们自身的本质，他们自身的本质是在中国现代文化和文学的系统中显现出来的。总之，在中国现代文化和文学这种特殊的发展形式下，仅就他们所使用的理论语言来说，主要有两种：西方文化系统中的部分语言概念和中国传统文化中的部分语言概念。所有这些语言概念都是中国现代知识分子在形成和发展自己时所使用的语言，而并非体现他们自身本质的语言概念，何况他们运用这些语言概念时都失去了概念自身的明确性。不难发现，迄今为止我们所使用的研究语言还主要是中国现代作家在创造中国现代文化和现代文学的过程中所使用的语言，这些语言概念不是从西方文化系统中吸收过来的，就是从中国古代文化系统中继承过来的。这在整体上造成的更严重的后果是肢解了中国现代文化和中国现代文学，使中国现代文化和中国现代文学呈现出似乎是西方文化和文学与中国古代文化和文学的"杂拌儿品"的面貌。评价中国现代文化和中国现代文学的话语权几乎全部由西方文化和中国古代文化掌握，这与西方文化和文学的研究、中国古代文化和文学的研究都是不同的。在西方，不论社会的文化思潮和文学思潮发生什么样的变化，莎士比亚作为一个伟大文学家的地位是不会发生变化的。不同的批评家可以对莎士比亚做出不同的阐释，但是他们都不会否认他的存在价值和意义；类似的情况也发生在中国古典文学的研究中，屈原、杜甫、李白在中国文学史上的地位是不会受社会思潮的变化的影响的，因为对他们的评价不是从研究者所使用的理论话语中建立起来的，而是从对他们的作品的实际感受中建立起来的。然而，在中国现代文学的研究中，任何一个文学思潮的变化，都会将中国现代文学史从里到表重新抖擞一遍。中国现代作家的"走红"或"跌落"不是依照他们的作品而是依照某种西方的或中国古代的文学和文化思想的价值而涨落。中国现代文化和文学的评判标准和社会思想家的理论又都是从西方的和中国古代的理论著作中搬运过来的，几乎没有一个属于中国现代知识分子从中国现代文化和文学的研究中形成的文化概念和文学概念。在具体的研究中，不是西方的影响，就是传统的继承，似乎这两种因素就概括了中国现代文化和中国现代文学的全部。中国现代知识分子的创造在哪里？我们在我们的研究活动中根本无法揭示出来，甚至我们连体现他们的创造性的语言概念都没有。西方人在研究自己的文化和文学的基础上建立了自己的理论话语，中国古代人在研究自己的文化和文学的基础上建立了自己的理论话语，而我们中国现代知识分子却没有在研究中国现代文化和文学的基础上形成属于自己的理论话语，而仅仅用西方的和古代的话语诠释现代中国的文化和文学，这难道是合理的吗？

　　一旦一种研究的概念系统形成并被多数人所运用，就会形成思维定式，似乎离开了它们就无法从事这方面的研究工作。我们的中国现代文化和现代文学的研究也是这样。现在我们都会有这样一种感觉，似乎不把诸如现实主义、浪漫主义、现代主义、后现代主义、无产阶级文化或文学、资产阶级文化或文学、小资产阶级文化或文学、人道主义、个性主义、集体主义、无政府主义、马克思主义、社会主义、资本主义、科学、民主、唯物主义、唯心主义、主观、客观、乐观主义、感伤主义（以上是从西方文化系统中输入的）、儒家文化、道家文化、出世、入世、拯世救民、天人合一、言志、载道（以上是从中国古代文化系统中继承过来的）等语言概念当作研究中国现代文化和文学的基本概念，研究工作便无法进行。实际上，这些概念对于中国现代文化和文学都不具有直接的标志作用，以它们为基本概念系统给中国现代文化和文学的研究带来了极大的局限性。譬如说，我们几乎习惯性地称鲁迅为现实主义者，但当我们这样称呼他的时候，鲁迅的独立性就被消融在西方的价值体系之中，这同说巴尔扎克是个现实主义者是绝不相同的。巴尔扎克作为一个现实主义者是他自己的本质体现，这个概念是从像巴尔扎克这样的西方作家的作品中概括出来的，是他们自己的名字，而把鲁迅用现实主义者来概括，实际是把他归入从西方产生的一个文学派别的行列，是西方一个文学派别的追随者。这个概括对于鲁迅真的是合适的吗？只要我们把鲁迅的杂文和散文诗《野草》都作为鲁迅整体本质的不可忽视的一部分，我们就会感到这个概括实际是没有多大的合理性的。同样，当我们用儒家知识分子的入世精神概括鲁迅的精神本质的时候，鲁迅的独立性又被消融在中国古代的价值体系之中。这同说孔子和孟子是中国古代的大儒是绝不相同的，儒这个名就是对他们的概括，而用儒概括鲁迅的某一方面的本质就把鲁迅的独立价值归入中国古代思想家的存在价值之中了。这种概括的荒谬性是显而易见的，它不但把批判儒家文化传统的鲁迅描述成儒家文化的传人，而且把一切社会文化都用儒家的入世精神来概括也是极不合理的，似乎没有儒家的学说中国的知识分子都要隐居山林一样。我们对中国现代文化和文学的研究可以不可以是另外一种形态的呢？我们不妨思考一下鲁迅的治史方式。毫无疑义，鲁迅是新文化运动的旗手之一，是不遗余力地提倡向西方文化学习的现代知识分子，但他在研究中国小说发展史的时候，却并没有以西方的文化概念为基本的语汇；他也是有丰厚的古代文化的素养的，但他也没有沿用中国古代小说作家自己在序言中评价自己的话语方式。六朝之鬼神志怪书，唐之传奇文，宋之志怪及传奇文、宋之话本，宋元之拟话本，元明传来之讲史，明之神魔小说、人情小说、拟宋市人小说，清之拟晋唐小说、讽刺小说、人情小说、以小说见才学者、狭邪小说、侠义小说及公案，清末之谴责小说，所有这些名称都极为简单朴素，但又具有很强的概括性。它们不会使你觉得这些小说只是西方某些小说的粗糙的原坯，也不会使你觉得这些小说只是中国更古时代小说的简单继承。中国古代小说家的每一种创造性贡献都在这些概念中包孕着，但又看得出中国古代小说发展的明晰的轨迹。这里涉及一个逻辑学的基本常识的问题。"名"（概念）的作用是区别性的，一个事物与其他所有事物的区别必须用一个"名"（概念）与其他所有"名"（概念）的区别体现出来。一个事物的"名"只能属于它自己，而不能与其他不等同的事物共用同一个"名"。西方文学史上的文艺复兴时期的人文主义文学、17世纪的新古典主义文学、18世纪的启蒙主义文学、19世纪上半叶的浪漫主义文学、19世纪的现实主义文学、20世纪的现代主义和后现代主义文学异常清晰地描述了西方近代以来的文学发展的历史，但一把现实主义、浪漫主义、现代主义、后现代主义这些名称用于中国文学史的研究，这种描述的明晰性便立刻消失了，因为这些"名"不是中国文学现象独有的名称，用这些概念理不出中国文学发展的头绪。"名"对"实"是有随意性的，同一个事物可以用不同的名称称谓它。但不论用什么名称，这个名称必须仅仅属于它，必须能把这一事物同其他所有事物区别开来。与此同时，"名"自身并不包含价值判断，它只是对一种事物的指涉，一旦一个"名"有了确定无疑的价值判断，在它的形式下发展起来的事物便不再等同于它原来所指涉的事物，它的这种固定无移的价值判断也就失去了固有的效能，所以它仍然是不具有确定无疑的价值判断的。但是，正因为"名"自身并不包含对自身的固定无移的价值判断，这个"名"才体现了同一个文化现象自身从产生到消亡的全部过程。一个"名"所指涉的不是它的某一方面的本质，而是指涉的它的浑融的整体和这个整体所经历的全过程，鲁迅在"人情小说"的名下概括了清代以写人情世态为主的一批小说，它只是概括了这样一个文学现象，本身并不包含对其中这些小说的固定思想的和艺术的评价，但也正因为如此，它却包含了这一文学现象从产生到消亡的整个过程，包含了像《红楼梦》这样伟大的古典名著，也包括了那些对《红楼梦》的拙劣模仿之作。创造者使一种文学现象获得生命，因袭者使它走向衰亡，然后它的地位就为另一种新的文学现象所代替。这就是文化和文学的历史，每一个历史的文化和文学的现象都是独立的，它不可能是对古代某种文化或文学现象的简单重复，也不会是对别民族某种文化或文学现象的机械复制，不论它自身的发展程度如何，它都是它自己，应该有自己的独立使用的名字，与古代的和外国的文化或文学现象不同的名字。在鲁迅之后，中国小说史的研究又有了新的发展，但像鲁迅这样明晰地描述了中国小说发展史的史著似乎还没有第二部，其中一个根本的原因就在于把大量古代的和外国的"名"（概念）混杂到了中国小说史的描述之中去。他们把《水浒传》《红楼梦》《儒林外史》《官场现形记》《二十年目睹之怪现状》这些小说都用现实主义来概括，显而易见，这种用别人的名字概括中国文学现象的方式严重地破坏了中国文学发展的自身逻辑，要想用这种概括方式理清中国小说发展的历史脉络，只能是越理越乱。实际上，鲁迅不仅在研究中国古代文学史的时候坚持这种命名的方式，在论述中国现代文学史的时候用的也是同样的方式。"五四"之后，即使在新文学界也随之出现了两种论述中国新文学的方式，一些人把中国新文学纳入西方的文艺思潮中来论述，如茅盾，他就明确提出要把现实主义作为发展新文学的主要方向，直至晚年，他在自己的《夜读偶记》中仍然把全部的中国文学史都视为现实主义与反现实主义的斗争；另一些人则用中国固有的传统论述中国现代文学。这两种论述方式至今仍是我们论述中国现代文学史的方式。鲁迅则不同于这两种方式，他在《〈中国新文学大系〉小说二集序》《上海文艺之一瞥》等文章里，所用的仍然是他在《中国小说史略》《中国小说的历史的变迁》中所用的概括方式。在《上海文艺之一瞥》中，他谈到晚清的谴责小说如何演变为黑幕小说，鸳鸯蝴蝶派小说如何得到发展，这两派小说后来则直接与中国现代文学相衔接。在《〈中国新文学大系〉小说二集序》中，他则从各流派小说作家的自身实际论述了他们的小说创作，外国的影响、传统的继承都是在他们的现实处境中被自觉与不自觉地利用或扬弃的。也就是说，不是中国和外国的传统决定着中国现代作家，而是现代作家以自己的方式把握中国和外国的传统，现代作家的主动性在于他们在不同于中国古代的和外国的条件下进行着仅仅属于自己的追求，不论其成果如何，他们都是为自己和自己的时代而创作，他们的作品不同于中国古代的文学，也不同于外国的文学，他们应有仅仅属于自己的名字，应当以有别于评判中国古代文学和外国文学的评价方式评价他们的文学创作。

用独立的名称指代中国现代的各种文化和文学现象，就是用它们自身的逻辑思考它们自己的特征，思考它们赖以产生和发展的原因，思考它们自身演变的脉络以及与其他文化或文学现象的关系（其中也包括与中国固有文化传统和外国文化的关系），也只有如此，我们才能看到我们自己的现代的文化和文学的历史。我认为，直至现在，我们所描述的中国现代文化和文学的历史，严格说来还不是这样的历史。有时它是外国文化和文学的传播史，有时它是中国古代文化和文学的流变史，它向我们展示的是外国或中国古代人的创造精神，而中国现代知识分子只是他们的忠实的和不那么忠实的学生，是与那些创立者处于不同价值层面上的人物。当我们说《新青年》文化群体和文学研究会是现实主义的，创造社是浪漫主义的，现代评论派、新月社是西方资产阶级文艺的忠实信徒，左翼文学是马克思主义的，我们所看到的是一部什么样的文学史呢？这是一部被西方文化解说的中国现代文化和文学的历史；同样，当我们说新文化运动对中国传统文化的批判是一个根本错误的批判的时候，当我们依然以传统的价值标准衡量中国现代文化和文学现象的时候，这意味着什么呢？这意味着我们现代的中国人仍然应当像中国古代人一样想、一样做，我们不应有与中国古代人不同的思想和认识。所以，"名"的问题实质是一个自我的独立意识的问题，是承认不承认中国现代文化和文学有独立存在的权利的问题，是承认不承认中国现代知识分子有独立创造的权利的问题。所有这些现在仍很流行的语言概念，实际上都没有起到对中国现代文化和文学史的描述作用。我认为，假如我们抛开这些中国现代作家在自身的成长和发展过程中所使用的西方的和古代的词汇而从他们自身及其作品的实际中考察中国现代文化和文学的历史，我们更能看到真正属于我们现代人的文化和文学的历史。在这里，真正属于这个历史的不是现实主义、浪漫主义、现代主义、后现代主义、实用主义、新人文主义或儒家传统、道家传统、载道、言志这些语言概念，而是它的一系列真实的文化和文学现象以及对这些文化或文学现象的直接考察。新文化运动不是一个现实主义的运动，也不是一个浪漫主义的运动，而是脱离了固有的科举道路、具有了初步的现代科学文化知识的知识分子的文化运动。这个文化运动体现了他们在中国社会开辟发挥自己社会作用的文化空间的努力，所以他们在文化的传播方式和文化的观念的革新上都做出了自己的贡献。科学、民主、人道主义、个性主义等概念在他们那里都是作为现代社会的基本观念提出来的，是人人都应具备的最基本的观念，而不是他们自己独立身份的标志，甚至也不是他们已经达到了的思想高度。正因为如此，这些概念并无法体现他们自身的本质，仅仅用它们我们无法说明陈独秀、李大钊、胡适、刘半农、钱玄同、鲁迅彼此各异的发展。在"五四"开辟的新文学的狭小空间中，青年一代有了发展自己的可能，但同时也必须在竞争中为自己的发展开辟道路。20 世纪 20 年代初，形成了三个比较大的文学势力。文学研究会不是以现实主义的文学原则组合在一起的，它是最早企图把全国新文学作家都组织在一起的文学社团，所以它几乎容纳了当时在国内进行创作的所有新文学中青年作家，其创作也几乎包容了各种不同的倾向，与其说它是一个现实主义文学社团，倒不如说它是在中国本土成立的新文学作家的联合会，只是较之尚在日本留学的创造社成员有更多国内生活的描写，而在彼此的竞争中，像茅盾这样的文学研究会的理论台柱则更倚重外国的现实主义、自然主义理论，但只要我们把文学研究会会员的文学创作同法国浪漫主义作家乔治·桑、雨果等人的小说进行一番比较，便知道他们对现实的描写并不更接近西方的现实主义，而只是一种自然的取材方式罢了。它体现的不是现实主义创作方向，而是中国新文学作家在当时的中国社会上所可能选取的文学题材。他们多数出身农村，对农民的生活面貌有直观的了解；他们多是青年学生或毕业不久的青年学生，所以他们多写青年男女的恋爱生活；他们多是大、中、小学的教师，所以中下层的知识分子的心态能在他们的作品中得到较为深刻的反映，而青春期的感伤情绪、在军阀混战的社会中知识分子的无力感则造成了他们的作品的主要情绪格调……这一切在现实主义的理论中或在言志载道的传统中都是不可能得到较为清晰的说明的。我们向来把创造社直接用浪漫主义予以说明，但真正能够说明它的产生与发展的不是浪漫主义文学主张，而是他们的存在状态。他们是一群在日本留学的青年学生，青春的热情同在异国他乡的孤独无助感几乎构成了他们创作的全部特征，西方文学的影响有助于他们当时思想情感的表现，但对他们的发展没有起到关键作用，多变恰恰是这些青年的主要特征。他们的"主义"常常变化。现代评论派、新月社则是留学英美归国的一些知识分子，这些知识分子的主要思想倾向和创作倾向也不是由英美的某个思想学说决定的，而是由他们在当时中国社会中的实际地位决定的。在当时，他们是在中国社会上受器重的一批新的知识分子，现代教育的发展为他们提供了较为稳定的职业和较为稳定的生活环境。他们是中国现代社会中的大学学院派的中坚力量。重节制、讲礼节、反极端（极端保守和极端激烈）、爱中庸，向来是这个社会阶层的特征。到 20 世纪 30 年代，学院派之外的社会知识分子多数倾向左翼。这时的英美留学归国的知识分子多数仍保持着原来的中庸平和的态度并与左翼知识分子发生了直接的思想对立。对 40 年代的文学发生最重大影响的是抗日战争，中国的固有传统文化和文学以及外国文化与文学的影响都是在这一现实基础上发生的。总而言之，中国现代文化和中国现代文学的主要根据在中国现代社会和中国现代知识分子的思想意识状况，用中国固有的传统文化和文学以及西方文化与文学的影响都不能精确地描述它的特征和它的发展。我们不能把中国现代文化和文学的研究放在中国固有的和外国文化与文学的概念系统上，我们应有仅仅属于中国现代文化和文学研究的语言概念，用中国现代的"名"概括、说明中国现代文化和文学的现象及其历史的发展。

　　这可能是个艰巨的工作，但却是不能不做的工作。

［原载《北京师范大学学报（社会科学版）》，1995 年第 1 期，略有删减］

中国现代主义文学论

　　研究中国文学，必须有适于中国文学研究的独立概念。只有有了仅仅属于自己的独立概念，才能够表现出中国文学不同于外国文学的独立性。中国现代文学之所以至今被当作外国文学的一个影子似的存在，不是因为中国现代文学没有自己的独立性，而是因为我们概括中国现代文学现象的概念大都是在外国文学，特别是西方文学的基础上建立起来的。在创作方法的范围中尤其是如此。在过去，我们所说的现代主义文学，就是西方的一种文学流派。我们所说的中国的现代主义文学，就是在西方现代主义文学的影响下创作出来的文学作品。这就把中国的文学完全纳入西方文学的价值体系之中，自身的独立性表现不出来了。在这里，我们必须把"中国现代主义文学"当作一个独立的概念，一个不等同于西方现代主义的独立的创作方法。实际上，新文化运动就是中国的一个现代主义文化运动，新文化运动就是中国的现代主义文学运动，从那时到现在的新文学创作就是中国的现代主义文学，它不但包括受西方现代主义影响的现当代文学作品，也包括受西方浪漫主义和现实主义文学影响的文学作品。"中国现代主义"是与"中国古典主义"相对举的文学概念，它是在追求中国文学的现代性、摆脱中国古典主义的束缚的努力中建立并发展起来的。它同西方的现代主义文学一样，在其产生并发展的过程中，一直居于先锋派文学的位置，是探索性的、实验性的，是与社会群众习惯性的审美心理和固有的文学传统不同的文学。中西现代主义文学的差别，是中西文学在共时性的发展中同时又有着历时性的差异所造成的，也是二者有着完全不同的文学传统造成的。当中国文学在现代性的旗帜下与中国的古典主义告别的时候，西方文学则是在告别浪漫主义、现实主义的过程中获得自己的现代性的，它们的现代性是与浪漫主义和现实主义相区别的。但西方的浪漫主义、现实主义以及现代主义共同参与了中国文学家为中国文学的现代化转变所做的努力，它们共同起到了促进中国文学由旧蜕新的现代化转变，因而它们也共同组成了中国的现代主义文学。与此同时，中国文学的现代化转变又不仅仅由于西方文学的影响，中国现当代作家是以自己的方式综合并发展中外文学传统的，是受中国现当代文化环境的制约的。它在统一的中国文学的现代化转变的旗帜下构成的是一种独立的创作方法，它们之间的不同是在这统一创作倾向中显现出的不同，而不是根本的对立。这个创作方法，我把它称为"中国现代主义"。我认为，中国现代主义文学还远没有走到尽头，它至今仍是中国的先锋派文学，至今没有被社会的大多数成员当作"国粹"来接受，来理解，就像西方读者把巴尔扎克、列夫·托尔斯泰、易卜生当作"自己的"文学经典一样。也就是说，中国文学的后现代时期尚未到来，在现阶段，西方后现代主义文学（假若西方真有一个后现代主义的话）的影响仍是中国现代主义文学发展过程中的外部影响力量，它仍和西方浪漫主义、现实主义、现代主义共同对中国现代主义文学的发展起到特定的外部影响作用，因而它们也都不可能是中国现代主义文学的本身。我们说从"五四"以来的中国新文学就是中国现代主义文学，就是说，这个文学是以中国文学的现代化转变为根本目标的，是中国现代社会的先锋派文学，是以告别传统为自己的根本标志的文学。假若说，西方现代主义的创始者们是在"上帝死了"之后，因为落入现代性的孤独而有了对文学的现代主义的理解；那么，中国的文学家则是在"圣人死了"之后，因为落入现代性的孤独而有了对文学的中国式的现代化理解。二者在表现形式上是不相同的，也不应当相同，但在这一根本点上，中国"五四"以来的文学同西方现代主义文学又有着更多相同或相通的性质。也正是因为如此，我们不能把它概括为"中国现实主义文学"或"中国浪漫主义文学"，而只能把它概括为"中国现代主义文学"。它是中国的现代主义，而不是西方的现代主义，是把中国文学提高到现代性高度的文学，是体现着中国文学家对文学的现代性理解的文学，是表现中国知识分子在现代世界的感受和情绪的文学。

只要我们把新文化运动理解为中国的现代主义运动，把文学革命理解为中国的现代主义文学运动，把中国现当代文学的发展历史理解为中国现代主义文学的发展历史，我们对中国现代主义文学与西方现代主义文学的基本关系就有了一个基本的了解：中国现代主义文学与西方现代主义文学是在世界文化和世界文学的共时性"地震"中发生的两种各向不同乃至向相反方向发展的文学。这个结论是不难理解的，当中国文学与西方文学进行接触的时候，西方文学正在从浪漫主义、现实主义向现代主义转变，在这时，中国文学家对中国古典主义文学的革新愿望与西方文学家对西方浪漫主义和现实主义文学的革新愿望发生的是共时性文学"地震"，但这种"地震"一旦发生，二者就有了各不相同的发展方向。中国现代主义文学是在与中国古典主义文学的区别中意识到自己的现代性的，而西方现代主义文学则是在与西方浪漫主义和现实主义文学的区别中意识到自己的现代性的。在这种情况下，西方现代主义者有可能在中国古典主义文学传统中找到与自己的浪漫主义、现实主义文学传统相区别的文学经验，而中国现代主义者也有可能在西方浪漫主义和现实主义文学传统中找到与自己的古典主义文学传统相区别的文学经验。也就是说，中国现代主义文学在与西方现代主义文学具有了共同的现代主义性质之后，在表现形式上几乎必然地呈现出与西方现代主义文学迥然不同的发展方向，它不是更多地表现出与西方浪漫主义文学和现实主义文学的差别，而是表现出与它们更多的相近的特征。中国现代主义文学作为一种统一的文学潮流，作为一种创作方法，是在中国现当代作家表现自我在现代中国社会的历史进程中产生的真实人生感受的基础上发展起来的，是在实现中国文学的现代化转变的过程中形成的，是以自己的方式综合中外文学的多种文学经验创造出来的，因而也更多地具有西方现实主义文学和浪漫主义文学的特征。西方现代主义文学在中国现代主义文学中发生的是一种倒影式的变化，即那些在主题思想、表现形式上与西方现代主义文学作品有着更为单纯的联系、在中国文学的发展史上不同时具有现实主义或浪漫主义性质的文学作品，在更多的情况下表现着意蕴上的单薄和艺术上的粗糙，因而也更少具备中国现代主义文学的性质；倒是那些在主题思想、表现形式上与西方现代主义文学作品有着明显的差别，在中国文学发展史上同时具有现实主义的认识价值和浪漫主义的情感表现价值的文学作品，有更鲜明的中国现代主义文学的性质，因而也有更高一些的思想艺术价值。

中国文学的现代化转变是从胡适 1917 年在《新青年》杂志发表《文学改良刍议》开始的，当我们追溯他的文学改良主张的直接来源时，我们却能发现他的文学改良的具体主张并不是从西方浪漫主义和西方现实主义者那里接受过来的，而恰恰是从美国意象主义者的文学主张中"抄袭"过来的。这里反映的不仅是一个文学来源的问题，同时也是一个如何理解胡适的《文学改良刍议》和由此引发的中国新文学的问题。仅以西方现代主义的具体特征为标准，我们很难把胡适当作一个现代主义者，然而一旦把他纳入中国文学发展史中来理解，他的现代主义性质就是异常鲜明的了。他的文学改良主张和白话文革新的主张之所以在中国新文学的发展史上具有关键性的意义，恰恰在于它的现代主义的性质，在于它要实现的是拆除掉横亘在中国知识分子与现代世界之间的语言障壁，建立中国知识分子与变化着的现代世界的更直接、更亲切、更有效的精神联系，并在这种联系中创造属于中国现代知识分子的文化与文学。任何一种语言都是在主体与客体的直接联系中产生的，在这时，人类的每一个语言概念都自然地浸透着人的主体感受和由这主体感受所赋予客体的丰富意蕴，它是一种"意象"，而不是一种纯客观的"形象"；是一种呈现于直观中的意蕴，而不是一种抽象的思想、绝对的理念。古代神话之所以具有不可磨灭的文学价值，就在于它是初民在与周围世界的直接联系中产生的，是被生成的东西，而不是来自语言的语言，所以这种语言才是活的、有生命力的机体。而一旦语言成为语言的来源，它就不再具有人与外部世界的直接联系的性质，就不再包含主体的感受和由这感受赋予它的丰富的意蕴，因而也就失去了表现力。西方意象主义的具体文学主张对我们并不重要，重要的是它所提出的是西方现代诗人必须重新建立自己与周围世界的直接联系的问题，是诗歌语言应当浸透着诗人主体感受和由这感受赋予的丰富意蕴的问题。西方浪漫主义诗歌曾为西方文学建立起丰富多彩的直抒主观感情的诗歌语言，但当这些语言已经成为现成的流行的语言，一旦人们可以很轻易地对之进行机械地复制，这些语言形式就不再具有表现人的主观感情的职能，甚至可能成为覆盖人的主观感情的厚重的语言帷幕。西方现实主义诗歌也曾为西方文学建立丰富多彩的描绘外部世界的形象化语言，但这些语言也大都成为人们所熟悉、所广泛运用的语言，当人们即使脱离自己的直观感受也能熟练地运用这些语言的时候，这些语言在西方现代诗人手里的表现力就大大降低了。没有新的创造，西方诗歌的语言就有可能失去自己的生命活力，西方意象主义就是为了挽救西方诗歌的衰落而做出的一种新的努力。毫无疑义，胡适所实现的也是这样一个文学改良的任务。中国古代产生的文言文、格律诗，早在文学革命之前很久，便已经成为中国知识分子反复做着的搭积木的游戏。他们的语言是从古人的语言中产生的，他们的诗歌是从古人的诗歌中产生的，他们对古人创造的语言不断做着各种形式的排列组合，排了又拆，拆了再排。这种游戏僵化了中国知识分子对自我所生活的世界的活生生的感受，同时也僵化了中国的文学和中国的文学语言。中国语言的活力早就转移到了像小说和戏剧这样用更接近口语的白话文创作的作品中了。到了近代社会，中国传统的文言文和格律诗对大量新生成的语言的排斥已经达到了人们难以忍受的程度，它们成了把中国现代知识分子与现代世界隔离开来的一堵又厚又重的语言障壁。拆除中国知识分子与现代世界的这堵语言障壁，重新建立自我与周围世界的直接联系，并且在这种联系中创造出属于自己的语言和诗歌，实际上是胡适文学改良主张和白话文主张的实质意义。不难看出，这也是胡适与西方意象主义者最根本的联系之所在，是胡适能够被称为中国现代主义文学运动的首倡者的原因之所在。在具体的文学主张上，胡适与西方的意象主义者之能够走到一起，是因为他们共同的目标是清除横亘在创作主体与外部世界中间的全部抽象的、没有表现力的词汇，而使诗歌语言成为主客体直接相会的精神场所。胡适的"八事"和美国意象主义者的"六大信条"所追求的都是这样一个根本目的。但是，这个根本目的却是在两个不同的文化和文学环境中发挥作用的，这使胡适没有成为西方意义上的意象主义者。他用西方意象主义的按钮，打开的却是整个中国文化和中国文学的电门，在这个意义上，他是比西方的意象主义诗人更伟大的文化和文学革新家。他的价值并没有因为他的文学主张是从西方意象主义者那里"抄袭"来的而受到西方意象主义自身价值的限制，也没有因为他未成为像西方意象主义者那样的现代主义文学家而较之西方意象主义者有更少的历史贡献。然而，在诗歌创作上，他却是比西方意象主义诗人蹩脚得多的诗人，西方意象主义的影响并没有保证他在诗歌创作上也达到西方意象主义者诗歌创作的成就。这里的原因也是明显的，当西方意象主义者提出自己的意象主义诗学原则的时候，他们已经是一批有着共同追求的诗人，他们的成功不仅仅依靠他们的革新主张，更依靠他们全部的创作才能。到了胡适这里，情况就完全不同了。他是在有了诗歌改革的愿望之后才开始自己的新诗实验的。前者正像实验成功之后写出的实验报告，后者则像看到别人的实验报告之后自己才开始做的实验；前者的成功不论大小都是已有保障的，后者能否成功则必须考之他自己的实验结果，我们是不能由西方意象主义者的成功证明中国作家的自身的成功的。西方的意象主义在胡适这里结出了一个较之它自己大得多的文学硕果，但却没有结出像它自己那样的意象主义诗歌。

文学革命产生的第一个有才能的文学家是鲁迅。对于鲁迅，我们过去用现实主义概括他一生的文学创作，现在有更多的人开始看到他与西方现代主义文学的有机联系。但我认为，不论我们用西方的现实主义还是用西方的现代主义，都无法精确概括这样一个独立的中国现代作家的文学创作。我们只能说，他是"中国现代主义文学"的奠基者，他的文学创作与西方现代主义文学的联系和区别，集中体现了"中国现代主义文学"与西方现代主义文学不能不有的联系和区别。他属于现代世界，但又属于现代中国。他的现代主义基本性质不仅仅体现在与西方现代主义文学的共同特征上，同时也体现在与西方现代主义文学的区别上。什么是现代主义？我们已经有多得数不清的定义，也有对它的哲学基础、表现手法、风格特征的多种论述。但我认为，现代主义表现的就是现代人对世界、对人类、对自我整体存在及其存在命运的体验和感受。现实主义告诉我们现实的世界是什么样子的，它由哪些有着不同个性的人构成，他们之间发生着哪些矛盾和斗争，他们各自的命运是怎样的。现实主义作家对他所处的世界是有自己的感受的，但他不以自己的主观感受代替对客观现实的描绘，他重视的是外在于自己的那个真实的世界，而不是自己如何感受这个世界，也不是独立于外部世界之外的那个内在于人心灵中的精神世界。浪漫主义告诉我们的是作者的主观感情和主观理想，告诉我们他自己的欢乐和痛苦，他自己的想象和梦幻。浪漫主义作家对他所处的世界也是有自己的感受的，但他更重视的是他的主观感情的世界，他生活在自己的主观感情里，并以此摒弃外部的世俗的世界，抗拒着这个世界对他的心灵世界的侵扰。现代主义则不相信有一个脱离人的主观感受的所谓绝对真实的客观世界，它认为对于人最真实的不是外在于人的那个客观的世界，而是人的感受中的世界；它也不相信有一个完全脱离开社会人生的纯粹的、美的心灵世界，它认为人的心灵世界是一个充满各种复杂矛盾的整体，是一个连他自己也难以了解和把握的"黑洞"。现实主义和浪漫主义都建立在一种绝对的文化价值标准上，现实主义者相信有绝对的、超于人的具体感受的客观现实；浪漫主义者则相信有绝对的、超于现实人生的崇高的精神价值。在现代主义者的观念中，所有这些绝对的价值都是人所无法把握的，人处在相对主义的旋涡中，永远也不可能抓住具有绝对性的东西。假若西方真有所谓后现代主义文学的话，那么，后现代主义文学就是已经放弃了对绝对性、唯一性的追求，满足于这个相对主义的世界并把人生作为在这个相对主义的世界中做毫无意义可言的嬉戏的文学。现代主义者并没有放弃对绝对性、唯一性的追求，他们感到一个失去了绝对性、失去了唯一性、失去了人的存在价值感觉的世界是一个混乱的世界，人的生存意义就在于在这个没有绝对性、没有唯一性，根本没法找到人的存在价值的绝对性证明的相对主义世界上不断寻找绝对和唯一。他们是注定找不到的，但却必须寻找，因为只有在这寻找中才能模模糊糊地体验到自我的存在以及自我存在的意义。他们在绝望中反抗绝望，在相对中体验绝对，在迷惘中寻求明确，在无意义中把握意义，在荒诞中看取真实，通过死亡意识生命。只要我们从这一点上理解鲁迅和鲁迅的全部作品，我们就会看到，鲁迅是中国现代主义文学的奠基者，也是它的一个最伟大的代表。鲁迅的现代主义同西方的现代主义有着不同的但却相通的现实基础。西方的现代主义是由于西方文化统一价值体系的瓦解，是在西方文化的现代危机中产生的；而鲁迅的现代主义则是由于中国文化统一价值体系的瓦解，是在中国文化的现代危机中产生的。在西方，"上帝死了"；在中国，"圣人死了"。在西方，"上帝"曾经是维系西方文化全部价值观念体系的唯一基础，是西方文化中的绝对和唯一，是人类的起源和归宿，也是人类真理中的真理。从文艺复兴到启蒙运动再到资产阶级革命后的科学主义、物质主义人生观的发展，西方人谋杀了自己的"上帝"，摧毁了人们对"上帝"的绝对信仰，但科学和理性却无法仅仅依靠自身的力量建立起可以完全代替宗教信仰的一套完整的、无所不包的价值体系，无法以自己的力量统一整个人类的思想，无法导致人在精神上的和谐与圆融。把全人类联系在一起的那个统一的、绝对的点不存在了，人类像无数断了线的风筝在空中狂乱地、无序地飘舞。人在人类中成了孤独无依的"个人"，在自由中陷入了迷惘。西方现代主义者在"上帝"已经无可挽回地死去之后重新感到对"上帝"的需要，在知道人类永难再找回"上帝"的情况下重新寻找"上帝"的身影。这个"上帝"实际就是人类共同信仰的文化以及共同遵守的文化价值标准。在中国，儒家的"圣贤观念"在政治权力的支持下曾经勉强作为统一的文化标准起到过维系中国社会的作用，但中国近现代历史的发展证明了儒家思想统治地位的瓦解已是不可挽回的趋势。

鲁迅的现代主义不是形式上的、表现手法上的，而是精神感受上的、文化观念上的，因而他的现代主义与西方现代主义在形式上和在表现手法上不是重合的，不是对西方现代主义作品的机械模仿。但是，这恰恰是他的现代主义之为现代主义的基本品格，是中国真正的现代主义所应具有的特征。鲁迅从来不把自己同西方的现代主义作家等同起来，他是在不想成为西方意义上的现代主义作家的情况下成为一个中国的现代主义作家的。关于这一点，雅·普实克曾经这样指出："即使是鲁迅早期作品中所采用的一些手法，欧洲散文也是很久以后才开始应用。我认为这一点可以清楚地看出，现代文学的出现不是为了适应各种不同的外来因素和逐渐改变传统结构的一种渐进过程，那是一种本质上的突变，是在外部动力的激发下，一种新结构的兴起。这种新结构完全不需要与激发它产生的那种结构相类似，因为作家不可估量的个性和地方传统在其中起了重要的作用。"①普实克是在分析鲁迅于1911年写的文言小说《怀旧》时说的这番话。在这里，我们应当注意的还有它所表现出的对中国社会和中国文化的感受。"秃先生"作为中国文化的代表，作为一个"圣贤之徒"，早已把文化出卖了，早已成了权势者的仆从和物质财富的奴隶。在这个"圣人早已死了"的社会里，发生的是严重的精神"沙漠化"

---

① ［捷］雅罗斯拉夫·普实克：《普实克中国现代文学论文集》，李燕乔等译，117页，长沙，湖南文艺出版社，1987。

现象，整个社会陷入了没有精神滋养的混乱无序状态。显而易见，这个主题也是鲁迅后来整个小说创作的总主题之一。《呐喊》中的《药》、《故事新编》中的《补天》和《野草》中的《复仇（其二）》是三篇在表现手法上各不相同的作品，但它们所表现出的人生感受和世界感受则是相通的："神"被"人"杀害了，"创世者"被他的创造物毁灭了，"拯救者"被他的被拯救者吃掉了。这个世界没有了"神"，没有了"创世者"，没有了"拯救者"，整个世界陷入相对主义的旋涡里。《狂人日记》的现代主义性质不仅表现在意识流小说的写法上，更表现在它所制造的是一个相对主义的迷宫。在"狂人"眼里，周围的世界是"吃人"的可怕的世界；而在周围人的眼里，他则是一个可怕的疯子。在这二者之间，在一个没有至高无上的"神"的现实世界上，在一个没有统一的文化价值标准的人世间，人们到哪里去寻找最终的审判？谁能做出绝对完美的选择？这个相对主义的世界是荒诞的世界，是一个没有真实性的世界。所以，鲁迅的荒诞主义描写并不是来源于西方的现代主义，他比西方的现代主义者更早得多地展示了这个世界的荒诞，他展示荒诞的方式也与西方的现代主义者有所不同。《呐喊》中的《狂人日记》《阿Q正传》，《彷徨》中的《长明灯》《示众》，《野草》中的《求乞者》《影的告别》《失掉的好地狱》，直至《故事新编》中的历史小说，其写法各不相同，但其荒诞的意味则是相通的，也与其作品中的存在主义相同。鲁迅是在没有西方存在主义文学的时候就有了自己的存在主义作品的。鲁迅与西方存在主义有着相同的思想渊源，早在留日时期，他就把自己的哲学目光投向了尼采、克尔凯郭尔这些存在主义哲学的先驱人物的身上，但那时西方并没有正式标榜出存在主义文学的旗帜，鲁迅的存在主义是在他独立地面对这个相对主义的世界时所自然形成的人生观念，他的作品的存在主义也不仅仅表现在与西方存在主义作品的相同特征中。《在酒楼上》《孤独者》《伤逝》和《过客》《影的告别》在表现形式上有所不同，但其存在主义色彩则是相同的。这些作品展示的都是人在这个相对主义的世界里所感到的精神孤独，但是，人要生存，就要反抗这孤独，就要寻找与周围人精神沟通的途径。

人的生存价值就在这对孤独的反抗中，在人对绝对和唯一的无望追求中。人生的意义不存在于它的结果里、它的终点中（它的结果和终点是坟墓，是死亡，是虚空），而存在于它的过程中、它的行动中、它的生存本身中。人只是一个"过客"，他在人生的跋涉中才有自己的存在。吕纬甫、魏连殳、涓生的选择都是不完美的，都是以失败而告终的，但绝不是毫无意义的，他们是比孔乙己、阿Q、鲁四老爷、赵太爷都更像"人"的人，因为他们选择过、活动过、追求过。鲁迅的思想、鲁迅的人格、鲁迅的全部作品都浸透着这种中国的现代主义性质，它使我们必须用现代主义的方式解读它，说明它，理解它，评判它，正像我们必须用西方现代主义的方式理解西方的现代主义文学一样。

鲁迅的现代主义还向我们表明，中国的现代主义同西方的现代主义有一个根本的差别，即西方的现代主义是在与西方的现实主义和浪漫主义相区别的意义上被理解和把握的，而中国的现代主义则是在与现实主义和浪漫主义相联系的意义上被理解和把握的。西方的现代主义在其本来的意义上就不应包括现实主义和浪漫主义，它是在对现实主义和浪漫主义的否定趋势中建立起来的，而中国的现代主义理应包括现实主义和浪漫主义，在中国现代主义文学的形成和发展过程中，现实主义、浪漫主义与现代主义的发展是一个统一过程的不同侧面，在外来的影响中，西方的现实主义、浪漫主义和现代主义共同促进了中国文学的现代化过程，共同构成了中国现代主义文学的特征。在这里，看到中西文学发展的不同轨迹是十分必要的。西方的现代主义文学是流动过程中的一节，是不同文学流派在不同发展阶段相继成为文学主潮的变迁过程；中国的现代主义文学则是在对文学的现代性的一次性追求中产生的，是由各种不同的流派共同组成的新文学的整体。中国现代文学史上的任何一个阶段，都是不同文学流派共同发展的结果，而不是一个流派压倒一个流派的结果。在西方现代主义文学成为文学主潮之前，西方的现实主义和西方的浪漫主义都曾经得到长时间的充分发展，创造了至今仍然广为流传的众多经典性的作品，西方现代主义是作为另一种形态的文学为广大读者所接受的，它们之间的不同特征是人们把握和理解西方现代主义文学的主要形式，也是描述西方文学发展史的主要形式。西方现实主义文学的充分发展，在西方人的观念中形成了一种关于"现实"的既定观念，认为"现实"就是西方现实主义作家笔下描写的那个样子；西方浪漫主义的充分发展，在西方人的观念里形成了一种关于"情感"的既定观念，认为人的"情感"就像西方浪漫主义作家所抒发的那个样子。西方现代主义作家的人生观念发生了变化，他们感到"现实"并不像西方现实主义者所描写的那个样子，人的情感也不像西方浪漫主义者所抒发的那个样子，因而在他们相继走入文坛之后，他们要改变的是西方人关于"现实"的现实主义观念，关于"情感"的浪漫主义观念，在对人的外界现实和内在世界的表现上都具有反叛西方现实主义和西方浪漫主义文学传统的意义。在中国文学家异常自觉地追求着中国文学的现代性转变的时候，中国还没有充分发达的现实主义和充分发展的浪漫主义。充分发展作家对周围世界的精神感受力，更真切地表现作家主观感受中的世界和人的精神世界；充分发展作家对周围世界的认知能力，更真实地表现周围的社会现实和各种人物的生活命运；更充分地发展作家的感情表现力，更大胆地抒发作家对周围世界和周围人的感情态度，在中国现当代作家这里从来没有构成过尖锐的矛盾，从来是所有中国现当代作家同时追求着的目标。它们是一荣俱荣、一败俱败的关系。人们对感受的真实、感情的真诚、现实的真实各有不同的理解，但从没有一个作家从根本上反对这三个各不相同的标准。我说的中国的现代主义，就是这三个共同标准下发展起来的文学，它在中国作家这里实际上构成了一种创作方法，而不是三种不同的创作方法。这在鲁迅的作品中可以得到充分的说明。在鲁迅的作品里，对社会现实的真实描绘，就是对他感受中的现实的真实表现，同时也是鲁迅真实感情的表现方式。它有时是像《孔乙己》《风波》《祝福》这类的小说，有时是像《颓败线的颤动》《雪》《秋夜》这类的散文诗，有时是像《阿长与〈山海经〉》《藤野先生》《范爱农》这样的散文，有时是像《夏三虫》《推背图》《"友邦惊诧"论》这样的杂文，但不论其形式如何，这三种东西都是结合在一起的。鲁迅抓住了自己的感受，也抓住了周围的现实世界，同时也表达了自己对周围事物爱憎恶欲的感情态度。在他的作品里，写实的、抒情的、象征的、意象的、讽刺的、荒诞的，这些在西方文学中有着严格区别的东西往往非常不可思议但又是自自然然地结合在一起的，鲁迅作品中几乎所有写实性的形象都具有抽象的、多义的象征意义；它是真实的，但同时又可能是荒诞的；它切实得比切实还切实，但又朦胧得比朦胧还朦胧。像《阿Q正传》中的阿Q，《这样的战士》中的"这样的战士"，《补天》中的女娲，《铸剑》中的眉间尺、"黑面人"，杂文中的"叭儿狗"、"流氓加才子"、"豪猪"、要吸人血但又要哼哼一些吃人的大道理的"蚊子"等大量的艺术创造，其总体特点都不能用西方现实主义、浪漫主义和现代主义来概括。它们的特点与其说是固定的，不如说是游动的。它们是在最高的抽象性与最高的具体性、最高的客观性和最高的主观性之间游动着的虚像，你甚至无法确定它们与你自己的关系。你不会把《水浒传》中的鲁智深、《复活》中的聂赫留朵夫想得再抽象，也不会把他们想得再具体；不会感到他们离你更远，但也不会感到他们离你更近。但阿Q不同，他可以由极具体上升到极抽象，也可以从极抽象返回到极具体；有时可以与你立于绝对对立的两极，有时与你的距离又消失到无，使你感到你就是阿Q。但情况又往往是这样的：当你感到自己就是阿Q的时候，你恰恰已不再是阿Q，而当你不承认自己是阿Q的时候，你恰恰正是一个阿Q。实际上，鲁迅笔下的很多形象都具有这种特征，只不过我们还很少从这个方面认识它们。所以，鲁迅所体现的是一种与西方现实主义、浪漫主义、现代主义都不相同的创作方法。西方人标榜了很多自己的创作方法，为什么我们不可以把鲁迅所体现的这种创作特征作为一种独立的创作方法，作为"中国现代主义"呢？中国现代主义同样也是有自己的理论根据的，同样也是有自己的人生哲学基础的。在中国古代文化中，从来不脱离主体感受讲客观现实，也从来不脱离主观感情讲精神感受，它们共处在同一结构中。中国古代文学的区分是由不同的人生观念区分开来的，入世的儒家知识分子和出世的道家知识分子，各有自己感受人生、感受社会、感受世界的不同方式，各有自己不同的真实观和不同的主观感情，它们之间的区别是所有这些方面的区别，而不是哪一个方面的区别。抒情的、写实的、梦幻的乃至荒诞的各种不同的表现手法往往在一个作家手里同时得到应用，一部《红楼梦》几乎包含了中国古代文学中的所有艺术表现手法，并不像巴尔扎克与卡夫卡那样各自有各自的艺术描写方式。鲁迅与传统知识分子的区别也是人生观念上的区别，这种人生观念改变了他对人生、对社会、对周围世界的感受，也改变了他对客观现实的认知，同时也改变了他对周围不同事物的感情态度。在他这里，中国文学发生了由古典向现代的转化，但这种转化不只是像西方现实主义、浪漫主义和现代主义那样的转化，它是综合的，而不是分别的。直面现实的现实主义精神，敢哭敢笑敢怒敢骂的浪漫主义精神，作为"残酷的人类灵魂的拷问官"的现代主义精神，在鲁迅这里从来不是相互对立的倾向。它是中国的现代主义，而不是西方的现代主义。西方的影响是它的触媒，而不是它的结果。这些触媒在鲁迅身上发生的是综合性的影响，而不是单方面的排他性的影响。

新文化运动之后，新文学成了中国文学独领风骚的雅文学。它把古诗词的创作挤出了社会文学的领域，把传统小说的创作挤出了社会雅文学的领域。也就是说，中国新文学是把中国现代知识分子对自我和社会人生的表现当作自己的本质特征的，它是现代主义的。但是，接续新文化的倡导者走入新文学阵营的是一大批青年知识分子，他们成了新文学界的主要力量，他们也把他们的特征带入了新文学界。青年文化的一个重要特征是在学习中选择，在选择中意识自己。他们还无法仅仅通过自己而意识自己。留日时期的鲁迅喜爱西方摩罗诗人的作品同时也以西方摩罗诗人的榜样塑造自己，后来的失败才"使我反省，看见自己了"（鲁迅《呐喊·自序》）。所谓"看见自己"，就是不从自己所喜爱的对象意识自己和自己的价值，而仅从自己与自己所处的人文环境的关系出发来意识自己和自己要追求的目标。但形成了迄今为止的中国现当代文学研究的传统的新起的青年作家多数无法做到这一点，那时的青年文学家大都是以自己喜爱的文学作家或文学流派建立自己和阐释自己的，文化上的开放则使他们更多地以西方文学作家和文学流派为自己崇拜的对象，因而也以他们的标准意识自我和自我的追求。直至现在，我们几乎还只能依照中国现当代作家自己所崇拜的文学和文学流派来阐释和说明这个作家自己的作品，于是我们就有了现实主义、浪漫主义和现代主义的界定。但这是极不合理的，对一个中国现当代作家的界定应是在中国现当代文学发展的过程中，依照其作品所产生的实际影响而做出，不应以作家对自我的意识为标准。如果严格以一个作家在中国现当代文学发展中所实际产生的影响为标准，我们完全可以说，没有一个中国现代作家是真正意义上的西方现实主义者，也没有一个中国作家是真正意义上的西方浪漫主义者和西方现代主义者。我们过去把文学研究会作为现实主义的文学团体，茅盾则是在理论上提倡西方现实主义和自然主义的文学理论家。但他的第一部长篇小说《蚀》就不全是现实主义和自然主义的。我们与其说茅盾是中国的现实主义作家或自然主义作家，不如说他是中国最早的也是最杰出的都会主义文学的代表作家。在《蚀》中，他着眼的并不是现实的人与人的关系，不是人的各种不同的实际追求，而是现代大都会知识青年的情绪感受。这些情绪感受的现代主义性质是异常明显的：颓废、绝望、迷惘、孤独。真正推动着他们的是连他们自己都意识不到的本能，特别是性本能。这与西方现实主义小说中的青年主人公就是根本不同的，他们追求的目标不是实际的，而是精神上的，他们是与西方现代主义作家笔下那些失去了精神家园的主人公相同的一些人物，这个主题同时也是鲁迅《故乡》的主题。茅盾对本能，特别是性本能作用的理解和运用也是现代主义的，接近于弗洛伊德而远离左拉。左拉是在生物学，特别是遗传学意义上理解和运用人的本能的作用的，茅盾则是在本能，特别是性本能的压抑或满足的意义上理解和运用它的。显而易见，小说中人物的精神迷惘也是茅盾自身的精神迷惘，它写的不是"他们"，而是"我"和"我们"。茅盾的现代主义性质还表现在他对现代大工业的向往，轮船、火车、烟囱，现代都市的繁华在他的作品中一直是作为力量的象征出现的。在《子夜》中，尽管试图客观地对待吴荪甫，但仍然无法掩盖作家对这样一个资本家的崇拜，作家在他身上体现的是现代大工业的力量，现代城市的力量。这种倾向一直贯穿到《霜叶红似二月花》等 20 世纪 40 年代的作品中。显而易见，这不是西方现实主义的总体倾向，西方现实主义是把资本主义大工业的发展作为社会的悲剧予以表现的，这种对现代工业的崇拜倒是在西方未来主义的作品中有更明确的表现。假若仅从文学影响的角度，我们无论如何也无法发现许地山与西方现代主义的关系，但他几乎是文学研究会诸作家中现代主义意味最浓厚的一个。他的《无法投递之邮件》不论在内涵上，还是在形式上，现代主义色彩都非常明显。它把人与人之间在精神上希望沟通而又根本无法沟通的存在的悲剧表现得非常充分，也非常巧妙。"信"这个意象在中国也是极为现代化的。许地山的人生观念是建立在人的存在本身的悲剧性上的，人生的意义不在于实现幸福，而在于承担苦难。他的《缀网劳蛛》等作品虽然与加缪的《西西弗斯的神话》有着柔与刚、平凡与崇高的差别，但在对人的存在的悲剧性的理解上无疑有着极为相似的地方。在表现形式上，叶圣陶与西方现实主义的关系最为密切，但即使是他，表现的也多是自我的精神困惑，而主要不是对现实社会的认知。他没有巴尔扎克、列夫·托尔斯泰、狄更斯那么广阔的社会视野，他的作品的价值主要是表现了自我对现实人生的悲剧性感受。他的《倪焕之》表现的不是主人公没有具体的人生出路，而是没有精神的出路；他的主人公与莫泊桑的《俊友》、司汤达的《红与黑》、德莱塞的《金融家》、夏·勃朗特的《简·爱》的主人公都不相同，后者都追寻某种具体的东西，而倪焕之没有任何具体的人生要求，他只要求人生的和谐与完美。怎样实现人生的和谐与完美？作者自己也是迷离的。冰心有一篇小说《分》，其写作手法上女性的温婉使我们不太注意她对人生的悲观主义理解。不论冰心自己怎样理解自己的作品，这篇小说自身说的却是社会人生本身就是不平等、不合理的。她的《斯人独憔悴》表达的也是无可选择的痛苦，这与庐隐的《海滨故人》所表现的情境是相通的。只要我们把她们的作品同夏·勃朗特、简·奥斯汀的作品做一下比较，便知道她们与西方现实主义作家的作品的差别是根本性的，而不只是艺术水平方面的。西方的现实主义也写人的悲剧，但作家本身面对这些悲剧不是迷惘的、困惑的，而中国文学研究会诸作家作品中的困惑不仅属于书中的人物，更属于作家自己。他们的作品在形式上大都不同于西方现代主义作品，但其内在精神上确有很多现代主义的因素。因而，用"中国的现代主义"概括它们是比用西方意义上的现实主义概括它们更为精确的。就是从外部联系上，文学研究会对西方现代主义文学的介绍和翻译，也一点不比别的社团少。

创造社诸作家在过去被作为浪漫主义文学团体，但他们真的更接近西方的浪漫主义者吗？郁达夫是以他的《沉沦》蜚声文坛的，我们可以把他的《沉沦》同卢梭的《忏悔录》、歌德的《少年维特之烦恼》放在一起加以比较。卢梭尽管忏悔了自己一生的罪恶，歌德尽管通过小说的主人公之口抒发了自己爱情上的痛苦，但他们对自己和现实人生本身并不是绝望的，而郁达夫则不仅绝望于现实人生，同时也绝望于自己。他是一个溺毙者、零余者、孤独者，他与屠格涅夫笔下的"多余的人"的形象也是不同的。屠格涅夫笔下的"多余的人"对自己是充满信心的，他们的多余是从作者眼里看出来的，而不是他们的自我意识。这种自己意识到的"多余"，恰恰是西方现代主义作家的自我感受，是卡夫卡的《变形记》所表现出来的人生观念。郭沫若是一个乐观主义者，但他的乐观主义更像西方的未来主义者，他是在对大的、有力的、有类于现代大工业特征的东西的崇拜中建立起自己的乐观主义的。卢梭肯定的是不完美的自我，歌德肯定的是痛苦着的自我，拜伦肯定的是感伤着的自我，华兹华斯肯定的是与大自然融为一体的平凡的自我，席勒肯定的是失败的英雄，雨果肯定的是普通人的不普通的心灵，而郭沫若所崇拜的实际是胜利了的英雄，成了名的文人，被人认识到的伟大，被人看到了的光明。他的诗歌创作无疑更多地受到西方浪漫主义诗歌创作的影响，但他的诗歌本身与西方浪漫主义诗歌是不同的。惠特曼的《草叶集》让我们感到的是诗人自己在抒发对世界、对美国、对现代社会的主观感受，但郭沫若的《天狗》却有所不同。他笔下的"天狗"同鲁迅笔下的"狂人"（《狂人日记》）、"黑面人"（《铸剑》）有着更多的相同特征，它们都是作者自我的变形。作者将自己体现在一个完全不同于自己的外部形象中，并以这个变形的自我表达自己的内心情感和内在精神。二者的区别仅仅在于，鲁迅通过变形表现的是自我的悲剧处境，郭沫若通过变形表现的是自我的力量。这是一种有类于西方表现主义的艺术形式。郭沫若的《凤凰涅槃》《女神之再生》《湘累》《孤竹君之二子》等作品都有这种表现主义的性质，但这些作品又不是对西方表现主义作品的模仿。西方浪漫主义、表现主义、未来主义和精神分析学说的影响在郭沫若这时的作品里是难以分解得开的。创造社与文学研究会的区别正像西方现代主义也有各自不同的流派一样。文学研究会诸作家当时生活在国内，更多本土生活实感的表现，而创造社诸君子当时生活在国外，属于当时的留学生文学，更多域外生活实感的表现。这种区别，上升不到创作方法的高度，并且他们的缺陷也是相同的：较之鲁迅，他们都缺少在人生的反复中复杂化、深刻化了的人生体验，浮面性和单纯性是他们作品的共同特点。这影响了他们在文学创作上的成就，但这与创作方法没有本质的关系，任何创作方法都不能完全决定一个作家在具体文学创作上的成功与失败。

郭沫若的诗在中国不是作为西方的什么主义被接受的，而是作为 20 世纪的时代精神的体现者被接受的。闻一多的《〈女神〉之时代精神》集中体现了当时读者对《女神》的理解和把握。闻一多说，郭沫若的精神"完全是时代的精神——二十世纪的时代精神"。闻一多自己的诗追求的也是这种现代精神，过去说他早期是一个唯美主义者，这完全是从他的一言半语中得出的错误结论。仅就诗歌创作而言，在 20 世纪 20 年代的中国诗坛上，可以说没有一个诗人的诗能像闻一多的诗一样，具有这么浓郁的现代主义的性质。他的现代主义不是在西方现代主义诗歌的影响下产生的，而是在对现代中国悲剧处境的彻骨感受中自然产生的。我们常常以艾略特的"荒原"意识为标准在中国的诗歌中寻找现代主义，实际上鲁迅的"沙漠"意识和闻一多的"死水"意识才是中国现代主义文学中足以与西方现代主义文学中的"荒原"意识相对应的东西。闻一多诗歌的整体特征是自我的被囚禁感，他找不到一种能够直接表达内心情感的方式，他的表达就是不表达，他在不表达中实现自己的表达；他用笑的形式哭，用哭的形式笑；用赞扬的方式咒骂，用咒骂的方式赞扬。这是诗歌中的"反讽"。徐志摩的诗与西方浪漫主义的诗歌有着更多的相通之处，但他同样不是一个纯粹的浪漫主义者。他有他的《再别康桥》这类的诗，但也有《火车擒住轨》这类的诗，前者美而不新，后者新而不美。前者是用更自由的新诗形式抒写的传统的离情别绪；后者是用不尽完美的形式表达的只有在现代中国才能产生的独特人生感受。它把诗人在现代世界中所感到的不由自主的被动性，把人类无法把握自己前途和命运的无可奈何的感受，同"火车"这个现代意象结合成为一体，使它成为一个全新的艺术创造。也就是说，徐志摩作为一个诗人，既是抒情型的，也是感受型的，他还有很多直接反映现实问题的诗歌创作，并不简单等同于西方浪漫主义。徐志摩早夭，闻一多后来离开诗坛，郭沫若的诗走的是下坡路，他们后来都没有创作出更优秀的作品，而冯至的诗在中国现代文学史上走的则是上坡路。我们从他的诗歌创作道路中所得到的启示是明确的：一个中国现代作家思想艺术上的每一个有实质意义的发展，不论发展的是哪种艺术风格，它都表现为现实性、抒情性和感受性的同时深化。冯至第一期的诗歌是当时中国现代青年苦闷情绪的表现，同时也带着青春期的稚弱和清轻。鲁迅在谈到冯至所在的沉钟社作家的创作时曾说："但那时觉醒起来的智识青年的心情，是大抵热烈，然而悲凉的。即使寻到一点光明，'径一周三'，却更分明的看见了周围的无涯际的黑暗。摄取来的异域的营养又是'世纪末'的果汁：王尔德（Oscar Wilde），尼采（Fr. Nietzsche），波德莱尔（Ch. Baudelaire），安特莱夫（L. Andreev）们所安排的。'沉自己的船'还要在绝处求生，此外的许多作品，就往往'春非我春，秋非我秋'，玄发朱颜，却唱着饱经忧患的不欲明言的断肠之曲。虽是冯至的饰以诗情，莎子的托辞小草，还是不能掩饰的。"①到了他的诗歌创作的第二期，也就是鲁迅所说的成了"中国最杰出的抒情诗人"的时期，冯至对中国现实社会的整体感受力加强了，主观抒情的力度加强了，其现代主义的特征也加强了。例如，其《北游》之十：

> 这里有人在计算他的妻子，
>
> 这里有人在欺骗他的爱人，
>
> 这里的人，眼前只有金银，
>
> 这里的人，身上只有毒菌，
>
> 在这里，女儿诅咒她的慈母，
>
> 老人在陷害他的儿孙；
>
> 这里找不到一点真实的东西，
>
> 只有纸作的花，胭脂染红的嘴唇。
>
> 这里不能望见一粒星辰，
>
> 这里不能发现一点天真。
>
> 我也要了一杯辛辣的酒，
>
> 一杯杯浇灭我的灵魂；
>
> 我既不为善，更不做恶，
>
> 忏悔的泪珠已不能滴上我的衣襟。

中国的现代主义文学只能在中国作家的现实生活感受中升华起来，只能在自我表现欲望的推动下发展起来，而不会仅仅从西方文学作品的影响下直接产生出来。所以，中国的现代主义不论升华到何等的高度，你仍能感到它后面的现实生活的基础，仍能感到它的强烈的自我表现的欲望。到了冯至的《十四行集》，其抽象性进一步提高了，但你仍能感到

---

① 鲁迅：《且介亭杂文二集·〈中国新文学大系〉小说二集序》，见《鲁迅文集》，1267页，北京，线装书局，2013。

它与他的第一、第二期诗歌的联系。

　　直接在西方现代主义文学的影响下产生的中国的"现代主义文学"，可以以李金发的诗歌创作为代表。新文化运动开始之后，西方现代主义文学在中国作家心目中的地位提高了，李金发的地位也随之提高了。但这里有一个问题，即创作方法不是文学的"衣裳"，而是文学本身，我们不能仅从一个作品穿的"衣裳"而确定它的创作方法。我们可以说波德莱尔的诗创造的是一个象征主义世界，鲁迅的《秋夜》《雪》《失掉的好地狱》创造的是一个象征主义的世界，因为他们面前都有一个切切实实的现实世界，他们对这个现实世界的切实感受使他们感到这个现实世界只是一个空洞的外壳，它是不真实的，是毫无意义的，现实的事物只有作为一种象征才是有意义的，现实的世界只是另一个更真实的世界的象征。鲁迅《秋夜》中所描写的那个现实世界原本是毫无意义的，它只有作为另一个更真实的世界的象征才是有意义的、真实的。在李金发的诗歌里，实际上并没有一个被象征着的世界，作为象征主义诗歌，它是一个意义的空白，因而也谈不上是象征主义的还是现实主义的。他关心的不是这个世界，而是他的诗歌的外形。直到现在，仍有很多作家企图通过对西方现代主义写作手法的模仿把自己提高到现代主义的高度，他们不想切切实实地感受自己，感受自己所生活的这个世界，因而他们也不可能成为一个真正的现代主义作家。一个作家不切切实实地感受自己生活着的这个现实世界，怎么会感受到这个现实世界背后的象征主义世界？他不知道这个世界原本是什么样子的，怎么会对它做出"变形"的表现？他对世界应是什么样子的无所企望，怎么会感到这个世界是荒诞的？文学本身是不可模仿的，现代主义文学就更不能依靠对外国文学作品的模仿而提高自身。中国的象征主义并非从李金发开始，而是从鲁迅开始；中国的象征主义诗歌也非从李金发开始，而是从戴望舒、卞之琳、废名这些人开始。中国的象征主义与西方的象征主义是不同的。西方象征主义创造的是一个迷乱、疯狂的世界，中国的象征主义创造的是一个寂寞、悲凉、忧郁的世界。戴望舒等人的诗歌表现的就是中国知识分子感受中的世界。

在讲现代主义文学的时候，我们往往把 20 世纪 30 年代左翼文学排斥在外，这是不合理的。鲁迅的《故事新编》完成于 30 年代，是左翼文学的一部分，把它放在世界文学史上，也是一部全新的历史小说。它的时间观念不是纯现实性的，而是现实性与主观性在主观性基础上的奇特结合。他做的是有类于电影中不同镜头的重新剪接拼贴的工作，其意义是在这重新拼贴中显现出来的。如前所述，茅盾作为一个都会主义小说作家，其意义是现代主义的。在这里，我们应特别提出胡风和在他的影响下成长起来的一批左翼青年作家和青年诗人。

胡风是作为马克思主义文艺理论家的面貌出现在中国文坛之上的，但我们仍然可以感到，他是中国现代文学史上较少以西方现成文学理论为本而更多从中国现代文学的实际发展中建立起自己的文艺思想的一个杰出的文艺理论家。他的马克思主义文艺思想不是从西方马克思主义理论中照抄下来的，因而也与西方马克思主义文艺理论有着明显的差别。这个差别不是使他更接近西方的古典主义，而是使他更接近西方的现代主义。我们过去说他的文艺思想是从卢卡契那里照搬过来的，实际上，他与卢卡契的差异是极为明显的。如果说卢卡契的现实主义理论是以列夫·托尔斯泰的作品为蓝本的，那么胡风的现实主义理论则更像是以陀思妥耶夫斯基的作品为蓝本的。也就是说，胡风的文学思想实际处于西方现实主义和西方现代主义的结合部上。西方的现实主义者把列夫·托尔斯泰和陀思妥耶夫斯基都作为现实主义作家而以列夫·托尔斯泰的作品为基准，西方现代主义者则把陀思妥耶夫斯基作为现代主义的前驱者之一。这种创作倾向在边缘地带的模糊性，使胡风有可能在现实主义的旗帜下注入更多的本质属于现代主义的观念。在这里，起到更重要作用的是鲁迅的创作实践和中国的新文学传统。胡风的出现也标志着中国新文学开始作为一种独立的文学传统而作用于中国的文艺思想。新文化运动时期，中国文学家的文艺思想是在中外两个不同的文学传统中形成的，新文学的提倡者是中国文学的革新者，所以他们以西方文学为自己的旗帜，而新文学的反对者则是以中国古典文学传统的维护者的面目出现的。在那时，他们只能在中与外二者之间进行选择。而到了胡风，中国新文学已经成为一种独立的文学，它是现代的，又是中国的，通过对它的阐释和理解建立起自己的文学思想已有可能。如果说冯雪峰、瞿秋白在这条道路上已经迈出了最初的一步但仍然不够明确的话，到了胡风，其独立性就极为明显了，其理论的系统性也大大加强了。冯雪峰、瞿秋白做的是让左翼作家理解、认识和接受鲁迅的工作，胡风则是以鲁迅所体现的新文学传统为自己的文学旗帜的。"鲁迅的现实主义"这个概念的含义是什么？假如纳入列夫·托尔斯泰、陀思妥耶夫斯基、安特莱夫这三个人所体现的俄国文学发展的链条上来思考，所谓"鲁迅的现实主义"实际上就是由后面两者所体现的现代主义。胡风则是立于陀思妥耶夫斯基这个中介点的位置上理解和阐释鲁迅和鲁迅所体现的新文学传统的，它的现代主义性质是非常明显的。他的"现实主义"理论的主要命题是其"主观战斗精神"，是用主观战斗精神拥抱现实，用我们现在的语言翻译出来，就是最真实的现实是作家主观感受中的现实，脱离作家的主观感受的所谓客观的现实是根本不存在的，也是不真实的，毫无意义的。现实的真实、主观的感情都必须建立在作家主观感受的基础之上。显而易见，在其基本性质上，它是现代主义的。他以这种理论，把鲁迅的《呐喊》《彷徨》《野草》《故事新编》和杂文这诸多不同的作品都纳入他所说的"现实主义"中来，因而，他说的"现实主义"，实际上就是"中国的现代主义"，是在创作主体的主观感受基础上把感受、认识、抒情融为一体的"中国现代主义"、中国现代文学的独立传统。路翎是在胡风的文学思想影响下成长起来的一个著名的小说家。他的《财主底儿女们》《饥饿的郭素娥》《蜗牛在荆棘上》等作品是更接近列夫·托尔斯泰的现实主义，还是更接近陀思妥耶夫斯基的现代主义？其分明与后者有更相似的特征。路翎关注的主要是人的内在精神的动荡，而不是外部现实的变化。左翼女性作家丁玲关注的也主要是人的精神危机。她的成名作《莎菲女士的日记》描写的是一个中国现代女性自身的矛盾和无可选择而又不能不选择的困惑，是她的理智和情感的不可克服的矛盾纠缠。

左翼作家在文学体裁开拓上的成就也是不可抹杀的。鲁迅杂文是中国现代文学的一个独立的文体，它是在左翼作家的队伍中首先得到承认的，也是在左翼作家中首先得到推广的。在 20 世纪 30 年代左翼作家中涌现出了聂绀弩、徐懋庸、唐弢等一大批杂文作家。鲁迅杂文是什么主义的？这是不能由西方创作方法的现成理论来予以确定的。但是，西方现代主义显然与西方所有传统的文学派别有一个基本的差异，即它表现的是现实世界的不可居性，人的精神家园在现实世界之外，而不在其中。在中国，没有哪一种文体能像鲁迅杂文一样带有如此强烈的"现实世界不可居性"的意味，人的精神家园不在现实世界之中，而在对它的不断的批判中。中国小品散文和林语堂提倡的幽默文体也表现着对现实世界的批判，也是带有现代主义性质的，但他们努力把二者的精神距离缩小到可以互容的地步，而掩盖起二者绝对对立的基本性质。他们的作品更多地表现着主体对现实世界的无可奈何的迁就，鲁迅杂文则表现出对现实世界的不妥协。这种不妥协不是物质世界与物质世界的对抗，不是传统意义上的个人恩怨，而是精神世界与物质世界的对抗，是在现实物质世界中拯救人类精神的一种方式。就其文体论，鲁迅杂文更是中国现代知识分子所独有的，在中外文学教科书上未曾明文论证过的，它是适应着中国现代知识分子的写作活动而出现、而发展的，而不是对中外文学传统形式的简单模仿。在西方，现代主义文学一直处于先锋派文学的地位，它是实验性的、先锋性的，它通过不断创新而保持着自己的新颖性和先锋性。它创造的是陌生化效果，不断为读者创造出需要破译的新的文本。在中国，鲁迅杂文至今是先锋性的，是需要解读的文本，它不是对读者审美趣味的消极适应，而是对读者习惯性思维方式的干预和颠覆。它的新颖性和先锋性是在自身的灵活性中实现的，它是不可直译的。中国的小品散文就其题材和内容来说是多变的，但其形式是相对稳定的，鲁迅杂文不仅题材和内容是多变的，其表现形式也是多变的。它把中国语言的表现力提高到了空前未有的高度，是一种独立的语言表现形式，是有别于写实、抒情、论说的第四种中国语言。这种语言需要在你的精神感受中来理解，这也正是理解西方现代主义文学作品的方式。不在感受中，西方现代主义文学作品就没有真实性可言，没有感情性可言，没有哲理性可言，但当你用内心感受与西方现代主义文学作品接通了线路，这一切就都活跃起来。鲁迅的杂文也是如此。时至今日，对鲁迅杂文的明与暗的蔑视仍然存在着，但所有对它的蔑视都来自在这种文体的创作中没有取得较之鲁迅更高的艺术成就的作者群中，而这恰恰是它的先锋性的表现。鲁迅杂文是中国现代主义文学为世界文学做出的巨大的独立贡献，它同时也显示着中国现代主义文学的独立性、非依附性的本质。时至今日，一个中学高才生可以写出蛮不错的小品散文，但却很难写成一篇好的杂文；任何一个舞文弄墨的知识分子都可以写出一篇洋洋洒洒的政论文或学术论文，但不一定能写好一篇杂文；在能写好杂文的作家中，多数人宁愿去写一篇普普通通的小说，也不愿去写一篇震撼人心的杂文。鲁迅杂文所能表达的是中国人想说而不能说的那部分人生感受、思想认识和感情情绪，它不是比小品散文更落后、更少技巧性和思想性的文体，而是更带先锋性的文体。

报告文学也是首先在左翼文学中发展起来的。报告文学因它的题材而极容易被作为现实主义的，但只要把它作为一种文学形式，我们就会感到它的现代主义性质比它的现实主义性质更强烈。必须看到，并不是任何一个现实事件都能产生一篇好的报告文学，报告文学是那些最不容易进入人的现实视野而又最能撼动当时读者内心感受的现实事件的文学性报道。人们极易了解而又不感兴趣的现实事件，构不成一篇优秀报告文学的题材。它的作用同西方现代主义文学有极为相似的特征。西方现代主义作品是通过陌生化效果达到对人的深层精神的震撼，中国的报告文学则是以平常人所不易了解到的事实真相引起人的精神震动，它是对广大读者现实满足感的轰击性破坏，是感受性的，而不是认知性的。具有认知性的是新闻，而不是报告文学。报告文学从产生之日起就具有先锋派的性质。夏衍的《包身工》，不论作者自己怎样意识它，但它为我们描绘出的世界图景却是一个只有"狼"和"羊"的世界，是"狼"肆无忌惮地撕裂、嚼食着"羊"的躯体的残酷的世界。从《包身工》里，我们听到的是作者发出的恐怖的叫喊，是"救救人类"的呼救声。这种叫喊与当初鲁迅的"救救孩子"的叫喊遥相呼应。时至今日，一篇好的报告文学在中国社会中发生的影响比一篇好的小说往往还要大得多，对人们的精神震悚力也更大、更强烈。它在中国现代主义文学中占有重要的地位。

巴金、老舍、沈从文、曹禺几个作家的作品在中国20世纪30年代文学中占有突出的位置。在西方，创作方法是有明显的时代特征的，它说明的是一个时代或一个作家的总体创作倾向，但对于像曹禺这样的中国现代作家，你能用西方的哪一个创作方法概括他的总体创作倾向呢？在短短的时间里，他创作了《雷雨》《日出》《原野》《北京人》这样四部各不相同的剧作。在西方，从易卜生、契诃夫到奥尼尔是戏剧由现实主义到现代主义发展演变的一条不可逆的道路，但在曹禺这里，从《雷雨》（主要受易卜生现实主义戏剧的影响）到《原野》（主要受奥尼尔表现主义戏剧的影响）再到《北京人》（主要受契诃夫现实主义戏剧的影响），发生的却是西方各种创作方法的大回环。它们的影响在曹禺这里表现出的只是艺术风格上的某些不同，而没有思想艺术层次上的差异。曹禺同鲁迅的特点几乎是相同的，他们都不受西方某种创作方法的束缚，都是以自己的方式把感受的强烈性、现实的真实性、感情的真诚性融为一体的中国现代作家。在艺术风格上，他与诗歌中的闻一多、小说中的鲁迅都有着极为相似的特征，他们都把艺术结构锻炼到密不透风的程度，并在这结构里纳入人与人的不可协调的紧张关系，使得他们的作品都具有强大的内在张力。这种艺术的结构是极为主观的，也是极为现实的，这种结构本身就体现了他们对中国社会人生的主观感受。老舍的创作倾向，我们也不能仅从他的《骆驼祥子》《四世同堂》这一类作品来判定，他还有《猫城记》。《猫城记》的出现至少说明老舍并无意坚守任何西方的创作方法，他需要的是表现力。老舍是一个不愿开罪于世、开罪于人的人，他的表现方式要比他表现的人生感受更温和。《猫城记》是他的一次失态，但不是他的一次迷误。从他的第一部长篇小说《老张的哲学》到他的《骆驼祥子》再到他1949年以后创作的《茶馆》，贯穿的都是对人生的悲观主义体验。他的乐观是字面上的，而不是他描绘的人生本身。《老张的哲学》同鲁迅的《阿Q正传》、郑伯奇的《忙人》在表现形式上是同类的，它们都不停留在对特定人物的个性塑造上，而是对当时中国社会的抽象的概括性的表现。这种表现方式从本质上就是属于现代主义的。现实主义的共性仍是"一类人"的共性，而现代主义则是对整个人类社会的概括。老张的哲学不只是"老张"的哲学，还是当时的中国人的哲学，在当时的中国无往而不胜的哲学。这种哲学的本质是它的物质性，一切所谓道德的、伦理的、思想的说教都是为了物质的利益，最后都归结在一个"钱"字上。正像你从阿Q身上无法找到自新的根据，你从老张的哲学中也无法发现中国的希望。从阿Q沙漠般的心灵中生长不出精神的青枝绿叶来，在老张金本位的哲学中也生长不出人与人之间的爱来。"爱"在这个世界上注定是被摧残的东西，它没有力量同物质的力量相抗衡。直到《茶馆》中的撒纸钱，你都会感到老舍这基本上属于现代主义的内在人生感受。巴金是一个真诚热情的人，他终其一生都是一个人道主义作家，他对人的善较之对人的恶有更敏锐的感受，这使他更远离西方现代主义者的人生观念。即使他，其创作也不是单一的。他有一篇短篇小说《狗》，写一个乞儿很羡慕狗的生活，其表现手法就颇接近西方的现代主义作品，它所体现出来的巴金的内心感受，就是这个世界是荒诞的。怎样才能更精确地概括巴金一生的创作？我认为，他实际是一个用"光明"照亮"黑暗"、用"善"照亮"恶"的作家。在他的作品里，善良的人们总是受摧残的人们，他用他们的悲剧展示的是这个世界的黑暗，揭示的是人间罪恶。他的《寒夜》写出了人与人无法沟通的悲剧，作者无法忍受这样的事实，但也无法改变这样的事实，它植根在文化中，植根在人的存在中。他与西方现实主义作家的根本区别在于西方现实主义是把善和恶当作必须正视的客观现实来描绘的，于连就是于连，拉斯蒂涅就是拉斯蒂涅，不是他们本身是善是恶的问题，而是他们怎么样的问题，是你需要了解他们的存在、了解他们存在的根据的问题，"恶"在历史发展中起的作用在像巴尔扎克这一类现实主义作家的作品中得到了较任何他种文学都更为充分的肯定，即使列夫·托尔斯泰，也不把社会现实作为整体的善或恶来表现，他用现实的善来对抗现实的恶，但在巴金这里，他不能容忍恶的存在，在这一点上，他更接近西方现代主义者。在西方，现实主义是与科学主义同步发展的，它更把现实当作一个客观的存在，而现代主义则是在宗教意识的复苏和现代人生哲学的发展过程中发展起来的，善与恶的问题在一个新的层面上成为西方现代主义文学的基本主题。中国现代作家带着中国传统的善恶观念接触到西方现代人生哲学，"反对旧道德，提倡新道德"，关注的仍是善与恶的问题，在善恶的区分中感受现实人生成为中国现代主义文学的基本特征之一。从鲁迅到巴金再到当前的文学作家，用不同的形式反复诉说的仍是这样一个问题。他们之间有善恶观念的不同、表现形式的不同、感受深浅的不同、思想艺术高度的不同，但他们都无法逃离这个基本主题——"善"在哪里？在鲁迅的小说中，它有两种表现形式：第一，在对现实物质世界的反叛欲望里，这是在"狂人"、吕纬甫、魏连殳这些改革者身上表现出来的人道主义精神；第二，在人的自然存在中，这是在《一件小事》中的人力车夫、《社戏》中的农民和农村的孩子们、《故乡》中的两个少年、《在酒楼上》中的顺姑、《风波》中的八一嫂身上所表现出来的善良。沿着这个线索思考沈从文作品的价值和意义，就可看到，沈从文展开的是鲁迅未曾充分展开的世界，在他的湘西世界里存在着人的自然生命力和人性的自然美。它包含在"落后"的形式中，但却是现代人在精神上所追慕的。他与鲁迅的差别在于，他没有写出现代人在现代世界上所做的近乎绝望的人性的挣扎，他的作品也不带有这种绝望挣扎的色彩，对堕落着的现代社会的轻蔑态度和对一个消失着的世界的温情追忆，使他的作品缺少西方现代主义文学作品中的那种恐惧意识和焦虑意识，而鲁迅作品中则充满了对这样一个世界的恐惧和焦虑。但沈从文的作品仍在一个方向上发展了中国的现代主义文学，他用一个不同于现代世界的世界图景，表示了对现代世界的烦厌和拒绝。他是一个现代城市社会的边城来客，在这个世界里永远地失去了自己精神的故乡，像西方现代主义者失去了自己的伊甸园一样。显而易见，他的现代主义并不来自西方现代主义文学的影响，而是来自他的独异的生活经历和独异的人生体验。

中国现代的都会，是由几个不同的层次组成的。有一个层次是进入中国历史进程并以自己的力量影响到中国历史发展的，而有一个层次则似乎永远处在中国历史进程之外，其思想和行动也不会直接作用于中国历史的发展。前者就是茅盾所注目的范围：官僚、政客、军官、资本家、工人、有社会意识的知识分子；后者则是新感觉派小说家们所描写的对象：由形形色色的人组成的小市民阶层。后者是只生活在自己的生活目标中的人。他们有自己的小悲欢、小算计，有自己的虚荣、自己的价值观念，就是没有对社会整体的真诚关怀。新感觉派小说家写的就是他们生活中的波波折折，他们心理中的拐拐弯弯。如果说鲁迅写的是中国农村社会的"政治"，沈从文写的是中国农村社会的"风俗"，那么，茅盾写的就是中国现代城市社会的"政治"，新感觉派小说家写的就是中国现代城市社会的"风俗"。鲁迅和茅盾把"风俗的"集中为"政治的"，故显其大而重，但也相对失去了"风俗"的平凡和亲切；沈从文和新感觉派小说家则把"政治的"淡化为"风俗的"，故显其小而轻，但保留着"风俗"的平凡和亲切。人必须生活在"风俗"里，但"风俗"又是一个民族最强大的习惯势力。显而易见，直至现在，中国作家描写中国城乡风俗用的仍是这两种基本方式。新感觉派是以外国现代主义文学的一个流派命名的，但我认为，他们与外国现代主义文学的联系更带有表面化的性质。他们没有日本作家对人性刻画的那种严峻态度，而更带有中国作家的随意性和趣味性。施蛰存的小说是因以弗洛伊德的精神分析学说刻画人物性心理而著名的，这为他的人物性心理的刻画带来了精微性，但他重视的实际不是潜意识而是前意识。在他的笔下，石秀杀嫂已经不是由于潜意识的作用，而成了前意识支配下的行动。他们的价值都不主要来自对西方现代主义艺术手法的模仿，而来自对现代城市小市民生活的描写，来自他们对这个物质世界的轻蔑。尽管他们不像鲁迅那样疾视它的庸俗，但他们也不是这个世界的欣羡者。他们的精神不是安居在他们所表现的世界里，而是在这个世界之外。萧红和何其芳是两个艺术风格迥异的作家，一女一男，并且都不是着意模仿外国现代主义作品的人，但他们作品中所体现的孤独感和寂寞感则是相同的。从这两个作家身上，我们可以更清楚地看到，中国的现代主义是在中国本土自然地产生的，而不主要是西方现代主义影响的结果。萧红的孤独，她在中国现代社会的精神流浪，从她的人生经历中就能得到清楚的说明。她追求幸福，但没有找到幸福；她追求爱情，但没有得到爱情。她的精神在任何一个固定的点上都无法驻足，流浪就是她的命运。何其芳早期的诗歌和散文，浸透着他在没有安住到现实的物质世界之中的时候所感到的无所排解的寂寞。他的精神是飘忽不定的。

臧克家的诗歌是从闻一多的诗歌传统中走出来的，也就是说，他的诗歌并不是西方现实主义诗歌的余绪。他创造的"老马"意象，像闻一多的"死水"意象一样，其象征的意义、现实的意义、抒情的意义是不可分割地融为一体的，其荒诞性与真实性是没有任何明确界线的。20世纪40年代，是一个行动的时代，俄国未来主义的诗歌创作，特别是马雅可夫斯基的诗，为中国诗人们提供了行动的节奏、战斗的节奏、号召的节奏。它不是模仿的，而是与自己的要求恰相适应的。在中国，"阶梯诗"是先锋派的诗，实验性的诗，它把中国汉字的力量提高到了前所未有的强度，打出了马蹄的节拍、鼓点的节拍、金属敲击的节拍。它体现的虽不是个人孤独的反抗，但却是一个民族所做的孤独的反抗。在鲁迅那里，民族的孤独包含在个人的孤独里；在40年代田间、艾青和整个七月派诗人那里，个人的孤独是包含在民族的孤独当中的。七月派诗人大都是很孤傲的人，这由他们后来的表现得到了证明。你得在他们的诗中读出他们的孤傲来。田间的诗是集体的，艾青的诗则不但是集体的，同时也是个人的。他对大堰河的歌颂是痛苦的歌颂，他的痛苦的调子产生于他的精神搁浅。他诀别了生身父母所属的阶级，但并不是养母大堰河的亲生子女。这种搁浅感在殷夫告别他哥哥的诗里同样酿成了一种痛苦的情绪。早在中国第一个伟大的现代主义作家鲁迅那里，就已经明确意识到自己的被搁浅的精神处境。他是光明与黑暗之间的一个影子，黑暗能把他吞没而光明也会使他消失，他的生存价值就在这对黑暗的反抗和对光明追求的旅途中。艾青做的也是这种向彼岸飞翔的努力，他的精神飞翔着，但没有飞到过。他的诗里充满着飞翔的艰辛和渴望的焦灼。艾青所受西方现代主义艺术和文学的影响是广泛的，但他不像李金发，把自己纳入西方现代主义诗歌里，而是把西方现代主义纳入自己的人生追求和精神追求中。

20 世纪 40 年代是中国行动的年代、战斗的年代，但也正是在这样一个年代里，中国现代青年知识分子开始了人生哲学的思考。在 20 年代，几乎只有像鲁迅、许地山这样少数几个作家才在人生哲学的层面上思考人生和表现人生。到了 30 年代，人生哲学几乎成了非左翼作家的专利。那是一个中国传统人生哲学重新获得非左翼作家青睐的年代，他们试图借助中国古代的人生哲学来安顿自己狂躁的灵魂，不带有鲁迅痛苦思索、孤独抗争的色彩。鲁迅的哲学是一个没有终点的追求，他从来不感到自己已经悟了道，获得了人生的真谛，而废名则在自己人生哲学的港湾里停泊下来。废名是"自由主义知识分子""个人主义知识分子"，但却不是在"自由"中追求，而是在"自由"中安居；不是做"个人"的抗争，而是做"个人"的栖息。用"自由"的名义逃避自由，用"个人"的名义放弃个人，是中国现代主义者自我解构的基本方式。废名的《莫须有先生传》是现代主义的，但又是古典主义的，是现代主义的表现形式和中国古代哲学观念的结合物。当把"荒诞"指证为"正常"，把"混沌"当作"清晰"，把"迷惘"称为"清醒"，把"无为"确认为"有为"，现代主义的精神旅程便变成了古典主义的精神休息。西方现代主义者把世界视为一个相对主义的世界，但并不认为这个相对主义的世界是适于人生存和发展的世界，因而也无意将这个相对主义的世界绝对化。中国古代道家学说和禅学则具有把相对主义绝对化的性质，当把一切都视为相对的，也就放弃了对绝对和唯一的追求。废名沿着自己的哲学退出了人生，摆脱了人生矛盾的纠缠，40 年代的青年作家们则在人生纠缠中走进了哲学，他们的人生哲学就是在人生矛盾的纠缠中产生的。在西方的中世纪，"上帝"还没有"死"的时候，每一代青年，每一个人，所面对的都是一个统一的世界，绝对的世界。一个人不用做纯属于个人的选择，因而也不用为自己的选择负责。善恶的界限永远是清晰的，即使痛苦，也不迷惘，在那时的世界里没有什么可以迷惘的。在中国古代，"圣人"还没有"死"的时候，一个人按照"君君，臣臣，父父，子子"的原则，一切听君、父的安排，不必自己为自己操心。一切的原则都是固定不变的，一个人只有想不想做"好人"的问题，没有一个什么样的人才是"好人"的问题。40 年代的中国青年知识分子，则落入了现代性的生存危机之中。如果说"五四"那代知识分子必须在中西两种不同的文化间做出选择的话，40 年代的知识分子则面临着一个更加动荡的世界、分裂的世界，一个各种各样的价值标准满天飞的世界。他们得自己选择，自己为自己的选择负完全的责任。没有任何一个人能为他们指出一条绝对完美、完全正确、万无一失的人生道路。任何一个人都只是各种不同人中的一个，连自己的父母兄弟、老师朋友都只是人生旋涡中的一个"泡沫"。中国现代知识分子老是觉着自己的哲学都是从中国古代或西方来的，其实中国现代人的哲学就从中国现代人的这种处境中来的。40 年代的青年知识分子必须在这种处境中自己为自己选择，必须面对着这个庞大的、分裂的世界进行选择。即使他们做出了一种自己能够认可的选择，这个世界对他们仍是沉重的，因为他们的任何一种选择都同时面临着各种不同选择的纠缠。只要他们的选择是真诚的，他们就得以自己的方式承担起整个世界的沉重，否则，他们的选择也就等于不选择，而不选择就没有他们的存在。老年人即使不选择也有他们的社会位置，但青年人不行，青年人必须选择，必须做出自己无可选择的选择。依靠什么来选择？自然外部世界已经不可能为自己提供一条确定无疑的正确道路，那么，一切的选择只能是自己的选择，只能依靠自己的人生感受来选择。

在他们面前，世界上的一切都成了不确定的，唯一真实的就是自己的感受，他们必须在自己的感受中建立起自己对世界、对人生的认识。没有自己确定的人生感受和在这一基础上做出的人生选择，外部世界对他们只是一片混沌，一团没有确定意义的乱麻。他们必须依靠自己的心灵直接感受这个世界，一切略带明确的东西都是在困惑、迷惘、痛苦、焦躁之中建立起来的，都是感受之后的结果，而不是感受之前从别人那里接受过来的现成标准或现成结论。不难看出，这就是西方现代主义文学赖以产生的主要文化背景，也是中国现代主义文学赖以产生的文化背景。在困惑中选择，在痛苦中追求，在迷惘中思考，在绝望中反抗，在重压下挣扎，在围困中突围的现代主义色彩，成了这个时期青年文学家文学作品的普遍色彩。路翎和以路翎为代表的七月诗派的青年作家们，张爱玲和以穆旦为代表的九叶诗派的青年诗人们，无名氏乃至钱锺书、骆宾基这些政治态度各异的 40 年代的青年作家们，构成了中国现代主义文学的交响曲。

依照政治态度，我们在张爱玲和中国现代主义文学的奠基者鲁迅之间，是很难找到共同之处的，但就其文学倾向和创作方法，二者相同的地方要比相异的地方多得多。极俗与极雅、极具体与极抽象、极悲剧与极喜剧、极正常与极荒诞的同体共生是这两个作家作品的共同特点。张爱玲的《传奇》同鲁迅小说一样，并不像西方现代主义文学作家，着眼于外部的荒诞和奇幻的造型，而着眼于社会人生本身的荒诞性。他们的作品有一个共同的潜台词：在中国，最荒诞的不是现实人生之外的东西，不是妖魔鬼怪、魑魅魍魉，也不是奇事异闻、洪水猛兽，这些已被像《封神演义》《西游记》《聊斋志异》这样的中国古典小说讲得像我们身边的人一样普普通通了，而在西方现代主义文学兴起之前，除了古希腊、古罗马的神话和宗教故事之外，西方人还没有听过多少奇奇怪怪的故事，任何一种奇幻的造型都使西方人感到有些荒诞，有些不可思议，但中国人并不这样。他们在听故事之前，就等待你讲出一些奇奇异异的事情来，一切奇异的都是正常的，只有你讲得毫无奇异之处，他们才会感到有些莫名其妙，有些不可思议，有些荒诞。中国人不会觉得诸葛亮会呼风唤雨是多么奇怪的事，像他这样一个聪明的人要是连呼风唤雨也不会才是奇怪的。中国真正的现代主义者是能在极平凡的现实生活中表现出它的荒诞性的文学家，而不是用荒诞故事满足读者好奇心的作家。这是为什么中国现代主义文学常常被人们误认为现实主义文学的原因，也是为什么西方现实主义文学能够成为中国现代主义文学发展的一个外部影响力量的原因。张爱玲的《倾城之恋》像鲁迅的《阿Q正传》一样，写的是一个令人见怪不怪的故事。表面看来，它像一个俗不可耐的恋爱故事，但作为一个文化寓言，它也像《阿Q正传》一样，有一种至今仍使我们不敢说出口的恐怖性。它把失去了统一性的人类文化描写得极为可怕，"圣人"的消失，人类文化的分裂，使人类再也难以找到心灵沟通的现实道路，这种沟通只有在人类的大恐怖、大灾难降临的一天才能在瞬间中实现。它是一个喜剧，但这个喜剧却是用一个更大的悲剧完成的。她的《金锁记》可以说是最成功地运用了弗洛伊德精神分析学说写成的中国现代主义小说作品，是比她的《心经》和施蛰存的心理小说更有人性深度的杰作。她写的是潜意识，而不是前意识；写的是人类的精神荒芜而不是哪个人的道德过失。在中国现代主义文学的女性形象的画廊里，曹七巧在精神上有类于毕加索画中的人物，而在外形上，则完全是写实的。她是女性形象中的阿Q。她同阿Q一样，以看来不可思议的方式表现了人性中的丑恶。像曹七巧一样用物质主义的饕餮欲望阉割掉自己的精神的、爱情的追求并把这种阉割行为施于自己子女的现象，不正是人类存在的一个极其普遍的现象吗？如果说鲁迅的《狂人日记》写的是男人吃男人的恐怖历史，张爱玲写的就是女人吃女人的恐怖历史。钱锺书《围城》的幽默破坏了它的现代主义主题，就它的主题本身则是极具现代主义特征的。人生就像一个个被围困的城池，不在其中的总是竭力挤进这个包围圈，而一旦挤了进去，他又会想方设法冲出它的包围。这是人的存在的悲剧，不是哪一个人的道德缺失。从形式上看来，九叶诗派的诗人们与臧克家、田间、艾青走的不是同一条诗歌创作的道路，但只要我们从基本精神上感受他们的作品，我们就会发现，在他们的诗里，激荡着的仍是中国知识分子那永远安定不下来的灵魂。他们的灵魂要飞翔，但又被囚禁在一个无形的囹圄里。穆旦简直就是一个鲁迅《狂人日记》中的"狂人"，他发出的是一个精神"困兽"的吼叫。无名氏的叫嚣并不说明他的现实的力量，恰恰反映了他在精神上的绝望挣扎。他也是一个被围困的野兽，叫出的是"困兽"的声音。他的一部作品的名字就叫《野兽·野兽·野兽》。在政治上，他同郭沫若走的是截然不同的道路，但作为一个作家，作为一个精神实体，我们在他的作品里，听到的不就是另一个"天狗"的声音吗？

最后，我们可以把这样几个中国现代作家排列在一起：鲁迅、闻一多、曹禺、路翎、张爱玲、穆旦。我认为，我们在这个似乎杂乱无章的不同时期、不同派别、不同性别的作家名单里，就能感到我所说的"中国现代主义文学"并不是一个凭空杜撰出来的名词。在现实的人生选择上，他们各有不同，正像西方现代主义文学作家也有各种对立的人生选择一样，但作为文学家，他们之间是有极其相似的特征的。他们的作品，至少在中国读者的感受里，现实感受的强烈性、主观情感的饱满性、客观反映的真实性不是相互矛盾的因素，而是一体三面的存在。这个特征同中国古典美学中的情理统一、情景交融、天人合一有着一脉相承的历史联系，但又有着从古代到现代的纵向转变。二者的根本区别在于：中国古典主义文学作品把各种矛盾因素包含在自身内部之后造成的仍是内部的和谐，而这些作品造成的则是内部的骚动感，是内部的张力关系，有一种紧张性。这些作品与西方的浪漫主义、现实主义、现代主义有着横向的现实联系，在其发展过程中也受到它们从外部给予的影响，但与它们中的每一种创作方法都有根本的不同。这就是我说的"中国现代主义文学"的创作方法。我之所以称之为"中国现代主义文学"，不是因为它与西方现代主义文学是完全相同的，是在西方现代主义文学直接影响下产生的，而是因为它是在中国文学向现代转变的过程中产生的，是在与西方"上帝死了"有相近意义的"圣人死了"的意识危机中产生的，它与西方现代主义文学的联系具有更内在的性质。

不论是西方现代主义文学，还是中国现代主义文学，都是在不同的文化圈中的先锋派文学，它是以区分两个不同的世界为前提的：一个是现实世界，另一个是精神世界。这两个世界各有自己不同的原则和规律。西方中世纪的宗教神学和中国古代的圣贤，都致力于这两个世界的和谐与统一。但是，现代文化的发展，使人们已经不可能维持对"上帝"和"圣贤"的绝对信仰。西方人对"上帝"的信仰和中国古人对"圣人"的绝对遵从是达到把现实世界完全纳入精神世界的统治以实现人类精神理想的基本前提，他们的"死亡"意味着人类的现实原则的胜利，人的欲望的胜利，现实世界已不可挽回地落入了人的欲望的血盆大口之中。但是，只有这样一个现实的世界、物质的世界、欲望的世界，人类也是无法获得幸福的，人类需要精神，需要爱，需要感情的联系、心灵的沟通。但现代人类中的每一个人都已不是"上帝"，不是"圣人"，他们无法凭借自己的权威把精神的价值带入这个世界。他们是"人之子"，他们同是作为一个"人"而生活在这个现实的物质世界里，他们不可能像"上帝"和"圣人"一样在无欲无私的状态中成为单纯的人类精神的布道者。这加强了他们自身的分裂，现实世界和精神世界的分裂，同时也造成了现代人自身的人格分裂。中外现代主义文学是在人类的这种文化处境中，在人类的人格分裂中，在对现实世界的复杂感受里寻求人类精神价值的文学。但是，迄今为止的中国现代主义文学，还主要处在自然发展的不自觉的阶段，中国现当代文艺理论家不是主要用西方文学的影响说明中国现当代文学的发生根源，就是用中国古代的传统否定它独立存在的合理性，这延缓了它自觉意识的形成。在中国现代文学史上，几乎只有鲁迅一人，对现实世界和精神世界的分裂以及由这种分裂造成的自我精神的分裂，有着高度的自觉性。绝大多数的中国现代主义作家，大都是只在青年时期进入现实世界的过程中，由于不需要掩盖自我的矛盾和自我与外部现实世界的精神对立，才在不自觉中表现出正视自我和自我与现实世界的对立的勇气，并且敢于表现在自己的作品里，成为中国现代主义文学家的一员。但当他们在现实世界中找到了自己确定的位置，适应现实的愿望就自觉不自觉地把现实世界的原则上升为唯一的、最高的原则，精神的原则就成了现实原则的附庸。当"感情"也成了一种"投资"，自我的精神也就干枯在现实物质实利的欲望中。在这时，他们开始把自我整合到一个统一的现实原则之下，从而获得自我完美的感觉，并把这种感觉当成自己成熟的表现。原则固定下来，整个的世界和全部的自我都按照这个固定不变的原则来衡量，整个世界被凝固下来，自我的精神也被凝固下来，过去对世界和自我的活生生的复杂感觉也就不复存在，他们的作品也就没有了现代主义文学的色彩。但是，中国现代主义文学仍是一个年轻的文学，仍没有成为中国社会普遍能够接受的文学。中国现代主义文学还在它的继续发展的过程中，它在中国现代文学史上所遇到过的问题，在当前仍然会遇到，我希望我对中国现代主义文学的理解方式和其中一些散碎的看法，会有助于中国现代主义文学的继续发展。

（原载《天津社会科学》，1996年第4、第5期，略有删减）

关于中国现代文学史编写
问题的几点思考

一、关于"史"的观念

中国现代文学史也是"史",是"史"就有一个"史"的观念的问题。在中国文化传统中,这个"史"很重要。如果说"经"是中国文化的"皇帝","诗"是中国文化的"皇后",那么"史"就是中国文化的"宰相"了。"诗"要美,但再美也得附于"经",不能离"经"叛"道",正像皇后要依附皇帝一样。"乐而不淫,哀而不伤"才是"诗"的正则;"史"要实,但再实也不能离开"经"的意旨,正像宰相不能背叛皇帝一样。"孔子作《春秋》,乱臣贼子惧","史"是鞭挞乱臣贼子、弘扬忠臣烈士的,而区分乱臣贼子和忠臣烈士的标准就是"经"。"经"已经是固定的,已经由古圣先贤发明出来,所以不再需要中国知识分子苦思冥想,只有"诗"和"史"是中国知识分子能够干的事情,而在"诗"和"史"中,"诗"更普及,是个读书人就能诌上几句歪诗,虽然当"诗圣"也不容易,但当诗人却不难。中国古代的知识分子人人都可以是诗人。但修"史"却不那么容易了，一个知识分子要被选入国史馆参与修史，那可不是那么容易的事情。作诗之人无权，美不美，好不好得由别人说，诗人自己不能强迫人家，而修史本身就是一种权力。虽然在大处得由皇帝说了算，但皇帝管不了那么多。皇帝管不到的地方，就得由修史的知识分子来定夺了。他的笔尖往这一歪，一个人物就是好人；往那一歪，一个人物就成了坏人了。而一经写在了"史"上，你就再也洗不干净。他人没有修史的权力，后代人得靠"史"来了解过去之事，因此写在"史"上之事就成了唯一的"历史事实"，即使你感到有点不对劲，也拿不出真凭实据来，"好人"做的坏事和"坏人"做的好事早就让他给"隐"了去，你想翻案，可就没有那么容易了，何况已经是前人的事，与己无关，谁还去找这些麻烦？所以，这个"史"的权力是很大的，修"史"之人的权力也是很大的。"史"在我们心目中的地位就高了起来，但是，当"史"落到了我们这些在学校里教书人的手上之后，就跟原来的"史"不一样了。我们不是被特选出来的一个更小的知识分子群体，因而也没有独立于其他知识分子的更高的文化权力。在大学中文系教书的人，大多得教文学史，我们既没有专利，也没有专权。你可以修史，我也可以修史。这个"史"没有了唯一性，也就没有了权威性。我们仍有治史的资格，但这个资格的来源却不一样。中国古代修史之人的资格是由皇帝赐予的，是因其对"经"的精深的理解和高度的忠诚而被选用的，有了这个资格，皇帝就准许你阅读皇宫里保存的大量别人见不到的历史资料，你就成了历史家了。这本身就有一个资格认证的问题，不是谁想当历史家就能当得了的。我们的修史则完全是个人的行为，不包含任何更高一级人士的资格认证。我们之能修史，首先因为我们是一些文学作品的"读者"。文学作品是供读者阅读的，是在社会上公开发行的。我们是这些作品的读者，我们对这些文学作品已经有了一些感受和了解。文学作品是在几千年的文学发展史上积累起来的，它给我们提供了一种整理和叙述这些文学作品的框架。这个框架是以时间的先后为序的，是有一种先后继起的发展变化的脉络的。当我们以这样的形式叙述这些文学作品，我们就有了文学史这种文体形式。这种文体形式又是在我们和我们的读者之间发挥沟通作用的。对于历史上的文学作品，我们是读者；对于文学史著的读者，我们则是作者。我们的读者同时也是文学作品的读者，但他们不可能没有选择地读完全部中外文学作品，他们要提高文学作品阅读的质量，得对现有的文学作品有一个整体的了解，以便根据自己的需要选择自己要读的作品。我们这些能治文学史的人，都是在一个领域读过更多的文学作品、对一个时期的文学有更多的感受和了解的人。我们治史就是让我们的读者先对文学史上的文学作品有一个整体的了解，以供他们根据自己的情况选择自己的文学读物。所以，我们的"史"与古代的"史"就有了轻重之分，这是由文化的普及带来的。读书的人多了，能修史的人多了，知识分子的价值就相对降低了。人的权威性下降了，"史"的权威性也下降了。如果说"史"的观念，我认为对于我们中国知识分子，这个"读者"的观念是第一位的，不要把"史"看得那么重。不看那么重，心灵就相对自由了些。心灵一自由，我们选择的范围也就会大一些。在过去，一个知识分子做一辈子学问，就是为了重新修一部"史"，至少也得参与修史。修不成"史"，就好像一辈子一事无成。一旦修成了一部"史"，又觉得在这个领域里没事可干了，其他都成了一些小事，干着没意思了。其实，作为一个"读者"，我们能做的事是很多的。就大的方面，也有三件：一是批评，二是史论，三是文学史。我把对作家、作品的研究都视为批评。在过去，我们把批评视为写文学史的准备功夫，那是因为我们过于看重文学史了。实际上，任何一部文学史，也无法把像凌宇的《从边城走向世界》、汪晖的《反抗绝望》这样一些作家作品论的内容都包含在其中。批评是独立于文学史的。一般的读者都是根据自己的爱好读书的。他爱沈从文，就想对沈从文了解得更多更深；他爱鲁迅，就想对鲁迅了解得更多更深。对于他们，批评比文学史更重要。"史论"从名目上是为了编写文学史的，但它不是文学史的附庸，它也是独立的。它是把文学史上提出的问题作为独立的研究对象的。它解决的不是文学史怎样叙述的问题，而是对文学史上出现的问题和文学现象怎样看的问题。像我们所做的大量的中国现代文学与外国文学、中国古代文学的关系的研究，大都与文学史的叙述没有直接的关系。文学史的写作只是我们能做的事情中的一件，并且不是最重要的一件。要说重要，它在19世纪五六十年代最重要，因为那时是中国现代文学学科正式建立的年代。王瑶、丁易、刘绶松、唐弢诸位先生为我们搭了一个中国现代文学史的架子，我们现在感到有必要调整这个架子，但我们产生调整这个架子的愿望是从我们的文学观念的变化而来的，是从对一些作家作品的评价而来的，这些实际还是批评和史论的问题，它是否已足以构成一个与前代文学史截然不同的文学史的架子，我们还是说不清的。我是同意和支持王晓明、陈思和诸位先生提出的"重写文学史"的主张的，也是同意和支持根据自己的教学需要编写新的文学史的，但这仍然不能把文学史的写作看得那么重要，看得高于批评和史论。我们有了这么多的现代文学研究者，假若人人编写一部现代文学史，中国现代文学史书可就"海了去了"。文学史只是我们教学的底本，有一种底本可用，教学时把自己不同的观点补充进去，对于现代文学史的教学是没有大的妨碍的。大多数的人做什么呢？做批评，做史论。这么多的人做批评，做史论，我们就不能把批评和史论当成比文学史低一头的事情了。大家各自在自己能够发挥作用的领域发挥作用，并且互相影响，我们整个中国现代文学的研究事业才会持续地发展下去。只要这样一看，我们就知道，我们现代的文学研究乃至整个世界文化的研究，实际已经进入了一个批评（包括史论）的时代。世界上绝大多数的文学研究者从事的都是文学的批评，而不是文学史。"史"已经不是文化的"宰相"。文化没有了"皇帝"，也没有了"宰相"。"史"仍是文学研究者从事的其中一事，不可轻看，但也不必特别看重它。

二、关于"文学"的观念

中国现代文学史是"文学"的历史，所以这个"文学"的观念也是重要的。如上所述，在中国古代，"经"是中国文化的"皇帝"，"诗"是中国文化的"皇后"。"皇帝"以"威"重。"皇后"以"美"显。"威"重令人敬，"美"显惹人爱。所以，中国文化向来是非常重视文学的。中国知识分子常常埋怨中国社会不重视文学，这是说不过去的。倒是在西方文化中，文学的地位向来是没有这么高的。西方的政治家极少同时是文学家，而中国古代的政治家大都同时是诗人、文学家。在中国古代，当不成诗人、文学家的，也当不成政治家。我认为，我们的问题不是出在太不重视文学，而是出在太重视文学。荒山野岭的花草树木，长得再粗再大，再鲜再美，谁也不想据为私有。假若我们都认为某棵树是神农氏所栽，属于无价之宝，大家就都要来抢了。这一抢，国家就要砍掉周围的树木，筑起围墙，设上岗哨，保护起来。它就有了一个归属的问题，有了一个"经"和"道"的问题。这个"经"和"道"是决定它的归属的，仅仅这棵树，是没有确定的归属的，它的归属是人们对它的重视的结果，是从外部附加到它身上的。屈原的诗就是屈原的诗，是他当时情感、情绪的一种表现。我们说他是浪漫主义诗人是按照我们的价值观念对它的一种评价，这种评价使我们感到屈原的诗是在浪漫主义的原则指导下创作成功的，是有一个"道"的，也使我们觉得他的诗好就好在这个"道"上。但其实不是，遵从这个"道"的，何止千千万万，为什么独独屈原成了这么伟大的诗人？这里还是一个生命体验和情感体验的问题以及诗的表现问题。屈原孤独得就要死了，人们还是不了解他、不同情他，这种生命体验和情感体验先就有了与众不同的性质，他又是有用文字进行表达的能力的，于是就成了一个伟大的诗人。我们有现实主义的文学、浪漫主义的文学、现代主义的文学、后现代主义的文学。似乎"文学"并不重要，前边那个定语才更重要。我们把文学的观念就当成了那个定语的观念。在这个时候，我们的"文学的观念"就像长了翅膀一样飞了起来，反而把"文学"扔在了地面上。毫无疑义，新时期的文化运动是一次思想解放的运动，但这个运动更是我们说的那种定语的解放运动，真正的文学观念是无法像这类定语的变化那么快的。《红楼梦》我喜欢，《水浒》我也喜欢；辛弃疾的词我喜欢，李煜的词我也喜欢；杜甫的诗我喜欢，陶渊明的诗我也喜欢；陀思妥耶夫斯基的小说我喜欢，巴尔扎克的小说我也喜欢；莫里哀的戏剧我喜欢，契诃夫、奥尼尔的戏剧我也喜欢；鲁迅的杂文我喜欢，张爱玲的小说我也喜欢；戴望舒的诗我喜欢，艾青的诗我也喜欢……你说我的文学观念是什么样的？我认为，这种文学的观念是文艺理论家的事，不是文学史家的事。文艺理论家要为新产生的文学找到一种理论的说明，他们得创造新的理论语言。次之是批评家，他们要把过去想说却说不清的问题说清楚，也要注意吸收新的理论语言。但这都不代表他们全部的文学观念。文学史家也要了解新的文学理论，然而一旦进入文学史的写作，这些理论就没有显著的作用了。对于文学史家，文学观念的问题根本就不是一个重要的问题。他依靠的是自己对历史上的文学作品的实际感受，不是依靠的理论。他感到哪些文学作品是我们当代人还可以一读的，他就得把那些文学作品介绍出来。文学史家没有"砍树"的权力，只有选择叙述对象的权力。他不能为了保护鲁迅而"砍掉"徐志摩，但也不能为了保护徐志摩而"砍掉"鲁迅。面对文学历史的茂密的丛林，他不能挨株地加以叙述，他只能选择那些他认为有代表性的，在松树中选择更粗更壮的，在杨树中选择更高更直的，在柳树中选择枝条更柔更密的，但他却不能只写松树而不写杨树。对于他们，定语并不重要，主语才最重要。什么主义的都行，但你得是好的文学作品。文学是什么？文学就是我们的精神的家园。在自己的工作单位里，我们不能太自由，我们最好衣履整洁，言谈举止也要彬彬有礼，适度约束一下自己，但回到家，就不妨脱了外衣，言谈举止也不必那么拘谨，各随其愿。假若说文学观念，我认为对于我们这是最最重要的文学观念。有人认为，我们当前的一些作家和批评家，对文学的态度太不严肃了。实际上，我们中国作家和批评家的不严肃，恰恰根源于太严肃。我们太重视文学，都想在文学界当"皇帝"。他要在家里也穿西服，就要求人人都不能脱掉西服，似乎别人在家里脱了外衣也不足以称为真正的文学家。这看来很不严肃，实际上还是太严肃。文学是不能用一个定语固定下来的。文学从来都是在不同风格、不同倾向的竞争的过程中发展起来的。文学史家不能仅仅用理论的标准区分它们，而要用心灵。心灵拣选那些能感动它的东西，而不是拣选怎样感动它的东西。批评家的标准要单一，不能一天一变；文学史家的标准不能太单一，太单一，就无法发现文学发展演变的轨迹了，文学史就不是文学史，就成了一堆文学理念的证明材料了。

三、关于"现代性"的观念

我们"治"的是中国现代文学史，这个"现代"自然也就格外令人注目。新文化运动进行的就是一个文学现代化的运动，但近年来，我们对这个"现代性"的问题产生了很多疑惑，也进行了很多讨论。我认为，这个问题也不像我们的理论讨论所说的那样严重。这里的关键问题不是一个有没有现代性的问题，而是一个怎样理解现代性的问题。在过去，我们总把现代性当成一个价值判断的标准，似乎现代的一定比古代的好，古代的一定比现代的不好。这就把进化论引进了文学史。实际上，历史不是按照不好—好—很好—最好的路线发展的。要是这样，我们人类还有什么事可干？历史是在动，但动是不得不动。不动连原来能有的东西也没有了。一动，现在的东西就与古代的不一样了，就有了现代性。它是不是一定比原来的东西好，因为产生的环境条件首先就不一样，怎样比较？这个比较也只能是各个人的感受中的比较，我说鲁迅比曹雪芹伟大，你说曹雪芹比鲁迅伟大，我们争一万年也争不清楚。但有一点则是确定无疑的，那就是我们不能把曹雪芹写到中国现代文学史上，古代文学史家也不能把鲁迅写在中国古代文学史上。鲁迅是现代作家，自然就有与中国古代作家不同的特征，这就有了现代性。古代社会是一个有矛盾的社会，现代社会也是一个有矛盾的社会。所以，现代性并不是一个完全统一的概念。我们过去把保守主义当成没有现代性的主义，实际上，在中国现代历史上产生的所有保守主义，都只是"现代保守主义"。辜鸿铭是一个保守主义者，但他同时又是一个留学生，能熟练地掌握好几门外语，这就是他与古代保守主义者不一样的地方，也是他在中国近现代社会能成为一个保守大家的原因。自然人人都有现代性，我们争的就不是什么现代性和非现代性的问题，而是在现代世界上如何进行具体的文化选择的问题。只要懂得了这一点，我们就会知道，有很多的争论，实际是与我们的文学研究无关的。有的是围绕政治的选择展开的，有的是围绕经济的问题展开的，有的是围绕对一个人或一些人的评价展开的，有的甚至是围绕对西方两种不同学说的价值评价展开的，争论的双方各有自己不同的潜台词，而这些潜台词实际大都不是由于太关心我们的文学发展而产生的。只不过"城门失火，殃及池鱼"，我们的现代文学也有一个"现代性"的问题，就把我们也捎带了进去。对于这些捎带的问题，我们不必从纯理论的争辩中去思考，因为它们本身就不是一些理论问题，而是一些实际的问题。例如，关于白话文革新的问题，关于新文化运动造成了中国文化的断裂的问题，关于鸳鸯蝴蝶派文学和新武侠小说的问题，关于中国现代格律诗词的问题。在有些人看来，似乎中国现当代文学的成就不高，是因为白话文革新造成的。这是一个死无对证的问题，因为我们的文学史就是这个样子的，假若没有白话文革新会不会产生出新的李白、杜甫来，谁能说得清呢？但要作为一个实际问题看，问题就简单了，那就是论者若坚信白话文伤害了中国文学的发展，他就应当像胡适提倡白话文运动一样进行一次复兴文言文的运动，并且自己首先进行"尝试"。假若这个"尝试"成功了，我们自然也改变对"五四"白话文革新的看法。假若论者仅仅把这样一个实际的问题当作一种理论来言说，并且至今仍然用白话文进行写作，说明论者本人就不把自己的观点看得那么认真，我们这些原本同意白话文革新的人也就不必那么认真；新文化运动是否造成了中国文化断裂的问题也是这样。现代中国文化确确实实存在着这样那样的问题，但这些问题是不是由于新文化运动造成的，则是另外一个问题。鸳鸯蝴蝶派文学和新武侠小说作为一种文学现象是应该进行研究的，但鸳鸯蝴蝶派和新武侠的哪些文学作品应该纳入现代文学史的叙述之中去，那得看它们在中国现代文学史上有没有提供一种新的文学范例。过去我们的文学史没有收入张爱玲的作品，现在我们注意到了她的作品，感到她的创作确确实实对中国文学的发展是有推动作用的，即使当代的读者也有必要阅读她的作品，我们就把她的作品写入中国现代文学史。鸳鸯蝴蝶派的作品和新武侠小说也应作如是观。文学史不是流派史。文学竞选的条件是文学作品的艺术上的创新性。鸳鸯蝴蝶派和新武侠小说也得提交这样的文学作品，不能仅仅靠这两个名目入史。现代格律诗词属于另一类情况。中国现代文学发展史与中国古代文学发展史是不同的。在中国古代，没有一个专业作家的队伍，文学家同时是政治家，政治家大都是文学家。到了现代社会，知识分子成了一个独立的阶层，我们有了一个相对独立的文学作家的队伍，我们的中国现代文学主要是由这样一个作家群体创造的。古代格律诗词，由于在中国古代文学中的崇高地位，成了很多知识分子业余写作的体裁，成了个人抒情解闷或私人间交往的手段。这样的创作是大量的，比新文学作品数量还大，但其在整体上仍然主要沿袭了古代格律诗词的风格。在我们已经有了大量优秀的中国古代格律诗词的情况下，是否还需要一代代的读者阅读并熟悉现当代格律诗词的创作，我认为是一个应当严肃对待的问题。现当代格律诗词一旦纳入中国现当代文学史，我们的文学史就不再主要是现当代作家创造的文学史，大量的画家书法家、学院派教授等就将占据我们现当代文学史的半壁江山。这也是一个实际的问题，从理论上是讲不清的。依我看，还是让对这些作品有兴趣的人自己去专门从事这方面的研究，他们可以另写中国现当代格律诗词史,我们的中国现当代文学史依然维持新文学史的固有性质。……以上所有的问题,都说明中国现代文学的现代性的问题已经不是一个理论问题,而是一系列实际的问题。我们又长了一个世纪,尽管我们的脸变得越来越粗糙了,没有了年轻时的细皮嫩肉,但再长回去也没有可能了。我看,我们还是继续向前吧!

四、关于"文学史"的观念

我们的文化从宋明以来就是讲"理学"的,所以很重"理论"。而宋明理学的理论又与西方的理论有所不同。它不是逻辑性的、推理性的,而是扎根在一个更抽象的"理"或"道"之上的。用抽象的"理"或"道"再去联系实际,就把实际也搞抽象了。往往弄得人心里怪别扭,但又说不出话来。因为你一说话,就碰着那个"理"或"道"了,而那个"理"或"道"又是万万碰不得的。西方的理论是推理性的,它是先从实际说起。实际是大家有目共睹的,是不容歪曲的,然后从实际中按照逻辑程序演绎出理论来。我们现在不讲宋明理学了,西方的理论成了我们很多人的理论,但这些理论一到中国,就有了宋明理学的味道。人们不说西方人讲的什么,为什么讲,是从怎样的实际对象上讲起的,而是先说它讲了什么。我们就用他们讲的理论去联系我们的"实际",实际上我们的"实际"并不是西方那些理论家的"实际"。这就把我们弄糊涂了,我们重新陷入了许多理论的怪圈。原本明明白白的事情我们也弄不明白了。原本我们知道鲁迅的小说是小说,但据说艺术是不能有功利目的,而鲁迅是主张"为人生的艺术"的,是有功利目的的,所以鲁迅的小说似乎又不是小说了。新时期以来的文学研究,是从思想解放入手的,是从理论输入入手的,是从文学批评入手的,新的理论确确实实起了关键性的作用。但这些理论也为我们设了一个个的怪圈。我认为,中国现代文学史的写作,先得摆脱开这些理论的影响。但这不是轻视理论,而是我们的理论就在我们的文学中，就在我们的文学史中。我们得从我们的文学和我们的文学史中产生我们的理论。我们的理论不能完全等同于西方的理论。

除了这些先入之见的理论外，我们的文学史写作实际只有两件事最重要：一是确定哪些文学作品应当写；二是它们之间是怎样区别和联系起来的，亦即把它们构成在时间上连续流动、有分又有合的动态的过程，构成我们的文学史。

文学史不是作家史，而是作品史。文学史不是为作家树碑立传的，而是让读者了解我们现代文学史上的文学作品的。在过去，我们老是争论文学史写谁不写谁，我认为更重要的是写哪些作品而不写哪些作品。我们要把对一个人的总体评价同对一个作品的总体评价区分开来。我认为，只要我们摆脱了为个人树碑立传的史学观念，这些问题是可以逐步得到解决的。科技史是为了记叙人类科学技术的发展史，文学史是为了记叙人类文学的发展史，它们都是为了人类必不可少的事业服务的，而不是为了哪一个人的荣和辱而存在的。对于我们中国的文学史家，还有一点特别重要，即我们的文学史写作不是为了展示我们的学问，而是为了向当代的读者介绍历史上的文学作品。文学史不是写的内容越多越好，不是把我们读过的文学作品都写到文学史上去。我们是研究现代文学的，自然应当尽量多地阅读现代文学作品，但并不是所有的现代文学作品都有让当代读者阅读的价值。我们的文学历史越来越长，当代人背不动这么沉重的历史的包袱，这个历史的包袱是由我们这些专治文学史的人来背的。这是我们的工作，我们背着是为了别人不背。我们写到文学史上的应是为当代文学作品所无法代替的，当代读者仍有必要阅读的现代文学作品。有一些文学作品，是只有那个时代的人才能创作出来的，是无法重复的。我们当代的读者需要比当代文学作品更丰富、更多样的文学作品，所以我们仍有必要把历史上的文学作品也介绍给他们。《红楼梦》只能产生于中国古代社会，鲁迅的杂文也只能出现在鲁迅手中，时代一变，文学就变，这些作品的独立性就保持下来。它们有独立性，为其他作品所无法代替，当代读者就仍能产生新颖感，仍能产生阅读趣味。有一些作品则不同。在当时，它们还新鲜，但后来的作品更多了，更好了，它们就不新鲜了。这些作品在当时也有存在的价值，但到了现在，就没有存在的价值了。我们就不必把它们写到文学史上去。这是一个历史的沉淀过程。我们要让需要沉淀下去的尽快沉淀下去，而让那些需要浮起来的更高地浮起来。《红楼梦》在中国古代文学史上越浮越高了，《大八义》《小八义》在中国古代文学史上越沉越低了。这就是历史。我们的中国现代文学史不要越写越厚，而要越写越薄。那么，我们的现代文学不就萎缩了吗？不会！因为我们还有批评和史论。批评和史论会因现代文学研究的发展而越来越丰富，它们集中在那些当代人仍在关注着的作家作品和理论问题上。总之，文学史家要为当代读者着想，不要存有炫示自己学问的心思。文学史家是应当有学问的，但不能炫示学问。文学史家的学问要在选择的精到中表现出来，而不是在叙述作品的多少中表现出来。

选择的精到取决于两个因素，一个是阅读面的广泛，一个是鉴赏力的高度。阅读面的广泛使文学史家能够尽量发掘前人没有发掘的好作品，鉴赏力的高度使文学史家能够更敏锐地感受出作品的真正价值。我们中国的知识分子向来重视"学问"，我们自己也常常称我们是"做学问"的，所以前一个问题对于我们中国知识分子几乎是不必说的。唯有后一个问题，对于我们十分重要。如上所述，我们文学史家实际是一个"读者"。而没有或极少当过真正的"读者"的又恰恰是我们这些学院派教授，我们这些文学史家。在学校里，我们是学习的。教师给我们传授文学史知识，告诉我们哪个作家的哪部文学作品的思想性怎样，艺术性怎样，其历史地位怎样。我们为了掌握这门知识，就去阅读相关的文学作品。在这时，我们实际不是一个文学作品的读者，而是为了印证我们学过的文学史知识。教师说："这个苹果是甜的，你尝尝是不是？"我们尝了，确实是甜的，于是我们记住了这个苹果是甜的。但这与那些渴了在街上买苹果吃的人是不同的，他们的感受更敏锐。他们不仅仅知道那个苹果甜不甜，还记住了他的全部感觉。这所有的感觉都在吃的那一刹那才感觉出来，给他的心灵一个新鲜的刺激。这就是我们专门学习文学史的人与纯粹读者的不同。我们毕业了，成了批评家，成了文学史家。我们已经很难摆脱我们的批评家的身份，我们仍然不是一个纯粹的读者。纯粹读者不像我们这样读文学作品。他读《红楼梦》，并不管哪一回是纲，哪一回是目；这里表现了人物的什么样的性格特征，那里反映了一个什么样的社会问题；哪里用了画龙点睛法，哪里使用的是象征主义手法。他们不往小说里添东西。他们就是读。小说家说了什么，他就知道了什么，没有说的，他也没有想。他是一直跟着小说的情节走的。而我们却常常不是这样。我们把文学作品打碎了，分割了，我们走不到小说世界的深处去，只在边缘上时进时出。再也没有作品使我们泪流不止，再也没有作品使我们怒发冲冠。我们在作者最痛苦的时候看到的是一些抒情名句，在人物的生死关头注意的是场面描写的生动。我们成了一些在文学作品面前铁石心肠的人，我们失去了对文学作品喜怒哀乐的情感性的真正感觉。我认为，这才是我们文学史家最危险的倾向。它使我们无法真正感到文学作品的本体了，也感觉不到文学作品之间的巨大差别了。一切的差别都只是一些外部特征的差别。一切的评价都是从一种固有的理论标准中衡量出来的。现实主义时行了，我们就用现实主义的标准；现代主义时行了，我们就用现代主义的标准。实际上文学作品是超于这些标准的。文学作品是写给读者看的，不是写给批评家和文学史家看的。写给批评家和文学史家看的作品往往是最不好的文学作品。所以，我们在选择文学作品的时候，要首先回到读者那里去，按照纯粹的读者的方式阅读作品、感受作品。

按照纯粹的读者的方式阅读作品、感受作品，并不是要放弃对文学作品的价值评价。恰恰相反，我认为，只有我们真正像读者那样感受到了文学作品的本体，我们才能够感觉出文学作品与文学作品之间的巨大差别来。喜剧不是简单的"逗乐子"，悲剧不是简单的"煽情"，一个作品在我们心灵中能不能引起真正的震撼，它在哪个心灵层次能够发生震撼作用，这不是靠着它的外部特征可以判断出来的。有一个批评家的故事使我终生难忘。据说有一天晚上，已经很晚，格里戈罗维奇抱着陀思妥耶夫斯基《穷人》的手稿来到别林斯基的寓所，一进门便兴奋不已地说："我们俄国又出了一个普希金！"别林斯基笑着回答："出个普希金哪有这么容易！"但当他和格里戈罗维奇连夜读完陀思妥耶夫斯基的这部处女作之后，自己也激动万分地说："我们俄国又出了一个普希金！"两个人没有休息，又一同去见这个乳臭未干的青年作家（根据记忆复述）。这个故事使我感动的有两点，一是他们对真正杰出的文学作品的那种精神契合力，二是他们对自己民族文学的那种发自内心的关心。我们虽然不必都有他们那样敏锐的思想艺术的感受力，但他们那种用自己的心灵感受文学作品的方式和他们对自己民族文学由衷的关切，却是应当为我们所努力做到的。我认为，只有我们的文学史家更多地用自己的心灵感受我们的现代文学作品，我们才会感到，中国作家乃至世界上所有文学作家的哪怕任何一点成就，都同时是我们生命的一部分。我们珍惜他们的成就，同时也是珍惜我们自己的生命。因为一个读者与感动过他的文学作品是分不开的。我们的精神是在这些文学"羊水"中孕育成长的。

我们有了感到应当叙述的中国现代文学作品，我们才有现代文学中的叙述框架。在过去，我们往往认为，中国现代文学史的历史框架是客观存在的，只要我们忠实于这个客观的历史事实，我们就有了这个框架。实际并非如此。历史不是所有历史事实的堆积和排列，而是我们挑选出来的部分历史事实构成的历史过程。我们现在的中国古代文学史与历史上的文学史不同了。为什么？因为我们需要叙述的文学作品不同了。一旦小说、戏剧与诗歌、散文有了平等的文学地位，我们的古代文学史的框架就与过去有了根本的不同。我们是根据要叙述的文学作品确立文学史的框架的，而不是先有了框架而后向里面塞作品的。我们要叙述这些作品的产生过程，我们就不能仅仅排列这些作品。在这时候，我们才感到，一些文学运动，一些文学现象，一些文学流派，一些文学论争，乃至一些我们在开始感到不必叙述的文学作品，是在完成这些文学作品的叙述时不可或缺的。我们在选择文学作品的时候，着眼的是这些作品对于当代读者的现实的意义。只有到了这个时候，我们才感到，文学作品除了对于我们当代人的现实的意义之外，还是有对于历史上的文学发展的意义的。这两个方面的意义有时是统一的（这表现在一些最优秀的作品上），有时则是相对分离的。这里的一个显著的例子是胡适的《尝试集》。作为一部诗歌作品，仅就对于我们当代读者的意义，我们没有必要把它写入中国现代文学史，但它在历史上的作用却是巨大的、不可磨灭的，没有它，就没有全部的中国现当代的新诗创作，所以我们必须把它写入中国现代文学史。但在这里，也有一个写法的问题。《尝试集》的意义就是它的"尝试"的意义，就是它对中国文学和中国诗歌的革新意义。仅就这个意义，它的价值就是非常重大的了。我们不必再用镢头硬挖它的什么思想意义和艺术价值，好像非要用评论其他诗歌作品的方式才能把它抬高到它应有的高度。与此同时，对于这类的作品，我们绝对是不可轻视的。什么形式主义，什么违背诗歌创作的规律，都与这类的作品无关。正像我们不能用不懂外语、不懂马克思主义哲学责备老子和孔子一样。创造者的价值在于他的创造，完善这种创造是后人的责任。

文学史不是思想史，也不是文艺理论史。它的思想性应当是在成功的文学作品中实际表现出来的，它的艺术性应该是成功的文学作品实际实现了的，都不应是作家自己用理论的语言表达出来的。中国现代文学是在外国文学、中国古代文学的影响下发展的。一个作家同时受到创作和理论的影响，而这两种影响并不总是协调一致的，并且影响和实际达到的也往往有很大的距离。一个人主张现实主义艺术，他的艺术风格未必是现实主义的；一个作家大讲象征主义，他的作品未必是象征主义的。对于这些，我们必须以他的作品为主。我们可以另外有文学运动史、文艺思想史、文学流派史、文艺论争史，但在文学史中，一定要从叙述文学作品的创作出发。仅就我的看法，我们现在的中国现代文学史仍然充斥了太多非文学作品的叙述，致使我们的文学史在纵向的推进上太慢，在横向的铺排上太多，令人感到过于沉闷。在这方面，它既不如外国文学史，也不如中国古代文学史。我们的中国现代文学史太好讲思想、讲理论了。我们的作品分析似乎也太多、太雷同。我们文学史上的作品介绍应与文学批评的作品分析不同。文学批评是对一个作品的全貌的分析或更深入的挖掘，文学史上的作品应是不同文学作品的联系与区别的描述。在这种描述中应能看出中国现代文学发展演变的脉络来，看出彼此的联系与区别来。例如，鲁迅小说与 20 年代的乡土小说，20 年代的乡土小说分明是沿着鲁迅小说的题材特征发展起来的，但 20 年代的乡土小说反映的范围更广泛了，而在风格特征上少了鲁迅小说的压抑愤懑，多了对小人物物质命运的同情。我们应该通过作品的介绍看出中国现代文学是怎样分流又怎样交叉汇合的，把它写成"史"，不要把它写成"论"。

（原载《文学评论》，2000 年第 5 期，略有删减）

中国现代短篇小说发展的历史轨迹

一

　　当我们站在世纪末历史的高峰回观整个 20 世纪中国文学的发展的时候，诗歌、散文、小说、戏剧，还有后来逐渐发达起来的影视文学，就像几条大的干流在中国 20 世纪的社会原野上蜿蜒盘旋，一直流到我们的眼前，流到我们的脚下，并且还在继续流动奔腾，流向 21 世纪。但是，在这几条大的干流中，情况并不是完全相同的。散文的河道是宽阔的，并且支流繁多，纵横交错，水漫漫，流淙淙，色彩斑斓，异彩纷呈，因而很多现代文学研究专家都认为在现代文学史上，散文的创作成就最大，水平最高。但是，散文的河道是宽阔的，却不是深邃的；水势是浩大的，却不是湍急的，除了在 20 年代到 30 年代初年的鲁迅杂文曾经涌起过一股股湍急的浊浪，造成过散文创作领域的千古奇观，就整个散文创作而言，它与中国古代散文在审美上并没有明显的、足以体现中国现代知识分子新的艺术追求的特征。发生巨大变化的是理论著述，科学的思维方式和叙述方式有力地改变着中国现代知识分子学术研究的性质和他们的写作习惯，像鲁迅的《中国小说史略》、胡适的《中国哲学史》、朱光潜的《悲剧心理学》、蔡仪的《新美学》等，与中国古代的理论著作是有着显著的不同的，但这些作品已经不属于文学散文之列，文学散文是写个人日常的实际人生感受的。中国知识分子思想意识的转变和新的审美追求的建立，更是从西方文化的影响下产生的，而不像西方近现代知识分子一样是从自我生存方式和生活方式的变化中产生的，所以一旦离开对民族前途、社会命运的整体思考，情绪相对松弛地返回到个人的日常平凡生活及其细微生活感受中来，中国现代知识分子与传统知识分子就没有明显的差别了。"草色遥看近却无"，这就是为什么有学者会把中国现代散文等同于晚明小品的道理。鲁迅杂文是个例外，他对中国社会思想的毫无情面的解剖一下子把他卷入了中国现代文化斗争的旋涡之中，这不但改变了他的文化处境，也改变了他的社会感受和生活感受，但这到底是一个特例。对中国古典传统革新幅度更大的是诗歌。中国在古代是一个诗国，如果说"经"是中国传统文化的"皇上"，"史"是中国传统文化的"宰相"，"诗"就是中国传统文化的"皇后"。陈独秀要革的是中国传统文化的"经"，胡适进而提出要革新中国的文学，所以他首先想到的是诗歌革新。但是，诗歌革新并不是那么容易的，中国古代诗歌也体现着中国语言的美。"诗"的"美"和"经"的"理"并不是等同的两件事。没有生活现实的变化，这种语言美感的变化也是极难的。中国的书面语言是由单音节的方块字组成的，中国古代的格律诗提炼的就是中国语言的这种美的形式，白话文的革新并没有改变中国单音节的方块文字，因而它的有效性并没有消失。这就是至今人们读起中国古代的名诗佳作来仍然摇头晃脑、赞叹不已的原因。但是，这并不能证明那些反对白话文革新的复古主义者的理论是正确的，因为一个民族的语言并不仅仅是为了作诗的，它是属于全民族的，诗人没有独占权。中国的文化要发展，要适应包括自然科学、社会科学、文学艺术在内的所有文化学科的需要，就必须克服中国古代那种严重的言文不一致的情况。即使从诗歌创作本身来说，中国古代的格律诗虽好，但让中国知识分子摆弄了千余年，再想创作出较之古代格律诗更脍炙人口的作品来，已经没有多大的可能性，他们需要一个新的更大的创作空间，以便更充分地发挥自己的创造力量。现代社会生活的急剧变化，现代语言中多音节词汇的大量出现，也迫使中国的诗歌必须放弃旧的形式。这种困难而又必要的革新，使中国的新诗创作像一条狭窄而又绵延不绝的小溪，时缓时急，时粗时细，一直蜿蜒至今，虽然艰难，虽然不能说它较之中国古典诗歌已经有了更高的艺术成就，但它到底丰富了中国的诗歌宝库，较之继续重复古代诗歌的形式要有意义得多。我认为，中国的新诗在将来的发展中还会焕发出我们现在难以预料的异彩来。较之诗歌，更困难的是话剧。话剧是一种更"笨重"的艺术形式，它要靠演出。演出要有经费，要有先期投入，而要收回成本并获得利润保证话剧演出的持续进行，就要有愿意花钱买票的观众。散文、诗歌、小说依靠书籍、报刊可以把散存于全国各地的新文学的读者集中起来，保证它的正常的出版发行，而观念则是无法集中的。在中国现代文学史上，新文化的发展还没有任何一个地域培养出足以支持话剧持续地进行正常演出的观念。剧本不一定要演出，但没有具体演出活动的促动和演出效果的检验，一个民族的剧本创作也是不可能得到繁荣的发展和艺术水平的持续提高的。在中国现代文学史上，中国的旧剧是表演性的，是让观众"欣赏"的，它用化装、表演、音乐唱腔和戏剧故事愉悦观众；话剧则是结构性的，是让人感动的。比起中国的旧剧来，话剧就像一只拔光了毛的鸡，没有一点外部的色彩。它依靠的完全是内在的戏剧冲突。中国固有的戏剧观众感情太粗糙，恭维几句就高兴，听到不顺耳的话就恼火，有了矛盾和分歧就吵架，或者屈服于权威的力量，不说，不表现。这样的观众是无法进入话剧的剧情中的，这样的生活方式也是无法造成适于话剧演出的情境的。这个问题恐怕至今是影响话剧艺术在中国发展的根本原因。现代话剧在中国的运气也是不好的，在它还没有站稳脚跟的时候又遇到了电影的冲击。这样，话剧在中国现代文学史上就像一条时而干涸、时而积水的河道，成功的话剧剧本零零散散，连不起串来。在观念上，戏剧的地位提高了，被现代知识分子抬到了雅文学的圣坛上来，但就实际的创作，它还很难说有与此相称的成就。说到小说，则不同了。它的革新幅度是很大的，而成就又是令人注目的。特别是短篇小说，就更是如此。长篇小说，在中国古代有几大名著，特别是《红楼梦》的成就，还是为现代长篇小说所不及的。长篇小说和短篇小说虽然都是小说，但二者差别极大。如果说短篇小说是空间性的，那么，长篇小说就是时间性的。短篇小说也在时间的流动中组织情节，但最终给你的还是一种空间的感觉。鲁迅的《阿Q正传》写了阿Q一生的事情，但最终让你记住的就是阿Q这个人物，这个人物所体现的中国人的脾性；长篇小说虽然在局部和整体上较之短篇小说都有更大的空间，但最终要给读者的应是一个时间性的、流动的感觉。没有流动和变迁的感觉便没有长篇小说。《红楼梦》不仅仅塑造了一些人物，更重要的是写了由这些人物构成的一个封建大家庭衰败的过程；巴尔扎克的《人间喜剧》不仅仅是一些个别人的故事，更是一个时代向另一个时代转化的过程。它们都可信地展示了一个过程，直到现在，直到未来，人们仍然认为这个过程是"真实的"，是合情合理的。显而易见，仅仅这一点，就决定了在中国现代文学史上，是不可能出现像曹雪芹、巴尔扎克、列夫·托尔斯泰这样伟大的长篇小说家的。20世纪的中国历史像一头不听话的驴子一样令中国的知识分子没有办法。在现代文学史上，茅盾的《子夜》，是一部在结构形式上最具长篇小说特征的作品；在当代文学史上，柳青的《创业史》在人物刻画上取得了突出的成就。但它们都栽在中国历史的陷坑里，它们的作者都想把中国历史的发展纳入一定的轨道中，但中国的历史却偏偏没有像他们想的那样发展。中国现代短篇小说的精品，则不存在这个问题。历史的野马不论怎样颠荡震颤，也无法把像鲁迅的《阿Q正传》、郁达夫的《迟桂花》、许地山的《春桃》、丁玲的《莎菲女士的日记》、沈从文的《边城》、张爱玲的《金锁记》、冯至的《伍子胥》、骆宾基的《乡亲——康天刚》这类中短篇小说从自己的马背上掀翻下去。它们是以历史上的一种人生状态为依据的。历史无法抹掉在自己的发展过程中曾经有过的任何人生状态，因而也无法抹掉这些中短篇小说的思想价值和艺术价值。总而言之，中国现代的诗歌、戏剧、长篇小说在其总体的成就上都还不能说已经超过了中国古代文学的最高成就，散文的成就是显著的，但它也没有较之中国古代散文更明确、更具体的新的审美特征，而既具有鲜明的现代艺术的特征而又取得了较之中国古代同类题材的作品更丰厚的成就者，则是中国现代的中短篇小说，特别是短篇小说。也就是说，最集中地显示了新文化运动的实绩的，在中国现代文学史上，是中短篇小说。

中国古代的短篇小说，不论是从唐宋传奇到《聊斋志异》的文言短篇小说，还是"三言""二拍"中的古代白话短篇小说，实际上都没有完全脱离开"故事"的范畴。"故事"和"小说"是紧密联系在一起的，但二者又是有严格的区别的。故事是讲出来给人听的，小说是写出来给人读的。讲与听的关系和写与读的关系是不一样的。听，只能接受线条较粗的东西，只能分辨彼此有较大差别的事物，感受到的是声音流动的美；读，则敏感得多，细致得多了，它能分辨极细微的差别，能感受到语言背后沉潜的意义，它实感到的主要不是语言流动的美，而是语言运用的精确和巧妙。听的对象是转瞬即逝的，读的对象则是可以在较长时间内驻留的。这使小说有更大的艺术潜力，有"故事"所没有的更广阔的表现空间。但是，中国古代短篇小说还刚刚从"故事"脱胎而来，它还没有完全脱却"故事"艺术表达方式对它造成的束缚。"三言""二拍"原来就是与说书人联系在一起的，是他们讲的一些故事；《聊斋志异》则是蒲松龄听来的一些故事，经他润饰加工而成的一部民间故事书。这种情况甚至与古代长篇小说的情况也不尽相同。由《三国演义》到《水浒传》再到《金瓶梅》，最后到《红楼梦》，中国古代的长篇小说在思想上和艺术上都发生着一系列的根本性的变化，这些变化又是同由说听艺术向写读艺术的转变密切相关的。《三国演义》和《水浒传》都是在讲史艺术的基础上整理加工而成的，但《三国演义》更是根据正史的记载通过想象加工而成，作者所写的不是自己生活中所熟悉的人物，他们彼此构成一定的关系，但与作者没有直接的感情联系，作者是根据一种流行的思想观念表现这个历史时期的政治和军事斗争的；《水浒传》中的人物则平凡得多了，它是讲史与写实的结合体，其中的人物是在作者和读者的现实生活中可以遇到的，是可以和作者、和读者发生实际的交际关系乃至感情联系的。人们对他们的感受更细致、更具体，因而也能从对他们生活细节的刻画中产生出强烈的趣味感来。如果说《三国演义》听起来要比读起来有趣味得多，那么《水浒传》读起来就比《三国演义》有趣得多了，但它仍然是能够讲的，有一个好的说书人说给你听，一定比你自己看书更加生动，更有趣味。《金瓶梅》则不再是说话人的底本，它是为看而写的，题材现实化了，是作者实际人生观察的结果。它写的是世情，是平凡日常生活中的人物和事件，其意蕴也开始向内转化。这类的情节，别人是讲不到这么具体、这么细致、这么津津有味的。《三国演义》《水浒传》依靠的是生动的故事，《金瓶梅》依靠的则是对世态人情的描写，这些文字描写的功能很难由讲说的口头语言来代替。但这些人物仍不是作者独立人生体验中的人物，作者不在他所描写的世界的内部，而是在它的外面。他是一个冷眼看世界的评判者、揭露者，他并不为自己生存在这样一个污浊的世界上而痛苦，而悲伤，他仍企图用对这些丑恶东西的揭露而吸引自己的读者，因而他的描写中时时有过于外露的缺陷。较之《金瓶梅》，《红楼梦》所描写的世界则是作者体验过的世界。它不但是为看而写的，不但写的是日常的平凡生活，而且作者就在他所描写的这个世界里。他是站在自己特有的角度感受和体验这个世界的，因而它的思想和艺术都有了为任何其他人都无法重复的独立特征。作者体验中的东西，是精确的，是有分寸的，"过犹不及"，他不会无节制地夸饰它，也不会无节制地贬斥它，否则就离开了作者的初衷。《红楼梦》虽然也有自己的故事，但作为小说却不仅仅是这些故事。它是为读而写的，而不是为听而写的。要了解这部小说，只听别人讲是不行的，只看根据它改编的电影和电视连续剧也是不行的，你必须读原著，必须读它的书面语言。这才是真正意义上的小说，与故事不同的小说。中国古代长篇小说所经历的这个发展过程，中国古代的短篇小说还是没有经历过的。只有到了现代文学史上，只有到了鲁迅这里，它才真正实现了由说听艺术向写读艺术的转变。

如果说屈原是中国历史上最伟大的诗人，司马迁是中国历史上最伟大的历史学家，曹雪芹是中国历史上最伟大的长篇小说家，鲁迅则是中国历史上最伟大的短篇小说作家。短篇小说到了鲁迅手里才真正成了一门成熟的艺术形式。为什么鲁迅能够把中国的短篇小说提高到真正小说艺术的高度？一些客观的因素当然起到了重要的作用，现代报纸杂志的出版发行，维新运动前后中国知识分子在外国文学的影响下小说观念的变化并由此导致的小说地位的初步提高，晚清小说创作的繁荣和小说读者群的扩大，林纾等人的翻译小说和外国小说的影响，陈独秀提倡的思想革命和胡适提倡的白话文革新的先导作用，这些都构成了鲁迅小说艺术革新的前提条件。但是，只有这些外部的条件还是远远不够的。现代的报纸杂志是现代白话小说的主要载体，但它可以刊载现代白话小说，也可以刊载传统的武侠和言情小说，它自身是不会独立产生新的短篇小说的。梁启超等启蒙思想家比附西方的文学把小说的地位提高起来，初步改变了中国知识分子对小说的歧视态度，但梁启超本人仍然主要是一个政治家，他对小说的重视仍然是从一个政治家的角度对文艺的重视，他的有限的小说创作都是直接为他的政治目的服务的，是一些政治宣传品，并没有真正实现中国现代小说艺术的革新。小说是一种艺术的创造，有创造才有真正的小说艺术作品，翻译小说和外国小说是不能直接产生中国自己的优秀的小说作品的，否则，我们这些比鲁迅读过更多外国小说的人，就个个都成了杰出的中国小说家了。陈独秀和胡适的情况在文学革命问题上同梁启超并没有根本差别，他们都是观念上的革新家，但观念的革新同艺术的革新不是一回事情。晚清小说的繁荣并没真正实现中国小说艺术水平的总体提高，晚清的谴责小说没有达到《儒林外史》的讽刺艺术水平；鸳鸯蝴蝶派的小说即使在爱情描写上也远远不及《红楼梦》的手段，艺术不等同于思想，并不是有了一点新的思想认识就一定能够超越于以前的艺术水平。我们认为，站在现代历史的高度，为了中华民族的现代发展，重新感受自我，感受自我的生活环境，感受中国社会各个阶层的人和他们的物质的和精神的生活，是鲁迅把中国现代短篇小说的艺术推向了现代高度的主要原因。这使他从参加新文化运动一开始就把目光转向了中国包括知识分子在内的社会群众的具体的、平凡的日常生活，转向了他们的物质的和精神的存在方式，而不是像陈独秀、胡适等人一样主要关注着中国知识分子的口头的理论和书面的宣言。这是一些活生生的具体，是一种浑然一体的感性存在，是只有用艺术的方式才能表现的对象，而这些对象，则是中国古代短篇小说家未曾表现过的东西，是只用讲故事的办法无法精确表达的。在这时，也只有在这时，西方短篇小说艺术的影响才在鲁迅的创作实践中发挥出了点石成金的作用，才使它们成了与鲁迅的生活实感相互推动的因素。真正意义上的中国的短篇小说产生了，它不再是一些供人们茶余饭后消闲开心的奇闻逸事，不再是供说书人任意发挥的有趣的故事。它是同书面语言血肉相连、不可须臾分离的一体性存在，它的艺术就存在于鲁迅的文字表达中。鲁迅小说对我们说的是什么呢？"看，这就是我们！这就是我们中国人！这就是我们中国人过的生活！"这里面有你，有我，也有他。每一个中国人都能够从中找到自己的影子，但它又把你拉到一个你平时不容易走到的角度上来，重新观察这一切，体验这一切，使你从中感到一点平时感觉不到的东西，让你思考，让你清醒，让你在感到这一切之后走出原来的自己，成为一个更新的人，更现代一些的人。在《狂人日记》里，他让你从那个"狂人"的角度想想自己，想想自己的生活环境，想想我们民族的历史，从而知道我们还不是真正文明的人，我们还保留着很多"吃人"的习性。我们必须重新审视自己，重新设计自己，修正我们固有的文化观念，建设新的文化。在《孔乙己》里，他让你站在一个小孩子的角度看一看没有爬到权势者地位的中国知识分子，看一看我们对自己瞧不起的人的态度，看一看我们对无权无势的人是何等的冷酷无情，从而使我们知道我们并不像平时想得一样善良、一样富有同情心，中国知识分子也不像平时自己想得那样体面，那样高贵，那样有价值。人们尊敬的是中国官僚知识分子的权势，而不是知识分子的自身和他们的"知识"。知识分子在"四书""五经"中学来的那些教条在社会群众的眼里只不过是"回字有四种写法"，是对于实际的社会人生毫无意义的东西。在《示众》中，他把你从看热闹的人群中拉出来，让你看看这些看热闹的人的热闹，让你感到点儿自己精神上的空虚和无聊……鲁迅小说写的对象都是再普通不过的一些人物和现象，但他在这些人物和现象中却能表现出你平时感受不到的一种异样的意味来。我认为，这就是他的小说艺术的本质特征，也是他能把中国古典短篇小说艺术提高到一个新的高度的主要原因。在这里，叙事角度的选择和艺术画面的组接即结构是两个最最重要的艺术手段。每篇有每篇的独特的叙事角度，每篇有每篇的独立的结构方式，这才能让原本平常的人物和生活场景构成有意味的艺术形式，构成短篇小说。这是一种才能，一种艺术的才能，这是比讲出一些离奇古怪的故事更困难的一种才能。一个十几岁的小孩子就可以把《草船借箭》《武松打虎》《金玉奴棒打薄情郎》《画皮》讲得娓娓动听，但即使一个鲁迅研究专家也无法生动地为听众讲述《狂人日记》《孔乙己》《药》等现代短篇小说。他们只能讲解它，但却不能同样生动地复述它。

鲁迅小说是在新文化运动中产生并发展起来的，是在鲁迅"改造国民性"的总体思想脉络中被创造出来的，故而我们可以称他的小说为"启蒙小说"。

二

在新文化运动的倡导者中间，只产生了鲁迅这一个杰出的小说家，他开垦了这块处女地，而开拓了这块艺术领地的是 20 世纪 20 年代的一些青年作家。从短篇小说艺术的角度，我们把这一时期的短篇小说分为三派四种。这三派是以郁达夫为代表的主观抒情小说、以许地山为代表的宗教哲理小说、以叶圣陶为代表的社会写实小说。它们加上当时的女性小说又可以视为四种不同类型的小说。这三派四类小说的总特点是它们的青年文学的性质，它们都是当时的一些青年知识分子创作的，对爱情、幸福、理想人性和理想社会的向往是它们共同的主题，这和中年鲁迅自觉地、有意识地用小说影响社会思想的创作意图有着明显的不同。鲁迅的体验和感受是在长期人生经历中积累起来的，是在对确定的社会目标和人生目标的追求中建立起来的，因而也有深邃、执着的特征。他不是活在幻想里，而是活在奋斗中；他攻打的是一个最坚固的堡垒，因而他也不期望眼前的胜利。他的作品给人以更沉鸷的感觉，而这些青年作家的作品，不论是情绪上偏于颓废感伤的，还是情绪上偏于昂扬乐观的，都没有鲁迅小说那种深邃沉重的感觉。他们表现得更是一个青年人瞬时的感受，一时的情绪。它们强烈具体，色彩鲜明，但也容易变化，其作品的风格也是不那么固定的，是随着年龄的增长而发生着经常性的变化的。这里说的只是他们最有代表性的倾向。

以《沉沦》为代表的郁达夫小说表现的也是日常生活的题材，但他写的不是一般的社会生活，而是自己的生活。这个生活本身是没有多么了不起的意义和价值的，它的意义和价值是因为它是他的生活，是他的痛苦和欢乐的源泉。郁达夫是借助对自己日常生活的描写抒写自己的情感和情绪的，抒写自己的欢乐和痛苦的，他的小说走上了主观抒情的道路。郁达夫十几岁被送到日本留学，从性意识受到压抑的文化环境中一下子跳到了性开放的文化环境中，在强烈的性诱惑面前表现出的是畏惧、恐慌。当时中国青年知识分子的性压抑下的苦闷，弱国子民的自卑，社会地位的低下，经济生活的困顿，全都在这恐慌造成的震颤动荡的情绪波动过程中被强烈地感到了，也被郁达夫用小说的形式表现出来了。他的小说实际就是小说中主要人物的一张心电图，在无规律当中呈现着一种有规律的运动。他的第三人称小说实际也是第一人称的，有名字的主人公同"我"没有根本的差别。他要把自己心中的苦闷统统发泄出来，就不能掩盖，不能说谎，不能爱面子，表现的欲望一下子冲破了传统士大夫那些繁文缛节，那些皮笑肉不笑的虚情假意。他大胆暴露自己，但这种大胆暴露恰恰是因为他比别人更纯洁、更真诚，他的小说好像在一块白而又白的纱布上毫无顾忌地泼了些浓墨重彩。他玷污着它，但却把它造成了一个艺术品。他的真诚无暇被这污秽衬托得无比鲜明，他的心灵的污迹也被他的纯洁善良显示得格外突出。这是一个孩子的忏悔，一个青年的检讨，是当时由传统向现代过渡的青年知识分子的真实的心灵历程。鲁迅的小说是结构性的，他在人与人的关系中揭示意义；郁达夫的小说则是情节性的，他说下去，说下去，把自己的生活和内心的感受不间断地倾诉给你。鲁迅的小说有一种压迫感，他把当时中国人的冷酷和自私放在一种特殊情景的压力下让它"自然"地流露出来，使其再想掩盖也掩盖不住了。郁达夫小说暴露的是自己，他不害怕这暴露，他的小说是自然流畅的，他率直得超过你的想象，造成的是痛快的宣泄，把平时不敢说、不能说的话在小说中尽情地倾泻出来。他是个人主义的，但他的个人主义是青年人的个人主义。他的最根本的价值尺度是个人生活的幸福，是一个青年有权向社会提出的要求。他不再把个人作为一个整体、一个社会的工具，不是他应当为整个社会而牺牲，而是社会应当保证他的幸福。他对自我的感受最清楚明白，但对整个社会、对社会中其他人的不同的思想要求和行为方式是模糊的。他明于知己，而暗于知人，对社会的表现自然不如鲁迅来得一针见血。小说以自我情感和情绪的抒发为主线，一旦这种情感和情绪没有异于常人的独特之处，小说就容易流于拖沓拉杂。随着郁达夫年龄的增长，这种只有在青春期才有绝对合理性的个人主义倾向，开始发生无形的变化。他不再只是向社会倾诉自己的苦闷，同时还向着理解社会、同情更弱小者的方向发展，写出了像《春风沉醉的晚上》《薄奠》一类用他自己的话来说有"社会主义"色彩的作品。他的《过去》也是一篇很有特色的作品，比他以前的作品多了一些人生哲理的意味，而他的晚期名作《迟桂花》则一反开始时的颓伤情调，有了淡远飘逸的出世意味。青年时期的情欲宣泄和中年时期的情欲节制，都是他的真实的生活感受和人生感受的表现，郁达夫始终都是一个率直真诚的人，他体现了中国现代短篇小说的抒情化倾向。

如果说郁达夫是一个晚熟的青年，许地山就是一个早熟的青年。他出生于一个有宗教传统的家庭，早年曾到南洋教书，受到了当地宗教氛围的影响。在新文化运动中，他是一个学生领袖，运动过后，他反而感到生命的无常，人生的空虚。他的爱妻猝然去世，眼睁睁地看着一个美的亲的生命毫无理由地消失于无形，这一切都使他过早地思考人生的抽象的意义，生命的形而上的价值。他的脑海里的宗教哲理就多了起来，他的小说的宗教哲理意味也就浓了起来。许地山以宗教心承担起了社会的苦难和打击，始终未曾陷入颓唐和厌恶。这是他的小说有自己独立风格的原因。他说人生就像蜘蛛结网，一阵风雨就会把你结好的网吹破，但破了再结，结了再破，这就是人生，这就是人生的意义。他的小说体现的就是他的这种人生观念，他常常把人物放在一波三折的人生经历中来表现，各种偶然性的变故充满他的小说，主要人物不是依靠智慧和斗争，而是依靠坚忍的耐力、不疲倦的等待，终于改变了自己的处境，留下一颗平静的心和一个和谐的灵魂。鲁迅和郁达夫的小说都没有离奇的事件和曲折的情节，而许地山的小说则重新具有了传奇性的色彩，把传奇性重新引进了现代白话小说。但许地山小说的传奇性同中国古代小说的传奇性实际是大不相同的。古代小说的传奇性是愉悦读者的，是由正面的冲突组成的，带来的是"热闹"感觉，而许地山小说的传奇性体现的则是人生无常的哲理意蕴，是为了表现人物的精神境界的，你感觉不到它的"热闹"，得到的倒是一种人生的况味，一种朦胧的美感。他的小说中也有不少的议论，但这议论并不枯燥。实际上，许地山的宗教哲理，仍然不是原来意义上的宗教思想，而只是热血青年的一种抽象的人生思考，是由青春期的热情向中年的冷静转化中的精神现象。它不是为了弃绝人生，而是为了正确地对待人生。正像郁达夫的小说在白与黑的张力中透露出它们的艺术魅力，许地山的小说则在热情与冷静的张力关系中显示出它们的艺术风采。他追求冷静，正因为他热情过；他弃绝幻想，正因为他幻想过；他不主张人与人的斗争，正因为他斗争过。只是他过早地懂得了人生的艰难，这时他还没有更丰厚的人生积累，故而他的小说没有《红楼梦》那么丰厚，也没鲁迅小说那么坚实。他此后的小说创作，反比 20 年代来得明朗，有的揭露资本家的假仁假义，有的表现知识分子报国无门的悲惨遭遇，他的《春桃》虽仍然充满人生哲理，但较之《缀网劳蛛》则更有积极进取的精神和昂扬的生命意志。

在中国青年中论中国青年，郁达夫偏于"疯"，许地山偏于"痴"，而叶圣陶则属于"厚道老实"的那一类。如果说郭沫若、郁达夫一类日本留学生是 20 世纪 20 年代中国文学的龙头，叶圣陶这类中小学教师就是 20 世纪 20 年代中国文学的凤尾。叶圣陶没有郭沫若、郁达夫等人的膨胀的热情，也没有他们的独立不羁的开拓精神，但他仍然希望社会的进步和人性的改善。他希望的社会是一个平等的社会、友爱的社会，所以他揭露社会的不平等，同情无权无势的小人物，中小学教师和好学但贫苦的学生是他重点描写的对象。如果说郭沫若、郁达夫是把别人的痛苦也加入自己的痛苦中用第一人称或近于第一人称的方式表现出来的话，叶圣陶则是把自己的痛苦也融入其他人物的痛苦中用第三人称的方式表现出来。郭沫若、郁达夫向人诉述自己的痛苦，让人同情他们自己；而叶圣陶则诉述别人的痛苦，让人同情别人。鲁迅的人道主义到了这一代青年作家身上分裂为二，郭沫若、郁达夫更体现了"五四"的个性主义，叶圣陶则更体现了同情被压迫、被侮辱的小人物的人道主义。在文学观念上，郭沫若、郁达夫把文学作为作家个人才能的表现，叶圣陶则像是把文学当个"事情"做的人，就像木匠要做手好活，铁匠要打出好的器械，不能把活做得太"糙"。所以郭沫若、郁达夫的作品中有灵气，但有时流于草率；叶圣陶的作品缺少灵动感，但却严谨扎实，很少有明显的败笔。叶圣陶的作品好像是先生做给学生看的范文，修整得工稳精严，无可挑剔。在通常人的感觉中，叶圣陶更继承了鲁迅的现实主义创作方法，实际上后来中国作家的现实主义理论就是在叶圣陶这种思想倾向和艺术倾向下发展起来的，他们以这种倾向理解鲁迅，自然叶圣陶小说就更有鲁迅的遗风。实际上，鲁迅很难说就是一个现实主义的小说家，他似乎更重视他的小说的象征意义。在思想倾向上，鲁迅并不同情人的软弱，不同情被动忍耐苦难的人；而叶圣陶则对软弱的人有更多的原宥，对处境悲惨的人也有更多单纯的同情。鲁迅注目于国民性的改造，他同情但疾视那些软弱无能的人，疾视他们对苦难的忍耐，他不把他们的软弱和苦难仅仅归于外部的社会环境；而叶圣陶则是从社会不平等的角度揭露社会的，他展示了小人物的软弱痛苦就起到了揭露社会的目的，他把他们的不幸主要归到外部社会的责任上。表现在小说创作中，叶圣陶很善于细节描写，很善于描写小人物的心理活动，但其中没有心灵与心灵的结实的对抗。鲁迅的小说不同，虽然人物与人物在外部行动上没有严重的对立，但在心灵与心灵之间，却有着残酷的精神厮杀。叶圣陶的小说平实，鲁迅的小说严峻。较之郁达夫和许地山，叶圣陶后来的小说变化不大。他总是能够随着社会前进，但不走在最前头，在艺术上也是如此。我把 20 年代乡土小说家的作品也归入叶圣陶社会写实小说的一类。在鲁迅小说中，乡土，就是我们的中国；在 20 年代青年乡土小说家的作品里，乡土，更是中国的一个落后的地方。前者是象征的，后者是写实的。

20 年代是中国女性小说产生的时代。中国古代有女性诗人、女性词人，但似乎没有优秀的女性小说家。我认为，中国女性小说的出现，既标志着中国女性的自由和解放，也标志着中国小说社会地位的提高。现代教育的发展则是这二者的总纽带。现代教育招收女学生并提倡新文学，中国第一批女性小说家就从这批女学生中产生出来。20 年代的女性文学还没有自己更强的独立性，她们在主观上还做着与男性作家一样的事情，也没有人要求女性作家必须具有与男性作家不同的独立的思想追求和艺术追求，但她们既然有了自己的作品，自己的表现，就一定会有与男性作家不同的特点。20 年代最著名的两个女性小说家是冰心和庐隐，而凌叔华、冯沅君的小说也有各自的特点。从整体上看，冰心的小说属于文学研究协会的一派，并且常被称为"问题小说"作家。但是，"问题小说"这个概念太模糊，并不是一个小说的概念，只要我们细心品味冰心的小说，就知道她不是作为一个普通的社会公民来揭示社会问题的，不是向社会提抗议的，而更是作为一个小母亲、大姐姐来给世界的弱小者播种爱情的。她不像很多男性作家那样，总是对着社会的权势者掸袖挥拳，而是像一个小母亲一样把自己的爱的翅膀展开来，想覆盖住所有的儿童，所有不幸的青年。叶圣陶也描写儿童，但叶圣陶主要是在小说中为贫苦儿童鸣不平，他把贫家的孩子写得比富家的子弟要好。冰心认为贫苦儿童应当得到与有教养的家庭里的儿童相同的爱，因而她把富有家庭儿童的生活环境当作正常的、优良的社会环境，他们的心灵状态和生活状态也就是所有儿童应当具有的。其中贯注的都是对儿童的爱，但具体的表现却是极不相同的。叶圣陶的是父爱，冰心的是母爱。

从整体上看，庐隐的作品偏向于郁达夫主观抒情的一派，但郁达夫的抒情更有淋漓的热情和痛快的宣泄，庐隐在这样做时则透露着焦躁和不安。郁达夫的小说酣畅舒展，庐隐的小说紧张逼促。这反映着在传统社会受束缚更重的女性较之在传统社会就有更大自由度的男性在进行自我表现时有着更高程度的内心骚动。这影响到庐隐小说的艺术品位，但与男性根本不同的思想角度也正产生在庐隐的作品里，在当时的男性呼唤着婚姻自由的时候，庐隐就敏锐地发现在男性追求自我的、片面的自由的时候，实际是以未解放的传统女性的痛苦为代价的。庐隐的小说躁急，冰心的小说温婉，但她们的作品都不那么优雅，最优雅的是凌叔华的小说。她描写女性的矛盾心理，描写儿童生活的情趣，乃至描写下层劳动妇女的悲惨生活和不幸遭遇，但都不失其优雅的气质。如果说庐隐反映着冲破重重束缚走向现代社会的中国女性的心理特征，冰心反映着由温馨的家庭走出来而在不和谐的社会里失去了固有心理平衡的女性的心理特征的话，凌叔华则反映着从贵族家庭通过社会的进步自然转化为现代知识女性并保持了自己固有的优雅性质的女性的心理特征。她也有现代的知识、现代的眼光，希望着中国的进步，社会的发展，人性的完善，但她并不焦急，并不迫切，所以她的小说既不在急剧的外部矛盾中进行，也不在急剧的心理冲突中发展，而是把矛盾隐在小说情节的背后，使你能够感觉到但又不能最强烈地感觉到。冯沅君的小说则是四人中写得最实在的，她写的是"五四"女性青年在自由恋爱过程中的实际体验，那种初次到爱河里探险的女性青年的心理状态，在她的作品里有着不带夸张性的描写。她们透露着大胆，也透露着羞怯；有着反抗，也有着屈服。但不论大胆或羞怯，反抗或屈服，都不是依照男性青年的观念可以界定的，只有女性，才这样大胆，这样羞怯；这样反抗，这样屈服。她的小说，曾经给人以新的惊疑。但总起来说，她的描写还不够精致，也过早地放弃了小说创作，影响不及前三位大。20 年代还有很多小说家，但我认为，他们的作品大都可以划归到这三派四类小说之中。

三

20 世纪 30 年代是中国短篇小说创作繁荣发展的历史时期。

20 世纪的第二个十年，鲁迅把中国现代短篇小说的大旗树立在了中国的文坛上。那时，他是一个人。到了 20 年代，小说的作者就多了起来，但他们都是青年知识分子，表现的范围不出青年知识分子所能够感知的范围，并且主要停留在青年知识分子感情和情绪的自我表现上，即使是写实的，其意义也在于可以看出他们的思想倾向和情感态度，所提供的经验世界里的东西是非常有限的。而小说，一个重要的作用就是较之诗歌、散文、戏剧能够提供给读者更宽广、更丰富的经验世界。狭小感是小说这种艺术形式的要求所不容的。

30 年代是一个文化分裂的年代。知识分子因其不同的政治态度而被分裂为三个阵营，因而过去的文学史家也把这个时期的小说分为三派。但是，那时三派知识分子的分歧在于政治态度，兼及于文艺的思想主张。在这两个领域，他们交火，他们吵骂，但这却很少发生在小说的创作上。在小说的创作上，他们的交叉胜过斗争，他们的融合胜过分裂。细心的人完全能够看得出，在 30 年代，那些"最左"的与最右的，都不写小说。写小说的、特别是写出好的小说来的人，都把自己弄得不那么体面、那么严肃，那么"左"或那么右。诗歌、散文都可以只露半边脸，而小说不行，小说要露整个脸。他们取的姿态不一样，有的面向"左"，有的面向右，但却都不是只有右眼或只有"左"眼。因此，我想换一种方式叙述这一时期的短篇小说创作，即把各种有影响的短篇小说派别并列地排列出来，然后再综合考察一下这个时期中国短篇小说创作的特点及其发展动向。

1. 茅盾的社会写实小说

茅盾的小说是在左翼文化阵营中涌现出来的，但作为一种创作倾向则是 20 年代叶圣陶社会写实小说在 30 年代的自然延伸，也是他自己 20 年代文艺主张的具体实践。但茅盾的社会写实小说与叶圣陶的社会写实小说有一个根本的不同，即叶圣陶注重表现的是社会生活的一些侧面，一些现象，并以对这些侧面和现象的描写揭示社会的不平等、不合理，而茅盾则自觉地从中国社会的整体出发，意图表现中国社会的历史发展趋势；叶圣陶主要是一个短篇小说家，茅盾则主要是一个长篇小说家；叶圣陶以写短篇小说的形式写长篇小说，茅盾则以写长篇小说的方式创作中短篇小说，因而他的短篇小说更像长篇小说中的一章、一节，其短篇小说的特征是不明显的。较之叶圣陶，茅盾更注意对外部世界的细致描绘，更注意在人物的上下左右关系中刻画人物、塑造典型，因而较之叶圣陶，他的小说更增加了客观性的色彩，人物的复杂性也有所提高。但是，茅盾的小说仍然不同于西方的现实主义小说。西方的现实主义小说是让社会现实自己说话，而茅盾的小说则是让社会现实替自己说话。他的目的更明确、更单纯。巴尔扎克是个保皇党人，但他却描写了贵族阶级一步步走向衰亡的过程。茅盾则不同，他同情农民，同情劳苦群众，他的小说展示的也是农民阶级走向反抗斗争、走向光明前途的过程。但在这里，他的小说就有了一种内在的龟裂感，虽然在理性上难以觉察，但在审美感受上还是可以感觉出来的。他的小说有一种举重若轻的感觉，即小说提出的矛盾异常深刻重大，对矛盾的描写也很细致深刻，但到小说的结尾，其解决的方式则显得太单纯、太匆促，缺少应有的力度。例如，他的"农村三部曲"，《春蚕》写得很有力度，因为它是展开矛盾的，是写"曾有的"，但到了《残冬》，力度就不够了，因为它是解决矛盾的，是预示"将来的"。它的解决矛盾的方式表面看来是真实的，但却没有真正地解决《春蚕》《秋收》中实际展开的矛盾，而是给予了一个虚幻的解决方式。小说展开的矛盾是传统农业经济在现代经济结构中所面临的严重危机，它要通过自我的现代化发展寻找新的出路，革命解决的是政权问题，并不意味着能够解决茅盾在小说中实际展开并真实具体地描写的这个矛盾。他用革命掩盖了它，并造成了一种虚幻的光明感。读者在现象上不能不接受这个结尾，但在内在的感觉上却不能不拒绝它，从而产生一种有缺失的感觉。因为他更重视经验世界的细致刻画，缺乏必要的主观干预，所以他的小说在情节的推进上比较缓慢，细致有余，热情不足，令人读起来有一种滞重感、平面感。

茅盾最早的短篇小说集《野蔷薇》中的短篇小说，更多地表现知识分子个性解放的主题，而后来的《水藻行》则保留着更多自然主义的思想倾向，更有可读性，也更有短篇小说的艺术特征。但代表他对小说艺术的独立追求的，还是像"农村三部曲"这类社会历史感更强的作品。重视对社会经济状况的反映是茅盾小说对中国现代小说的一大贡献，虽然他没有做到充分的艺术化，但其功绩是不可抹杀的。

2. 东北作家群的荒寒小说

在中国新文化运动初期，新文化运动的倡导者是从中国文化发展的总体要求上提出自己的文化主张的，那时的白话文运动和思想革命的主张都不具有特定的地方色彩和个人特征，但一种文化一旦进入具体的实践过程，它就有了个体创造者的特征，因为任何人也不可能脱离开他固有的文化心理结构理解并运用新的文化成果，而这个固有的文化心理结构彼此就是不相同的。例如，相对于北方，南方经济相对繁荣，气候温暖湿润，山川秀美，但也正因为如此，南方文化集中在才、情两个方面，并以此为核心形成了自己整体的文化观念。而到了东北，气候的寒冷，条件的恶劣，使文化以人的生存意志为中心。南方文化建立在更适于人生存和发展的社会条件之上，但近现代中华民族在世界格局中所面临的生存危机，又把北方文化的重要性加强起来。鲁迅思想的博大精深之处，正在于他在南方知识分子文化心理的基础上，进而思考的是中华民族现代生存的问题，并把南方文化的才情观念重新纳入人的生存意志的基础中，为中华民族的精神重建提供了一个新的思路。他的小说，从外部看不像北方文化那么"硬"，从内部看又绝不像南方文化那么"软"。但到了 20 年代，由于南方知识分子的大量加入，使南方才情性的文化得到了片面的发展，成了中国新文化的主调，鲁迅小说中那种生存意志的内涵被大大冲淡了。30 年代的左翼文化运动，仍然是在 20 年代这些知识分子的基础上建立起来的，他们用自己的才情观念看待革命，从而为左翼革命文化埋伏下了严重的危机。鲁迅对东北作家及其创作的重视，正是因为从他们的作品中，他感受到了真正属于生存意志的因素，这对中国新文化的发展，特别是 30 年代左翼文化的发展无疑是一个必要的补充。实际上，这个群体既受到左翼外南方知识分子的轻视，也受到左翼内很多南方知识分子的轻视，只有鲁迅才给了他们实际的支持。如果说南方文化是一种软性的文化，北方文化则是一种硬性的文化。一个民族缺少了软性文化是不行的，但只有软性文化也是不行的。东北作家群的作品集中体现了北方硬性文化的特征。

东北作家群各自的思想倾向和文学倾向并不完全相同，但他们的作品却有一个共同的特征，即给人以一种荒寒的感觉。所以我把他们的小说称为"荒寒小说"。这个感觉是由他们描写的东北这个文化环境的特点造成的，但也是这些作家精神气质中的东西。在小说的写法上，他们的作品较之南方作家的作品更有一种非逻辑的性质。人物不是我们在过去的文学中常见的人物，人物的表现也不是人们常见的表现，而作者的把握方式也不是常见的把握方式。他们每个人的心里好像都有一块又大又重的磐石，下面压抑着许多莫可名状的情绪，语言和动作都是突如其来的，过渡也是突兀的，再加上他们对东北外部自然环境的描写，其作品就不能不给人以一种荒凉、寒冷的感觉。

萧红、萧军的主要成就是中长篇小说，但也有很好的短篇小说创作，在短篇小说上成就最突出的在 30 年代是端木蕻良，在 40 年代是骆宾基。李辉英、舒群等另外一些作家也有一些短篇小说佳作。

3. 艾芜的流浪小说

艾芜也是一个左翼作家，但使他作为一个有独特贡献的小说家的却不是左翼的文艺主张，而是他的特殊生活经历。在艾芜之前，也有以流浪生活为题材的小说，但那是一种题材，而不是真正意义上的流浪小说。艾芜的流浪小说是在自己亲身流浪的基础上创作成功的。它不但是一种小说题材，还是一种人生观念和表现角度。中国的知识分子是重道德的，讲人生的，但他们身上常常表现着知识分子的"洁癖"，这是不利于小说创作的。他们多是从学校中培养出来的，处于具体的生存斗争之外，他们评判人、评判人生的角度往往是建立在一种固定的观念、固定的思想标准之上的，是从知识分子的角度出发的，这带来了中国知识分子思想的僵硬化和文学表现的狭隘性。艾芜一旦只身一人踏上荒僻的南方边境流浪的途程，那种固有观念中的人的标准就不中用了。他与各种不同的人建立的是非预想的偶然的联系，他对各个人的感受也是在这种特定的联系中形成的。"强盗"可能是他的救命恩人，"正人君子"可能对他冷酷无情。这样，一个新的人生视角出现了，这给他的小说带来了生气，带来了新鲜的感觉。"流浪记""探险记"本身就是一些很好的小说题材，具有天然的传奇色彩，各种遭遇的不可预计的性质给读者带来悬念，使其产生期待。艾芜用一种旅途随笔的方式创作短篇小说，从而把传奇性和平凡性融为一体，没有制造的悬念，没有夸饰的勇敢，简单朴素而有趣味。但可惜的是，艾芜并没有把《南行记》的创作风格贯彻下去，后来成了名作家，流浪时的那种人生视角就轻易被放弃了。后来尽管也有写得不错的小说，但却失去了自己的独创性，失去了《南行记》诸小说的生动活泼的气象。

4. 沈从文的湘西小说

如果说鲁迅是中国新文学第一个十年的短篇小说大家，沈从文就是中国新文学第二个十年的短篇小说大家。我认为，一个杰出的小说家的重要标志就是他营造的想象中的世界是一个完整的世界、丰富的世界。鲁迅的小说虽少，但他所营造的世界却是完整的、丰富的。他的小说中的想象世界是在中国文化的基础上形成的中国社会的第二现实。它不同于中国社会的现实世界，但它与这个现实世界在整体上则是同构的。凡是在中国社会中生活着的人，在鲁迅营造的世界上，同样也会找到自己的位置。通过这个世界，你对中国社会上各种各样人的精神面貌会有一个更清晰、更深刻的感受和了解。茅盾试图开拓这个世界，但他没有获得意想中的成功。东北作家群、艾芜也营造了自己想象中的世界，但东北作家群营造的这个世界不是完整的，他们没有充分意识到它的意义和价值，很轻易地放弃了它，并以不同的方式把自己混同到一种"主流"的意识形态之中去，从而渐渐失去了自己的独立性；艾芜笔下的世界太狭小，难成一个独立的世界，并且作者也没有开拓它的主观积极性。艾芜在主观意识上就只是那个世界的过客，它没有留住他的精神。沈从文营造的世界则是一个完整的世界，他的精神一直留在他的这个世界。在这个世界里，有各种各样的人物，过着各种各样的生活，有着各种各样的神话传说和民间故事，同时也在它的现实生活中不断产生新的人物和新的故事。但所有这一切，都与其他地区有所不同，它们发生在不同的文化背景上，因而也给人以完全不同的感受和体验。沈从文笔下的世界并不完全等同于湘西的现实世界，但却是在对它的忆念中想象出来的。沈从文就以这样一个文化背景展开了他的艺术的想象。因为它们与读者首先在文化上保持了一定的距离，所以他的小说自有一种韵味，其人物和故事也自然地具有了传奇色彩。沈从文又是一个很重视小说技巧的作家，他试用各种手法写作小说，总是能把一个素材用一种有效的叙事方式铸造成一篇趣味盎然的小说。

沈从文是从湘西人民当中走出来的，他没有大学学历，当过兵，后来才来到现代大都会，开始了自己的写作生涯。他不但对自己出身的那个湘西世界怀着深深的留恋，在想象中重构了那个美妙神秘的世界，并且他也以那个世界的标准审视现代城市社会，审视现代大都会中的芸芸众生。在他的笔下，现代城市社会的大人先生们，绅士和绅士的太太们，大学教授和大学生们，小公务员和小职员们，因为失去了与大自然的联系，因为被一种僵化的、人为的伦理道德观念所束缚，而精神萎靡，空虚无聊，缺乏生命力。应该说，他提出了现代社会的一个很重要的问题，但是，他对现实世界的批判是以过往的正在消失的湘西世界为标准的，他的精神不是活在现实世界，而是活在与之完全不同的湘西世界里，因而他对整个现代中国采取的是一种旁观的态度、冷嘲的态度。现代人的苦闷，现代人的精神挣扎，以及现代人生命力的表现形式，在他的作品里表现得是不够充分的。这一点把他与鲁迅区别了开来。鲁迅的《故乡》也写了在童年时期所感受到的那种纯任自然的朴素、美好的世界及其人与人的关系，但鲁迅也看到，在主流文化的冲击下，这种关系是很脆弱的，现代的中国人必须在现代社会条件下进行新的独立的追求。这使鲁迅的作品表达的更是现代中国人，特别是中国知识分子的精神挣扎。他虽看到中国知识分子的软弱性、虚荣性，但他对魏连殳、吕纬甫、涓生、子君这些知识分子的绝望的抗争还是表现着深沉的同情。沈从文的作品读起来较之鲁迅的更有韵味，更有灵动之感，但在现代读者内在精神上留下的刻痕却不如鲁迅的小说深。现实人生使你时时想起阿Q、孔乙己、魏连殳、假洋鬼子、鲁四老爷这类人物，但却很少使你想起沈从文笔下的人物。所以我认为，沈从文是一个优秀的小说家，但不是一个伟大的小说家。而鲁迅，不但是一个优秀的小说家，还是一个伟大的思想家和文学家。

5. 穆时英、施蛰存的都会生活素描

在一般的中国现代文学史教科书上，穆时英、施蛰存等人的小说被称为"新感觉派"小说，这个名字是从日本输入的，我认为其很难概括他们小说的具体特点。有的学者又将他们的小说笼统地称为都会小说，但

严格说来，茅盾的小说也是都会小说，他写的更是都会的整体。而穆时英、施蛰存所描写的，实际是中国现代大都会中偏于娱乐、享乐性质的日常生活。他们的描写不是全方位的，而是素描式的，所以我称之为"都会生活素描"。

现代社会的发展，首先表现为现代城市的发展。具体描写了这个世界的是穆时英和施蛰存等小说家。穆时英的小说抓住了这个世界的色彩和律动。像电影镜头一样迅速变换着的色彩和画面，像小步舞曲一样迅急变化着的生活的律动，像霓虹灯一样一明一灭闪动着的人物的情感和情绪，在穆时英的小说里得到了体现。这是一种新内容的小说，也是一种新形式的小说。施蛰存则抓住了"性"，主要描写这个世界里各种不同人物的性心理。显而易见，施蛰存是一个自觉运用弗洛伊德精神分析学说创作小说的中国作家，但我认为，他的小说写的不都是潜意识心理，而更多的是一般性心理。他用性心理的描写揭示了他所描写的这个生活环境的特征。在写法上，施蛰存与穆时英其实差别很大。穆时英长于写场景，写气氛；施蛰存则重点写人物，写人物的心理状态。

但是，必须看到，穆时英、施蛰存只是从一个角度表现了大都会的生活。现代的大都会既是一个享乐的世界，也是一个生产的世界，他们脱离现代大都会进行着的各种社会事业而单纯从这个游乐的世界表现现代的城市生活，是很难从其中看出它们的全部意义来的。"舞厅"用自己的快节奏代替了"茶馆"的慢节奏，是幸呢，还是不幸呢？这是一个很难做出确定判断的问题。

6. 老舍的京味小说

在现代文学史上，人们还有一种"京派"和"海派"的区分方法，但那时是中国现代城市初步发展、迅速扩大的时期，不论北京还是上海的作家，大都刚刚从外地来到城市，他们受到这个城市生活的影响，但他们的思想意识和审美观念更多地还是从外地的生活和文化环境中形成的，很难说他们在艺术上、审美上已经具有了统一的特征。我认为，真正体现了北京地方文化特点、开创了中国现当代京味小说传统的是作家老舍。

老舍出身于北京一个贫苦的小市民家庭，他以底层劳苦人的视角揭露、讽刺社会上层人物的腐败和无耻，同情弱者，同情小人物的悲惨命运。但作为一个现代知识分子，面临中华民族的民族危机，在西方文化的影响下，对北京小市民的缺点也多有认识，在这一点上，他继承了鲁迅的小说传统，重视对中国国民性的表现。但他之表现中国国民性的弱点，仍然带有北京文化的固有特点。鲁迅的小说冷峻，老舍的小说温和；鲁迅的语言犀利，老舍的语言婉转；在鲁迅的小说里讽刺压倒幽默，在老舍的小说里幽默压倒讽刺；鲁迅的批判指向中国人中的大多数，老舍的批判指向中国人中的极少数。即使在老舍的小说中，你也能够知道老舍是个人缘很好的人——北京人重人缘。老舍小说的语言，老舍小说的幽默，老舍对小人物的同情的描写，特别是老舍对北京小市民生活习俗的生动表现，都使他的小说独树一帜，并开创了延续至今的京味小说传统。如果说巴金是个优秀的长篇小说家，但不是一个优秀的短篇小说家，那么老舍则不仅是一个优秀的长篇小说家，也是一个优秀的中短篇小说家。

7. 张天翼的讽刺小说

如果说鲁迅是 20 年代出现的一个杰出的讽刺小说家，张天翼则是 30 年代出现的一个优秀的讽刺小说家。中国多暴露小说、谴责小说，而较少讽刺小说。暴露小说和谴责小说是在作者与被暴露、谴责对象有着大致相同的伦理道德标准的情况下产生的，被暴露、谴责的对象知道自己的行为是见不得人的，因而极力隐瞒它，作者将事实暴露出来，并谴责他们的这些不道德、不合法的卑劣行径，就达到了自己写作的目的。讽刺小说是在作者与讽刺对象之间具有不完全相同的人生价值标准和审美标准的情况下产生的，作者在讽刺对象自以为庄严正经的言行中发现其荒诞可笑的不正经的内容。在中国现代小说中，名为讽刺小说而实际只是暴露、谴责小说的居多，而张天翼的有些小说确实具有讽刺小说的性质。他的《华威先生》写的是中国那些"做戏的虚无党"中的一个，像这种把中华民族任何一个严肃的事业都当作做戏的绝好场合的人，至今不乏其人，可以说触到了中国文化精神的深层的伤疤，是中国文学中不可多得的讽刺名篇。但总体来说，张天翼的讽刺小说较之鲁迅的讽刺小说仍有过于外露、难中肯理的弱点。

8. 废名的新田园小说

废名在 20 世纪 20 年代就是一个著名的短篇小说家，他的《竹林的故事》写农村的人情美，充满田园诗的韵味，但其描写是明晰的，小说情节是集中的，也有明显的思想内容。到了 20 世纪 30 年代，他的小说风格骤然一变，开始以朦胧怪异、扑朔迷离的方式写作小说，其题材仍然主要是田园生活，但他写的是非理性的、印象的、直感的现象世界。这个世界没有确定的意义，只在人物的片段的、跳跃着的感觉中呈现出来。他把中国古代禅宗重感悟的理论同现代短篇小说的艺术形式结合起来，创造出了一种新的小说形式，在中国现代小说史上独树一帜。但是，他的这个试验，至今仍是值得细致研究的。中国古代感悟理论能否同现代小说这种艺术形式相结合，以及如何结合，并不像有些评论家设想得那么简单。古代的感悟理论是在静态地面对具体的事物时所进行的非理性的思维运动，它是刹那间完成的，时间对它没有任何意义，它既不靠时间来完成，也不靠时间来发展，而小说这种艺术形式表现的是动态的、在时间中演化的内容，不是刹那间就能完成的过程。感悟在理论上不同于柏格森的生命哲学，也不同于詹姆斯的意识流理论，它们都是把生命理解为过程中的东西，虽然是非理性的，但却与小说这种艺术形式的要求没有根本的冲突。柏格森的生命哲学和詹姆斯的意识流理论都不是让人停留在事物的表象和人的刹那的感觉中，不是从根本上否认生命存在的价值和意义，恰恰相反，它们是通过呈现人的生命之流、意识之流而发现生命的存在、意义的存在，并反对把人的存在等同于没有生命的物的存在，反对科学主义者、理性主义者对人的存在意义和价值的生硬归纳。西方现代主义作品的意义虽然是朦胧的、不明确的，没有一个单一的理性主题，但在整体上、在感受和体验中仍然呈现出异常丰富多样的意义。生命在流动，世界在流动，意义也在流动，它们都没有固定的形态和确定的结论，人和世界在小说的起点、中点、终点乃至在任何一个点上都是不相同的。它们极大地开拓了小说这种时间性艺术形式的意义容量。废名的小说实质并非如此。他的小说不是意义更复杂、容量更庞大，而是消解了世界和人生的所有价值。如果说西方意识流小说在意识的流动中积累着意义，废名的小说则是在人的即时的瞬间感觉中随时抛却过往的存在、过往的意义。他的小说截断了不觉短，拉长了不知长。起点上的人物同终点上的人物是完全相同的，起点上的世界同终点上的世界也是相同的。一切都在静止着，一切都只是相同的一个点。所以，就废名的这一时期的小说本身来说，不失为一种新的小说形式的试验，但从中国小说的长远发展来说，这种小说未必有旺盛的生命力。

9. 丁玲的女性小说

20年代的著名女小说家是冰心和庐隐，30年代的著名女小说家是萧红和丁玲。丁玲以她的《莎菲女士的日记》一举成名。我认为，女性文学的独立性首先是从丁玲的这篇小说充分表现出来的。不论丁玲在创作它时的主观意图是怎么样的，它表现的都是女性对现实世界的感受和理解，它与以男性文化为中心的主流文化是截然不同的。在中国男性文化构成的世界中，苇弟是一个有道德、有真情的男子，他以放弃自我独立性、从属一个女性的方式寻求爱情，他挚爱莎菲，从而也顺从莎菲，但莎菲在其女性的本能上就无法爱上他，她是把他作为一个小弟弟来感受、来接受的。他越是爱她，她越是爱不上他。他缺少女性为之倾倒的男性的刚毅和洒脱。凌吉士刚毅洒脱，具有独立性，不会完全顺从一个女性的支配，不会被爱情所控制，而是他控制着"爱情"。他有更大的余裕心思考讨得女性好感的手段和步骤，但这类的男性恰恰不可能爱惜女性的爱。一旦获得，便生厌倦。他带给莎菲的是被抛弃的痛苦。女性的直觉告诉丁玲，这不是莎菲女士一时选择的错误，也不是莎菲女士个人的错误造成的，而是在男性文化的世界中，一个女性根本不可能找到只有幸福、没有痛苦的乐土。这是人性的缺失、世界的矛盾，女性在男性文化中必然具有的失落感。这个矛盾贯穿小说始终，作者没有给它一种虚幻的解决方式。

丁玲后来参加了革命，体现了 30 年代企图通过获得男性文化世界的社会权利而摆脱自我困境的女性知识分子的文化选择，而萧红始终是一个自由主义知识分子，她也没有在现实世界上找到自己的出路和幸福。中国的女性文学还有一个漫长的发展道路。她们走过的只是这个漫长发展道路上必经的一段路程。

10. 一般的社会写实小说

我把沙汀、吴组缃、萧乾、师陀、王鲁彦、柔石等作家都包括在这类小说家之中。他们既不像东北作家群、沈从文一样表现的是地域特征十分鲜明的世界，也不像茅盾、废名一样有自己迥然不同的另一种思想的或艺术的追求；既不像老舍一样可以独成一个短篇小说大家，也不像张天翼一样主要从事一种特定小说的创作。但他们的小说创作都有扎实的功底和充实的内涵，表现着中国短篇小说艺术的稳健发展的过程。在政治态度上，他们彼此迥然不同，但在小说创作上，则表现着极其相近的思想艺术追求。

20 年代几乎是中国青年作家独占小说文坛的历史时期，连鲁迅的小说也是在青年文学的价值标准中得到价值评估的。而 30 年代则是中青年作家共存的历史时期。除了上述在 30 年代新产生的小说作家或创作倾向之外，鲁迅、郁达夫、许地山、叶圣陶等 20 年代的小说家在这时仍有不俗的表现。纵观 30 年代的短篇小说创作，我们可以看到，不论在其表现对象上，还是在短篇小说的艺术风格上，都有着极大的开拓和发展。可以说，30 年代是中国现代短篇小说创作的黄金时代。

四

20 年代的中国文学像初春的野草，稚弱但有生命力，写的是作家的亲身感受和体验中的东西，题材狭窄但有真情实感，技术简单但无书卷气；30年代的中国文学，像夏天的草木，虽因炎热有些倦态，但铺天盖地，物种繁多，各种思想倾向和各种艺术风格同时并起。但到了40年代，由于帝国主义的入侵，中国知识分子不论在实际上还是观念上都已不具有独立性，不再存在一个独立的文化阵营。即使在他们的自我意识中，也已经很难像新文化运动的倡导者那样，把文化的目标和政治、军事的目标区别开来。这个时期的文学，被隔离在了三个不同的区域：沦陷区、国统区、解放区，它们各自有不同的文化环境，因而也有各自不同的特点。短篇小说的创作也是这样。

1. 沦陷区的短篇小说创作

在沦陷区小说作家的创作中，唯一表现出大气、自由、汪洋恣肆且富有精神力度的是张爱玲的中短篇小说。在中国现代文学史上，是张爱玲把女性小说艺术推向了最高峰。如果说20年代的冰心、庐隐还是混迹于男性作家的自由要求中获得了自我表现的机会的，如果说30年代的丁玲、萧红即使在表现着女性的独立意识的时候仍然认为自己属于社会的某个团体、某个倾向，而到了40年代的张爱玲这里，就有了以自己的目光独立地睥睨人类、睥睨中国文化、睥睨现代中国的男男女女的气度。她是女性小说家中的鲁迅，她像鲁迅一样俯视着人类和人类文化，并且悲哀着人类的愚昧，感受着人生的苍凉。但是，鲁迅小说的气度表现的是现代中国知识分子的气度、现代中国文化的气度、现代中华民族精神的气度，他体现着中华民族在面临着西方文化的挑战时不甘堕落、勇于自立的精神；而张爱玲小说的气度表现的则是现代女性的气度，现代女性文化和女性文学的气度。女权主义者常说，男子在人类的历史上攫取了统治权，把女性置于了自己的统治之下。但是，男子在历史上获得这种统治权并不是没有条件的。当男子主动地担负起了保护女性，保护自己的子女，保护自己的家庭、部落、民族不受外力的压迫、欺凌、蹂躏、杀戮的时候，当他们必须以自己的鲜血和生命承担起人类这个神圣的使命的时候，女性才在同情男性的基础上让出了自己的权利并把自己的存在价值和意义仅仅放在侍奉男性、抚养子女的人类传承繁衍的任务上。男性是战士，女性才自愿当护士。她们替他们包扎伤口，帮他们恢复强毅的精神和体力。但是，中国的个别男性却在自己的文化中渐渐变得小巧、聪明、自私、狭隘，他们在各种不同的理由下放弃了战士的责任，靠着压制自己的妻女维持着自己对妇女和儿童、对所有弱小者的专制。作为一个现代知识女性的张爱玲，知道中国的历史，了解中国男性，熟悉在中国这块土地上生活着的人的脾性。她在其深层的文化心理上就不能不失望于中国的男性化的世界，也失望于在这样一个世界上依靠男子的青睐而浑浑噩噩生、浑浑噩噩死的女性。她的小说有着女性的像针刺一样尖细的刻画，有着城市淑女流利迅急的节奏，有着一眼洞穿人的心底世界的女性的敏感。但是她不是那种平常意义上的才女，不是只抒发着自己爱恋之苦、伤悲着个人身世的深闺小姐。她的这一时期的短篇小说充满着人生的苍凉感。她表现的是一个没有英雄气质、没有英雄精神的世界，是把东西方文化都当化妆品往自己脸上抹的一个无聊的族类。她的小说精细但不小巧，有趣味性但无媚态。幽默只是她的小说的外衣，苍凉悲哀才是她的小说的基调。民族的危机加深了张爱玲对当时社会的失望情绪。

必须看到，张爱玲的这种心理优势是无法在男性作家身上依样复制的。至少在中国男性文化的观念里，能够承担苦难是女性有力的表现，忍耐是她们战胜苦难的基本手段。任何一个民族也不能要求自己的女性担任保卫民族的重任，不应该让她们轻易牺牲自己的生命而维护自己外部的尊严。她们是一个民族的繁衍者，保护自己就是保护人类和民族的未来。但男性不行，对压力的服从，对屈辱的忍耐，势必把自己的民族、自己民族的妇女和儿童置于无保护的危险境地。他们得有血性、敢于牺牲，有不向任何强权屈服的勇气，有战胜敌人的力量。一个女子，在危机时保护了自己，这是她的成功，她的光荣，而一个男子若在危机中只是有效地保护了自己，却抛弃了自己的妻子或女友，那他就是个孬头，就是个孬种。40 年代那些被自己的国家和社会遗弃了的知识分子，在其本能的感觉上就无法摆脱自己的软弱感和无力感。他们的精神是游移的、恍惚的，是没有确定的意识中心的。这几乎表现在那时每一个男性作家的作品中。在这样一些作家中，除张爱玲之外，最杰出的就是钱锺书了。他是一个学者型的小说家。他有着丰厚的中外文化知识，有着出众的幽默才能，但这一切都没有使他成为较之张爱玲更杰出的小说家。我们能够清晰地感到张爱玲的《金锁记》《倾城之恋》等小说写的是什么，但我们却很难确切地感受到钱锺书的《围城》表现的是什么。它的每个部分的描写都很精彩，但这些精彩的部分合起来是什么意思，你却不知道(假若你不是强不知以为知的话)。他的短篇小说表现得略为隐蔽一些，但你仍能感到它们有些虚空，笑得有些不自然。他的小说像一种漂浮物，没有更深的根基，没有精神上的震撼力。在中国现代小说史上，徐訏是一个最会设圈套的作家。他制造悬念，维持悬念，牢牢地抓住自己的读者，维持着你的阅读趣味。但他的小说给你一种故弄玄虚的感觉。圈套设得很好，但一旦解开，感到松而又松，好像上了作者的当，受了作家的愚弄。徐訏小说的这种玄虚感归根到底也是离开了自己的真实的人生感受，为写小说而写小说的缘故。当时与张爱玲齐名的女性作家是苏青，但她们二人是不同的。张爱玲是在向女性文化的高寒处攀登，苏青则是在向世俗的温存处退守。虽然这二者都是现代女性的不同抉择，但到了体现精神风貌的小说创作中，其表现就不同了。张爱玲大气，苏青小气；张爱玲视野开阔，苏青眼光狭小；张爱玲的小说是精神性的，苏青的小说是世俗性的。

2. 国统区的短篇小说创作

40 年代，国统区短篇小说创作的杰出代表是路翎。路翎的小说有真情，其中鼓荡着那时中华民族的紧张的、不安的、激越的、焦灼的情绪。但这种时代的情绪却被幽闭在非时代的题材里。他继承了鲁迅解剖国民性的文学传统，但鲁迅是在对中国文化的思考中感受中国的国民性的，而他则是在民族灭亡的危机中感受中华民族的国民性的；鲁迅改造国民性的思想是在历史的发展过程中被设计、被思考的，因而鲁迅也有更从容的心情、更稳健的精神和更阔大的气度，而他的改造国民性的思想则是在现实的空间中被设计、被思考的。他没有鲁迅的从容、稳健和大度。他的小说的情绪是时代的，但他的小说的题材则是非时代的。他把在中国历史发展中起不到关键作用的人物，放到了现实民族危机的情绪压榨机下进行拷问，对人物进行的是精神的严刑拷打，从而与读者的接受心理有着过大的距离。鲁迅写阿 Q，同情胜于鞭挞，因为他不把中华民族的衰亡都放在这个小人物的身上，而路翎的《罗大斗的一生》则鞭挞胜于同情，似乎他的不觉悟就是中华民族危机的根源。而在另一些小说里，路翎又极力在那些根本不具有达到现代觉醒程度的心理机制的人物身上硬硬地搜出他们的现代觉醒来。这使他的小说显得生硬、勉强，对读者有种压迫感。与路翎有些相近的还有沦陷区作家无名氏，他的小说也以激荡的情绪发泄为其特征。但他也找不到与自己的情绪相应的题材。有时候他用外国的历史题材，但由于他并不真正熟悉外民族的日常文化心理，故而其作品缺少血肉，不够丰满。较之路翎和无名氏小说写得更严谨也更有力度的是东北作家骆宾基。他似乎有意地回避了历史，回避了具有时代内容的题材，重新回到他的回忆以及日常平凡的生活中，这反而使他更深地切近了现实，切近了历史。在他的短篇小说创作中，你能感受到中华民族现代灾难的根源，也能感受到中华民族艰难地、缓慢地走向自立的精神基础。他的短篇小说名篇《乡亲——康天刚》，我是作为一则寓言来读的。鸦片战争之后，有骨气的中国人，实际都在像康天刚一样寻找着满足自己的欲望、实现自己的理想、改变自己命运的瑰宝，但在他们的生时，谁也没有找到，谁也不可能找到，因为这样的瑰宝在世界上是不存在的，在西方文化和东方文化中都是没有的，但当他们结束了自己的一生，才从别人的眼睛中看到，他们实际得到了它，因为就在他们一生的艰苦追求中，他们成就了自己的生命，成就了自己的存在。他们没有妥协，没有放弃，没有因贪图安逸而安于贫穷、安于卑贱、安于被侮辱与被损害的地位。这才是中华民族最宝贵的精神，才是中华民族获得新生的根基。这个根基，不是在我们中华民族的外部存在中，而就在我们的生命中，在我们生存和发展的欲望以及由这欲望而发动起来的生命意志中。骆宾基的小说颇得契诃夫小说的精髓，但他的小说比契诃夫的小说更坚硬，更执拗，有种抓住不肯放手的气质，但却也不如契诃夫的小说风格多样，舒展自由。他是在抗战的热潮中被冷落了的一个作家，他也无法找到令读者意识到他的作品的时代价值的适当题材。短篇小说短，就需要伸出更多的触须，具有更多的吸盘，随时地、紧紧地黏附在各种不同读者的心灵中。骆宾基没有这样的条件。他不可能把自己的人生思考和当时的人们所普遍关心的抗战斗争题材结合在一起，人们甚至把他的《北望园的春天》当作他小资产阶级思想情绪的表现，这妨害了他的小说的影响力，对他此后的发展也是有决定性的作用的。鲁迅的小说紧紧抓住了时代，就是抓住了当时的读者，从而把自己的小说和自己的思想紧紧地吸附在中华民族的历史上。鲁迅的《狂人日记》在当时和在此后能够完全读懂的人并不多，但由于它紧紧地吸附在中国的历史上，人们不能不一次次地去读它，去感受它，它的思想和艺术魅力在这种不断解读中呈现出来。骆宾基的小说缺少这样一个吸盘。

在40年代的短篇小说创作中，值得一提的还有张恨水。在此之前，他是一个著名的鸳鸯蝴蝶派小说家。我不把这派小说当作现代小说史的描述对象，因为文学史不是"商品博览会"，不需要把一切商品都展览出来。文学史是叙述文学的发展的，它理应以创造了新的文学范例的作家和作品为主。西班牙文学史不把堂吉诃德读过的那众多的骑士小说都写到文学史中，而单单把《堂吉诃德》这一部作品突出出来，就是因为前者是因袭的，后者是创造的。但到了40年代，张恨水的小说创作发生了明显的变化。如果说他此前的作品是在煽动读者的情绪，制造有趣的故事，这时的作品就是他自己情绪的表达了。他的小说越来越多地表现出现代小说的特征，甚至是具有开拓意义的特征。他这时的情绪用现在的话来说，就是被国家、社会冷落之后产生的愤懑情绪。他这时的短篇小说有的用了幻想性的情节，表现现实社会的荒诞，这在中国现代文学史上不失为一种创新。但他的讽刺仍有些外露，带有传统暴露小说和谴责小说的特征。对于政治家和商人的刻画，也往往过于笼统，表现着他对现代政治和现代经济的隔膜。

3. 解放区的短篇小说创作

40 年代，解放区的短篇小说创作的最杰出的代表是赵树理。赵树理小说的一个基本的构图模式是到农村工作或在农村的干部如何把革命理想传到广大贫苦农民之中去。给赵树理小说带来生机的不是他的思想的深刻性，而是他的语言。他的带着农民式幽默的口语化语言，不但在新文学的短篇小说创作中独树一帜，而且丰富了整个新文学的语言库藏。但当他创作出《小二黑结婚》等少数短篇名作之后，在艺术上就没有更大的拓展了。而小说形式较为多样，并且直到现在还保持着旺盛创作力的是孙犁。孙犁大概是一个很有头脑的作家，他在心里对环境的局限和自我的局限都有一番明白的盘算，他总是利用环境的条件有限地表现自己要表现的东西。他在严酷的战争生活中表现人情美，在粗糙的现实斗争生活中表现细腻的感情生活，把自己喜爱的性格加在革命需要宣扬的人物身上，把迟桂花、春桃的感情写入军人家属、农村妇女干部心中，从而满足了具有两种不同审美观的读者的趣味。

综上所述，40 年代各个地区的短篇小说创作由于地区的巨大差异而呈现出迥然不同的特征。这较之风格彼此相近的 20 年代的短篇小说创作，从整体看来，到底丰富得多，也成熟得多了。中国的短篇小说创作像整个"五四"新文学一样，就这样，带着它的局限，也带着它的发展，进入了 1949 年以后的一个全新的时代，进入了一个崭新的文化环境。

（原载《鲁迅研究月刊》，1999 年第 9、第 10 期，有删减）

中国现代诗歌的发展

    中国的新诗，严格说来，就是中国现代白话诗歌。我说它是中国"现代"白话诗歌，因为它有别于中国古代的白话诗歌。"五四"以后，胡适写了一部《白话文学史》，是为了说明他所提倡的白话文学不是没有根据的。按照他的说法，中国文学从产生之日起，就是白话文学占着统治地位，所有有价值的文学作品，几乎都是白话文学作品。我认为，这并没有给他的白话文的提倡带来多大的好处，也没有给他的白话新诗的试验提供有益的帮助，因为他所提倡的白话文已经不是中国古代的白话文，他所试验的白话诗也已经不是中国古代的白话诗，而是中国现代的白话文，中国现代的白话诗。这个"现代"到底包括哪些具体内容，我们是说不清的，恐怕永远也说不清，但郭沫若、闻一多、徐志摩、戴望舒、冯至、艾青、穆旦、郑敏直到中国当代那些著名诗人的诗，从根本上不同于胡适在其《白话文学史》中所叙述的那些所谓中国古代的白话诗，则是任何一个诗歌的读者都能清楚地感受得到的。我说它是中国现代白话诗歌，是说它已经不建立在中国古代的文言文的基础之上，而是建立在中国现代"白话"的基础上。什么是中国现代的"白话"，也是一个说不清的问题，但文学读者靠的是感受，而不是理论。中国古代，有两套语言，一套是口头说的，另一套是书面写的。这两套语言当然不是完全脱节的，但说和写各有自己的一套语言则是不言而喻的。到了"五四"以后，这两套语言逐渐融合成了一套语言，虽然现在这个融合过程还远没有最终完成，但这个大趋势却是人人都能感受得到的。像中国古代那种专用于写作的"文言"，已经不存在了，所以中国新诗是白话诗，而不再是文言诗。中国古代的那些格律诗是在中国古代"文言"语法的基础上建立起来的，中国新诗还会有各种不同的"格律"，但这种"格律"也不再是在文言语法的基础上形成的，而是在现代白话语言的基础上形成的。所以，我认为，我们所说的中国新诗就是中国现代白话诗歌。在这里，我想按照我的感受和理解，重新回顾一下中国新诗的发展历史，并在此基础上提出我对中国新诗发展问题的若干意见。它不是对所有诗人及其作品成就的评价，只是中国新诗发展的一个轮廓。

一

中国新诗同中国古代诗歌传统和西方诗歌传统有一个完全不同的特点，这个特点表面上看来是十分"荒诞"的，那就是它不是由一个伟大的诗人开创的，而是由一个不是诗人的人开创的。胡适就是这样一个不是诗人的伟大"诗人"。可以说，现在任何一个诗歌爱好者都会写出比胡适的新诗好的新诗来，但迄今为止的任何一个杰出的中国新诗诗人都没有比胡适对中国新诗的贡献更加伟大。

我们如何认识中国新诗诞生时的这种"荒诞"现象呢？

任何一个事物，都有其独立性，但任何事物的独立性，又都与其他事物联系在一起，仅仅从一个事物的独立性考察一个事物是不能说明它的全部问题的。中国的新诗也是这样。中国的新诗是中国新文学中的一种文体形式，而中国新文学又是中国新文化中的一个文化领域，中国新文学也是伴随着中国新文化的产生而产生的，中国的新诗也是伴随着中国新文学的产生而产生的。当胡适开始创作新诗的时候，他实际进行的不是新诗革命，而是文化革命，并且是书面文化的语言载体的革命。中国古代的文言诗文有没有自己的历史作用？这个问题几乎是不用回答的，只要我们读一读至今令我们感到震撼的中国古代那些光辉灿烂的诗文名篇就说明了一切问题。在古代中国，不同地域的语言是通过一种统一的语言联系起来的。这种统一的语言不是像现在的普通话一样是以一个地方的语言为基础形成的，而是以中国古代的典籍为基础形成的。一个地区的语言本身就在不断地流动的过程中，而中国古代的典籍则是具有固定形态的东西。它也可以不断吸收各个地区的方言土语，但这种吸收是极其有限的，它不能撑破中国古代典籍的基本语法形式和基本语汇系统。这是由中国古代知识分子，特别是官僚知识分子运用并发展着的一种语言形式。我们说民族语言，在中国古代，这种语言形式才是真正的民族语言。老百姓用的是白话，但白话的交流功能仅限于一个地区的内部，不是全民性的，具有全民性的语言只有这种以中国古代文化典籍的语言为基础、以书面语言为主要形式，并且是由中国古代知识分子特别是官僚知识分子实际运用并丰富着的语言形式，这种形式就是中国古代的文言文。它一方面适应着跨地域语言联系的需要；另一方面也像一根缰绳一样牵制着各种地方语言的发展，使其不致完全脱离语言的统一性。不难看出，在交通不便、联系松散的中国古代社会，这种语言形式的作用是巨大的，甚至比中国古代统一的国家形式对中华民族的维系力还要大。统一的国家形式可以转化为列国争雄，但这种语言形式却始终保持着自己的统一性，并把中华民族维系为一个虽然松散但却没有根本分裂的统一体。胡适说，在中国古代文学史上最优秀的文学作品都是白话的文学，我认为，这恰恰把事情弄颠倒了。至少在唐宋之前，中国文化包括中国文学的最优秀的作品都是在这种语言形成过程中被创造出来的，并且对这种统一的语言的形成起到了关键的作用。但是，也正是因为如此，中国古代的语言发生了言文的严重分裂，并且越到后来，这种言文分裂的现象越加严重。在《诗经》的时代、《论语》的时代、《离骚》的时代，言文还是相对统一的。先秦文学家、思想家完成的还是把自己的地区的白话上升到统一的民族语言、国家语言，使其具有普遍可接受性的高度的过程。但越是到了后来，由于这些文化典籍自身的恒定性和口头语言的变动性，这两种语言形式的距离就越大。中国古代的老百姓用的是白话语言，只有中国古代知识分子才同时接受两种不同的语言形式。这种语言把社会分成了两个截然不同的阶级，一个是没有文化的阶级，另一个是有文化的阶级，同时也把知识分子分裂成了同时具有两种不同的思维方式、感受方式和话语方式的人群。平时说话用的是一种语言形式，写文章用的则是另外一种语言形式，一俗一雅。虽然很多中国古代知识分子也努力把俗、雅这两种不同的语言形式结合起来，但这种结合的程度是有限的，否则，文言就不是一种独立的交流方式了。白话无法代表文言，而文言也无法完全代替白话，因为经过漫长历史过程的发展，白话已经具有了为正统的文言诗文所根本无法包容的内涵。这种情况，到了宋元以后，发生了一个根本的变化，这种变化是由小说和戏剧的发展带来的。小说和戏剧不是在先秦知识分子的严肃的社会要求中产生的，而是在社会娱乐的基础上产生的，它利用的是特定地区白话语言的发展，并像先秦文学家、思想家那样把这种白话语言上升到了普遍可接受的高度，形成了与文言诗文不同的另一种统一的民族语言。这种语言形式带有比文言诗文更大的包容性，并形成了与文言诗文不同的审美特征。事实上，一部《红楼梦》包容了中国古代的诗词歌赋所创造的大部分文言语汇和表现方式，但中国古代的诗词歌赋却无法包容《红楼梦》所运用的大量语汇和表现方式。文言诗文作为一种全民族统一语言形式的作用开始消失，它在宋元以前的绝对统治地位受到了严重的挑战。也就是说，在宋元以前，能够跨越白话口语的地方性、以书面语言形式实现全社会交流的几乎只有中国古代的文言诗文，而在这时，除了文言诗文之外，还有另外一种书面文化形式，那就是白话的戏剧、小说的语言。这种社会语言形式带有更强烈的平民色彩，但却不再是地方性的了。中国文言诗文的作者继续坚守着中国古代文化典籍的语言形式，而宋元以后的戏剧、小说的作者则更是以白话语言为基础，把大量文言诗文所无法容纳的思想内涵和语汇都纳入自己的语言系统中来，并形成了与之不同的审美形态。但这时的戏剧和小说还没有得到与文言诗文平等的社会地位，它们的社会性还具体表现为民间性，它们还不是一种严肃的社会语言形式，不论作者还是读者，还是将其作为正常的社会追求之外的"闲书"来看的。在这时，中国社会实际上存在着三种不同的语言形式：一是作为严肃的社会文化语言载体的文言诗文。它是以中国古代文化典籍的语言形式为基础逐渐演变发展起来的，它几乎主要是一种书面语言形式，适用于看而不适用于听，是知识分子在学校教育中习得的，而不是在社会交流中习用的。二是作为非严肃社会文化载体的戏剧、小说的白话语言。它是在当时社会群众口头语言的基础上容纳了在文言诗文基础上形成的大量语汇而形成的另一种书面语言。这种语言是由说的语言直接转换成的看的语言，它既适用于听，也适用于看，但不具有严肃文化的性质，无法通过学校教育普遍地提高这种语言的素质，它几乎能够包容在文言诗文发展过程中创造出来的所有汉语语汇和话语形式，但它的丰富和发展对文言诗文自身的促进作用则是极其有限的，文言诗文无法包容它所能够包容的所有汉语语汇和话语形式。三是仅仅停留在口头的白话语言。这种语言主要是说的语言，其表现形式是各种不同的地方语言，其中也包括各少数民族的语言。它们继续发生着各种不同的变化，但没有普遍交流的性能，不具有广泛的社会性质，只能通过戏剧、小说的书面语言的吸纳并使之规范化才能转化为一种全社会的语言。当鸦片战争之后的中国知识分子开始接触西方文化的时候，中国的语言状况基本属于这种状况。

鸦片战争之后，中国知识分子不但面临着中国固有的文化，同时还面临着西方文化。西方文化在当时的中国是作为一种严肃的社会文化而被接受的，它不是为了地域性的口头交流，也不是为了纯粹的个人娱乐，而是为了中华民族的整体的发展，就其作用和意义而言是与中国古代的文言诗文相同的。但是，每一个学过外语的人都知道，中国知识分子对西方语言的掌握和对西方文化的了解都是首先通过口头白话语言的形式而实现的，即使林纾、严复的文言翻译也是把口头的白话语言重新翻译成文言文。也就是说，中国知识分子对西方文化的接受迅速地丰富和发展着他们的白话语言，而这种白话语言既不是在中国古代文言文的基础上产生和发展起来的，也不是中国古代老百姓在口头交流中实际使用的白话语言，同时也不等同于在中国古代社会娱乐需要的基础上形成的白话语言，而是一种严肃的社会白话语言，它是在中国古代戏剧、小说的白话语言的基础上大量接纳西方严肃的社会话语后迅速丰富发展起来的。西方这些话语的社会性质和严肃性质使它具有了与中国古代文言话语几乎相同的严肃性和社会性，但它又不是中国古代文言话语形式自身发展的结果，而是与中国的白话语言更紧密地结合在一起的。它和中国古代在戏剧、小说的基础上形成的白话语言紧密地结合在一起，但已经不是一种娱乐性质的民间话语，而与社会整体的发展有了直接的联系，具有了与中国古代文言诗文同等的严肃性质和社会性质。正是这种话语形式，具有了同时向中国古代文言诗文，向在中国古代戏剧、小说的基础上形成的白话语言，向中国仅仅在口头上流传的各种地方语言，向在外国产生的各种不同于或不完全等同于中国固有语言概念和表现形式开放的性能。所谓开放，就是它能把所有这些语言中的语汇和表现形式都纳入自己的基础上来，而实现更广泛的社会交流。不难看到，我们现代的汉语，主要指的就是这样一套语言。直到现在，我们在学校教育中接受的，通过报纸杂志、广播电视进行广泛传播的，能够在中国全社会担当着语言交流功能的，就是这样一套语言。中国现代最高的科学文化成果是通过这样一套语言在中国社会上得到流传的，中国各地区的地方语言是通过被这样一套语言吸收而转化为全社会的语言的，中国古代的诗文也是被纳入这个语言体系中来被感受、理解和具体运用的，外国的科学文化成果是通过被翻译成这样的语言而被更广大的中国人所接受的。在现代，这套语言就是中国社会的语言。它已经不是文言的，而是白话的；它已经不是纯地方性的，而是能够起到全社会的交流作用的；它已经不仅仅是娱乐性的，而同时具有了严肃的社会语言的性质。文学是语言的艺术，中国文学是中国语言的艺术，中国现代文学当然也就是中国现代这套白话语言的艺术了。直至现在，还有很多学者因为中国古代诗文的成就而轻视现代白话文学，特别是现代白话诗歌。但必须看到，一个民族的语言不是专门为文学家准备的，而首先是为全民族的生存和发展而存在、发展的，文学家只有在自己民族语言的基础上进行独立的创造，才能为自己民族语言的发展做出贡献。中国古代的诗文确实取得了为世界各民族文学所无法取代的伟大贡献，但中国现代的文学家的贡献却必须首先是对中国现代民族语言的贡献，而不再是对中国古代文言文的贡献。时至今日，我们已经能够清楚地感受到，虽然像鲁迅、胡适、郭沫若、郁达夫等一大批现代文学家也写了很多优秀的古典格律诗，但真正丰富和发展了我们民族语言的却是他们的白话文学作品，而不是他们的文言诗文。胡适所重视的，也就是这个语言基础的变更。它是中国现代的民族语言，也理应是中国现代文学，其中也包括现代诗歌的语言基础。不能不说，这个变更对于中国现代诗歌是具有关键意义的，它实际上是把中国现代诗歌的发展转移到了具有更大量语汇、更丰富内涵、更多样的表现形式的中国现代民族语言的基础上来，从而也给中国诗歌的发展开辟了新的更远大的前景。正是在这样一个意义上，我们说胡适对中国新诗发展的贡献是无与伦比的。只要我们尊重中国新诗发展的历史事实，我们就会看到，没有胡适，就没有中国的新诗。此后所有新诗诗人的创作，都是在他开创的这个诗歌创作的领域取得了自己的艺术成就的。我们无法无视中国诗歌这个伟大的转变，因而也无法否认胡适对中国新诗的伟大贡献。他第一个尝试在现代白话文的基础上写诗，从而开创了中国诗歌发展的一个全新的时代。

文学是语言的艺术，但却不是语言自身。什么是语言的艺术？语言的艺术就是更充分地利用一种语言的内在潜能以表现一般的社会群众所没有或很难进行表现的情感，使这种语言具有更深厚、更丰富的内涵，更隽永、更浓郁的意味。所以，文学的本质是创造的，而不是记录的。它的创造的基础是一个民族平时用于实际生活交流的语言，但却不是这种语言的本身。林纾曾经用"引车卖浆者流"都成了诗人的话攻击白话文革新，就是因为他把现代白话文自身与在现代白话文基础上进行的新的文学创造完全等同了起来。但是，不能不说，在胡适专注于白话文革新的时候，首先重视的也不是"文学"，更不是"诗歌"，而是书面语言与口头白话语言的关系。他之所以尝试用写作白话诗的形式实现书面语言形式的革新，就是因为在中国古代文学中诗歌的成就最大、地位最高。他认为只有诗歌的创作也能建立在白话语言的基础上，白话文的革新才能取得最后的胜利。但是，假若仅仅停留在这样一种考虑上，它还只是一个文化革新、文学语言革新的理论问题，而不是诗歌创作的问题。不论新诗还是旧诗，它首先得是"诗"。什么是"诗"？"诗"就是一种独立的文体，一种独立的表达方式，它所能够表达的不是其他的文体也能表达的。人人都会说话，但不是人人都是诗人，甚至连那些精通中外诗歌的学问家也不一定能够创作出真正的好诗来。诗人是能够感受到多数人所感受不到的东西的人，是能够表达别人想表达而表达不出的感受的人，并且这种感受只有用诗的形式才能得到最好的表达。胡适没有这样的感受，他只是认为诗可以用白话写，但这还不是"诗人"。他的新诗，几乎没有一首不可以改写成散文，并且用散文的形式比用诗的形式更能传达他所要传达的思想和感情。他是一个优秀的散文家，他能用朴素亲切、平易近人的语言申述自己对人生、对社会、对文学的看法和意见，但他却不是一个优秀的诗人，甚至就不是一个诗人。就这样，中国的新诗就由这样一个不是诗人的人创造了出来。他实现的是诗歌语言基础的根本转换，但没有创造出优秀的新诗作品。他用诗的形式表达的是一个散文家的感受和认识。他是一个勘探家，而不是一个开采家，他指出了在哪一个地段还能开采出矿产来，但他自己却没有开采出来。

正像开采家不能忘记更不能鄙夷勘探家一样，后来的新诗诗人也不能忘记更不能鄙夷胡适。

二

胡适之后,沈尹默、刘半农、鲁迅、傅斯年、康白情、刘大白、王统照、俞平伯、叶圣陶、郑振铎、朱自清、汪静之、冯雪峰、应修人、潘漠华等一大批人都曾经进行过新诗的创作,在新诗发展史上也应有自己的地位。但所有这些人,都没有成为中国现代文学史上最优秀的诗人。在这里我们需要注意的是,在这些没有成为中国现代文学史上的优秀诗人的人之中,却有中国现代最杰出的文学家鲁迅,中国现代著名的小说家叶圣陶、王统照,中国现代著名的散文家朱自清,中国现代著名的文艺理论家冯雪峰,中国现代著名的学者傅斯年、俞平伯。后来的一些诗人或文学史家,把这时期新诗成就的薄弱视为胡适领错了道路,但他们恰恰忽略了,像鲁迅这样一些新文化的创始人向来不是被别人的牵着鼻子走的。胡适写了怎样的诗,对他们无关紧要,重要的是他们需要表达的不是诗的情思,他们的创造性是通过其他的文体形式表现出来的。在这里,存在的是中国新文学体裁重心的转移问题以及诗歌、散文、小说、戏剧四种文学文体形式的关系问题。要讨论中国新诗发展的问题,脱离开这个问题是说不清楚的。

我们经常用中国古代诗歌的伟大成就比照中国现代诗歌,并以此鄙薄现代白话诗人及其白话诗歌,似乎白话诗歌不是对中国古代诗歌的一种发展,而是对中国古代诗歌的一个毁坏。但我认为,人们普遍忽略了文学发展的一个基本的规律,那就是它不是直线上升的,不是历史上成就最大的将永远是成就最大的,历史上成就最小的将永远是成就最小的。文化的发展是在各个不同文化领域的参差交错的关系中实现的,文学的发展是在各种不同文体之间的参差交错的关系中实现的。我们说古代中国是一个诗的国家,但我认为,恰恰因为古代中国是一个诗的国家,中国现代的诗歌发展才遇到了较之小说和散文更大的阻力。一方面，中国知识分子在一般的人生经历中所能够产生的诗思情语已经有丰富的中国古代诗歌进行了有力的表现，中国新诗诗人再写春花秋雨、离情别绪、民间疾苦、报国壮志已经很难超越中国古代那些诗歌名篇；另一方面，能够给新诗诗人带来新的感受和情思的新的事物或新的词语，还没有成为诗人生活中的有机组成成分，也不是诗人生命中不可或缺的因素。这些从西方引进的新的事物和新的词语还像放入中国语言中的坚硬的冰块，没有和中国固有的语言融为一个和谐的整体，诗人还没有用情感暖热它们，它们也还没有暖热诗人的心灵。中国的新文化、新文学是在西方文化的启发下通过革新中国传统文化、传统文学产生的，而西方文化、西方文学对中国散文、小说、戏剧的影响更带有直接性，而对诗歌的影响则更带有间接性。诗歌是语言中的语言，它的艺术更依赖语言自身。它必须建立在一个民族常见、常用的语言习惯的基础上，正因为这个民族最熟悉这些语言，所以当诗人将这些语言以诗的形式组织起来，并使之呈现出意想不到的艺术效果的时候，人们才感到一种惊异乃至惊喜。真正的诗人必然是民族的，因为他的艺术是民族语言的艺术。他使本民族的人常常感到本民族语言的魅力，把本民族语言当作一种常用常新的神秘但不可怕的整体，从而把自我更紧密地融入本民族的整体之中去。不同民族的诗歌是不同民族语言的艺术，二者之间是无法直接兑换的。好的小说、散文和戏剧直译成另一个国家的文字基本上还是比较好的小说、散文和戏剧，它们的成功更多地取决于原作的题材、结构、故事或情节。诗歌却不行。诗歌的翻译实际等于重新创作，它的成功与否主要不取决于原作者，而取决于翻译家。西方小说、散文、戏剧的影响使中国新文学的小说、散文、戏剧有了一个长足的进步，西方诗歌的影响却不可能起到如此大的作用。我们看到，上述这些诗人，在创作白话诗歌的时候，所运用的诗歌意象主要还是中国古代生活中已有的意象，构成现代世界和现代诗人精神世界的新的意象还没有充分纳入他们的诗歌，因而它们也不可能有较之中国古代诗歌更独特的艺术魅力。我们说刘半农的"可怜屋外与屋里，相隔只有一层薄纸"，反映了贫富的对立和劳动人民的苦难，但它的艺术效果却远远不如杜甫的"朱门酒肉臭，路有冻死骨"。在这里，不仅仅是思想内容的问题，还是一种诗的韵味的问题。平民百姓只能想象而无法真正了解豪门贵族的生活，豪门贵族也无法真正在精神上感受到平民百姓的苦难。它们在杜甫的诗中是被诗人的思维并列地组织在一起的，这两个世界没有亲近感，它扯裂了这个世界，也扯裂了诗人的心灵，我们从这两句简单的诗中就能感到杜甫的心灵的被扯裂的痛苦。所有这一切，都给杜甫这两句诗带来了意想不到的效果。而刘半农的诗虽然加强了彼此的直接对照，但却也增加了这两个世界的亲近感。它的诗的形式无法使我们感到两个世界的对立，也使我们感觉不到刘半农内心的痛苦。他似乎是在平静地看着这个社会画面。他知道社会是不公平的，但内心还是完整的。诗就是这样，只有现象的真实是不行的，还得是各种意味的综合体。这种意味是用诗人的心灵感到的，是通过语言形式表现出来的，不能仅仅是在理性上"考虑"到的，不能仅仅是用文字说出来的。鲁迅在这些人中更是一个伟大的语言艺术家，是一个真正用心灵感受世界、感受人生的人，但他明确说他的新诗是为新诗打边鼓的，他无意成为一个诗人。他的有些诗与其说是对诗的肯定，不如说是对诗的消解，他感到自己的感受已经无法用诗的形式进行表达，尤其无法用新诗的形式进行表达。他是把小说和杂文作为自己的文体形式而运用的。他的《野草》是从散文的角度接近诗歌的。正是在短篇小说、杂文这两个领域，他把中国文学真正推进到了现代的高度。我们看到，这两个领域恰恰是在中国古代文学中最薄弱的两个领域。在中国古代，有像《红楼梦》这样优秀的白话长篇小说，有像《聊斋志异》这样优秀的文言小说，但却没有真正具有较高艺术品位的白话短篇小说，没有表现普通中国人的精神风貌的平民小说。中国古代的温柔敦厚的诗教和文教，把中国古代散文拘囿在一个特定的审美领域，而像鲁迅杂文这种敢哭、敢笑、敢怒、敢骂的审美领域是较少有人问津的。正是在这一审美领域里，鲁迅充分发掘了中国固有事物和汉语语汇的内在潜力。他描写的不是从西方引进的大量事物和词语，而是在中国古代文化中已经存在但却没有正式进入书面文化的事物和词语。他写的是阿Q、孔乙己、单四嫂子、祥林嫂这些老中国的人物，写的是未庄、鲁镇这些未开化的地区，写的是茶馆、土谷祠这些存了上千年的场所。正是在这样的文化背景和语言背景上，他一点一滴地纳入了从西方传入的现代事物和现代词语，并表现了这些事物和词语在中国文化背景和语言背景上产生的影响。这就是中国现代真正的民族语言，也是中国现代知识分子的精神结构和心理结构。鲁迅的杂文则直接把中国古代的话语和从西方传入的现代话语纳入自己的心灵感受中，为之加了色、加了香、加了味，形成了他自己独有的一套话语系统。直至现在，这个话语系统还是中国现代最有生命活力的话语系统，它构成了中国现代民族语言中最有生命力的部分。胡适、朱自清、叶圣陶、王统照、俞平伯、冯雪峰等散文家、小说家、理论家莫不在中国现代民族语言的形成和发展中发挥了自己的作用。他们的语言直接进入的是中国现代民族语言的基础，是可以进入日常生活和口头交流的民族语言，没有这个更广大、更丰富的民族语言的基础，诗歌的土壤就是贫瘠的。与此同时，现代印刷业、现代报刊业、现代娱乐业的发达，中国知识分子的职业化，对小说、散文、戏剧的发展是有利的，而对于现代诗歌的发展则极为不利。不论从中国，还是从世界范围来看，诗歌都是在现代印刷业、现代报刊业没有发展起来之前的一种主要的艺术形式。社会交流的困难把人的人生经验压缩成一种十分浓郁的情感和情绪，它诗化了知识分子的心灵，也诗化了知识分子眼中的世界。那是一个诗的时代，那时的诗人作诗纯粹是情感的需要、交流的需要，而不是经济的需要。在开始，它是民间的；在后来，它是贵族的。这两个阶层都不以诗歌创作为职业，但也正是因为如此，诗歌才得以保留着自己的清醇，保留着自己的资质。屈原、陶渊明、李白、杜甫、白居易、但丁、拜伦、歌德、普希金、莱蒙托夫这些诗人都不是靠写诗吃饭的。中国古代的诗歌，直到唐代，都还主要用于情感和情绪的交流，它的衰弱是在科举制度以诗文取士之后，大量悦媚豪右、粉饰自我、虚与委蛇、无病呻吟的诗歌产生出来，从而也使诗歌在虚假的繁荣中走向了衰弱。中国现代知识分子职业化了，小说、散文、戏剧在现代印刷业、现代报刊、现代社会娱乐的帮助下获得了更大的独立性，而诗歌这种文体形式的独立性却受到了更严重的破坏，使之在当代各种文体的竞争中处于极为不利的地位。中国现代诗歌的发展不但面临着中国古代诗歌的竞争、外国诗歌的竞争，同时也面临着新文学其他三种文体形式，特别是小说和散文的竞争。这种竞争不仅仅是对读者的竞争，同时也是对作者的竞争。当中老年知识分子还主要沉醉在中国古代诗文的欣赏和创作中的时候，当新文学阵营中像鲁迅这样具有较丰富的人生经验和情感体验的新文学作家主要从事着小说和散文的创作的时候，从事新诗创作的几乎都成了一些青年学生，甚至连这些青年学生在度过青春期勃发的诗情之后，也主要转向其他的文化领域，这不能不造成中国现代诗歌发展的艰难。现代世界散文化了，现代知识分子的情感和情绪在散文中随时宣泄掉了，它不再能像屈原、像但丁那样储藏在心灵中并使之发酵为诗。后来的文学史家和新诗诗人对新文学初期自由诗派的批评是很尖锐的，但这些批评并不完全合理，因为这不仅仅是当时的新诗诗人自身的问题，也不是他们的诗学观念的问题，而是一个文学史发展的悖论的问题。但新诗存在着，它就有发展，有变化，它就给后来新诗的创造留下了机遇。在这里，我认为，应该特别提出来予以注意的是冰心的小诗。

我之所以在这诸多自由诗派诗人的诗作中独独提出冰心的小诗，不但是因为冰心是中国现代诗歌史上第一个女性诗人，更重要的是因为我不把中国现代新诗视为中国古代格律诗发展的直接产物，也不把中国现代新诗视为对西方诗歌的简单模仿。诗歌是最不能模仿的，中国古代文言诗歌和西方诗歌的形式是最不能直接搬用的。中国现代新诗必须在现代白话文的基础上重新生长。怎样生长？不是现成地接受中国古代的或外国的语言形式，而是一点一点地用白话语言感受事物，感受世界，感受现代的中国人，同时也感受自己。中国古代的诗人是从儿童时代就把他们进行写作的文言文一点一点地溶化在自己的心灵感受里；中国现代诗人也要把中国现代的白话语言这样一点一点地溶化在自己的心灵感受里。只有这样，中国现代白话文才是我们心灵的语言，并在有了需要表达心灵感受的时候写出现代白话的诗歌来。在胡适等人企图站在与中外历史上那些伟大诗人平等的地位上创造中国现代新诗的时候，冰心却睁开了自己少女的眼睛，一点一点地感受着周围的大自然和人生现象。我认为，这才是中国现代白话诗生长的正常道路。胡适没有把中国现代的白话文放在自己的心灵中咀嚼，它们还只是他理性仓库中的语言零件。这样的语言成不了诗。冰心的小诗不是多么完整的诗，但却是向着真正的诗歌演化的白话语言，所以我认为，冰心的小诗就是中国新诗的"芽儿"。中国现代的新诗就是从这样一些"芽儿"中成长起来的。胡适想直接"生"出一个"成年人"来，结果"生"下来的却是一具"尸体"；冰心"生"下来的是个"儿童"，但其是"活的"。胡适的诗中有形象，但却没有意象。他的语言是白话语言，但不是诗的语言。这些语言在日常生活中是什么样子的，到了他的诗里还是什么样子。他没有用自己的心灵给这些语言注进新的生命。他的诗几乎都可以写成散文而不损害其意味和内涵，而冰心的一些小诗却有了用散文无法表现的意味和内涵："母亲呵！／天上的风雨来了，／鸟儿躲到它的巢里；／心中的风雨来了，／我只躲到你的怀里。"

它是白话的，但却已经不是生活中的白话，而只是一个少女的心灵的语言。任何人都不会当面向自己的母亲这样表白自己的感情，但却是像冰心这样的少女的心灵的真实。它表达的不仅仅是对母亲的爱，同时还有一个少女初涉社会人生时对社会人生的好奇心和畏惧感。这两种情绪是糅为一体的，在好奇中有担心，在担心中又好奇。她像小鸟一样已经飞出去，去经历更广大的人生，但又时时准备飞回来，因为她不知道自己会不会遇到无法承担的痛苦。在这里，语言与语言发生着新的交叉和融合，从而使彼此都有了平时所不具有的意味和内涵。"小鸟"说出了"我"的娇小的和渴望飞翔、渴望自由的心，"巢"赋予了"怀"以安全感，"怀"赋予了"巢"以温暖感。它是一首白话诗，同时也具有了中国古代文言诗词所没有的情感色彩。它内部的联系没有用对仗联系起来的中国古代格律诗那种严肃和紧张感，它显示的不是成人的自信、成人的独立，"小鸟"和"我"以及前后的两联像是叠合在一起的两片羽毛，轻轻地但却是水乳交融地粘连在一起。它的语言像一个少女的心灵那样没有确定的自信，没有彼此分开的独立性。白话语言的那种长长的绵延的句式，使读者感到的是一个温柔、亲切、单纯的少女在说话。她不是一个成年的诗人，她不是在表现自己的才华，而是一个比我们更娇小、更经不起人生波折的少女。所有这些意味，都在这首小诗中传达出来。这就是诗，并且是现代白话诗，是为中国古代的文言诗所不可能具有的意味。它不是干瘪的，它的每个叶脉里都流着汁水。

但是，这个纯情少女没有沿着诗歌这条路发展下去。她像中国现代多数青年作家那样，急于成熟，急于站在时代潮流的前面领导时代的潮流，这使她在没有多少人生经历和社会阅历的时候就开始了社会问题小说的创作。她散文化了，理性化了，她的那点内在的灵性没有随着她生命的逐渐成熟而成熟。当时的文化界重视的不是她的生长着的生命，重视的是她被理性的化肥催生了的表面的成熟。人们欢迎她的问题小说胜于欢迎她的小诗。这使冰心走上了一条非诗化的道路。显而易见，一个20岁出头的青年女学生坐在课桌前书写她的社会问题小说，其小说是不可能不流于浮泛和粗浅的。她过早地成熟，但也过早地停止了发展。她的创作道路不是自己生命的道路，而是社会对她提出的要求的道路。她的作品是积累起来的，而不是成长起来的。我认为，假若冰心坚持她创作小诗时的心态，逐渐展开她感受中的世界，以她女性的敏感和性情上的温婉，是有可能成为中国现代文学史上一个杰出的女诗人的。但她没有。在这里，我们也可看到中国现代文学不同文体之间的竞争关系。我认为，小说、散文在现代文学中的优先地位夺走了这个女诗人，使她离开了自己能够自然成长的道路。她没有丁玲的勇敢，没有萧红丰富的人生经历，也没有张爱玲那种挑剔的但却是艺术的眼光，在小说创作和散文创作中注定是没有远大的发展前途的，诗歌则是她唯一能够自由驰骋的空间。

三

在中国古代，以诗文取士，从皇帝到私塾先生，都要念诗、写诗，反而模糊了诗人这个概念。实际上，不是任何人都能成为诗人，也不是所有写过诗、发表过诗的人都是名副其实的诗人。社会是由各种不同的人组成的，诗人只是其中的一种人，并且是很少的一种人。一个民族没有自己的诗人，这个民族一定是一个专制的民族，没有希望的民族；但一个民族也不可能全是诗人，假若一个民族的人全是诗人，这个民族就是一个"疯子"的民族了。诗人是那些主要生活在自己的情感、情绪中的人，是被理性的笼头箍不住的人，是没有被现实生活的经验打磨光滑的人。诗人在我们平常人的眼里就像"疯子"，他们的语言不是与我们相同的语言。不但像西方的拜伦、雪莱、普希金、莱蒙托夫、波德莱尔这些诗人在我们看来像是"疯子"，就是屈原、陶渊明这些中国古代诗人实际上也是一些"疯子"，是与我们完全不同的一些人。我们不会像屈原那样身上挂满奇花异草、在受到别人嘲笑时还不知"改正"；我们不会像陶渊明那样因为一点平常的礼节就弃官不做而宁愿归隐田园。一个民族不可能人人都成为这样的"疯子"，但一个民族却不能没有这样的"疯子"。没有了这样的"疯子"，这个民族就没有超于现实生活的幻想了，就没有反抗流俗的力量了。所以，"诗人"是一种特殊的人，但人类仍然需要这种特殊的人。例如，有很多人不喜欢郭沫若的诗歌，这里有郭沫若自己的原因，也有我们自己的原因。我认为，只要我们以这样一种诗人的标准看待郭沫若，我们才会真正感到，在中国现代诗歌史上，当时的郭沫若才是一个真正意义上的诗人，只有到了他这里，中国现代白话诗才真正具有了"诗"的高度。

胡适是第一个写新诗的人，但他不是一个诗人。他太好讲逻辑，讲科学，讲语法，讲经验，讲实用。科学把他的神经编织成了一个井井有条的罗网，这张网已经不能随时拆开、随时编织了。他的语言落在他的神经上就像落在字典里，每一次都落在几个固定的网孔里，只有那几种用法，只能排在固定的位置上。这样的人可以成为一个好的学者，但不会成为一个好的诗人。当时的郭沫若不是这样。郭沫若是从四川盆地里走出来的。这个自幼聪明、自称多血质的年轻小伙子，走出了夔门，走出了国土，站在轮船甲板上，看到了大海，看到了大海的广袤和大海的激荡。他眼前的世界好像在刹那间就变得大了起来，活了起来。他好像生了第三只眼睛、第三只耳朵。通过这只眼睛，他看到了金字塔的雄姿、密西西比河的流水，看到了全世界的七大洲、四大洋；通过这只耳朵，他听到了拜伦、雪莱、华兹华斯、歌德、席勒、惠特曼、泰戈尔的歌唱，听到了全世界人民的呼唤。世界大了起来，他自己也大了起来，热情涨满了他的全身，他身上好像充满了无穷的力量，好像他自己能够翻江倒海，把整个宇宙都能举起来、抛上去。在我们看来，这当然只是一种疯狂的感觉，但却是郭沫若当时心灵的真实。不难看出，正是这种感觉，造就了郭沫若的诗。郭沫若的诗已经不是冰心那种少女的诗。只有到了郭沫若的诗中，我们才真正感到，中国的汉字语言竟还会有这样澎湃的力量。他的语言不是在流，不是在淌，而是像海浪那样在涌动、像海潮那样在漫流。在中国古代的格律诗里，造成的是有规律的抑扬顿挫感，即使像李白的诗，也没有把中国语言的速度提高到像郭沫若这样风驰电掣般的程度。中国现代白话语言使郭沫若把一个句子可以当成一个音节来使用，从而大大提高了诗的速度感。郭沫若的诗不是结构型的。中国古代的格律诗像中国古代的建筑一样，是左右对称的，是前后照应的；郭沫若的诗则是流动的，它给人造成的是一种义无反顾的感觉。你走进郭沫若的诗，就好像被卷进了一股宏大的激流，它漂着你走、冲着你走，一直冲你到激流的尽头。中国古代的格律诗大量运用对偶句，郭沫若的诗则大量使用排比句，这些排比句造成的是一种排山倒海的力量。但也正是这种海潮般的力量，把中国现代大量新的事物、把现代白话中的新词语卷进了郭沫若的诗里，并且和中国固有的词语混合在一起。这是他之前所有的新诗诗人都没有做到过的。郭沫若用自己青春的热情拥抱了整个世界，也拥抱了世界文化，他的诗的语言不再仅仅停留在中国固有的语汇之中。直至现在，我们中国知识分子仍然是在温柔敦厚的诗教当中培养起来的，仍然是偏向于沉稳老练的。我们是在书房里"看"诗的，而不是在热情洋溢的聚会中"读"诗的。我们仍然喜欢像读古诗那样品咂诗里的味道，像品茶一样，像品酒一样，用舌尖蘸，用嘴唇抿，唯恐会剩下一点什么没有尝出的味道。我们在郭沫若的诗里，品咂不出我们喜欢的那种味道来。所以，我们通常不太喜欢他的诗，认为他的诗经不起品咂。我们疯不起来，也不敢疯起来，所以也不喜欢郭沫若这种疯狂的诗情。但是，诗，就一定得是在书房里"看"的吗？就一定要用一种固定的语调读吗？我认为，在我们的民族还少有热情洋溢的聚会之前，我们可以把郭沫若的诗带到人迹罕至的高山上，对着原野，对着大海，对着天空，扯开喉咙，像原始人类的嗥叫一样嗥出来。"我是一条天狗呀！我把月来吞了，我把日来吞了，我把一切的星球来吞了，我把全宇宙来吞了……"（《天狗》）到了这个时候，你会感到，郭沫若的那些最好的诗就是中国几千年来最好的诗的一个组成部分，是为所有的诗所无法代替的。你同时也会感到，人是多么需要一点热情，一点疯狂的热情。我们的心灵不仅需要不断地往里装东西，还需要清仓，需要洗澡，需要宣泄出内心淤积的那些沉积物来。在这时，也只有在这时，我们才真正感到了什么是青年，什么是青春，才重新点燃起了一个人原本有的无所顾忌的热情。这就是郭沫若的诗，这就是郭沫若诗的价值。

但是，郭沫若疯狂的诗情并没有维持几年。他几乎是闪电般地成了蜚声中国文坛的一个著名诗人，成了中国进步青年崇拜的偶像。但恰恰是在他发现自己已经成了一个著名的诗人的时候，他却已经不再是一个诗人了。在没有成名之前，他是以自己的身份写诗的，是需要怎样写就怎样写的，但成名之后，他的考虑就多了，他就得考虑别人怎样说、怎样看了。当他自觉不自觉地也想当思想家的时候，他那点"疯"劲儿就不翼而飞了。在《女神》后半集中，他还硬撑着，到了《星空》中还有个别的好诗，到了《前茅》和《恢复》中，他的精神就打不起来了。到了晚年，他自己也不得不说："郭老，郭老，诗多好的少。"不论出于什么原因，他这个自我评价还是符合他的诗歌创作实际的。

四

直到现在，我们的文学史家还是把闻一多提出的新格律诗与自由诗对立着说的，好像新格律诗与自由诗是两个完全不同的概念，是相互排斥的。我倒认为，新格律诗也是自由诗，自由诗也是新格律诗，两者并没有严格的对立关系。自由诗也得是诗，是诗就不是完全自由的，你不能把诗写成康德的《判断力批判》，写成鲁迅的《阿Q正传》。既然是诗，就得有诗的形式，有诗的语言。诗的语言是有与其他文体的语言不同的节奏形式的，是有自己的绘画功能的，是有不同的排列方式的，这就与闻一多提出的"三美"的要求没有了根本的对立关系。至于说中国现代白话诗歌到底应该有什么样的节奏形式，什么样的绘画功能，什么样的建筑模式，那是不应由任何一个人预先规定好的。在唐代以前，作诗的人是比较少的，一旦出现了一种格律形式，大家认为好，就竞相运用，这种格律形式就成了相对固定的诗的形式了。后来，官家又用诗歌选拔人才。要选拔人才，就得有一种固定的形式、固定的标准，这种诗的形式就被固定下来了。现代写诗的人多了，诗已经不是国家选拔人才的标准了。诗人作诗是为了表达自己独特的人生体验，他得为自己独特的体验找到独特的表现形式，他得有自己创造新形式的自由。所以中国现代诗歌不能没有自己独立的文体形式，不能没有自己的格律形式，但这种格律形式也是自由创造的结果，也是一种自由诗。有人说，自由诗出现了很多劣质品，出现了很多不是诗的诗，所以得提倡格律诗。实际上，格律诗也一样产生劣质品，也一样产生不是诗的诗。宋明以后所有知识分子都写诗，写的都是格律诗，其中有多少是精品？不是一样有大量不是诗的诗吗？所以，一个民族产生不产生伟大的诗人，产生不产生伟大的诗作，根本的问题不在于有没有固定的格律形式，而在于有没有伟大的情感和情绪，有没有能震撼一个民族乃至整个人类的自由精神。诗，不是用理论创作出来的，而是由诗人创作出来的。诗，应该一首一首地评，应该一个诗人一个诗人地评，不应该用诗人的理论主张来评。

假若我们回到具体的诗歌作品当中来，就会看到，闻一多新格律诗主张的最大意义不是否定了像郭沫若那样优秀的自由诗，而是为自己找到了一种诗歌的表现形式，为自己建立了一种独特的诗歌风格。

我们说诗人都是"疯子"，但"疯子"也有不同的疯法。郭沫若是"自大狂"，闻一多则是"爱国狂"。

"国"是个太大的东西，一个人是个太小的东西。一个国家的落后与先进，觉醒与愚昧，不是哪一个人说变就变得了的。再说，一个知识分子在当时算什么？国家的权力当时由几个军阀掌握，他们想的可不是中国富强不富强的事情，而是自己占了全国、自己当皇帝的事情。一个知识分子既没有权，又没有钱，剩下的只有苦闷和气愤。越苦闷、越气愤，越是感到现实是荒诞的；越是感到现实是荒诞的，就越是苦闷、越是气愤。这样，他的诗就同时有了两个互不相让，不但无法妥协而且是相互激发的东西。这两个东西一个是现实，一个是感情。现实压抑感情，感情反抗现实。现实越是压抑感情，感情越是要反抗现实；感情越是要反抗现实，现实越是要压抑感情。谁也消灭不了谁，谁也战胜不了谁，谁也不能退让，谁也不能妥协。这个诗可就紧张起来了。这是一种语言与语言的撞击、语言与语言的对抗。这种对抗不是让它们离得更远，而是拥抱得更紧，各自都把牙齿咬到对方的肉里去，你中有我，我中有你。这样的形式是不能太长、太散漫、太自由的，它要紧凑，要集中，要固定。闻一多那些最好的诗，让人感到像个铁罐子、铁筒子，密闭得严丝合缝，没有一个漏气的地方。郭沫若的诗到处都撒气，噗噗地往外撒，当把内心储集的热情都挥发完了，他的诗也就结束了。这样的诗是热情的，是宣泄的，读时感到很紧张，读完了心里很轻松。而闻一多的诗全不是这样。闻一多的诗不让你撒气。它们是密闭的，密闭得比罐头还严。他的感情就在这密闭得比罐头还严的结构形式里燃烧。它的热力一点也挥发不出来，就在这个密闭的罐子里闷着、囚着，越闷越热，越闷越充实，它像就要撑开密闭着它的铁壁，但最终还是无法撑开它。闻一多的诗有张力，它点燃你的激情，但不让你宣泄这激情。它让激情在你的心里膨胀，使你的心发胀、发闷，像要胀出你的意志来，胀出你的自尊心来。它的词语好像预先被整齐地排列在砖窑里的一摞摞、一排排的砖坯子，它生起感情的火给它们加热、加热、再加热，把它们烧得发热、发烫，烧成灰的，烧成红的，最后烧到白热化的程度。这样，它的每一个词都变了色、变了香、变了味，把它们都烧成它们的反义词。美的被烧成丑的，丑的被烧成美的；善的被烧成恶的，恶的被烧成善的；真的被烧成假的，假的被烧成真的。使美中有丑，丑中有美；善中有恶，恶中有善；真中有假，假中有真。这样的语言就不是散文的语言了，不是平常的口语了。闻一多的语言就成了诗的语言。这就是闻一多的诗的风格。他的新格律诗的理论是在他这种特定的艺术风格的追求中建立起来的。他需要压缩，需要集中，需要固定，需要有一个密闭的容器把他的激情的力量展示出来，正像一个矛需要一个盾一样。他不是需要束缚，而是需要展示自己反束缚的力量。

郭沫若、闻一多都是诗人，即使把郭沫若的《天狗》、闻一多的《死水》放在整个中国诗歌史上，也应该属于精品之列。我们不必为中国新诗自惭形秽。但假若仅仅从中国新诗发展的角度，却不能不认识到，中国诗歌的旧的黄金时代已经过去了，而新的黄金时代还远没有到来。这个不是诗的黄金时代的时代，是不利于中国诗歌的发展的。不是说不能写诗，也不是说无人写诗，而是说真正诗的激情即使在一些杰出的诗人身上，也是难以维持久长的。一般来说，中国现代诗人的真正的诗的激情都产生在尚未获得人生经验、尚未在中国社会获得自己稳固的社会地位的时候。一旦度过热情洋溢的青年时期，一旦在中国社会获得了自己稳固的社会地位，这种能够溶化民族语言并使之成为诗的激情便消失了。在这时，或者像郭沫若一样继续写诗但却失了诗的精神，或者像闻一多这样中止写诗而同样不再有诗歌的精品出现。这两种情况，都决定了中国新诗无法获得更令人注目的伟大成就。

五

在过去，我们常常把徐志摩与闻一多并说，因为他们都是主张新格律诗的，并且都是新月派的诗人。但我认为，作为诗人，与其说闻一多与徐志摩更相近，不如说两人的差别更大。诗人不是用主张分的，而是用风格分的。要说风格，闻一多和徐志摩可以说正好立于两个不同的端点上。如上所述，闻一多是个太认真的人、太执着的人，是个"东方老憨"。他的诗也是严肃有余，活泼不足。徐志摩就不同了。徐志摩是个很灵活的人，是个没有一贯的主张的人。他灵活多变，不像闻一多那样一根死筋扭到底，是个"东方才子"型的人物。他也是爱国的，关心政治的，关心民间疾苦的，对现实社会不满的，但却不把这些事情看得太认真。他不会把这些事情老放在心上，为此而焦虑，而痛苦。他很会享受生活，享受爱情，享受能够落到自己身上的幸福，但又不追求浮华，不是一个挥金如土、纨绔子弟式的人物。他的感情也很丰富。闻一多的感情像压城的黑云，只感沉重不感温润，郁积成团，轻易疏散不开。徐志摩则不同，他的感情像在蓝天飘着的白云，悠悠的、轻轻的，让人感到很舒服，很惬意，并且随时抟集，随时飘散，不会老是郁结在心头。表现在诗的语言上，闻一多诗的语言像一块块铁锭、钢锭，硬硬的、冷冷的，把方块汉字的重量感几乎发挥到了极致。徐志摩诗的语言则像鹅毛般轻，中国的方块汉字原本是有重量感的，但不知为什么，一到了徐志摩的诗里，它们就没有重量了。它们像绒毛一样黏在你的心灵上，既不感到疼，也不感到重。如果说闻一多诗的整体风格可以用沉重来概括，徐志摩的诗则是潇洒的。实际上，徐志摩的诗的内容和风格并不是统一的。他有讽刺诗，有反映民间疾苦的诗，有很带现代派味道的写现代人的感受的诗，有用方言土语写的诗，甚至还有政治诗，当然更有写自然景物的，写爱情的。但也正是因为如此，这些诗显示着他的潇洒。什么是潇洒？潇洒就是可以同时自由地应付各种不同的局面，而又不是虚伪的、生硬的。闻一多的诗很扎实，很严谨，其主题也是中国知识分子十分崇尚的爱国主义主题，但从内心里就喜欢闻一多其人其诗的大概并不多。倒是徐志摩，很得中国知识分子的喜欢。

徐志摩的诗之所以招人喜爱，不是没有原因的。在中国古代，是讲道学的。中国的道学很严肃，很沉重，越到后来，越成了压迫中国知识分子心灵的东西。这种传统，在新文化运动中受到批判，但宋明理学留下来的老传统，实际上一时是改不过来的。徐志摩的诗体现了中国青年知识分子追求自由的要求。我们之所以说徐志摩是一个真正的诗人，就是因为他还是比我们平常人"疯"一些的。他不摆道学家的面孔，不拿知识分子的架子，不写歌功颂德的诗歌，不写标语口号式的文字。他年轻，他爱美，爱美的女人，爱美的自然，他不掩饰这一切，并把这一切都用诗的形式表现出来。他的诗就显得率真，显得自然，没有矫揉造作的味道，没有装腔作势的派头。为什么我又说他没有疯狂到伟大诗人的程度呢？因为伟大的诗人不论爱什么，都是能够爱到痴迷的程度的。正是因为他爱一种事物爱到了痴迷的程度，所以他也就把自己的人生体验提高到了别的人所根本无法达到的高度。他从这个高度感受世界，感受人生，感受社会人生中的一切事物，就与我们平常人眼里的世界都不一样了。屈原就是爱他的香花香草，就是认为香花能够使他的精神高洁、心灵清白，他到了痴迷的程度，到了无视周围人的劝告、批评、指责、讽刺、挖苦、打击的高度，他眼前的整个世界都和我们的不一样了。他要表达自己的人生感受，要写诗，他的诗就不是只有一两个好的句子，一两个好的意象，而是整个的创作都呈现着独异的色彩，连语言都与普通人的不一样了。陶渊明就是厌恶官场的那些繁文缛节，厌恶到了宁肯不做官、不拿俸禄的程度。在这时，他才能感到田园生活的美。他的诗不是在城里赚了大钱到农村里转了一圈感到田园生活很美的那些人所能够写得出来的。但潇洒的人不论爱什么，都爱不到这种痴迷的程度。这样的人的情感太好转移，他的情感在任何一个向度都冲不破世俗情感的壳。他能充满当时世俗社会能够给他的自由的空间，但却没有完全属于自己的独立空间。所以，中国知识分子所说的自由，和拜伦、雪莱、雨果、普希金、莱蒙托夫、裴多菲、密茨凯维支这些西方浪漫主义诗人所说的自由不是完全相同的概念。中国知识分子所说的自由，是社会已经给定的，不是需要自己争取的；西方浪漫主义的诗人所说的自由是社会尚没有给定的，是必须由自己争取。为什么要争取？因为他们痴迷于一种事物，一种个人理想或社会理想，不会遇到社会的攻击和压制就放弃，所以就得争取。中国的知识分子所说的自由就是徐志摩这类知识分子的潇洒，但潇洒的人可以爱很多事物，但对任何一个事物的爱都达不到痴迷的程度。所以潇洒的人可以成为优秀的诗人，但成不了伟大的诗人。就其普遍的水平，我认为，郭沫若和闻一多的诗不如徐志摩的水平高，特别是郭沫若，糙诗太多，但就其所达到的绝对高度，徐志摩却不如郭沫若和闻一多。在过去，中国的知识分子特别称道他的《再别康桥》，但在我的阅读感受里，认为它美得有些腻，美得有些媚，开头两节和结尾一节还充满新异的美感，但中间几节就有些疲弱了。实际上，它没有超过，甚至也没有达到中国古代景物诗的水平，即使在审美情趣上，也带有对传统审美观念的一种勉强敷衍的色彩。它不像是一个中国留学生写的，也不像是一个现代的中国人写的。一个现代中国知识分子还能在世界上发现美得如此纯粹的事物，其本身就使我感到诗人是在写诗，而不是表达诗人最内在的心灵感受。实际上，美是一眼就看得到的，不是综合起来的。一个美女，你看一眼就会令你神魂颠倒；一个美的景物，你放眼一看就会感到心旷神怡。倒是《火车擒住轨》这类的诗，更能体现徐志摩作为一个现代中国知识分子的世界观和人生感受，但徐志摩也没有把它写到像郭沫若的《天狗》、闻一多的《死水》那样完美的程度。徐志摩的真正完美的诗，能够放到中国诗歌史上也可以作为精品的诗，我认为是他的那首为人称道的《沙扬娜拉·赠日本女郎》："最是那一低头的温柔，/像一朵水莲花不胜凉风的娇羞，/道一声珍重，道一声珍重，/那一声珍重里有蜜甜的忧愁——/沙扬娜拉！"

用句王国维的话来说，这首诗好就好在"不隔"。在这首诗里，这个日本女郎的形象与作者对这个日本女郎的感觉都是我们在对诗的语言的感觉中感觉出来的。假若我们用手触摸一下这首诗里的语言，就会感到，触摸着它的语言就像触摸着这个日本女郎的身体一样，给人以柔韧而又温暖的感觉，我们绝摸不到像骨头那么冷、那么硬的东西。它的全诗都呈现着像这个日本女郎的身体那样的曲线美，没有任何一个词和词与词之间的关系构成的是直的线，它的每个词都不只有一个确定的含义，不像郭沫若诗里的词语那样直白，那样确定，但它也不像闻一多诗里的词语一样，僵持着两种严重对立的含义，它们是在一个中心的观念左右游动着的。在温暖中有一点凉意，在凉意中又感到点温暖；在蜜甜中有一点忧愁，在忧愁中又有一点蜜甜。它暗示了作者和这个日本女郎之间在刹那间产生的那种有距离但又有点留恋、陌生而又有点会心的微妙关系。在任何两个词之间，都在意义、声音、色彩间发生着变化，但这种变化又是我们感觉不到的，它们之间构成的不是直线关系，但也不是转折关系，而是一种柔而韧的曲线。在读这首诗的时候，你绝不会像读郭沫若的诗的时候一样调高嗓门，也不会像读闻一多的诗的时候一样把一个词一个词顿开，你自觉不自觉地就会低低地、悄悄地、不急不缓地读出它来，似乎怕惊动了这个日本女郎，也怕惊动了这时的作者，从而破坏了他们那点蜜甜而又有点忧愁的感觉。这首诗的情调，用中国古代的格律诗词是表现不出来的，它只能用现代的白话文、用诗人自己创造的这种诗的形式才能得到满意的表现。中国古代格律诗词创造出过无数美女的形象，但都不可能给人像这个日本女郎这样的感觉；中国古代格律诗词描绘过各种两性间的情爱关系，但都不可能是这首诗所表现的既非爱也非无爱的像一点绿芽这样的转瞬即逝的一滴情、一点意。它很美，但不是《再别康桥》那样的纯粹的美，它没有一笔一笔地往诗人赞美的对象脸上涂抹美的颜料，而是由既近又远、既温暖又清凉、既甜蜜又忧愁的不同色调调和成的一种全新的色调。它很美，但美得不腻，美得不媚。

六

说 20 世纪 20 年代的诗，人们都不把冯至当作一个重要的诗人，但我认为，即使在 20 年代，冯至也已经是一个超凡脱俗的优秀诗人。他在当时的影响并不大，但评论一个诗人，不能像评论一个演说家那样。一个演说家在演说的当儿没有发生轰动的效果，他的演说就是不成功的，后来的影响无法补足他当时的不足。诗人则不同，评论诗人要看他的诗的资质，当时有没有人注意并不是一个评诗的标准。当冯至从家乡来到北京求学的时候，他还是个孩子，至少在浅草社、沉钟社的同人的眼里，他还像个孩子。人们都把他当个小弟弟对待，关心他，爱护他，帮助他，指点他。他幼年丧母，童年的生活虽是孤寂的，但却没有受到过亲人的虐待和歧视，是在爱中长大的。这养成了他文静而又有点腼腆的性格。他对外部的现实世界有点陌生，有点隔膜，有点担心，所以更经常地活在自己的内心世界里。他不会像郭沫若那样热情得大喊大叫，也不会像闻一多那样自己生闷气，甚至也不会像徐志摩那样，见了漂亮的姑娘就给人家说情话、写情诗，穷追不舍。他把外部世界给他产生的各种印象小心地保留在自己的内心世界里，温暖着，揣摩着，安静的时候就把它们从心底放飞起来，让它们在心灵里飘，在心灵里飞，飘成各种不同的形状，飞出各种不同的姿态，把他的心灵变成了一个五彩缤纷的世界。这个世界就不像我们平常人心里的世界了。在我们的世界里，柴米油盐酱醋茶，一样一样地分放着，有条有理，不会混，不会掺和，好像把外部现实世界照样搬到我们的内心里来。冯至不是这样，他的语言也不是我们日常生活中的语言。这些语言在现实的世界里未必都有互相连带的关系，它们是在他的心灵世界里建立起自己的联系的。这就使冯至的诗带上了特异的色彩和奇诡的魅力。我认为，不论其意象的幻美，还是想象力的丰赡，他的《蛇》放到整个中国诗歌史上都不会失去自己的光彩。"我的寂寞是一条蛇，静静的没有言语。"他的"寂寞"为什么"是一条蛇"，这恐怕只有像冯至这样文静腼腆的小青年才能够知道，能够说得出："它把你的梦境衔了来，像一只绯红的花朵。"他的寂寞怎样把他爱着的姑娘的"梦境衔了来"，又为什么它像一只"绯红的花朵"，也只有像冯至这样文静腼腆的小青年才能够知道，才能够说得出。这样的想象，这样的意境，简直美成了"唯美主义"，美成了"莎乐美"，美成了偷吃了智慧果的夏娃。面对这样的诗，我们没有理由鄙弃中国现代的新诗。他早期的那几首较长的叙事诗也是中国现代诗歌史上最优秀的叙事诗，他创造了一种与中国古代的《孔雀东南飞》、《木兰辞》、《长恨歌》、《琵琶行》、"三吏三别"都不相同的一种诗的叙述风格。它带着中国现代知识分子特有的那种寂寞和悲凉的情调，叙述了中国古代那些优美的民间故事。在寂寞孤寂的人生中显现着人生的美、爱情的美，而又在美的人生和美的爱情中显现着人生的寂寞和孤寂。

冯至的诗并没有停留在他的《昨日之歌》的时代而裹步不前，他的生命生长着，他的诗也生长着。大学毕业之后，他离开了爱护他、关心他、照顾他的沉钟社的大哥哥们，离开了他的第一故乡和第二故乡，来到了举目无亲的北国城市哈尔滨。在这时，他必须独立地面对自己的生活、自己的前途，必须独立地面对自己眼前的现实世界。当时的哈尔滨已经是一个中俄文化的"荟萃地"，是一个传统封建主义文明和现代资本主义文明的交汇处。这样一个五光十色的世界在这个青年诗人心灵里留下了怎样的印象，打下了怎样的印记，是在他的第二个诗集《北游及其他》里表现出来的。时至今日，我们的诗论家有的更重视冯至《昨日之歌》时代的诗，有的更重视他《十四行集》时代的诗，但少有特别重视他《北游及其他》时代的诗的。但恰恰是在他写了这些诗之后，鲁迅便认为冯至是"中国最为杰出的抒情诗人"。冯至的这个诗集，特别是其中的长诗《北游》，简直可以称为是中国现代诗歌中的《恶之花》，但他绝不是从西方现代主义诗歌中模仿过来的，不是从一种社会思想或文艺思想的需要中铸造出来的，而是带着他一贯的风格，带着他向来有的孤寂的心情，带着他对人生美好但却并不奢侈的愿望进入现实世界，进入抹上了现代资本主义文明的"红嘴唇"的哈尔滨之后自然产生的内心感受，因而他的诗的语言仍然是从中国现代白话语言中自然地生发出来的，而不是在对西方诗歌的模仿中生造出来的。例如：

> 听那怪兽般的汽车，/在长街短道上肆意地驰跑。/瘦马拉着破烂的车，/高伸着脖子嗷嗷地呼叫。/犹太的银行，希腊的酒馆，/日本的浪人，白俄的妓院，/都聚在这不东不西的地方，/吐露出十二分的心足意满。/还有中国的市侩，/面上总是淫淫地嬉笑。/姨太太穿着异样的西装，/纸糊般的青年戴着瓜皮小帽，/太太的脚是放了还缠，/老爷的肚子是猪一样地肥饱。/……

这是多么纯净的中国现代白话语言，但这又是多么荒诞的一幅生活的图画。冯至的诗的美就是建立在这样一个"粪堆"一样的生活的基础之上的。它在"粪堆"上抽出自己的芽，伸出自己的枝，张开自己的叶，开出自己美的花朵。它不再只是像古典诗人那样在美中发现美，在丑中发现丑，而是把丑的人生转变成了美的诗歌。这就是中国现代主义的诗歌，就是中国现代主义的抒情诗。在这时，冯至开始进入中国的"疯人"的行列，他与他实际存在的现实社会拉开了一个很大的心理距离。他成了他所存在的世界所无法容纳的人，同时他也已经无法容忍他所存在的现实世界。但是，作为一个中国现代的知识分子，作为一个中国现代主义的诗人，他到底与西方的波德莱尔这样的诗人是不同的。波德莱尔已经无法在自己垃圾般的现代社会里找到自己存身的一块洁净之地，无法在自己生活的污浊的世界上找回自己心灵的洁白，但冯至在当时的中国社会却还有洁身自好的一块宝地，他甚至可以不在自己的诗歌创作中继续自己的人生、自己的生活。他在创作了《北游及其他》之后，就重新走上了求学的路，走向了不是通往诗人而是通往学者的路。而在这个通往学者的路上，他那还没有被现实毁损的心灵找到了暂时的平静。他没有继续疯狂下去，没有疯狂到波德莱尔的高度。

1941 年，冯志又重新开始了自己的诗歌创作，但这一次进入诗坛，已经不是在波德莱尔的高度上重新起飞，而是在里尔克这类富有哲理内涵的诗歌的基础上重起炉灶。作为一个中国现代的诗人，冯至仍然保持着他一贯的语言风格。这种语言风格是平易、轻松、简洁、流利的。冯至从来不用语言唬人，从来没有把中国的语言弄到狰狞怪诞的程度。西方的十四行诗到了冯至的手下，严格说来，已经不是西方诗歌的一种形式，而成了中国现代新诗的一种。它是冯至的一种独立创造。中国的白话语言在他的十四行的形式里，好像在一个新修的十分雅致的池塘里游泳一样，是自由的、宽松的，没有任何的拘束感、别扭感。形式的雅致使他的《十四行集》显现着他的哲理思考的细致和认真，不是游戏性的，不是刻意求奇，它的语言的朴素流畅则显现着诗人的平民意识。诗人不是以社会教诲者的姿态出现的，而是在与自己的读者共同思考着人生，思考着当前的现实，思考着现实给人们展示的人生的哲理。在中国现代诗歌史上，冯至是一个最具有平民意识的诗人，他的平民意识不是他的宣言，不是他的文艺主张，而是他的语言风格本身。冯至自始至终都是作为一个平凡人出现在自己的诗歌之中的，是以平凡人的口吻说话、以平凡人的资格思考的。他没有郭沫若的英雄气，也没有徐志摩的才子气，他在自己的诗里甚至就不是作为一个诗人出现的，而是作为一个普通人出现的。但是，平凡并不是用平凡维持的，平凡时时刻刻都有沦落为平庸的趋向，它必须用伟大和崇高不断补充它的血液，才能永远保持着它的鲜美和鲜活。我认为，冯至的《十四行集》就是用伟大和崇高重新向自己的心灵输血的精神活动。他仍然是把自己作为一个平凡的人进行思考的，仍然思考的是平凡人的人生，但他努力理解的已经不是自己和自己的感受，而是把目光投向了那些伟大的人物和那些伟大人物的人生选择。他破天荒地把蔡元培、鲁迅、杜甫、歌德、凡·高和一个不知名的"战士"写进了自己的诗歌，并且思考了他们的人生选择。这是在他此前的诗歌中所不曾见到的。他对这些人没有流于庸俗的歌颂，也不是朋友间的相互吹捧，而是带着重新思考人生的目的而感受他们、理解他们的。冯至的这种思考，已经不是废名那种自认为已经悟得人生三昧后的自我人生哲学的展示，不是对不同于自己的人的拒绝或排斥，而是对自己过往未曾感受和理解的进行重新的感受和理解，对自我未曾肯定和接受的进行重新的肯定和接受。它也不是郭沫若 30 年代那种自认为找到人生正途之后的号召和宣传，而是变化着的世界在冯至内心世界里激起的心灵的浪花和波纹。它不再是感悟式的，也不再是标语口号式的，而是诗人心灵震颤的一种形式，是情感和情绪在理性层面的骚动，是理性思考在情感、情绪层面的新的升腾。正是在这样一个意义上，它成了真正的哲理诗，并且是中国现代的哲理诗。"我们天天走着一条熟路/回到我们居住的地方；/但是在这林里面还隐藏/许多小路，又深邃、又生疏。/走一条生的，便有些心慌，/怕越走越远，走入迷途，/……"（《我们天天走着一条小路》）

　　冯至哲理诗的力量在哪里呢？不在于它的文字的平易和流畅，而在于他的哲理思考本身所孕育的情感力量。在古代，一代一代的知识分子走着"读书—科举—做官—保皇"的固定道路；在现代，在刹那的震动之后，知识分子又找到了一条"读书—留洋—踱进研究室做学者"的人生途径。我们天天走着这样一条熟路，天天看到的都是已经熟悉的事物，我们不敢走上一条与别人不同的道路，不敢走上自己以前没有走过的道路。世界在我们的面前是凝固的，人生在我们的面前是凝固的。我们对世界、对人生、对我们自己，已经产生不了新异的感觉，甚至就不再有感觉，我们甚至直到死时都不知道自己是谁，自己到这个世界上来做什么。冯至之所以感到需要重新感受和理解蔡元培、鲁迅、杜甫、凡·高和那个不知名的"战士"的人生道路，就是因为他们走过了别人没有走过、他们自己也没有走过的人生道路。他们在自己的人生道路上看到的不是别人也看到过的，不是他们自己过去已经看到过多次的，即使那些他们过去已经看到的事物，现在也以新鲜的面貌呈现在了他们的眼前。他们也是一些平凡的人，但是他们面前的世界却是鲜活的。他们才是真正生活过的人，有过真正人生的人。我们当代评论家好谈什么"诗化哲学"，实际上，在中国现代史上，真正称得起"诗化哲学"的，不是那些重复中国古代或外国哲学已有人生信条的哲学家的著作，而是鲁迅的《野草》和冯至的《十四行集》。但鲁迅在《野草》中撕裂了自己的灵魂，《野草》的哲学便是鲁迅的灵魂被扯裂之后流出的一滴一滴的鲜血，它具有一种凄厉的震撼力。冯至还没有这样的勇气，他的哲理思考更是他心灵骚动时升腾起的团团氤氲，它带有诱惑性的美感，但不具有实际的爆炸力。冯至始终是一个优秀的诗人，但他没有伟大诗人应有的气度。

七

在过去，论到 20 世纪 20 年代中国新诗的发展，都把李金发放到一个重要的位置上。在这里，我与从朱自清以来的诗论家有根本的分歧，我并不认为李金发在中国现代新诗的发展中有什么重要的作用。诗人，首先要有诗。诗，首先是语言的艺术。中国的新诗，首先是中国现代白话语言的艺术。中国新诗的意蕴必须是从中国现代白话语言的本身感受到的，必须是中国现代白话语言表现潜力的发挥，而不是根据它的字面意思猜测出来的。诗是可以赏析的，也是需要赏析的，但诗的赏析是为了深化人们对诗本身的感觉，而不是猜哑谜，不能制造对诗的感觉，更不能根据诗论家制造出来的感觉判定诗本身的价值和意义。我们可以无法用理性的语言概括一首诗的主题，可以无法用现实流行的理论分析它的思想内涵，但在感觉上却必须是明确的。我们说李金发开创了中国象征主义诗派，但假若他的诗根本就不是诗，不是中国语言的艺术，不是挖掘了中国现代白话语言的新的表现力，它也就不是象征主义的诗，更莫说开创了中国象征主义诗派。既然他的诗激发不出读者的新的情绪感受来，它的影响就不是诗的影响，更不是象征主义诗歌的影响。中国的象征主义诗歌是后来的象征主义诗人自己创作出来的，不是在李金发诗的影响下写出来的。西方象征主义诗歌是多义的，是朦胧的，但朦胧的不应当是感觉，而是无法用明确的理性语言表达这种感觉，而是这种感觉只能用象征主义的诗歌本身来表现。李金发的诗却不是这样。在他模仿西方象征主义诗歌的时候，连怎样感受中国的语言都不管不顾了，他的诗歌就不是中国语言的艺术了，就不是诗了。西方象征主义把在理性世界中的语言系统拆卸了、敲碎了，把它们在理性语言系统中一些不相连贯的词语都纳入象征主义的诗的形式里，但这种没有联系只是没有理性的联系，并不是连语言本身的联系也不存在了，并不是这个诗的形式本身也没有把它们有机地组织在一起。而李金发却只把一些语言的枝枝叶叶塞满了自己的诗，它们在人的心灵感受中无法构成一个统一的整体。胡适的诗也不是诗，但他到底实现了诗歌语言基础的转换，他的诗的语言至少还是正常的散文的语言。李金发却不但没有创造出更有表现力的诗的语言，却连中国散文的语言也不是了。我们民族的诗歌是为了发展中国现代的白话语言的，而不是为了拆卸中国现代的白话语言的，我们对诗的评论必须牢牢地抓住这一点，在这一点上不能有丝毫动摇。我认为，只要意识到这一点，我们就不会把李金发这样的诗作为中国现代诗歌发展的推动力量来看待，而应将其看作中国现代诗歌发展的一个障碍，一个阻力。

　　这个障碍、这个阻力是怎样形成的呢？它是在新文化运动的过程中形成的。我们说新文化运动是重要的，但运动过程中所出现的文化现象却不都是合理的。新文化运动促进了中国文化的进步，但它始终是为了中国现代文化的发展，而不是为了用西方文化完全取代中国文化。中国现代的白话语言还是中国的语言，而不是外国的语言，它大量吸收外来语是为了丰富、发展中国现代的白话语言，而不是连中国现代白话语言原有的表现力量也毁坏掉。但在文化开放的过程中，起着主要作用的是中国当时的留学生，并且是年轻的留学生。在大量文化领域里，他们是把外国文化的已有成果介绍到中国，并促进了中国现代文化发展的一股力量，并且是最重要的一股力量。但在诗歌领域里的情况却不尽相同。诗歌是语言的艺术，并且是比较纯粹的语言的艺术。有一些青年留学生是在没有熟练地掌握本民族语言的时候就到了外国、接触到外国的诗歌作品的。他们把在其他文化领域中形成的一般的文化观念也带到了诗歌创作领域里来，从而构成了一种看来正确实则十分荒谬的观念。在别的文化领域里，特别是在自然科学领域里，掌握了西方最先进的科学技术，把它们运用到中国，就顺理成章地成为革新、发展中国文化的推动力量，成为本部门先进的文化的代表，但在文学领域里，特别是在诗歌领域里却不是这样。西方诗歌是西方语言的艺术，中国诗歌是中国语言的艺术，不论对西方诗歌有多么精深的了解，不论自己学习的西方诗歌在西方诗歌的发展中是多么先进的诗歌，只要对本民族的语言没有真正敏锐的感觉，西方诗歌的形式就不会帮助并且还会干扰、破坏自己进行诗歌创作。他创作出来的诗歌就不但不代表中国诗歌发展的最高水平，甚至会降低到连自己实际能够达到的水平也不如的程度。我认为，李金发假若没有西方象征主义诗歌的观念，只是老老实实地用中国语言表现自己真实的内心感受，是不会把他的诗歌弄成这么一副样子的。在中国现代新诗的初创期，因为还没有多少成功的新诗做参照，更没有成功的象征主义诗歌做参照，诗论家以悬疑的形式给予李金发一定的历史地位是可以理解的，但在我们已经有了不少成功的新诗创作，也包括象征主义诗歌创作的时候，再把李金发的诗歌作为一个成功的范例，就是没有必要也没有理由的了。实际上，李金发不是推动中国现代诗歌发展的一个成功的案例，而是一个不成功的案例。这个案例向我们昭示：仅仅把精力放在西方人怎样作诗，而不是把精力放在怎样用中国现代的白话语言表达自己用其他文体无法表现的世界感受和人生感受上，是不会创作出成功的中国现代新诗的。

被视为李金发代表诗作的是《弃妇》。我认为，只要我们不像猜哑谜那样从字面的意思给它演绎出在诗歌本身根本没有的感觉来，我们从它的语言形式本身能感到什么呢？实际上，除了一堆横七竖八、杂乱堆积的词语之外，我们什么也感觉不到。那一根根硬得像木桩一样的句子，给我们造成了一个感觉，这个感觉就是这个"弃妇"对什么都是不管不顾的。假若她是这样一个"弃妇"，还有什么"羞恶"怕人"疾视"？还有什么"哀戚"能"深印"在"游蜂之脑"？还有什么"哀吟"从"衰老的裙裾"中发出？诗人说她"靠一根草儿"就能"与上帝之灵往返在空谷里"。既然如此，她的心灵就是很自由、很惬意的了，还有什么痛苦需要我们这些凡夫俗子来同情？诗人说"夕阳之火不能把时间之烦闷化为灰烬，从烟突里飞去"，但又说"长染在游鸦之羽，将同栖止于海啸之石上，静听舟子之歌"。既然夕阳之火"不能"把时间之烦闷化为灰烬，从烟突里飞去，它又怎能长染在游鸦之羽，将同栖止于海啸之石上，静听舟子之歌？假若这个"不能"是贯彻到底的，是说弃妇的烦闷不能"长染在游鸦之羽"，不能"栖止于海啸之石上，静听舟子之歌"，那么，它就违背了诗歌语言的一种根本的规范，那就是在诗中是没有不存在的词语或事物的。诗中所有被否定的存在都是一种诗的存在，都给人一种存在的感觉，并且同"有"的事物并列地作用于人的感觉，影响着读者的感受。"前不见古人，后不见来者"，起到的不是清洗掉读者心灵感受中的"古人"和"来者"的印象的作用，而是实际地唤醒了读者对"古人"和"来者"的印象。所以，不论怎样具体地分析它的语法形式，这一段都实际造成了对弃妇意象的干扰和破坏，起到的是让我们无法获得一个统一的心灵感觉的作用。所有这一切，都使读者无法实际地进入李金发给我们构筑的这个语言世界之中，诗人好像是故意不让我们读懂他的诗，而不是希望读者感受到他的真实的内心感觉或感受。这样，诗歌就失去了诗人与读者进行心灵交流的作用。没有了这样的作用，诗人还写诗做什么？读者还读诗做什么呢？

在这里，还有一个人和诗的关系问题。每一个人都有写诗的权力，所以我们不能因为不喜欢李金发的诗就排斥李金发这个人，特别是在中国文化的开放过程中，李金发以为只要把西方诗歌的表现形式学到手，就能创作出好的诗歌来。这原本是可以理解的，是无可厚非的。但是，我们也必须看到，并不是每一个好人都能写出好诗来，也并不是每个想写出好诗来的人都能真的写出好诗来，所以我们也不能因为同情李金发这个人，不能因为他的动机是好的，就必须把他的诗说成是好诗。诗之能不能写好，还得看诗人有没有诗的感受，这种感受有没有用诗的形式表现出来。人有人的标准，诗有诗的标准。我们评诗要用诗的标准，而不能只用人的标准。

类似的情况也出现在对 20 世纪 30 年代初期左翼诗歌的评论上。

30 年代，是一个红色的年代。在那时，大量的中国作家纷纷向"左"转，提倡革命文学、左翼文学。对于这种现象，我至今认为，是值得中国知识分子骄傲的，因为恰恰是这些左翼知识分子，表现出了中国现代知识分子应有的正义感和责任心。在 1927 年的政治大屠杀之后，大批知识分子走上反对国民党政治统治的道路，不但是可以理解的，也是值得尊敬的。但是，这些知识分子在政治上走向反对现实政治统治的道路是一回事，他们在诗歌创作上能不能取得新的成就又是另外一回事。任何一种文体的发展，都是一种文化的综合效应在这种文体形式上的表现，一种因素的变化能不能具体转化为诗歌发展的动力，不仅仅取决于这一种因素，还取决于这种因素与其他因素构成了一种什么样的关系，以及这种关系有利于还是不利于诗歌创作。我认为，在中国知识分子向"左"转的过程中，中国现代诗歌的发展遇到了一个新的危机，而不是找到了发展中国现代诗歌的一个新的突破口。

在这里，我们还得回头认识诗歌这种艺术文体产生和发展的基因。诗歌首先产生在哪里？"诗"从"歌"的基础上产生出来并与"歌"发生了分化的那一天起，诗歌就是首先产生在个体人的内心感受里的。中国第一个伟大诗人屈原的诗不是发生在当时普遍的心理感受中，而是发生在他的独特的心理感受中。所以诗歌在其传播上是社会的，而在其创作上则是极端个人化的。抒情诗就更是如此。当然，诗人的内心感受也是无法脱离开外部世界的感发的，但外部世界的感发在不同人的心灵中产生的效应却并不是完全相同的。假若外部世界在不同人的心灵中产生的效应是完全相同的，人们就可以用外部世界的本身来传达这种效应，但这种语言是散文的语言而不是诗的语言。"太阳出来了"作为一个散文句式，是用外部世界的变化标志出来的，它表示的是人人都能通过这个句子所知道的意义：天亮了或天晴了。只有那些外部世界在个体人的内心世界产生的几乎是完全个人化的感受，例如，假若你感到太阳是黑暗的，那就无法仅仅依靠这个散文句式来表现了。如果这种纯粹个人化的感受必须表达，你就必须找到一种与社会群众的语言、散文化的语言完全不同的表达方式，这种方式就是诗的语言。这种诗的语言之所以能把纯粹个人化的感受转化为更多的读者的感受，使读者能够理解或接受诗人的这种感受，是因为它用以感发读者心灵的已经不是感发了诗人心灵的那些纯粹外部世界的事物，而是诗人重新构筑的一个语言世界。这个语言世界能够在读者心灵中感发诗人在外部世界感发下产生的心灵感受。读者有了这样的感受，也就理解了诗人的感受，二者在心灵上有了沟通的渠道，这个渠道就是诗。所以，诗必须是创造性的，不是约定俗成的，不是由任何别的人事先规定好的。但是，当中国知识分子向"左"转的时候，实现的是他们与现实世界、现实政治统治集团的彻底决裂，革命实际发生在心灵沟通终结的地方，而不是发生在心灵沟通开始的地方。革命本身是"武器的批判"，而不是"话语的批判"，更不是"诗的批判"。真正的革命者不是用诗来工作的，而是用行动来工作的。革命文学家中也有大量实践的革命者，但他们主要是革命者，而不是诗人。他们也能写诗，但他们的"诗"主要是用行动写的，而不是用文字写的。他们最强烈的内心感受不是用文字、用诗表现出来的，而是用实践的革命表现出来的。真正意义上的"革命诗人"恰恰是那些并非实践革命者的诗人，像马雅可夫斯基，像勃洛克，都不是实践的革命者，但他们感受到社会的黑暗，感受到专制主义的压迫，他们在这个革命的时代形成了自己纯粹个人化的内心感受，这种感受既不同于实践的革命者，也不同于一般的知识分子或社会群众。当他们为自己的这种纯粹个人化的内心感受找到一种诗的语言的时候，他们就实际表现为革命的诗人。他们之所以是"革命"诗人，是因为他们的情绪具有革命的性质；他们之所以是革命"诗人"，是因为他们内心最强烈的感受转化成的不是革命的行动，而是诗歌。但是，当中国知识分子向"左"转的时候，却受到了外来影响的未必适当的思维催化。它是借助一种"理论"、一种所谓"思想观念"具体地实现这种转化的，而不是在实际的诗歌创作中实现这种转化的。这就把诗绕进了一个怪圈。诗这种语言形式本身就不是建立在理论的基础之上的，即用理性的语言无法成功地实现作者与读者的直接沟通。当把革命诗歌用一种理性的思维方式固定下来，它就不是诗人纯粹个人化的心灵感受的表现了。中国的左翼诗人原本是从非革命的诗人在现实环境的压迫下具体地走向革命诗歌的创作的，他们没有意识到革命者只是革命的主体，而不是革命文学的主体，更不是革命诗歌的主体。他们才是革命诗歌创作的主体。他们最内在的心灵感受就体现着当时最强烈的革命情绪。他们不必到外在理论标准中去寻找革命诗歌的原理，这种原理就在他们成功的诗歌创作的实践中。但他们却把实践革命的理论当成了革命诗歌创作的准绳。实践革命是要讲集体主义的，他们也把集体主义当成了革命诗歌创作的原则；实践革命是要讲阶级斗争的，他们也把阶级斗争当成了革命诗歌的主要任务……在这里，遇到的仍然是同李金发同样的问题，不过李金发重视的是形式，左翼诗人重视的是内容。但在有一点上则是相同的，他们都没有把心思用在用中国现代白话的语言表现自己最个人化的内心体验上，因而也没有实际地把中国现代诗歌的创作推向新的高度。

但是，左翼诗人是个群体，群体的危机不等于每个个体都处在危机状态，也有少数诗人的少数诗篇在革命诗歌的创作中取得了一定的成就。在这里，殷夫的诗歌创作是有一定典型意义的。

殷夫是一个小青年，不论其思想还是其诗歌，都还没有走向成熟。但他的诗好就好在这种不成熟上。他像一颗革命的青杏一样透露着30年代中国革命者和30年代革命文学的酸涩和单纯。他不像提倡革命文学的那些前辈诗人那样自信和那样没有自信，他不把革命视为自己的身外之物，不把革命文学视为一个必须猜透的谜底，因而他也不必忏悔，不必向任何人表示自己的忠心。他不说大话和空话，他的诗歌不是按照某种理论要求做的，而是这个热情的革命小青年的真实的心声。在这里，我想特别提出他的《别了，哥哥！》这首诗来。在这个单纯的青年革命者这里，一切都显得那么单纯，那么朴素，没有一点矫揉造作的痕迹。"别了，我最亲爱的哥哥，/你的来函促成了我的决心，/恨的是不能握一握最后的手，/再独立地向前途踏进。//二十年来手足的爱和怜，/二十年来的保护和抚养，/请在最后的一滴泪水里，/收回吧，作为噩梦一场。//你诚意的教导使我感激，/你牺牲的培植使我钦佩，/但这不能留着我不向你告别，/我不能不向别方转变……"在这里，人性的深度和阶级性的深度是水乳交融般地结合在一起的。亲切与决绝、过往的怀恋与前行的决心都在这朴素而又单纯的诗句中流露出来。它或许还有一些语言上的瑕疵，但它却不是从任何一派的诗歌形式里学来的，也不是按照任何理论规范设计出来的，而是从诗人纯粹个人化的心灵感受中生发出来的。我认为，这就是诗，这就是革命诗。

八

我们说在一个社会中，真正的诗人是那些像"疯子"一样的人，是那些感情胜于理智，不像我们一样满脑子"实践理性"的人。但是，这种"疯"得是真疯，不能是假疯，不能是装疯，也不能是像鲁迅所说的拔着自己的头发想离开地球那样有意识的疯。我们中国人好说要把自己培养成什么样的人，其他的人我们是可以有意识地培养的，唯独"疯子"是不能有意识地培养的。任何一个时代，真正伟大的诗人都不是想当诗人的人想出来的，而是让社会"逼"出来的。所以，这样的"大疯"不是时时刻刻都有的。而没有了"大疯"，"小疯"就显得有些可贵了。具体到30年代初，那些左翼诗人没有真的疯起来，戴望舒、卞之琳、废名这些不是"大疯"的人便显得就有些可贵了。在过去，我们站在左翼的立场上完全否定戴望舒的诗歌成就，实际上是没有充足的理由的。

戴望舒这类的知识分子，确实没有成为伟大诗人的基本条件，因为他们也像我们一样，更属于"好学生"之列。我们原本没有多么高的社会理想，也没有多么高的个人理想，只是希望在一个安定的环境中从事一份自己有兴趣的工作，既有利于社会，也满足了自己并非奢侈的生活需要。写诗，作文，对于我们，实际上也就是这样一类有趣味的工作。但在中国社会里，特别是在30年代那个动荡的年代，这样一个平凡知识分子的平凡愿望也是难以实现的。在那时，革命者有革命者的语言，这种语言形式不论多么简单、粗糙，甚至带着点血腥气，但在他们之间，却有一呼百应的作用。以我们的诗的标准衡量，蒋光慈等人的左翼诗歌是没有什么味道的，但在那些有革命情绪的青年学生读来，却感到神经偾张、热情洋溢。因为他们是干柴在心，其实不用诗也点得着的，像"革命"，像"苏联"，像"列宁"，像"红旗"，这样一个个单词就都像火种一样，投进他们的心灵，立刻就会砰然起火。而在有权、有势、有钱的人那里，权力、金钱就是一切，什么诗歌，什么文学，什么文化，什么感情，全是一些"屁话"，他们不但不读当下这些落魄文人的诗歌、小说或散文，并且只要不是宣传他们的"三民主义要义"的御用文人，他们一概感到放心不下。这样，戴望舒这类知识分子的声音就没有多少人要听了。他们被夹在了"革命"与"反革命"的夹缝里。在这个夹缝里的知识分子该成独立的一派了吧？也不是！因为这些息事宁人的知识分子是不会成派也不敢成派的。后来的文学史家把戴望舒这样的诗人称为现代派，称为"自由人"，实际上，在那时，这些人之间是毫无关联的。他们是各顾各的一些人，不论多苦、多难，得自己忍受着，既不敢大声呼叫，也没有理由大声埋怨。只要日子还能过得下去，就得过着。这样的生活没有剧烈的痛苦，但也没有真正的喜悦，只有一种滋味，那就是寂寞，无法摆脱的寂寞，没有尽头的寂寞。中国古代的落魄文人也寂寞，但他们把寂寞当成了一种价值，一种才华，一种品格，寂寞得有些滋味了。但在现代社会却不会这样，寂寞的是些无能的人。革命者认为这些人的寂寞是没落的小资产阶级情趣，有权、有势、有钱的人根本看不起你的寂寞，甚至连普通的老百姓也感到你是吃饱了撑的。这个寂寞可就寂寞不出滋味来了。但也正是这种超于历代文人的寂寞感，成就了30年代中国现代派诗人的诗歌。这种寂寞不是多么伟大的情绪，但却是他们真实的生活感受，是他们放在嘴里能嚼得出味道，放在耳边能听得出声音，放在鼻端能闻得出气味，用手能摸得出软硬的一种人的实实在在的情绪。他们不用像李金发那样到外国什么派的诗里去找诗的形式，他们在自己的心灵感受中就能找出自己的诗来。他们是中国人，是中国现代的人，他们心灵中的诗自然是用中国现代人的语言构成的。

余光中曾经评论现代著名诗人的著名诗作，他本人就是一个杰出的诗人，所以他对这些诗作的评论虽然严苛，但大都切中肯綮。只有他对戴望舒《雨巷》的修改，我有一点不同的意见。我认为，他把《雨巷》改短了，这一短，就不如原来的《雨巷》有味道了。为什么？因为一种情绪是有长度的。剧烈的痛苦是短暂的，人有一种对剧烈痛苦的自我抑制本能，太痛苦就感觉不到痛苦了。所以那些大量堆砌痛苦事实的诗作非但引不起我们的同情，反而会引起我们的烦乱感。欢乐，也是一种短暂的感情，太欢乐就感觉不到欢乐了。所以那些没完没了的热闹场面也往往使我们欢乐不起来，让我们感到烦乱。极丑的感觉，极美的感觉，纯善的感觉，纯恶的感觉，都是如此。只有寂寞，是一种有着无限延长感的情绪，太短了，就不是寂寞了。戴望舒的《雨巷》就给我们制造了这种无尽无休的感觉。它既不是喜悦，也不是痛苦，而是一种寂寞。你说中间几节在内容上一定有什么不同，一定要有什么新的内容，那是不必的，实际上寂寞的生活本身就是没有内容上的多么明显的变化的，今天如此，明天如此，后天还是如此，它只是时间，一个有长度的时间。诗人用文字制造了时间感，也就制造了寂寞的感觉。它像诗中写到的那个悠长、悠长的寂寥的雨巷一样，让人感到走呵，走呵，一直走不到头，走不出这悠长而又悠长的寂寞的情绪。寂寞是有长度的，但却是没有阔度的。豪迈的感情，阔大的胸怀，是有阔度的，而寂寞则像线那么细，那么长。巷就是细而长的，特别是江浙一带城镇的那种小巷，其本身就像一种寂寞的生活。《雨巷》这首诗，也像这样的小巷，显得很细很长。它其中只有几个很单纯的意象：一把油纸伞，一个丁香一样的结着愁怨的姑娘，一个在雨巷中徘徊、彷徨，盼望遇到这个姑娘的诗人自己。它的视野一点也没有超出这个细长的雨巷的范围，甚至连两旁的店铺和住家都没有写。用到的词语，也是很有限的，这样写写，那样写写，还是那些词语。但它并不显得啰唆，寂寞的心是狭的，但却不啰唆，一个心思琢磨半天，还是有一点味道。这点味道没有消失，就不感到啰唆了。在这首诗里，你只闻到一种气味，那就是丁香的气味，它融化在小巷的霏霏细雨中，淡淡的，似有若无，这也是我们在这首诗里读出来的味道。在这首诗里，只有一种颜色，那就是丁香的颜色，它在雨巷的灰色背景上绽露着，像诗人心里似有若无的那点不灭的对生活的希望，朦朦胧胧的，不鲜艳，不华丽，但却始终存在着。它也是这首诗的颜色。寂寞是没有声音的，这首诗也是没有声音的，什么都是默默的，连中国的这些汉字都怕弄出一点声响来，以免打破雨巷的阒寂。那个诗人是不说话的，那个结着愁怨的姑娘也是不说话的，连句低低的寒暄也没有，留下的只是诗人心中的一点思念，一点希望。两个人的心是连着的，被一种绵软的思念所粘连，但它们却好像永远不会被系得略微紧一些，也不会系得更不紧一些。因为这是两颗寂寞的心的联系，谁都会珍藏着它，但谁也不会把它说出口来。就这样，这首诗给我们构筑了一个独特的世界，一个语言的世界，诗的世界。我们只要进入这个世界，就感到了一种寂寞的美感。我们好像永远在等待着一种美的事物的出现，但当看到它时，我们却不敢用手去触摸它。

实际上，真正给予了卞之琳诗以生命的，也是这点寂寞的感觉。我们过去称他们是现代派，实际上，他们的诗与西方现代派诗的意蕴和情调是大不相同的。这种不同就在于他们的诗是从中国知识分子的寂寞心境中浸润出来的，而西方现代派的诗则是从西方知识分子对纷乱的现实生活的烦厌情绪中蒸发出来的。卞之琳的《断章》描绘的是一幅多么幽静的画面呵，但其中的任何事物都没有内在情感上的联系，每个事物都只是其他事物的观赏对象，它们在观赏中获得的只是刹那的、表层的愉悦感，而在被观赏的感觉里却是孤独的、寂寞的。这首诗严格说来不是一首纯粹的诗，而更像哲理性散文。它靠的不是一种语言形式的力量，而是语言本身的寓意。他的《距离的组织》在表面看来很像李金发的诗，意思也是不相连贯的，我们永远无法靠着我们的理性思维能力厘清其中的脉络，但有一点则是与李金发的诗根本不同，那就是它的语言本身传达的是同样一种落寞的、空洞的感觉，而李金发的诗却无法给我们这种统一的感觉。"独上高楼"是一个孤独落寞诗人的孤独落寞的行为，他读的是《罗马衰亡史》，随即想到报纸上的"罗马衰亡星"，它们同时加强着对现实世界的衰亡感觉，同时也是诗人荒凉心情的表现形式。友人寄来的画片上的画也是"暮色苍茫""醒来天欲暮""无聊""灰色的天""灰色的地""灰色的路"……所有这一切，都强化着读者的同一种心灵感受。诗人调动的不是情绪，不是连贯的内容，而是颜色、声音和各种相关的意象。这些颜色、声音和相关的意象或者是诗人情绪的表现，或者影响着诗人的情绪，同时它们也创造着读者的情绪感受，这就成了连接诗人和读者情绪的桥梁。

戴望舒和卞之琳表现的都是一种寂寞的感受，但戴望舒的寂寞中更带有一种温润的情意，有水分；而卞之琳的寂寞中却更有一种枯槁的感觉，没有水分。戴望舒、卞之琳的诗是一种寂寞情绪的表现，但他们的寂寞却没有排他性。他们的寂寞，只是自己的一种感受，而不是一种世界观、人生观和艺术观，所以他们不骄傲于自己的寂寞。废名则不同，他的寂寞有一种排他性。对于他，寂寞不但是他的人生感受，同时也是他的一种世界观、人生观和艺术观，似乎寂寞的人是值得骄傲的，不寂寞的人反而是世俗的人和浅薄的人。假若说戴望舒的寂寞是液体的，卞之琳的寂寞则在表层结了一层厚冰，触摸起来硬硬的、凉凉的，但内里却有流质性的东西，不是一硬到底的，即使他的《距离的组织》，虽然那些灰色的意象像乌鸦一样在全诗乱飞乱舞，但最后的"友人带来了雪意和五点钟"却像把紧关的大门拉开了一个缝，使我们感到了一个更加宽阔和光明的世界。废名的寂寞则是固体的，他用自己的执拗和自尊把自己的寂寞凝固起来，成了一种水晶一样的透明体。他的诗似乎比卞之琳的诗更加透明，但卞之琳的诗里仍有温意，而废名的诗却没有了这温意。说到底，戴望舒、卞之琳的寂寞是青年人的寂寞，废名的寂寞则更像是老年人的寂寞，他寂寞成了"老子"。

寂寞不是一种单纯的颜色，寂寞可以开出各种各样的花。到了40年代，这些寂寞的"歌手"便走向了各不相同的艺术道路。

九

我们之所以不能简单地否定30年代初左翼诗歌的那一片喧嚣声，是因为它是杂乱的，但却不是空洞的。他们不同于李金发，李金发是没有象征主义诗人的情绪却要创作象征主义的诗歌；左翼这些诗人则是有着革命的情绪，但找不到表现这种情绪的内容和形式。所以左翼革命诗歌到了后一代诗人的手里，就渐渐露出了自己的生机，并且发展出了较之30年代现代派更加强大的一个诗歌潮流来。

在30年代的左翼革命诗歌向40年代七月诗派诗歌的过渡过程中，臧克家的诗歌无疑是起了重要作用的。臧克家开始是学闻一多的，这给他的诗歌带来了力度。他不像早期那些革命诗人那样像一个到处撒气的皮球，几句大话、几句口号就把自己那点"革命热情"给撒完了。臧克家从闻一多那里学来了节制。他知道情绪是诗歌的产物，而不是诗歌的本身。诗歌的本身只是语言，而语言本身是没有力量的。一百个"革命"的口号也不会造成革命的情绪，革命的情绪倒往往是以没有革命色彩的词语造成的。但是，臧克家在本质上又不同于闻一多。闻一多的力量是从中国和西方的国际对峙中积蓄起来的，是从对"大中国"的前途和命运的忧虑中蒸发出来的，所以闻一多的诗比臧克家的诗更大气，有些贵族气质，但却有浓得化不开的感觉，他的诗的风格显得更为单一。《红烛》中的诗是不成功的，《死水》的创作期较短，缺乏自身的自然演化过程。臧克家的诗则是在农民与统治者的对峙中获得的，是从对农民的前途和命运的关切中蒸发出来的。他的诗不如闻一多的诗显得大气，也没有闻一多的诗的贵族气质，但却更贴近社会生活，其风格也随着生活的变化而发生着变化。

臧克家找到了农民，实际上就是找到了"人民"。中国现代诗人是通过农民而感觉到"人民"的存在的，而"人民"则是 40 年代七月诗派的情感情绪基础。诗人们的独立个性是在"人民"这个基础观念的基地上起飞的。没有这个基地，他们的个性就没有产生的精神基础，也没有自己精神的归宿。只要我们不是从"个性"这个抽象概念出发，而是从对诗人及其作品的实际感受出发，我们就会看到，恰恰是 40 年代七月诗派的诗人们，在中国诗歌史上表现出了为任何一个派别的诗人所少有的强毅、倔强的个性。在这里，我们指的不仅仅是他们的"人"，同时指的也是他们的"诗"。直到"文化大革命"结束之后，像牛汉、绿原、鲁藜等这些幸存下来的七月诗派的诗人们，仍然坚持着他们从 40 年代就已经形成的基本的诗的风格。他们既没有在胜利中变得浮躁华丽、空泛无力，也没有在高压下被压扁、被挤碎；既没有在欧风美雨中放弃自己的独立追求，也没有在"国粹主义"的喧嚣声中走向复古怀旧。他们的人，他们的诗，始终"赤裸裸"地站立在中国的诗坛上，对读者说：这是我的诗！这是我们的诗！不论在别人看来是"左"是右，但都不是奉命之作，也不是趋时之作。在这里，就产生了一个什么是"个性"，什么是"独立风格"的问题。"个性""独立风格"必须是在一种严肃的社会追求、艺术追求的基础上建立起来的。就这种追求本身，它不是纯粹个人的、私利的，而是社会的，是与整个人类、整个民族的前途和命运联系在一起的。正是这种追求的非个人性，才使一个人即使在自己的处境发生了根本不同的变化的时候仍然能够感到它的意义和价值，仍然不会完全放弃这种追求。"个性"也就在这种真实的而非虚假的社会追求和艺术追求的基础上起飞。它是通过个人的生活经验和精神需要建立起来的，是以个人的方式在个人化的生活环境中追求着的，所以这种严肃的社会追求和艺术追求在这个人和这个人的创作中就呈现出鲜明的个性。"人民"，在40年代七月诗派的诗人们那里，是与社会、民族、人类联系的一个精神纽带，正是这种联系，给他们"个性"的发展、独立风格的形成奠定了坚实的基础。例如，臧克家的《老马》：

> 总得叫大车装个够，/它横竖不说一句话，/背上的压力往肉里扣，/它把头沉重地垂下！//这刻不知道下刻的命，/它有泪只往心里咽，/眼前飘来一道鞭影，/它抬起头来望望前面。

这就是我们的"农民"，同时也就是我们的"人民"，我们的"祖国"。在这里，没有反抗，但我们感到了反抗，一种决绝的心灵的反抗；在这里，没有革命，但我们感到了革命，一种不可动摇的革命的情感和情绪。臧克家没有像早期的革命诗人那样把拳头伸得远远的，他把拳头缩回来，缩到紧贴自己胸腔的地方，使他的这首诗充满了反击的力量，充满了情感的爆发力。它的反抗的力量不是建立在阶级斗争的观念之上的，不是建立在自己青春的理想之上的，而是建立在诗人毕生对我们的农民、我们的人民、我们的祖国的心灵感受之上的。它不是对刺激的寻求，也不是对光荣的渴望，而是感到了对上层社会的一种无法忍受的愤懑：在这样的农民、这样的人民、这样的祖国的基础上建立起来的一个豪华的世界、一个骄横的集团，难道是人们可以忍受的吗？这首诗很小，小得像一枚手雷，一颗炸弹，壳是硬的，它把力量全部集中在了它的内部，集中在诗人没有说出的意义上，集中在读者自己的联想上。它不像其他所谓革命诗歌一样，对读者有一种压迫感，有一种威慑力，它让读者在自由联想中找到与诗人的情感联系。它写的不是他要说的，它写的仅仅是一匹被人们榨尽了生命活力的老马。假若读者感到它就是我们的农民、我们的人民、我们的祖国，那就不是诗人告诉你的，而是你自己的感受，你自己的认识，诗仅仅把诗人和读者的感受和认识沟通了。假若我们不是对中国现代新诗怀有偏见的话，我们就会感到，臧克家对中国农民的表现，是为中国古代诗人的任何诗歌也无法代替的，它的表现力度和深度甚至超过了杜甫的"三吏三别"和白居易的《卖炭翁》等古典诗歌名作。

《烙印》之后，臧克家诗的风格发生了一些变化。我认为，这种变化若纳入中国现代诗歌发展的总体框架中来感受，实际是更多地离开了闻一多而更接近了艾青。他的那首著名的《春鸟》与艾青的艺术风格是更为接近的。

艾青即使算不上是一位中国现代伟大的诗人，也应该说是一位中国现代杰出的诗人。他的诗，好的就不再是一首两首，而是"一些"或"一批"，这就不能仅仅用个别的生活观察和生命体验来解释。我们中国古代的文论讲"气"，讲"气度"，艾青的诗好就好在有这种"气度"。正是这种"气度"，把他大量的诗作联系在了一起，形成了他的独立的艺术风格。我认为，要想理解艾青诗的"气度"，还要从他的《大堰河——我的保姆》这首成名作开始。"我是地主的儿子，/也是吃了大堰河的奶而长大了的/大堰河的儿子。"我们现在好讲"根"，好讲"寻根"，好像一个民族、一个人只有一个"根"，只要找到了这个"根"，就找到了自我，找到了自我生命的根据。实际上，任何一个民族，任何一个人，都不仅仅有一个"根"，而是有着各种不同的"根"。艾青在这里，讲的就是他的生命的两个主要的"根"。一个"根"，是他的家庭；一个"根"，是他的保姆。前一个"根"，能使他荣华富贵，走一条平坦的人生道路；而后一个根，使他关切民间的疾苦，关切底层的人民。他必须在这两个"根"中进行选择。在这里，不仅仅是阶级的选择，还是实利与情感的选择。他选择了情感，选择了大堰河及其一家。《大堰河——我的保姆》整首诗写的就是他与他的保姆及其一家的情感联系。这种情感不是在观念中建立起来的，而是在生活中建立起来的，是无法被任何的力量所斫断的。这种情感的选择，实际上也正是一个诗人的选择。在中国现代诗人的作品里，谁都不敢像艾青这样进行大量的几乎是散文化的铺排描写，但他的铺排不像汉赋的铺排。汉赋的铺排是在同样一个层面上的铺排，而艾青的铺排则是一种感情的铺排，他在铺排中把诗人与大堰河及其一家的感情联系推向了一首短小的抒情诗所根本无法达到的高度。这是一片记忆的丛林，是一株接一株的，是一片连一片的，莽莽苍苍，蓊蓊郁郁，横无际涯。所有这些童年的印象都已经成了诗人生命和情感中的有机组成部分，它们是不可能从诗人的心灵中被冲洗掉的：

> 你用你厚大的手掌把我抱在怀里，抚摸我；/在你搭好了灶火之后，/在你拍去了围裙上的炭灰之后，/在你尝到饭已煮熟了之后，/在你把乌黑的酱碗放到乌黑的桌子上之后，/在你补好了儿子们的为山腰的荆棘扯破的衣服之后，/在你把小儿被柴刀砍伤了的手包好之后，/在你把夫儿们的衬衣上的虱子一颗颗地掐死之后，/在你拿起了今天的第一颗鸡蛋之后，/你用你厚大的手掌把我抱在怀里，抚摸我。

像这样大规模的铺排描写，在中国古代的格律诗中是根本无法进行的，它只有通过现代白话诗歌才能实现，但这又不是中国现代白话散文的本身，而是对它的具有诗意的改造。这不是重复，不是啰唆，而是一点一点地将诗人融化在大堰河及其一家的生活中的方式，是表现诗人与大堰河及其一家的水乳交融般的情感关系的需要。像这样的诗句，这样的表现方式，是不可能仅仅通过诗人的想象就能创造出来的，它只能通过像艾青这样有着实际体验的诗人才能创造出来。

正像臧克家选择了农民，就是选择了人民，艾青选择了大堰河，也就是选择了人民。这种选择是情感的选择，是诗的选择。他们选择的是一个诗的世界。在这样一个世界里，靠的不是实践理性的支持，而是个人情感的支持，这使他们具有了真正现代诗化人生的性质。他们的诗已经不是在自己实践理性的生活中零零星星地迸发出来的诗的火花，不是面对自然美景、爱情或其他超常事物产生的暂时的感情冲动，而是面对现实、面对社会人生所采取的基本的人生态度。可以说，在中国现代诗歌史上，没有一个诗人能像艾青这样，把他的几乎全部的生活观察都纳入诗的形式中来表现，并且在这种表现中贯注着他真实的而非臆造的诗的激情。他写巴黎，他写马赛，他写雪落在中国的土地上，他写旷野，他写太阳，他写黎明的通知，他写死难者的画像……在艾青的笔下，几乎没有不可能用诗表达的对象。我认为，所有这一切，都证明艾青是作为一个真正的诗人生活在这个世界上的。人民的意识给了他做人的力量，也给了他诗的激情。

到了田间，人民的意识同民族的意识发生了汇流。那是在日本帝国主义的铁蹄踏进中国的国土的时候，是中华民族进行着艰苦的反侵略战争的时候。田间的诗敲出了马蹄的声音，敲出了鼓点的声音，敲出了中华民族手挽手、踏着同样的步点迈步向前的声音。他把马雅可夫斯基阶梯诗的形式运用到了中国汉语诗歌的写作中。但这种运用不仅仅是模仿的，而是有其情感基础的。时至今日，我们的读者似乎已经不太习惯田间《给战斗者》的风格，但这并不说明田间的诗是不好的。战斗的诗歌不是"看"的诗歌，而是"读"的诗歌；不是品味的诗歌，而是感受的诗歌；不是吟唱的诗歌，而是呐喊的诗歌。即使在和平的日子里，只要我们按照战斗诗歌所需要的一种形式进行阅读，田间的《给战斗者》和其他的一些好诗，仍然会给我们的心灵打出战斗的节拍。我们不应当轻视田间的诗。

在三四十年代的臧克家、艾青、田间那里，"人民"这个概念是有特定的含义的，那就是"苦难的大众"的意思。正是在这种与"苦难的大众"的情感的联系中，他们感到了自己存在的意义和价值，感到了自己与自己的民族、自己的祖国的精神上的联系，感到了与自己所生活的这个世界以及整个人类的联系。他们不是多余的人，不是社会的蛀虫，他们的歌唱不仅仅是为了个人的幸福和未来，同时也关系到"苦难的大众"的命运和前途。他们是"苦难的大众"中的一员，但又不是"苦难的大众"中的一员；他们是从"苦难的大众"中觉醒起来的，是"苦难的大众"的歌手。他们不再是奴隶，不仅不是统治者的奴隶，也不是"苦难的大众"的奴隶，而是作为一个独立的人、一个诗人而歌唱、而战斗的，他们的任务是唱出大众的苦难，唤醒他们为自己的幸福而斗争。民族是大众的民族，祖国是大众的祖国，他们对"苦难的大众"的感受也是对我们的民族、我们的祖国的感受。他们为民族而歌唱，为祖国而歌唱，但是又是以一个独立的人、独立的诗人的身份而歌唱的。所以，他们的个性就在这种"人民"的意识的基地上获得了发展。

十

艾青、田间也是七月诗派的诗人，但我们还得把七月诗派作为一个诗歌的流派独立地说一说。因为在中国现代诗歌史上，只有这个诗派，才真正具有诗歌流派的性质，其他诗歌流派，包括新月诗派，都只是文学史家根据他们之间的私人关系或某些相近的特征为了叙述的方便而为之归纳起来的，实际上他们之间是没有思想和艺术追求上的必然联系的。假若仅从精神素质和诗歌风格上看待他们之间的关系，闻一多和徐志摩有什么无法割裂的一致追求？戴望舒和何其芳有什么难以割舍的必然联系？他们是被文学史家装在一个麻袋里的一些土豆，装起来是一个整体，倒出来就不再是一个整体了。严格说来，这是不能称为一个文学流派的。七月诗派则不同了。我们分明能够感到，他们在精神素质和诗歌风格上有一种无法割裂的联系。他们之间也各有不同，但他们都是一些"疯子"，是与我们平常人都不相同的。七月诗派的诗人们，在中国也就是这样的一个"诗疯子"集团。

众所周知，七月诗派的形成是与它们的编者胡风有直接关系的。严格说来，胡风的文艺思想就是一个革命诗人的文艺思想。他是讲"主观战斗精神"的，而这就是一个革命诗人的基本特征。没有这种精神，只有"思想"是不行的。

什么是主观感情？主观感情是使一个人与自己喜爱的事物紧紧联系在一起的一种心灵状态，也是使一个人将自己不喜爱的事物排斥在自己生活联系和精神联系之外的一种心灵状态。真正强烈的主观感情是有排他性的，并且是同时伴随着强烈的主观意志的。这种人总是想改造现实，使现实适应自己主观的要求，但却很难被现实所改造，很难适应随时变化着的现实条件。他生活在一个情感的世界里，而不生活在现实的世界里。但这也是成为一个诗人的必要条件。一个人总能随着现实条件的变化而找到适应现实生活的办法，还有什么痛苦？没有痛苦，还有什么欢乐？没有痛苦和欢乐，还作什么诗？所以，像我们这些不是诗人的人，是感觉不到多么强烈的痛苦，也感觉不到强烈的欢乐的人。我们不必去写诗，好好过自己的日子就可以了。即使写诗，也写不出能够震撼别人心灵的诗歌，因为我们的心灵就没有过这种震撼，我们也找不到能够震撼别人心灵的语言。

由于胡风的这种"主观性"，《七月》《希望》杂志集中起来的也大都是特重感情、特重义气的人。这样的人，没有徐志摩的潇洒，没有冯至的温和，没有戴望舒的细腻，甚至也没有闻一多的深沉，没有郭沫若多变的热情，但却有死咬住一点绝不松口的倔强。中国知识分子是讲"中庸"的，但他们却"中庸"不起来。他们不会说那些温暾暾的话，他们的语言像满山遍野燃起的篝火，到处发光、到处冒烟，但却不温柔、不细致，也没有固定的秩序。他们的诗往往是大面积的，但其中那些好诗，不给人以疲弱无力的感觉，不留下虎头蛇尾的缺憾。郭沫若是个跑百米的人，跑得快，结束得也快，跑长了就没有劲了。冯至、戴望舒甚至就没有跑过，他们是习于散步而不习于跑步的人。闻一多抡的是大锤，一下一下砸下去，特准确、特有力，却也不能老是这么砸下去，砸一气就得歇一歇，他的《死水》中的诗没有太长的。七月诗派的诗人们则不是这样。他们的抒情诗大都写得很长，他们更像是一些越野赛跑的长跑运动员。他们跑得不像郭沫若那么快，但只要跑起来，就好像停不下来了。跑也不是朝一个固定的终点跑，只要有路，就一直向前跑，即使没有路，也得跑出一条路来。一路上沟沟坎坎的，有时好像觉得跑不过去了，但还是跑了过去。我总觉得，他们的诗不是先想好了再写的，而是随写随从笔底下流出来的。他们的诗不如别人的诗设计得那么精密，但却有一股自身向前滚动的力量，这种力量就来自诗人内心情感的滚动。他们理性的芽是向上的，但感情的根却是向下的。到了70年代，牛汉还写了一首诗，名字就叫《根》："我是根，/一生一世在地下，/默默地生长，向下，向下……/我相信/地心有一个太阳。"我认为，这颇能体现七月诗派的诗人及其诗歌的特征。中国现当代的知识分子，往往是向往什么，就爱什么，七月诗派的诗人们则不是这样，他们向往的是自由，但爱的却是不自由的人民；向往的是乐土，爱的却是苦难的祖国。他们感情的根是向下扎的，扎在自己的土地上，扎在自己的经历中，扎在自己的生活里。别的诗人写的也是生活，但我们却并不认为那就是诗人生活的全部，而只是生命中偶尔邂逅的一个美丽的姑娘，生活中不期而遇的一片诱人的风景，人生中突然呈现的一个事件、一个人物。七月诗派的诗人们不是这样，他们展现的是自己生活的全部以及对这种生活的感受。只要他们写下开头几句诗，这些话语马上就会扯出他们一片片的过往生活的印象来。他们的感情几乎不是用语言表达出来的，而是用诗的形体动作表达出来的。他们从来不像我们一样直接歌颂祖国、歌颂人民、歌颂母爱、歌颂大自然、歌颂美的人性，因为他们重视的不是它们本来应有的表现形态，而是在苦难生活的重压下扭曲变形了的现实形态。这实际是一种无言之言，正像绿原在《哑者》一诗中所说："没有音符/而是野性的/原始的呼号/他要说话。"他们的诗很有耐力，处处绽露着青筋，鼓起一块块的肌肉，但始终一个劲头，透露着他们性格的倔强和顽强。他们是一些认定了目标就一直走到底的人，不会中途变卦，不会半途而废。

假若要我用一句话说出对七月诗派诗歌的印象，我就会说：七月诗派的诗歌是中国现代男子汉的诗歌。

十一

同七月诗派诗歌共同构成了40年代诗歌景观的是九叶诗派的诗歌。

当袁可嘉先生在80年代初把九叶诗派作为一个独立的诗歌流派呈现在我们眼前的时候，有些学者是把它作为七月诗派诗歌的对立面而进行接受的。实际上，在同时代两个流派的诗歌中，没有比40年代的七月诗派同九叶诗派的诗歌在思想艺术追求上更相接近的了。我们与其说这两个诗歌流派是在对立的意义上产生的，不如说它们是40年代中国诗歌的一对孪生兄弟。这不仅仅是从他们的思想追求上说的，也是从他们的艺术风格上说的。有些九叶诗派诗人的诗，我们完全可以放到七月诗派诗人的诗歌中而不会有鹤立鸡群或"鸡立鹤群"之感，反之亦然。

要想比较切实地理解40年代这两个诗歌流派的关系，我们不妨看一下他们的文学渊源关系。中国现代诗歌是从胡适这个人开始的，但胡适自身也有其复杂性。就他这个人的基本性格类型来看，他就不是一个诗人，而是一个现代学院派的知识分子。他是从学术的意义上介入中国的文化革新和诗歌革新的，但具体到诗歌革新本身，他重视的是从中国古代格律诗的形式下解放出来，强调的是诗歌创作的自由性，但到了后来，围绕着胡适形成的则是一个从英美留学归国的学院派知识分子集团。正是在这个学院派知识分子集团内部，自觉扬弃了胡适自由诗派的理论主张，转而重视节制，重视格律，重视理性的约束。真正发展了胡适自由诗派的理论主张并把诗的自由性充分体现在创作中的是郭沫若这个非学院派的青年知识分子。他重视情感的自由抒发，重视诗歌形式的自由创造，反对理性的约束，把中国现代白话诗歌的自由性发展到了极致。这种分野是艺术上的分野，也体现了中国知识分子自身的分裂。在新文化取代了旧文化的中国文坛上，留学英美的知识分子是得到了较高社会地位和较为稳定的社会生活保障的一批知识分子。他们有着自己的社会理想和人生理想，但却也有着更加从容的心境和更加稳定的生活环境。其灵魂是精致的，其诗歌创作也表现出较之一般社会知识分子更加从容细致的风格。而像郭沫若这样的社会知识分子，则没有稳定的社会生活的保障，他们是在生活中挣扎的一群人，他们的诗也带着他们生活自身的动荡感，不是从容的、细致的，而是狂放的、热情的。前者的诗更适于案头的阅读，而不太适宜于诵读，后者的诗适于诵读而不适于案头的阅读；前者重视静态的美感，后者重视动态的情感。格律诗的主张是闻一多提出的，但在这个学院派知识分子集团中享有最高声誉的是徐志摩而不是闻一多，因为闻一多的诗带有更决绝的性质，深沉有余而潇洒不足，在当时的学院派青年知识分子中属于"激进派"。到了30年代，社会派的知识分子多了起来，学院派知识分子也多了起来，而新文学的读者原本就很少，所以大多数知识分子向"左"转。向"左"转的知识分子希望自己的诗歌具有革命性，但自身仍然带着中国知识分子那种柔弱温和的性格特征，想激烈但激烈不起来，一时处于躁急状态，其诗歌没有取得更重要的成就。但作为整个左翼文学运动，体现的则是当时社会派知识分子的文化追求和文学追求，鲁迅就是这样一些知识分子的代表人物。他的倾向不是胡适的学院派知识分子的倾向，也不是周扬等人的革命政治知识分子的文化倾向。在左翼阵线中，最亲近鲁迅的则是胡风。40年代七月诗派的诗歌就是在胡风文艺思想的旗帜下发展起来的，它体现了中国社会派知识分子以其自身的独立姿态面向中国、面向生活、面向下层社会群众的文化倾向和诗歌倾向。凡是对中国现代文学有点了解的人都知道，七月诗派的诗人们，不但推崇胡风，更是推崇鲁迅。在

30 年代左翼知识分子之外形成的现代派诗歌，则是由非激进的社会派知识分子和学院派知识分子构成的，他们与左翼知识分子的不同不是理智上的，而是性格上的。他们既不满于当时的专制主义的政治统治，也不满于左翼知识分子对现实社会采取的批判、反抗、斗争的文化姿态。冯至就其基本文化倾向应该属于 30 年代的现代派，但他是受到鲁迅很高评价的一个诗人，是现代派中的"左派"。在这时，他停止了诗歌创作，既反映了他对左翼诗歌的不满，也反映了他对当时的现代派诗歌的不满。只要看一看他后来的《十四行集》和《伍子胥》，我们就会感到，他对鲁迅及其所代表的左翼文化倾向，是有内在的理解的；对自身所体现的中国知识分子的特征，也是有内在的反思的。而到了 40 年代，中国陷入了民族危机和社会危机之中，学院派知识分子也在这样一个危机中失去了固有的和平稳定的生活局面，"新月派"中的激进派闻一多和本质上属于 30 年代现代派中的激进派的冯至就体现了这时中国学院派知识分子的基本文化倾向，而 40 年代九叶诗派的形成则是与这两个人的影响分不开的。闻一多是唯一一个没有攻击过鲁迅也没有受到过鲁迅攻击的新月派的中坚人物。在这时，闻一多的转变是向鲁迅文化立场的转变，而冯至向来是对鲁迅的文化选择有着内心的理解的一个诗人。他们共同体现了中国学院派知识分子在民族危机和社会危机的条件下，从艺术的"象牙塔"中走出来，以独立知识分子的姿态，直面现实的社会人生的倾向。假若说胡风是从左翼的立场上向鲁迅靠拢的，而冯至、闻一多则是从学院派知识分子的立场上向鲁迅靠拢的。他们在社会追求和文化追求上几乎是走到一起来了。他们对现实社会都采取了一种批判、反抗乃至革命的态度。如果说新月派的诗人们和现代派的诗人们都是在与鲁迅相区别的意义上选择了自己的文化方向，而九叶诗派的诗人们和七月诗派的诗人们则是在与鲁迅接近的意义上选择了自己的文化方向。闻一多影响了九叶诗派的形成，但同时也是把田间、艾青的诗推向社会、推向文坛的重要诗论家。这两个诗派像一对孪生兄弟一样各自在不同的文化领域里对现实的社会人生进行着诗的批判和抗争。

但是，既然是从两翼向同一个方面上靠拢，这两个诗派在联系中还是能够看得出差别来的。假若我们不是从细节上而是从整体上看待二者的区别，我们就能感到，七月诗派的诗歌是向下扎根的。他们通过自己的诗歌创作把自己与最底层人民的生活和苦难联系在了一起，中国农民的执着和倔强在这些人身上得到了艺术的体现。九叶诗派的诗人们则是向上冒芽的。他们大都还是一些青年学生，生活在一个动荡的年代，一个混乱的社会，他们追求的是要把自我从这种生活里提升出来，提升到一个在他们的现代理念中的纯粹的人性的高度。所以，七月诗派的诗歌更带有社会的性质，他们是面对社会的，是以改造社会为自己的基本意识的；而九叶诗派的诗歌则更带有人生哲理的性质，是以人的提升为自己基本意识的。在艺术追求上，九叶诗派的诗人们仍然主要坚持着向外的摄取，他们是在自己现实生活感受的基础上把德语国家诗人的沉思的、哲理的、凝重的艺术风格带入中国的一批最成功的诗人；七月诗派的诗人们则是在法国象征主义和俄国未来主义诗歌的基础上向内摄取的，他们是把中国现代最广阔的社会现实生活场景最大量地充实到现代诗歌形式中的诗人。在具体的艺术风格上，七月诗派的诗歌更是音乐的，而九叶诗派的诗歌则更是雕塑的。七月诗派的诗在表面看来进行的是绘画的工作，他们描绘着人民的苦难、大地的苍凉，实际上他们在绘画的过程中发挥的却是语言的音乐功能。他们的长篇抒情诗，虽然时时刻刻都在描绘着什么、述说着什么，但这种描绘最后却不给我们画面感。他们把新的事物、新的形象不断续进来，把旧的事物、旧的形象不断埋起来，我们的读者读着下边的诗句，随即忘掉了上边的诗句，甚至诗人自己也不再想上面写了一些什么。他们重视的只是语言的律动，读者在他们的诗歌中感觉到的也是这种语言的律动。他们给我们的心脏的跳动、情感的起落谱写了一个个乐谱，我们就是在这个语言的乐谱中同诗人产生共鸣的。九叶诗派也有这样的诗，但体现了九叶诗派特征的却是另外一种诗的形态。陈敬容有一首题名为《雕塑家》的诗，其中说："有的万物随着你一个姿势，/突然静止；/在你的斧凿下，/空间缩小，时间踌躇，/而你永远保有原始的朴素。"九叶诗派的诗人们更善于捕捉住一刹那，把时间和空间都凝固在这一刹那的静态的事物中，并在这一刹那的凝固中产生时间感和空间感。例如，袁可嘉的《沉钟》：

> 让我沉默于时空，/如古寺锈绿的洪钟，/负驮三千载沉重，/听窗外风雨匆匆；//把波澜掷给高松，/把无垠还诸苍穹，/我是沉寂的洪钟，/沉寂如蓝色凝冻；//生命脱蒂于苦痛，/苦痛任死寂煎烘，/我是站定的旌旗，/收容八面的野风！

我之所以全文引用袁可嘉的这首诗，一个方面是为了说明九叶诗派诗歌的雕塑美；另一方面也提出这样一个问题：到底中国现代白话诗歌成就的薄弱是因为胡适所倡导的这种诗体形式是没有发展前途的呢，还是我们三千年的沉重使我们现代的诗人不能不沉默于时空呢？事实上是，到了40年代，中国新诗的发展已经在两个方向上趋于成熟，趋于繁荣，七月诗派的诗歌在向内的吸收和向下向底层人民的情感延伸上，九叶诗派的诗歌在向外的摄取和向上向纯粹的人性高度的升华上，都远远超出了中国古代诗歌所已经达到的高度。在短短的十年间所产生的具有独立审美价值的诗歌作品是在中国历史上二十年、五十年乃至一百年间都不可能产生的。七月诗派的艾青，九叶诗派的穆旦、郑敏，即使不能与屈原、陶渊明、李白、杜甫、白居易、苏轼、陆游、辛弃疾这些中国古代的伟大诗人并肩比美，至少也是不亚于温庭筠、柳永、秦观、姜夔这样一些古代诗人的。

十二

在从整体上简说了九叶诗派诗歌的特征之后，我想把穆旦、郑敏这两个诗人的诗单独地拿出来说一说。

中国古代诗歌的成就确实伟大，但当这个伟大成了蔑视中国现当代诗歌的理由的时候，我们却不能不站在现代的立场上说一说它的不足。中国古代诗歌的成就很伟大是一回事，我们如何看待这种伟大又是另外一回事。伟大从来不是一个铁疙瘩，古代诗人的伟大是因为他们创作了他们能够创作的诗，而不是创作了所有的诗。我认为，在中国古代诗人中，屈原是一个伟大的诗人，他不仅开创了中国知识分子的诗歌传统，而且是以一个诗人的独立姿态感受自然、社会和人生的。一个诗人不仅仅是有感情的人，而且是在自己独立的生活体验中建立了不同于一般人的世俗感情的人。屈原的《离骚》表达的就是这种不同流俗的感情，我们通过《离骚》才能够理解屈原的不同流俗的行为方式和生活方式，才能理解他的特定的内心感情。一个诗人要有自己的世界观念、社会观念和人生观念，而且必须是在自己独立的生命体验的基础上建立起的不同于流俗的世界观念、社会观念和人生观念。我们这些不是诗人的人也有自己的世界观念、社会观念和人生观念，但是从别人现成的思想学说中简单接受过来的，是仅仅停留在我们的理性层面的一些理论教条。一到动起感情来，这些教条就起不了作用了。屈原却不是这样。他的《天问》是他对世界、对社会、对历史、对文化的合理性提出的神圣的叩问，是从他心灵深处产生的疑问。一个诗人要有丰富的想象，并且这种想象的世界是同他的独立的社会人生理想紧密结合在一起的，而不仅仅是由别人创造出来的。我们这些不是诗人的人也有自己想象的世界，我们也能谈鬼、说神，但所有这些鬼、这些神，全都不是我们自己的想象，不是我们心灵的自由性的象征，这种想象成不了诗，而屈原《九歌》中的神灵世界则是通过他的想象具体创造出来的。但是，中国古代的诗歌并没有在屈原所显示的这所有方向上都得到充分的发展。汉代以后，像屈原这样在独立人生体验的基础上感受整个世界、整个社会、整个人生及其自我存在价值和意义的诗人就渐渐少了。中国古代诗人的世界观念和人生观念更多的是在那些本身并不是诗人的先秦思想家那里直接接受过来的。所谓文载"道"，载的已经不是自己的"道"，而是别人发现的"道"；所谓诗言"志"，言的已经不是自己的"志"，而是社会允许言的"志"。到了陶渊明，他还表现着他对自然、对社会、对人生、对自我和自我存在价值的整体感受和思考，但已经被先秦的老庄哲学所笼罩。而到了唐代那些大诗人那里，中国的诗人就只剩下了自身生活的感受，这些感受主要停留在现象的层面上，而不再具有向哲理高度升华的趋向。杜甫作为一个伟大诗人是因为他经历了一生的坎坷，他的诗歌是在他的各种不同的人生坎坷中写成的。各种不同的形式，各种不同的表现手法，是与他各种不同的人生感受结合在一起的，但他并没有在这么丰富的人生感受的基础上改变他的基本属于儒家的思想观念。他的诗震撼的是人的同情心，而不是人的基本世界观念、社会观念和人生观念。李白的诗歌更充满了奇诡的想象，但他的想象并没有升华为一种独立的世界观和人生观。我们中国有很多诗人，但没有诗人自己的世界观念和人生观念，只有不是诗人的先秦思想家为诗人发明的世界观念、社会观念和人生观念，诗人是在这些观念的范围中寻找自己的感觉和感受，而不是在自己感受的基础上重新感受并思考整个世界、整个社会和整个人生。到了春天，大家说高兴都很高兴；到了秋天，大家说悲伤都很悲伤。这种感受大都停留在同样一个思想层面上，只有一个写得好不好的问题，没有一个这样感受和那样感受的问题。这样，时间长了，诗歌多了，就把眼前的世界凝固了起来。春了，秋了，菊花了，梅花了，松了，竹了，亭台楼阁了，小桥流水了，就都有了固定的感情色彩，想变也变不了了。人人都这样看，人人都这样写，写得多了，就写不出新意来了。所以，中国古代的诗歌，越到后来，越容易流于俗套，待到八股文、试帖诗出来，中国诗歌的路子就越来越窄了。我们这些后代人，捡的都是经过历史筛选了的好诗，所以读起来篇篇好。而现当代的新诗，特别是当代的新诗，还没有经过历史的筛选，读起来篇篇不好，一年之中也未必能读到几篇真正好的诗，所以人们就认为中国古代的诗歌多么了不起，而现当代的新诗没有一点味道。试想一下，假若我们生活在明代或清代，不也一样是这样的感受？到了现代，人们不再死抱着一种世界观、社会观、人生观不放了，诗人们怎样感受就怎样写，虽然一时也未必形成大的气候，但人在不同思想层面上的不同感受却展开了。所以，从 20 世纪 20 年代开始，不同的诗人就开始有了不同的世界观念、社会观念和人生观念。他们诗歌之间的不同不仅仅反映着他们感受对象的不同，同时也反映着他们感受方式的不同、感受主体的不同。戴望舒的诗和艾青的诗都是好诗，但这种好却不是在一个人生观念基础上的好，而是有着不同的人生体验和人生观念做基础的。我认为，正是因为如此，中国新诗开始与人生哲学发生着千丝万缕的联系。尽管也有故作高深的诗人或诗作，胡乱将西方现成的哲学观念硬塞到自己的诗里，但那些真正优秀的诗人却是在独立人生体验的基础上感受世界、感受社会、感受人生并把自己的诗歌升华到哲理性高度的。鲁迅的散文诗《野草》不是诠释的任何哲学家的哲学观，但它却有人生哲理的内涵。它是鲁迅的哲学，是一个文学家的哲学。它无法具体地转化为一种逻辑体系的哲学，它无法从人的内在的激情中抽取出来而仅仅留下一个理性的外壳，而必须以审美的形式被创造出来，必须以文学的语言进行表达、进行交流。我认为，穆旦在中国现代诗歌发展史上的意义，就在于他真正把中国现代诗歌提高到了人生哲学的高度，这种高度是在他的人生体验的基础上升华出来的，是同诗人的审美感受紧密结合在一起的，是靠诗人的内在激情从心灵深处弹射出来的，是用现代白话诗歌的形式表现出来的。他是在冯至的《十四行集》的基础上起步的，但冯至更带着一个成年诗人的沉思的特征，而穆旦却带有更多青春的激情。他把诗的激情同人生哲理的发现更紧密地结合成了一个艺术的整体。例如，《春》：

> 绿色的火焰在草上摇曳，/他渴求着拥抱你，花朵。/反抗着土地，花朵伸出来，/当暖风吹来烦恼，或者欢乐。/如果你是醒了，推开窗子，/看这满园的欲望多么美丽。//蓝天下，为永远的谜蛊惑着的/是我们二十岁的紧闭的肉体，/一如那泥土做成的鸟的歌，/你们被点燃，卷曲又卷曲，却无处归依。/呵，光，影，声，

色，都已经赤裸，/痛苦着，等待伸入新的组合。

我们中国人写了几千年的春天，但还是没有一个人写出穆旦感受中的春天；我们中国人写了几千年的青春，但还是没有一个人写出穆旦感受中的青春。我们中国人多么希望沉湎在春天般的美景中，我们中国人多么希望沐浴在青春的感觉中，但我们却从来不想理解春天是什么，我们只想领受春天给予我们的感受，但却不想感受春天自己的感受。我们说青年就像早晨八九点钟的太阳，但我们却只想在这颗太阳中看到我们没落着的理想和希望，这个太阳是怎样升起来的、在升起的过程中有着怎样的迷茫和困惑，我们却不想去感受、去了解。甚至我们的青年也在社会给予的美好的期许中盲目地乐观着，疯狂地生长着，而没有空闲真切地感受一下自己，感受一下自己当下所实际感到的。穆旦写的不是字典里的春天，不是别人告诉他的青春。他就是一个青年，他就是一个现代中国的青年。他是用自己的心灵感受青春、感受春天的。春天是什么？青春是什么？只有穆旦才清醒地感受到，青春就是被禁锢在肉体之内的生命欲望的苏醒，春天就是被禁锢在土地里的生命欲望的表现。它们是在反抗着肉体、反抗着土地、反抗着传统、反抗着现实社会的过程中被释放出来的。在欲望的苏醒过程中，在生命的成长过程中，既有着被禁锢的痛苦和烦恼，也有着解放的欢乐和喜悦。我们看到了春天的美丽，看到了青春的美丽，实际上看到的是苏醒了的生命的欲望。当社会上人人都在"欣赏"着春天的美丽、青春的美丽的时候，实际上被从土地里、肉体里释放出来的欲望却无处归依。对于春天、对于青年，世界和人生永远是一个谜，一个无法破解也不能破解的斯芬克斯之谜。它们的欲望被这个世界、这个人生所点燃，但这个世界、这个人生却没有为它们的欲望安排好归宿。它们必须为自己找到新的组合，找到与这个世界、这个社会人生结合的确定的方式，但这也是春天的终结、青春的消失……这是哲学，是关于青春、关于春天的哲学，但这种哲学不是任何人告诉诗人的，而是诗人在自己的人生体验中用自己心灵感受到的。没有这种心灵的感受，就没有这样的哲学；没有这样的哲学，也就无法表达这样深刻而又复杂的感受。所以，它是哲学，它也是诗。

说到郑敏，我们不能不想到中国女性的诗歌。中国古代有个李清照，中国现代有个郑敏，中国当代有个舒婷，使我这个研究现代文学的人，既不会蔑视中国古代的女性诗歌，但也不会为中国现代女性诗歌而感到羞愧。中国现代的女性诗歌，我认为应该提出的是三个人，其一是上面提到的冰心，其二是新月派的林徽因，其三就是九叶诗派的郑敏了。这三个人，走的不是下坡路，而是上坡路。冰心的小诗是中国现代诗歌的芽儿，她没有等到它的成熟就转向了别的领域。林徽因的诗发挥了女性的精致和温婉，但更像温室里的花草，美丽清秀而没有顽强的生命力。郑敏的诗则不同了。她吐出的已经不是被禁锢在闺房里的传统妇女的柔弱的呻吟，而是一个独立的人、一个独立的女性的深沉有力的声音。这种声音没有男性的狂暴，但也没有传统女性的柔弱。她在破碎的世界上保留着一颗浸透着温暖的静穆的心，而在这种静穆的心里却蕴藏着旺盛的生命力量。我认为，这是一个男性诗人所难以达到的。例如，《鹰》：

> 这些在人生里踌躇的人，/他应当学习冷静的鹰，/他的飞离并不是舍弃，/由于这世界不美和不真。//他只是更深更深地/在思虑里回旋，/只是更静更静地/用敏锐的眼睛搜寻。//距离使他认清了世界。/远处的山，近处的水/在他的翅翼下消失了区别。//当他决定了他的方向，你看他毅然地带着渴望/从高空中矫捷下降。

在我的感受里，这是郑敏带着女性的关切对男性的祈愿和嘱托，也是她自己的人格理想和追求。郑敏就是这样的一只鹰，郑敏的诗的艺术风格就是这样一只鹰的风格。好的诗歌高翔于现实之上，但不是为了舍弃现实，而是为了认清现实。当决定了自己的方向，就带着对理想的渴望，以矫健的姿态、稳健的风格向现实的社会的人生发言。

十三

从 30 年代开始，左翼文学阵营就提出了文艺大众化、诗歌大众化的问题。但是，中国的新文艺、中国的新诗如何实现大众化，文艺的大众化、诗歌的大众化在中国现实的社会条件下到底意味着什么，却是一个至今没有说明白的问题。如上所述，中国古代存在着三种不同的语言形式，其一是中国古代的文言文，其二是中国古代的白话文，其三是各地区的口头语言。"五四"以后的现代白话文是在中国古代白话文的基础上一方面大量吸收外来语，另一方面大量吸收中国古代的文言文、各地区的口头语言形成的一种新的更丰富的语言系统。要说中国现代白话语言还在形成、发展过程中，在所有这些方面都还没有做得很充分，那是谁都不能否认的，但要在否认"五四"白话文的前提下提倡"大众化"，那么，它实际上就意味着排斥"五四"以后对外来话语的吸收和对中国古代文言文的吸收而回归于中国古代的白话文和中国古代各地区的口头语言。中国 20 世纪三四十年代的语言现实是，新文化的革新进行了还不到二三十年的时间，这个革新只在当时青年知识分子之中产生了一定的影响，是适应着他们已经社会化了的现实生活及其审美趣味的需要而产生、而发展的。在"五四"前成长起来的老年知识分子习惯使用的还是中国古代的文言文。他们通过对中国古代诗文的欣赏已经满足了自己的欣赏趣味，他们是连鲁迅、郁达夫的旧体诗词也不需要读的，不论新文学如何迁就他们的欣赏趣味，他们都不会阅读新文学作品，因为他们不是新文学的读者。提倡文艺大众化、诗歌大众化的知识分子也不以他们为对象。他们的对象主要指很少文化或根本没有文化的社会群众。他们使用的还是中国古代沿袭下来的各地区的口头语言，他们不但不是新文学的读者，同时也不是文学的读者。其中少量有阅读趣味的读者读的是中国古代的白话小说或现代武侠小说、鸳鸯蝴蝶派小说，他们有可能成为新文学的读者。但新文学作家是在迁就他们的审美趣味的前提下让他们接受新文学，还是在发展新文学的前提下让他们接受新文学，这不仅是一个大众化还是小众化的问题，还是一个新文学与这些小说的基本审美形态的问题。这些小说主要是在适应传统市民娱乐需要的前提下发展起来的，那时的市民不是作为社会构成的一员意识自己的，而是仅仅作为一个欣赏主体看待社会和小说中描写的事件和人物的。中国新文学革新的一个核心就是创作者已经不是一个单纯的欣赏主体，他们也不把自己的读者仅仅作为欣赏的主体，同时还是社会构成的一员，是作为社会的一员来感受自己赖以生存的社会和社会人生的。直至现在，中国仍有大量这类的读者，他们的阅读习惯还是到小说中来看热闹，他们是连新文学作品也当热闹看的。新文学的作家没有权力排斥他们，也没有权力排斥这类小说的作者，这是一个社会文化的规范的问题。对于这类作品在中国小说形成、发展中所起的作用，我们是不应忽视的，对其中所体现的小说创作的经验，也是应该吸收的，但新文学自身却不能在迁就这种欣赏趣味的前提下得到发展，只能引导他们作为社会人生的一员来感受文学、感受文学作品。因为只有这样，新文学作家才能更深入地体验、感受人，体验、感受现实的社会人生，并在这种体验、感受的基础上提高自己和自己作品的审美趣味，推进中国新文学的发展。"热闹"是外在的，审美趣味才是内在的。仅从语言形式而言，新文学的语言是包括在现代社会条件下留存的和新生的各种语言现象的，中国传统的白话文无法包容中国现代各种不同的语言形式。总之，即使吸收社会群众的口头语言和中国古代的白话语言，也要以"五四"以后形成和发展着的中国现代白话语言为基础，不能在否定这个基础的前提下讲"大众化"。具体到诗歌领域，中国的新诗是需要发展的，但这个发展必须以新诗为基础，不能以其他的形式完全代替中国现代白话诗歌。新诗的作者没有理由歧视、排斥中国民间的歌谣，它们作为人民群众的一种艺术形式是具有独立的美学特征的。这种美学特征是在纯自然的条件下形成的，歌谣的作者并不把自己作为一个艺术的创造者，也不希求全社会的接受。这种美学形态是不能用手去碰的，民间文学家可以去搜集、去整理、去研究，但却不能有意识地去创作。新诗诗人可以通过搜集、阅读民间歌谣提高自己新诗创作的表现力，但不要"创作"民间歌谣。你创作出来的民间歌谣就不是民间歌谣了，就没有那种自然朴素的审美趣味了。

40年代解放区也有很多新诗创作，它们的代表作品已经在七月诗派诗歌中做了论述。在这里，我们主要说的是像李季的《王贵与李香香》、阮章竞的《漳河水》这样的叙事长诗。

必须指出，40年代解放区诗歌在长篇叙事诗的创作上对中国现代诗歌的发展是有贡献的。直至现在，我们的长篇叙事诗的创作还是十分贫乏的，这里有现代小说对长篇叙事诗的排斥作用，也有现代经济体制对长篇叙事诗创作造成的不利条件等，但也有诗歌创作者自身的原因。长篇叙事诗是不能被小说所代替的。小说的叙事是散文化的叙事，是生活化的叙事，长篇叙事诗则是超越于散文叙事的诗的叙事形式。诗人要为所叙事件或故事创造一种情感、情绪化的独立的、现实生活中存在的语言形式，它让读者接受的主要不是事件或故事本身的启示，而是这种独立的语言形式的感发。40年代解放区长篇叙事诗在个别章节上写得也是很美的，其艺术上也有独到之处。但是，它的歌谣的形式影响了这些长篇叙事诗的整体艺术效果。诗歌是要讲整体感受的，这种整体感受是体现作者对所表达的内容的主观态度的。长篇叙事诗的意义不能仅仅由讲述的故事来代替，更重要的是作者的语言形式所体现的诗人对所叙事件的感受。必须看到，中国的民间歌谣是在和平的日常生活中自然产生的，其中以男女恋情的表现为主，所以这些歌谣的基本美学特征是轻松的、愉快的、优美的，现在作者用来叙述具有社会规模和历史规范的历史变动，叙述带有残酷性或沉重性的社会历史性事件，这就把它所表现的事件和故事轻松化了。

（原载《江苏社会科学》，2003年第2期，有删减）

河流·湖泊·海湾
——革命文学、京派文学、海派文学略说

一

严格说来，"京派"不是一个"派"，"京派文学"也不是一个"派"的文学，而是中国新文学发展的第二个十年期间在北京这个特定城市从事新文学创作的新文学作家（我们现在所说的"京派"），以及由他们创造的新文学（我们现在所说的"京派文学"）。他们之所以不是一个"派"，就是因为他们实际是没有一个彼此共同服膺的文学思想和文学主张的，彼此的性格及其文风也有很大的距离，构不成一个同气相求、同声相应的文学流派。朱光潜很推崇沈从文的小说，沈从文对朱光潜其人也没有恶感，但他们仍然不是"一路人"。朱光潜内心所注重的，是西方和中国古代那些文学大师和美学大师的著作，对中国现代文学的评论，只是他作为一个文学编辑所不能不做的事情罢了，对于他，未必是那么认真、那么严格的。至于像何其芳、卞之琳、李广田这样一些青年作家，实际还没有自己固定的人生目标和艺

术追求，到了后来，其变化都颇大，既与传统士大夫有着无法跨越的距离，也与沈从文、朱光潜有着不同的思想倾向和文学倾向。硬说他们是哪一派，都是没有实际意义的。废名的枯寂是一个男性的枯寂，凌叔华的精致、林徽因的温婉，是女性的精致和温婉，在艺术上是不搭界的。沈从文的湘西世界，师陀的河南果园城世界，汪曾祺的苏北乡镇世界，不但是各不搭界的外部世界，而且他们反思各自世界的人生观念和审美观念也是截然不同的，从文学的角度，很难说他们就是一个流派。这在文学批评中，看得更加清楚，朱光潜、李健吾、李长之，在现代文学批评史上，都是举足轻重的人物，但他们的文艺思想和批评风格，是各不相同的，不是一派……

但是，这是不是说他们之间就没有共同性了呢？不是！但他们的共同性不是由他们共同的文学主张决定的，也不是由他们的文学风格决定的，而是由其地域文化特征决定的——他们共同构成了一个地域文学的共同体。这正像现在北京的诸多中国现代文学研究专家未必都有共同的思想主张或学术主张，但他们却构成了北京的中国现代文学研究共同体，这个共同体是与上海、南京、武汉、济南等城市的中国现代文学研究共同体并不完全相同的。

二

北京文化，从鸦片战争到新文化运动，像是河流文化，并且是一个大河文化。它像一条大河，是奔流不息的，是"奔流到海不复回"的。新文化运动的倡导者们，大都相信进化论，即使是鲁迅，也无法否定进化论对自己的影响，实际是他们身处在这种大河文化的冲击下，即使在理论上不相信进化论，在具体言行上，也是身不由己的，不能不承认文化是进化的，是可以进化的。从中国固有的文化传统，到复古派、洋务派、维新派、革命派、新文化运动，一浪高过一浪，并且都朝着同样一个方向，朝着我们现在所谓"现代化"的方向，似乎有如破竹之势，是不由得人不相信文化的进化的。在这样一种大河文化的冲击下，一个知识分子所能意识到的，不是为自己建构一座"希腊小庙"，不是为自己建构起一种什么样的固定的文化体系，一种什么样的固定的文艺思想，而是要推动中国文化、中国文学的发展，并且自己也随着这样一个变化的趋势不断向前走，走向中国文化、中国文学的未来的辉煌，也为中国文化、中国文学未来的辉煌尽自己的一份责任。这正像河流中的鱼，它游着，但并不留恋它现在游动着的这块水域，也并不特别珍惜它现在游动的姿势和态势，而是为了最终游入大海。那时的北京文化，就是整个中国文化的缩影，所以新文化运动的倡导者们，都有一种革新中国文化、推动整个中国文化发展的感觉；他们对整个中国文化、中国文学的关心，超过对自我思想成就和文学成就的关心，至少在他们自己的感觉中，他们所做的主要不是为自己而做，而是为整个民族而做，为整个中国社会而做。在新文化运动之后的近十年间，在新文化运动倡导者的学生们那一代，虽然由于河道突然加宽、水流的速度已经缓慢了许多，但仍然有其大河文化的余绪，傅斯年、顾颉刚、郭沫若、茅盾等知识分子，仍然有一种"创建中国新文化舍我其谁"以及"后来者居上"的感觉，以为自己的思想倾向体现的就是中国新文化的发展方向。但在这时，中国文化的发展却改了河道，由纯粹的语言文化革命转到政治革命的方向上去了。在这时，政治中心转移了，"北京"改名"北平"。但在这里，还留下一些大学，一些大学的教师和学生，新文化与新文学在这些大学的教师和学生中，已经成了一种传统，回不到鸦片战争之前的固有文化传统之中去了。也就是说，中国文化的大河改了道，不流经北京了，但这里仍然不是干涸的，仍然留下了新文化与新文学的一片积水。它已经不是一条大河，不是奔流不息的了，不是"奔流到海不复回"的了，而是更像一个大的湖泊，除了原有的积水，也将全国各地的知识分子吸引到这里来，像一条条小溪流入湖泊，至少在中国新文学的第二个十年，这个文化的湖泊不但没有枯竭，而且积水越来越多，仍然是中国新文化、新文学发展的中心地区之一。所谓京派作家，实际就像在这个文化湖泊中生长着的"鱼"：废名、凌叔华、杨振声，是原来就在北京的新文学作家，留在了这个"湖"里，而沈从文、何其芳、萧乾、芦焚、卞之琳、李广田、李长之则是新从外地进入北京的作家，游到了这个"湖"里。他们都是这个湖泊中的"鱼"，都在北京这个文化城市从事着自己的文学创作，不但"湖鱼"不同于"海鱼"或"河鱼"，而且"此湖"之鱼也不同于"彼湖"之鱼，他们成了一个文学共同体，至少在形式上，就成了一个"派"。我认为，"京派"之"派"，就是在这样一个意义上形成的。

三

与"京派"对举的是"海派"。

如前所述，"京派"不是一个"派"，但我们过去所说的"海派"，却是一个地地道道的文学派别。

上海，是在西方现代资本主义影响下在中国首先发展起来的一个现代商业城市，被我们称为"十里洋场"。我们现在所说的"海派"，指的就是那些与这个"十里洋场"有着更直接联系的文学作家及其文学作品，就是与现代商业城市滋生出来的城市消费群体的消费生活直接联系着的文学作家及其文学作品。20世纪30年代的叶灵凤、施蛰存，20世纪40年代的张爱玲、徐訏，就常常被我们归为"海派"文学作家。

但是，我们过去所说的"海派"，与我们现在所说的"京派"，实际上是没有对应性的，因为既然"京派"不是一个严格意义上的文学流派，而是一个城市文学作家及其文学创作所构成的文学共同体，与之对应的也不应当是一个严格意义上的文学流派，而应当是一个城市文学作家及其文学创作所构成的文学共同体。实际上，这也牵涉我们对西方现代资本主义及现代资本主义城市的理解。现代资本主义在人类历史上带来了生产力的迅速发展，带来了人类物质生活以及物质生活方式的巨大变化，但这绝不意味着现代资本主义的文化就是单一的物质文化或消费文化，或者是在物质文化、消费文化的基础上将人类各种不同文化倾向高度统一起来的文化。恰恰相反，资本主义文化的特征不是人类文化的更高程度的统一，而是人类文化更高程度的分化乃至分裂。在社会关系上，资产阶级的发展与工人阶级的壮大是共时性发展着的两种不同的社会倾向，资产阶级与工人阶级的分裂远远超过了封建时代地主阶级与农民阶级的分裂，将社会阶级之间的分裂发展到了前所未有的高度，从而公开撕下了封建关系的那层温情脉脉的面纱。在政治、经济、文化的关系上，资本主义经济权力的发展与资本主义政治权力的发展、资本主义文化权力的发展是共时性发展着的三种不同的社会权力，其对抗的力量远远超过了中世纪贵族政治、农业经济和宗教权力之间的对抗，将社会各项事业及从事社会各项事业的人之间的对抗发展到了公开化的程度，传统社会那种所谓人类统一的价值观念体系在资本主义社会的条件下终于走向了瓦解——"上帝死了。"这种分裂也带来了文学自身的分裂，资本主义时代是个"主义"丛生的时代，资本主义时代的文学也是"主义"丛生的文学。不同的"主义"有不同的立足点，彼此是平等竞争的关系，而不是相互替代、相互包容的关系。当时上海文化的特征有类于资本主义文化的这种特征。因此，我们与其将"海派"理解为由一种文学倾向构成的文学流派，不如将其视为由各种不同文学倾向构成的一个城市文学共同体。

如果这样理解海派，我认为，当时的海派文化实际上更是一种海湾文化。海湾文化的首要特征就是与外海的直接联系，海湾与外海之间是可以直接流通的。湖泊文化是独立的，海湾文化没有湖泊文化那种相对完整的独立性。朱光潜是一个西方美学家，写过《悲剧心理学》，但他在具体评论文学作品的时候，用的却不是西方美学的标准，而是中国传统文学的标准，他对更带西方悲剧美学特征的鲁迅小说并不十分赞赏，倒是对与西方悲剧美学特征有更明显距离的沈从文的小说，有着更高一些的评价。他很注意与海外文化的区别，在海外文化与中国新文化之间筑起一道堤坝，使之明显隔离开来。沈从文的小说、废名的小说都异常突出地表现出了这样一种特征。到了海派文人那里，情况就大不相同了。他们大都是直接认同海外的一种文化派别的，并以海外这种文化派别的徽帜作为自己的徽帜。

湖泊是静的，所以湖泊里的鱼即使是成群结队地游着，也是各自独立的，彼此没有什么约束，也不必有什么约束。它们是个人主义者，各自有各自的想法，各自有各自的打算，不必考虑别人喜欢什么与不喜欢什么，更不必为别人牺牲自己，在其内部的精神上是十分分散的，但这种精神上的分散并不影响它们集体的生活，它们总是成群结队地游着，即使不是同一个族类，彼此也没有不可克服的矛盾和斗争，所以在形式上它们更是一个群体，组成的更是一个"和谐的社会"。海湾对于外海，当然平静多了，但对于湖泊，却仍然是动荡不宁的，仅仅潮起潮落，就使海湾的鱼不能不受到海流的影响。在这动荡不宁的海流中，不同族群的鱼是有不同的活动轨迹的。整个海湾中的鱼，并不给人一种整体的感觉，彼此的差异是十分明显的，并且各有各的命运，各有各的盛衰历史，其喜怒哀乐并不相通，但具体到一个族群，又是有其集体意志和集体主义精神的。特别是在狂风恶浪中挣扎求生的鱼群，那种在艰险中不退缩、不掉队、不离群，不四散逃生的场景，至今还是颇令人感动的。我们知道，在当时的上海，最突出地表现出这种特征的就是左翼知识分子群体，但却不限于这个群体。这同时还是当时上海所有独立文学派别的特征：上海时期的新月派、论语派、民族主义文学派、新感觉派乃至自由人、"第三种人"，哪一个文学派别又没有为自己的独立生存与发展进行过斗争呢？哪一个派别又不是在彼此的论战中将自己的身影镌刻在中国现代文学史上的呢？这是海湾文化的特征，是海湾鱼类的基本生存方式。如果说生在静态社会背景下的京派文学，总是表现着一种自由悠游的神态，而在汹涌海流中的海派文学，则是有战斗性的，则是敢于在自己的论敌面前"亮剑"的，当时上海几乎所有文学派别，都曾公开亮出过自己的思想之剑、文学之剑。

实际上，海湾文化也是不那么适于文学发展的，特别是在中国现代文学的历史上。这里的原因是明显的，海湾里的鱼大都是从外海游进来的，那些在外海能够得到自由发展的鱼，由于不适应海湾的特殊环境，可能活不了很长时间，而那些迅速适应了海湾的特殊环境、活了很长时间的鱼又可能长不了很大，这在当时的中国现代社会，尤其如此。所以，"海派"有"海派"的苦衷，"海派"有"海派"的困境，他们大都是崇拜外国文化的，但外国文化却未必钟爱他们。海湾与外海原本是没有一个有形的堤坝的，内外可以自由通行，但在人们的观念上还是能够清楚地意识到海湾与外海之间的界限的，对海湾之鱼与外海之鱼各有不同的评价标准，这就使海湾里的鱼类陷入了一种尴尬的境地：外海的鱼认为它们是内陆的，不那么喜欢它们；而内河的鱼又认为它们是外海的，也不那么喜欢它们。甚至连它们自己也不知道到底应该用什么标准衡量自己，一忽儿这样想，一忽儿又那样想，搞得自己没有一个主心骨，在文学创作上也是摇摆不定的，无法将自己的"主义"贯彻到底。此其一。外海是广大的。在外海，尽管不同的鱼类之间也有差异和矛盾，甚至可以互相残杀、互相吞噬，但由于空间太大了，每一种鱼都有较为充分的回旋余地，所以尽管天敌甚多，作为一个族类，也不容易被敌人消灭。到了中国的海派文化中，情况就大不相同了。在彼此面对面的斗争中，就成了你死我活的，彼此没有退让的余地。此其二。由于以上两种原因，海派文化内部的斗争，常常只是理论上的斗争，是口水战，彼此的分歧来不及通过具体的文学创作表现出来，并且构成像西方现实主义、浪漫主义、现代主义那样的真正的文学流派。思想上的差异更大于文学作品之间的差异，名不副实的现象是海派文学的普遍现象。严格说来，茅盾的《子夜》并非真正意义上的无产阶级革命文学，施蛰存的小说也不是弗洛伊德精神分析小说，林语堂的散文并不那么"幽默"，自由人的文学并不那么"自由"，民族主义文学家的作品也未必真正是民族主义的。此其三。

总之，革命文学、京派文学、海派文学是在三种不同语境下中国现代文学的三种不同的文学形态，就其特征，革命文学更接近河流文学，京派文学更接近湖泊文学，海派文学更接近海湾文学。我认为，时至今日，中国文学仍然是在这三种文学形态既相互纠缠、相互冲撞、相互制约而又相互吸引、相互补充、相互融合的过程中演变和发展的。

四

如上所述，我们过去的中国现代文学的观念，主要是由革命文学的观念构成的，在前有新文化运动，在中有左翼文学运动，在后有解放区文学，三者连成一个统一的历史线条，构成了一个统一的文学历史的骨架。李何林、王瑶、唐弢等学术前辈就是以这样一个骨架建构起最初的中国现代文学史的整体框架的。他们对中国现代文学史上的各种文学现象都有涉及，但仍然是以革命文学的特征作为唯一合理的文学标准分析和评价所有这些现象的，这就在具体叙述中国现代文学的历史过程的时候发生了严重的失衡现象。这种失衡现象集中表现在 20 世纪 30 年代，而在 20 世纪 30 年代则集中表现在对京派文学历史地位估价的严重不足与对左翼文学之外的海派文学(我称之为"狭义的海派文学")发展倾向的简单否定。实际上，在 20 世纪 30 年代文学的历史上，左翼文学运动承上启下的历史作用及其具体的文学成就是不可忽视的，但京派文学的文学成就却并不像我们描述的那样不值一哂。时至今日，我们已经能够看到，在当时的京派文学中，包含着一个继鲁迅之后最杰出的短篇小说作家、同时也是 20 世纪 30 年代最杰出的短篇小说作家的沈从文，包含着中国现代学术史上的一个最杰出的学院派美学家的朱光潜。朱光潜、李健吾、李长之的文学批评在中国现代文学批评史上各成一派，并且都堪称中国现代文学批评史上的重头人物。沈从文之外，废名、师陀、萧乾、汪曾祺的小说也都独树一帜，在中国现代小说史上是不容忽视的。到了后来，何其芳、卞之琳都成为中国现代文学史上的著名诗人，而凌叔华、林徽因则是为数不多的中国现代女性作家中的两个。废名、李广田、萧乾、汪曾祺也都是中国现代文学史上的著名散文家。现代话剧仍不发达，但到底有李健吾的戏剧作品，并不是一片空白。标志着现代话剧艺术最高艺术成就的曹禺的作品，走红于上海，但其创作，却始于北京。所有这些，都是不能仅仅从革命政治立场的角度得到充分说明的。也就是说，他们的文学成就是不容忽视的，而像蒋光慈、潘漠华、应修人、胡也频等大量革命作家，在中国现代革命史上的贡献当然是不容抹杀的，但在其具体的文学创作上，却未必能够超过京派作家的贡献。革命文学，是中国现代文学的一种独立的文学形态，但又不是唯一的文学形态，用单一的革命文学的标准，并不能对京派文学做出全面而贴切的分析和评价。

革命文学，是有较为清晰的创作目的的，尽管这个目的未必是实利性的目的。所以，革命文学在其内部结构中必然存在着两个极点，其一是作者的理想（社会的或精神的），其二就是"现实"。前一个极点在中国现代文学史上往往受到西方文化的影响，但不是西方文化的本身，而是西方文化对作者本人的影响结果，是在其思想或精神中的"已有"；"现实"则是中国固有文化传统（其中也包括已经被中国文化所吸收了的外来文化）在当下社会的结晶体。所以，革命文学常常表现出反传统的倾向，因为它希望改革的现实就是中国固有文化的折射板。凡是优秀的革命文学作品，都不可能完全脱离中国固有的文化传统，但中国固有的文化传统必须通过这个折射板极为曲折地表现出来。将中国现代革命文学与中国固有文化的联系平面化、直接化，就有模糊其革命性的危险，这在我们的研究活动中是必须注意的。中国现代革命文学与西方文化的联系，更应是精神的，而不是形式的，在中外比较文学研究中，脱离作者本人思想的和精神的要求而单纯地比较文学形式的异同，就有将革命文学作品虚无化的危险。革命文学的根本是革命，而革命是有实际内容的，只讲形式，不讲内容，革命文学就不成其为革命文学了。广义的海派文学，是在与西方文化直接交流中发展起来的文学，这种文学具有更加明显的反传统的性质，但只要它能够比较成功地将西方文学的精神或形式输入到中国，它就是有其价值和意义的文学。它体现着中国文学的跳跃性变化，可能一闪即逝，也可能多年以后才在中国文学中发挥其实际的影响作用。而京派文学的文学联系则是与中国固有文化传统的联系。它是前一个时期文学革命的结果，但就其自身来说，则是具体运用这种成果进行个人化的文学创作的结果。在这时，中国固有的文化传统更多地被纳入已经革新了的文学形式之下发挥自己的作用，是新文学与中国固有的文化传统在更大的范围和更内在的精神上进行融合的结果。

冬天有松柏，春天有桃李。——这就是文学，这就是文学的历史。

（2009 年 5 月 17 日于汕头大学文学院，有删减）

文事沧桑话端木
——端木蕻良小说论

一

古代有个成语，叫作"盖棺论定"，说是一个人死了之后，人们对他也就有了一个相对固定的评价。这个说法，在中国古代，不是一点道理也没有的。在那时，能变的只是人，评价一个人的价值标准是不能变的。人一死，就变不了了，只要没有隐瞒起什么见不得人的事情来，人们对他的评价就不会有大的变动了。但到了现代社会，不但人会变，评价人的价值标准也会变，即使同样一个评论者，或因时势的变化，或因个人人生经历的变迁，评价人的价值标准也是常常变化的。这样，"盖棺论定"这个成语，就更不能成立了。

"盖棺论定"这个成语虽然难以成立，但是一个人的死对于人们对他的感受和评论还是有影响的。首先，这个人已经死了，他已经退出了现实社会的人际关系圈，无论说他好还是说他坏，他本人都已经不能做出相应的反应了。想讨他的好的人在他那里已经得不到实际的利益，想伤害他的人也已经不能使他感到痛苦和悲伤，这就引起了评论队伍的变化。因与他这个人有关系的评论者渐渐少了下去，因与他这个人的事业有关系的评论者则渐渐多了起来。假若他是一个文学作家，因与他有人际关系中的恩恩怨怨的评论者渐渐少了下去，因与他的文学作品有关系的评论者渐渐多了起来。这也就不能不引起对他的评论的变化。中国的评论家好用一个人生前他人对他的评论和他乍死时的唁电、悼词、墓志铭、悼念文章做根据，实际上，那是些最靠不住的言论。在特别重视人际关系的中国社会里，就更是如此。真能说明一个人的，对于作家，是他的作品；对于政治家，是他的政治实践。当时人的态度只能说明他所处的现实环境，对他本人实际上是没有直接的说明意义的。其次，一个人到了死后，就有自己相对的确定性和完整性了。这种确定性和完整性，是以他自身为根据的，而不是以别人的评价为根据的。中国的研究者好说假如孔子活到现在会怎样怎样，我们这样想想倒也无妨，但却不能作为评价孔子的根据。这类的话，是说给活人听的，而不是说给死人听的。我们常说"得杀杀某人的威风"，"得给某人鼓鼓劲"，因为语言可以起到影响活人的思想感情的作用。通过语言，刺激一下他的神经，他就会发生一些变化。我们可以利用语言的力量，使一个活人朝我们所乐意的方向发生变化。人死之后，这样的作用就起不到了，这样的话语也没有了作用。在这时，评论已经不是评论者与被评论者的对话，而仅仅成了活人之间的一个话题。自然是话题，就要把这个人当作一个相对确定、相对完整的对象，而不能随意往他身上添加原本不属于他的东西。在这个意义上，一个人的死，也会影响到人们对他的研究和评论。

具体到一个文学作家，身死之后，通常会有四种不同的情况。一是生前红红火火，死后踪迹全无。这类的作家往往不是因为自己的作品而获得生前的社会声誉的。或因权大势大，或因腰缠万贯，或因人缘特好，作品一出，不愁没人喝彩。但是，人一死，茶就凉，吹捧他的人大都改换了门庭，即使还有少数人因惯性的作用说着他的作品，但也没有了当初的热情，久而久之，他的作品就没有人提了。当然，在漫长的历史上，还会有人在故纸堆中发现他的存在，并惊讶于他生前的荣耀，动了为他"翻案"的恻隐之心，但他的作品是经不起展览的，越展览越会让人感到他的浅薄无聊，所以往往是昙花一现，便又重新沉没到历史的地平线之下。只要我们翻开《全唐诗》《全宋文》一类的书，是不难发现这样的作品的。二是生前或走红，或不走红，但人死之后，其作品还是有人去读的，但研究者却寥寥了起来。这类的作品，大都是因袭的、模仿的，与作者的人生经历和人生体验根本没有任何直接的关系，但他因袭的、模仿的还是一种有意味的艺术形式，读者读来还不是索然无味。对于研究者，情况就不同了。研究者研究的是一种有趣味的形式的开创者或集大成者，而不是它的因袭者和模仿者。这类的作品只能作为一个总名存在，而无法分出这个作者和那个作者来，因为作者的人生经历和人生体验与其作品是没有不可分割的联系的。像才子佳人小说，像武侠小说，都是这样一些有意味的形式的总名。三是身死之后，虽然没有了广泛的读者，但研究者对其还是有研究的兴味的，并因研究者的研究，他的作品得以持续的流传，虽然不热，但也不断。这类作家大都不是开风气之先的人，但他们的作品却不仅仅是因袭的、模仿的，而是与他的人生经历和人生体验有着直接的联系的。自然是自己的人生经历和人生体验的表现，就有为其他作品所无法代替的独立性，就有仅仅属于个人的艺术风格或艺术特色。对别人的阅读代替不了对他的阅读，对别人的研究代替不了对他的研究，虽然不是文学百花园中最艳丽的一枝，但却也是别有风味的一枝。像岑参，像高适，像贾岛，像孟郊，像俄国的迦尔洵、安特莱夫，像法国的勒萨日、巴比塞，虽非大家，但也有不俗的表现，也有自己作品的流传。四是死后不但仍有自己广大的读者，也有自己不少的研究者。这类作家在生前是什么样子的，并不重要。或像曹雪芹，一生潦倒；或像李白，生前就有很大的文名。这类的作家大都不仅有自己的个性，其作品是自己人生经历和人生体验的结晶，并且其个性体现着一个时代的精神面貌，体现着一种普遍人性的需求。他们能触动一代代人的阅读兴趣，也能触动一代代研究者的思考热情，读者和研究者都能够借助他们的作品把自己尚处于朦胧状态的人生感受和人生体验明确化起来，强烈化起来，并用自己的人生经历和人生体验重新激活他们的作品。这类的作家给人以仰之弥高，钻之弥坚的感觉。他们的形象不是随着历史的发展越来越渺小，而是随着历史的发展越来越高大。我们的研究者常常有一种把所有人、所有文学作品平面化的意图，实际上，人类递代相传的发展方式本身，就是粉碎这种平面化意图的巨大力量。后代人永远不可能记住历史上的所有人物和所有文学作品，但他们又必须在接受前人文化成果的基础上继续发展。这就使那些对后代人的成长没有更大作用的人及其作品随着历史的发展逐渐向下沉落，而那些对后代人的成长有更大作用的人及其作品随着历史的发展逐渐向上升华，升华为后代文化的"太阳"。像屈原，像司马迁，像杜甫，像曹雪芹，像鲁迅，在当时的人看来都不像后来人看来那么伟大，但我们却不能说他们的伟大是虚假的。中国现代文学作品也在经历着这样的升沉变迁，它们不会永远停留在一个历史的层面和文化的层面上。

端木蕻良已经不在人世，作为一个人和一个文学作家，他已经有了自己的确定性和完整性。我们现在要谈论他，对他得有一个基本的定位。我认为，在上述四类的作家中，他基本上属于值得我们认真研究并在研究中认识他的作品的价值，使他的那些真正优秀的文学作品能够得到历史的承传的第三类作家。

我之所以把端木蕻良视为第三类值得认真研究的作家，是因为他虽然不属于像鲁迅这样能够体现一个时代最伟大的创造精神和最高的文化成果的作家，但他的作品也不是被人吹捧起来的。在生前，端木蕻良是一个有争议的人物，这对于他的亲友不是一件多么惬意的事情，但从我这个局外人看来，似乎也不是一件多么坏的事情。人生是有诸种矛盾的，坏人与坏人有矛盾，坏人与好人有矛盾，好人与好人也有矛盾。端木蕻良不是圣人，自然有值得人挑剔的地方。有值得人挑剔的地方而有人挑剔他，说明他同我们平常人还是一样的，还有我们平常人所不能没有的内心的痛苦和忧愁。这就给我们分析研究他的作品提供了一个可靠的依据。文学艺术不是哄人的，而是实现人际间的感情和情绪交流的。它在何种程度上表达了自己内在的真实的生活感受和人生感受，直接标志着他的文学成就的大小。文学无标准，一个作家内在的心灵感受与他的作品的关系就是衡量他的作品成败得失的唯一标准。与此同时，他的作品也不是固有文学传统中一种有意味的形式或创作方法的机械模仿和简单因袭，他不是才子佳人派的小说家，不是神魔小说或武侠小说的作者，他所写的都与他的人生经历和人生体验有关。有关，就有独立性，有独立性，就值得研究。

说到端木蕻良的独立性，我们不能不首先注意到他最早的一个短篇小说《母亲》，这篇小说的情节在他的第一部长篇小说《科尔沁旗草原》中也有描写。

《母亲》写的是他的父亲逼迫他的母亲成婚的故事。他的母亲出生在一个贫苦农民的家庭，他的父亲则是当地一个有权有势的大地主家庭的恶少。这次的逼婚造成了他的舅父一家与他的父亲一家的永结不解的仇恨，而他则是这个有权有势的父亲和出身贫贱的母亲共同生养的儿子。

在这里，重要的不是这个逼婚故事的本身，而是端木蕻良为什么写下了这个故事。

传统的逼婚故事是第三人称的，是站在被侮辱与被损害的被逼者的立场上揭露有钱有势的逼婚者的罪恶的。也就是说，作者与有权有势的逼婚者是不会发生任何连带关系的，通过这种方式，作者才能把自我同他所揭露的罪恶划清界限。端木蕻良则把这种第三人称的故事转移到第一人称的形式上来，公开指明逼婚者是"我"的父亲，而被逼者则是"我"的母亲，这就把小说叙述者同作者本人的关系拉近了，从而也把罪恶的制造者和罪恶的承受者都与作者本人联系了起来。作品中的"我"是一个怎样的人呢？他的存在，既是逼婚者的罪恶的产物，也是被逼者的屈辱的产物；既是贵族阶级骄奢淫逸生活的象征，也是贫苦人民被侮辱与被损害地位的证明；既是传统男性"霸权主义"的结果，也是女性被强占后的结晶。这一切都构成了他的记忆，也构成了他对自我的反思方式："我"是谁？我原来是这样一个人！

很显然，这是一个在关内接受了现代教育，接受了新文化的影响，感受到了现实社会的不平等、不合理，认识到压迫阶级罪恶的现代青年知识分子对自我的存在做出的一个现代性的反思，对自己未来人生道路许下的一个精神的诺言。他同情母亲的遭遇，同情穷苦人的命运，同情被摧残的女性的苦难。他虽然是父亲生养的儿子，但他拒绝父亲的权威；他虽然是贵族家庭的后代，但却憎恨贵族家庭的罪恶；他虽然是一个男性，但却厌恶男性"霸权主义"的作风。

《母亲》作为了解端木蕻良当时的思想倾向是重要的，但作为一篇小说却不是很成功。他记述了这个事件，但却没有更充分地开掘这个事件，没有发现在这个事件背后蕴藏着的更丰富的人性意义。从"思想"上，作者揭露了"父亲"的罪恶，但在小说中真正富有传奇色彩、在读者心目中虎虎有生气的人物却也正是"父亲"这个人物。他敢作敢为，有手段，有魄力，不小气，不畏葸。就是他的权势本身，也并不是绝对令人厌恶的；"外祖父"这个人物是被作者所同情的正面人物，但这个人物却无法在读者的心目中站立起来。人们可以原谅他、同情他，但却无法崇敬他。为什么呢？因为人在本能上就是渴求生命活力的，就是崇敬那些能够战胜困苦和灾难的人们的。即使在传统的逼婚故事中，站立起来的也是像武松、鲁智深这样一些打抱不平的英雄人物，而不是那些在灾难面前唉声叹气的"老实人"。"母亲"这个人物之所以还能站立起来，正是因为她做出了为别人所意想不到的决定：她要嫁给这个逼婚者。假若作者不是停留在故事表面的意义上，他原本是可以发现这个决定的复杂性的。她当然是反感于"父亲"这种霸道的行为的，但她之做出这个决定绝非仅仅出于无奈。只要我们从一个少女的心理出发，我们就会感到，在整个小说中，真正表现出了对她的异性的爱的，对她的异性美的重视的，不就是这个不讲道理的"父亲"吗？也就是说，即使在这种男性"霸权主义"的作风中，"母亲"也能感到一种被爱和被重视的心理满足。所有这一切，都被作者的一种思想倾向遮蔽了，使这篇小说只成了一篇缺少人性深度的暴露小说。

显而易见，在《母亲》这篇小说里，作者在社会上接受的新思想是通过"恋母"情结而转化为自己真实的思想和感情的。他通过对母亲的同情，体验到对所有被侮辱与被损害的人的同情，而这种同情就不再是空洞的理念。我很重视端木蕻良的这种思想转换形式，我认为，任何的思想和理论，都必须通过个人的某种情结才能实际地转化为自己真实的思想和感情。那种没有实现这种转换的思想或理论，始终只是别人的，它可以成为一个人应付外部世界的话语方式，但却无法成为一个人的真实的思想和感情，无法成为他血肉中的东西。端木蕻良这种转换形式也是典型的文学家的转换形式。鲁迅和胡适都接受了西方现代思潮的影响，但他们接受的结果却是大不相同的，鲁迅成了一个真正的文学家，而胡适却没有成为一个真正的文学家，我认为，这与他们接受外来影响的个人情结是有莫大关系的。鲁迅是在恋母情结的基础上接受了西方现代思想的影响，而胡适是在崇父情结的基础上接受了西方现代思想的影响的。鲁迅始终关切的是人与人的情感联系，是人的生命的需求，他要把自己塑造成像女娲那样的母亲的形象，创造生命，保护生命，发展生命，不惜牺牲自己而与戕害生命的强敌做殊死的战斗，而胡适关切的更是一个人的才能和"成功"，是外部世界的需求，他要把自己塑造成一个慈爱的父亲的形象，保护儿子，教导儿子，使儿子们获得像他那样的成功，但要给儿子做出榜样就要爱惜自己的公众形象。但是，端木蕻良在《母亲》这篇小说中所表现出来的恋母情结，还仅仅停留在浅层次的心理空间，停留在同情母亲、憎恶父亲的简单模式中。他还没有意识到自我存在的特殊性，他像当时一般的进步青年一样，以为发现了贵族阶级的罪恶，就意味着自己不再是贵族阶级的成员；厌恶了男性"霸权主义"，就意味着自己不再是男性"霸权主义"者；反叛了父亲，就意味着自己已经不是像父亲一样的人。他并没有意识到，当他厌恶了贵族阶级的时候，他还是贵族阶级的一员；当他同情了女性的命运的时候，他还是一个男性；当他憎恨了父亲的时候，他还要继承父亲的事业。这里的区别仅仅在于，他陷入了更复杂、更深刻的矛盾之中，他必须在这种更复杂、更深刻的矛盾中重新选择自己、选择独立的人生道路。

当他在关内的政治活动中受挫、带着他在现代教育和现代文化中形成的新的思想重新回到科尔沁旗草原的老家时，所有这些复杂、深刻的矛盾都展现在了他的眼前。

我认为，这就是他的《科尔沁旗草原》产生的思想背景。

二

在过去，我们评论一部文学作品的时候，总是好说，作者给我们描绘了一幅什么样的历史画面，他的描绘是正确的还是错误的；他给我们塑造了一些什么样的人物形象，他对这些人物的态度是肯定的还是批判的。好像我们的评论家心里早有了一个怎样描绘历史的标准，早有了一些描写人物的模式：工人什么样？农民什么样？知识分子什么样？地主、资本家什么样？但是，我们要问，这些我们都清楚了，我们还看这些文学作品做什么呢？我想，我们读人家的文学作品，就是有一些事情我们不知道、不了解，而总想从人家的文学作品中知道点什么、了解点什么。

作者想告诉我们他不能不告诉我们的事情。他不说，别人就不能理解、不能同情，他说了，愿意理解他的，就能够理解他、同情他了。当然，当作家成了一项社会职业之后，有些作家并不是非说不可、非写不可的，这样的作家有两类：一类是哄着我们玩的，另一类是来教训我们的。哄着我们玩的作品，我们看过，心里高兴一阵，也就行了，不必那么认真。认真了，反倒破坏了玩的心境，起不到玩的作用；来教训我们的，实在太多了，社会上又平添了这么多作家，久而久之，我们就感到厌烦了。这类的作品是不会有长久的生命力的。作家想告诉我们的，得是为了获得我们的同情和了解的。我们不能同情他、了解他，他感到很痛苦，很悲哀，精神上是孤独的。他们得表达，得说出来，得写出来，得让人感受到他的内心世界。我们也是希望同情和了解的，同时也有同情和了解别人内心世界的愿望。假若我们能够从他的作品中找到同情和了解，我们是乐意的；假若我们能够同情和了解作者，我们也是乐意的。所以，我们评论一部文学作品，首先要从对作者的理解开始，要首先知道他写了什么？为什么写？写的是不是他的真情实感。只要一个作家写的是自己的真情实感，并且把自己的真情实感有效地表现了出来，不论是写实的，还是想象的；不论是叙事的，还是抒情的，它就是一部好的作品，假若他给我们编造的是连他自己也不会这样想的作品，他就是不希望我们理解他、同情他，我们在他的作品中也发现不了他对我们的理解和同情，它就不是一部好的作品了。

我们讨论端木蕻良的《科尔沁旗草原》，也应当从这里出发。

当我们能够设身处地地替端木蕻良着想的时候，我们就会感到，《科尔沁旗草原》是端木蕻良当时心灵的真实写照：他用自己的心灵展开了这个广袤而又苍凉的科尔沁旗草原，这个广袤而又苍凉的科尔沁旗草原也以自己的形式展开了作者的心灵世界。

曹革成先生在其《〈科尔沁旗草原〉与〈红楼梦〉的创作比较》①一文中，曾多方面比较了这两部文学作品的联系，对于他的论述，我是基本同意的，但我认为，《科尔沁旗草原》与《红楼梦》的几个根本差别也是必须注意的：其一，曹雪芹是在根本失望于自己的旧家庭、根本失望于现实人生的基础上，怀着对社会天生的惶惑和不解而展开对这个贵族家庭、对这个世界的描写的，而端木蕻良则是在接受了新文化、有了更广阔的世界知识、有了更现代的社会理念和人生理念的基础上，从改造科尔沁旗草原，建立完全新型的社会关系和人际关系的角度展开对这个世

---

① 参见成歌主编：《端木蕻良小说评论集》，253～269页，北京，北京出版社、文津出版社，2002。

界的描写的。在这一点上，端木蕻良更同于鲁迅，而异于曹雪芹。其二，《红楼梦》所展开的这个世界，是一个从根本上丧失了生命活力的世界，但端木蕻良笔下的科尔沁旗草原则是雄浑的、充满生命活力的，作者在这个世界里感到的不是生命活力的缺乏，而是生命活力的浪费和邪恶的运用。即使对于这个贵族家庭的描写，作者也分明不是从简单暴露的意义上进行的，他描写了它的发家史，也描写了它的生命活力的衰竭。《红楼梦》描写的那个封建大家庭的衰亡几乎是不可避免的，它的衰亡就是《红楼梦》里的整个世界的衰亡，而端木蕻良描写的这个贵族家庭却是处在新的历史的转折点上，并且它的衰亡也并不意味着整个科尔沁旗草原的衰亡。其三，《科尔沁旗草原》中的丁宁与《红楼梦》中的贾宝玉属于完全不同的两类典型，贾宝玉是无材补天，并且也不以补天为念，而丁宁则是有材补天，并且以补天为念。贾宝玉是单纯的，丁宁是复杂的；贾宝玉身上缺乏英雄气质，丁宁则不乏英雄气质。我认为，只要意识到《科尔沁旗草原》与《红楼梦》的这些根本的差别，我们就会看到，《科尔沁旗草原》展开的正是端木蕻良当时真实的心灵和真实的人生感受。当端木蕻良这样的青年知识分子从现代教育中接受了新的思想影响，有了新的社会理想和人生理想以后，他对自己成长起来的那个世界将持有什么样的态度呢？他是想从根本上毁灭它呢？还是想用自己新的理念改造它呢？显而易见，他的第一个愿望就是想用自己的理想、自己的知识、自己的力量改造它。

正是改造它的愿望，在作者的心灵中展开了整个科尔沁旗草原的历史，展开了它整个的辽阔和雄浑。它们不再是作者的一些零星的回忆，不再是一些分散的事件和零星的传闻。他需要把科尔沁旗草原的整个历史都想个明白，把整个的科尔沁旗草原都看个清楚。正像新文化运动带来了中国先进知识分子对中国历史的整体思考，对中国社会的整体研究，平时各种分散的感觉被联合成了一个整体，各种零星的知识被有机地结构了起来。端木蕻良对科尔沁旗草原的历史感和现实感也正是在这种改造它的愿望中形成的。不难看出，正是在这里，产生了《科尔沁旗草原》的思想结构和艺术结构。毫无疑义，在端木蕻良思考自己的小说结构的时候，是受到马克思主义经济学说和阶级学说的影响的，是受到茅盾《子夜》结构形式的影响的，但端木蕻良结构《科尔沁旗草原》和茅盾结构《子夜》的方式还是有根本的不同。茅盾是外在于他所表现的世界的，他本人既不是金融资本家，也不是民族资本家；既不是工人，也不是农民，他不是立于《子夜》内部任何一个确定的位置上环顾《子夜》所展开的这个世界的，而是站在这个世界的外部通过他从马克思主义理论学说中获得的社会历史理念来组织这个世界的。端木蕻良的《科尔沁旗草原》则有所不同。早在端木蕻良接受马克思主义思想影响之前，科尔沁旗草原的历史和现实就已经进入端木蕻良的内心世界。科尔沁旗草原的历史和现实既是一个外部的客观世界，也是端木蕻良内在的心灵世界，因为端木蕻良内在的心灵世界就是在感受和体验这样一个外部世界的过程中逐渐丰富起来的。他生在这里，长在这里，这个草原的一切不但构成了他记忆中的形象世界，也构成了他心灵中的情感世界。这两个世界是合二而一的，浑融一体的。我们完全可以说，这里的外部世界就是他心灵世界的形象，他的心灵世界就是这个外部世界的神经网络，没有作者情感和情绪的贯注，这个外部世界在作品中是活不起来的。作者就在《科尔沁旗草原》所展开的这个世界的内部，是在它内部的一个确定的位置上环顾这个世界并形成对这个世界的感受和体验的。

作者在《科尔沁旗草原》所展开的这个世界内部的什么位置？他就在丁宁所处的位置上。端木蕻良并不完全等同于丁宁，但丁宁却是端木蕻良心灵世界的艺术展开形式，亦即他是通过丁宁表现了他当时的心灵世界的。

在分析丁宁这个形象时，我认为，人们很少注意到像丁宁这样从现代城市教育中接受了新的思想影响而后回到自己家乡的青年知识分子自身的矛盾状态。当他在外地接受了新的思想影响的时候，他是作为整个民族、整个社会的改造者而意识自己的，但在这时，他在周围人的眼里还仍然是一个人，一个体现着他的故乡的特殊性的人，实际上他也确实是在他的故乡形成他的基本的人生观念和世界观念的，新的思想在这时充其量只是他反思自己和自己故乡的思维方式，是他确定未来人生道路的出发点；当他回到故乡，他是作为自己故乡的改造者而意识自己的，他是真诚地爱着自己的故乡并从故乡的整体发展来感受和对待故乡的人和事的，但在故乡人的眼里，他仍然是属于他的家庭的，他也确实是在他的家庭中形成了与其他故乡人不同的人生观念和性格特征的。他对故乡的整体关怀在这时充其量只是反思自己和自己家庭的思维方式，是他的新的人生追求的开始。我认为，在这里，我们可以回答《科尔沁旗草原》有关丁家家族历史描写的若干问题。首先，作者对丁家家族历史上的罪恶是有忏悔的，对受到这个家庭的欺压和凌辱的下层社会群众是怀着真诚的同情的，但这种忏悔绝非我们在后来发展起来的所谓站在被压迫、被剥削阶级立场上对这样一个家庭的绝对否定，这种同情也绝非像后来一些作品一样是把被压迫、被凌辱的社会群众作为唯一正确的道德标准来加以表现的。在这里，还有一个谁能够成为科尔沁旗草原的主人的问题，谁能够把科尔沁旗草原改造成一个充满真正生命活力的世界的问题。不难看出，作者一旦回到丁家家族历史的描写，首先感到的是生存竞争的残酷，而在这残酷的生存竞争中，谁具有了生存竞争的智慧和力量，谁就能成为科尔沁旗草原的主人。丁家的发家史就是丁家生存竞争的智慧和力量逐渐加强的结果，丁家现在的衰弱就是生存竞争的智慧和力量逐渐丧失的结果。在这里，端木蕻良的《科尔沁旗草原》同巴金的《家》也是不相同的，巴金的《家》是站在一个逃离了自己家庭的觉慧这样的青年的角度上看待这个封建大家庭的衰弱的，他并不想在这个家庭的内部来改造这个家庭，所以他并不必关心谁以及依靠什么来改造这个家庭，不关心这个家庭本身的生命活力问题，端木蕻良的《科尔沁旗草原》则不是这样。关于这一点，陈悦先生的观点是值得重视的。他说：

在丁家家族史的具体展开时，文本话语凸现的却是对生命的观照及生命的悲剧意识，阶级矛盾与阶级仇恨反而成为其中零星的点缀。

丁家三代地主的奸诈、阴狠与凶顽，却并未淹没他们那开拓者的风范。整个这一章，阶级仇恨与盛世家族的豪气同时呈露于笔端。这些成功的创业者有控制大局面的才干，有运筹帷幄的算计，有镇定自若的信心。即使是风流成性、胆大妄为的三爷也压抑不住奔放不羁、敢作敢为的野性与霸气。他们展示着丰厚的蓬勃的生命活力，及其向外极度张扬的态势。这是端木蕻良那颗"大的心"急欲收纳和赞赏的。①

端木蕻良否定的不是这个贵族家庭生命活力的本身，而是这种生命活力的具体表现形式。冷酷性与欺骗性是这个贵族家庭得以在生存竞争中获得胜利的基本原因，而在这里，也就同时意味着那些被侮辱与被损害的下层群众的怯弱和愚昧。在中国现代作家中，端木蕻良几乎是最重视描写迷信活动场面的小说家，虽然他的描写有时带有累赘烦琐的缺点，但在端木蕻良所描写的那个世界里，这些迷信活动确实有着恍惚迷离的"美感"，而这个贵族家庭也正利用了这种文化形式实现着对社会群众的欺骗。这是科尔沁旗草原生活的一个特征。所以，端木蕻良同情这些被侮辱与被损害的社会群众，但却并不认为这些社会群众能够成为科尔沁旗草原的主人，能够给科尔沁旗草原带来新的生命活力。

司马长风先生在概括《科尔沁旗草原》这部小说的艺术风格时指出："《科尔沁旗草原》的魅力，在于粗犷与温馨的对衬与交织。它一方面写大草原的野性，写杀人越货、奸淫掳掠的土匪，写心如冷钢的大山，写粗鲁、愚昧的农民；另一方面又写红楼梦式的、仆婢成群的府邸，写那些风月男女的绮旎缠绵，写眼似儿童、心如老人、思想如巨人、行动似侏儒的丁宁，写小姐、丫鬟们的燕语莺啼……从粗犷的荒野，进入温馨

---

① 陈悦：《瑰伟的英雄梦幻和悲抑的生命低语——端木蕻良小说世界的精神透视》，见成歌主编：《端木蕻良小说评论集》，124 页，北京，北京出版社、文津出版社，2002。

的闺阁，又从荡漾的春光，进入萧索的秋煞；像从现实进入梦境，又从梦境回到现实，《科尔沁旗草原》正具有这种勾魂的美。"①我们要问：这两种不同的艺术风格是怎样结合在一起的呢？如上所述，作者并不否定这个贵族家庭所体现的科尔沁旗草原的雄强的生命活力，但这种生命活力的具体表现形式却是冷酷的，它的冷酷性毁灭掉的是科尔沁旗草原的爱与美。科尔沁旗草原是有力的，但却是荒凉的，寂寞的，空阔的，它缺少人与人之间的爱，缺少富有爱意的美。丁宁对他的创业的祖先虽然怀有崇拜之情，但对他们践踏爱与美的行为却是反感的。这同时也意味着他们对女性的摧残和毁灭。他的贵族的祖先并不求取女性的爱情，而只是用权力和金钱占有她们的肉体。他们占有了女性的肉体，却无法获得她们的爱情，他们很快便会感到厌烦，随即将她们幽囚在内室，再去占有和掠夺其他的女性。而丁宁与他的前辈根本不同的地方则在于他追求人与人之间的爱，追求真正的爱情。正是在这里，端木蕻良展开了人与人之间情感关系的描写，同时也描写了那些被幽囚起来的贵族女性的各种性的苦闷和变态的性心理。从这里，我们也不难看出，丁宁是与他的前辈有着根本不同的社会理想和生活理想的。作为改造者，他希求着、追求着生命的力量，但他同时也希求着、追求着与下层社会民众的平等，追求真正的爱情，追求美。

丁宁的悲剧也正在这里，这使他成了科尔沁旗草原上的一个"孤独者"。

如上所述，当丁宁这样的青年知识分子在思想和感情上发生了新的变化的时候，他在科尔沁旗草原上的归属实际上还是没有发生任何的变化的，他仍然属于这个贵族的家庭，而不属于整个科尔沁旗草原。这个贵族的家庭是把他当作自己的继承人而期待着的，而下层社会群众同样也把他当作这样一个继承人而警觉着和排斥着。这使他根本不可能成为

---

① 司马长风：《新文学史话——中国新文学史续编》，185～186页，九龙，南山书屋，1980。

整个科尔沁旗草原的拯救者，而只能作为这个家庭的继承人发挥自己的作用。他不再想用自己先祖的手段治理自己的家庭，不再想用冷酷和欺骗积累自己的财富，但他承继了这个家庭的事业，也承继了这个家庭与底层社会群众的矛盾，客观的情势逼迫他不得不使用与他先祖同样冷酷的阴谋手段对待反抗他个人意志的底层社会群众，这使他更深地陷入科尔沁旗草原传统的怪圈之中。这是一个人生的旋涡，他不愿做的，偏偏做了；他愿意做的，偏偏做不到。他与他先祖的不同之处仅仅在于，他的先祖在使用这种冷酷的阴谋手段时是心安理得的，而他则是痛苦的，他在自己的奴才的赞扬和崇拜中感到的不是胜利的喜悦，而是失败的痛苦和精神的孤独。

在社会关系中是这样，在爱情关系中也是这样。他所爱的，是水水和春兄这样的女性，但这种爱，像花一样美，也像花一样无力。实际上，他对春兄的爱，只是一个理想，一个梦。它是神性的，但却不是人性的。它缺乏两性爱所不能没有的性本能欲望的基础。丁宁像是一架没有发动机的机器，总是点不起火来，总是开动不起来。这与他先祖的蓬勃的欲望恰成一个鲜明的对照。三十三婶的引诱，是纯粹肉欲的，缺乏爱情的精神基础，缺乏美，同样无法发动起他的爱的热情。在这两个极端上，丁宁都无法获得灵与肉的满足。也正是在这种情况下，他像他的前辈占有那些他们希望占有的女性一样，占有了他原本不希望占有的灵子。灵子就是科尔沁旗草原上的袭人，她不是用爱情点燃了丁宁的爱情，而是用温顺接纳了丁宁的肉体，使丁宁在她身上实现了在春兄身上无法实现的性爱的满足。然而，在科尔沁旗草原上，连袭人这样的爱也是不被允许的，灵子惨死在这个贵族家庭的魔爪之下。

丁宁想做科尔沁旗草原上的"神"，但他却成了科尔沁旗草原上的"魔"。

端木蕻良的研究者们常常说的是他的小说的两种要素：社会的表现和爱情的描写，但在《科尔沁旗草原》里，还有第三种要素，即丁宁的心理独白。时至今日，对《科尔沁旗草原》艺术上和思想上的批评大都发生在对这类描写的态度上。但我认为，正是这类的描写，才是《科尔沁旗草原》的生命和灵魂，是端木蕻良这部作品超凡脱俗之所在。在这部作品里，对于丁家家族史的描写是精彩的，但在前有曹雪芹的《红楼梦》，后有巴金的《家》的中国文学中，要说它这个主题本身有什么特别震撼人心的地方，实在有些过誉。它的爱情描写也是精彩的，但在中国文学中，并不乏爱情描写的圣手，它在这方面的描写相对说来还显得有些零碎，有些分散，而丁宁的心理独白，在心理展示的大胆和心理把握的深入上，则是很少有人能够企及的。

我认为，要理解《科尔沁旗草原》中的这个特点，我们可以先从理解鲁迅的《在酒楼上》《孤独者》《伤逝》这类小说入手。

鲁迅是特别重视白描手法的运用的，但到了《在酒楼上》《孤独者》《伤逝》这三篇小说中，人物的内心独白则成了主要的表现手法。这里的原因是非常明显的，对于像吕纬甫、魏连殳、涓生这样一些通过学校教育或书本知识建立了新的社会理想和人生理想，但在社会上又无法实现这些理想的知识分子来说，仅仅从外部的言行是无法让读者完整地感受到他们真实的形象也无法让读者真正理解他们内心的痛苦和挣扎的。在这时，也只有在这时，心理独白才正式成为中国现代小说区别于中国古典小说的一种重要的描写手段。它的性质不是浪漫主义的主观抒情，也不是现实主义的客观描写，而是对具有理性精神和自我反思能力的现代知识分子复杂心理状态的揭示形式，具有极鲜明的现代主义艺术特征。这种现代性的描写方式，也要求我们要用现代性的解读形式。对用大量心理独白的方式展示出来的人物形象，我们既不能像把握其他人物那样仅仅用其外在的言行及其实际的行为效果判定他的性质和作用，也不能仅仅通过他思想中的任何一种倾向或这些思想倾向的总和把握这个人物的统一性。他们的统一性不是这些矛盾的本身，而是发生这些矛盾的原因。具体到丁宁来说，他的统一性不是他的尼采式的极端的个人主义，也不是他的托尔斯泰式的人道主义，甚至也不是个人主义和人道主义的总和，而是他想拯救科尔沁旗草原而不能的无可奈何。我们对丁宁的痛苦和绝望应该采取理解和同情的态度，而不能采取冷眼旁观的评判态度，更不能采取绝对的否定态度，因为科尔沁旗草原的新生恰恰就孕育在丁宁这种拯救和改造的欲望中，没有这种欲望，科尔沁旗草原就永远是过去那个雄浑但荒凉的世界，就永远是丁半仙、丁四大爷、丁大爷、丁小爷、三爷们的世界，甚至连这个世界也将被外来资本所吞没，导致科尔沁旗草原这个世界的根本毁灭。丁宁是一个失败者，但我们不能埋怨他的失败，因为拯救和改造科尔沁旗草原的责任不应当仅仅由这个先觉者来负，他的失败的原因主要不在他自身，而在整个科尔沁旗草原还没有自新的愿望和要求，还没有自新的基础条件。在这个意义上，是科尔沁旗草原毁灭了丁宁，而不是丁宁毁灭了科尔沁旗草原。我们说一部杰出的文学作品是为了告诉我们所不了解、不知道的东西的，是争取我们的理解和同情的，我认为，《科尔沁旗草原》让我们理解和同情的首先就是丁宁的矛盾和痛苦。离开了对丁宁的理解和同情，我们就不可能理解小说对整个科尔沁旗草原历史和现实的描写（因为小说对整个科尔沁旗草原的描写都是在丁宁这样的知识分子的感受和理解中展开的），更不可能理解《科尔沁旗草原》对丁宁这个青年知识分子艺术表现的力度和深度。只要我们对丁宁的现实处境和思想感受有着真正的同情和理解，只要我们并不想站在旁观者的立场上对丁宁这样有着新的憧憬和理想的青年知识分子进行思想的、道德的或精神的审判，只要意识到我们自己也不是振臂一呼的英雄和永远正确的圣人，我们就会看到，丁宁就是"五四"以后所有有追求、有理想的青年知识分子的象征，他的人生经历和人生感受、他的思想矛盾和精神痛苦就是一代代现代中国知识分子的经历和感受、矛盾和痛苦。端木蕻良对这类知识分子表现的大胆和深入几乎超过了除鲁迅之外的任何一个人。他不是从西方输入的任何一个概念上表现这类的知识分子的，而是在他们的现实处境上描写他们的思想动态和情感趋向的。只有在这样一种现实处境中，他才深刻地揭示了中国现代知识分子自身的复杂性。西方的"主义"被输入进来了，他们开始用西方的"主义"改造中国，但不论他们信奉西方的什么样的"主义"，他们实际的思想倾向和情感趋向都是无法用这种"主义"本身来概括的。他们的理想，他们的憧憬，他们的孤独，他们的无力，以及所有这些的交错和互动，使他们的思想和感情只是由西方各种"主义"的碎片拼凑而成的。

只要回顾一下从"五四"至今中国现代知识分子走过的各种历史道路，只要我们脱下各种思想的伪装大胆直视一下我们自己的内心世界，我们就会感到端木蕻良对丁宁的描写是何等的大胆又何等的深刻啊！他比除鲁迅之外的任何中国现代作家都更为深刻地揭示了中国现代知识分子的思想特征，尽管这种揭示并不是那么自觉的。

科尔沁旗草原的历史造成了科尔沁旗草原的现实，科尔沁旗草原的现实造成了他的拯救者丁宁的矛盾——这就是《科尔沁旗草原》这部小说的整体思想结构。大跨度的激流式的历史回溯，散碎但却细致入微的现实关系的描写，丁宁这个人物突兀但却激越峻急、跌宕起伏的心理独白或心理分析，以及这三者的交织——这就是《科尔沁旗草原》这部小说的整体艺术结构。

最后，我们说说大山这个人物。

毫无疑义，大山这个人物的出现是与当时左翼文化思想的影响有直接关系的，甚至端木蕻良自己也是在有意识地描写阶级斗争的意图之下突出了这个人物的重要性的，但他在《科尔沁旗草原》这部小说中，却也有自己存在的自然基础和社会根据。在小说中，大山的存在不是以大山为根据的，而是以丁宁的感受和体验为根据的。他就产生在丁宁的矛盾中，产生在丁宁自我力量的缺失感中。在开始，丁宁是抱着改造和拯救科尔沁旗草原的雄心的，是对自己的才能和力量充满信心的，但当他实际地介入科尔沁旗草原的现实的人际关系之中，他就开始感到了自己的无力，他有了与他的先祖完全不同的人生理想和社会理想，但却因此而失去了他的先祖在生存竞争和现实斗争中的雄强的生命活力，在这时，也只有在这时，像大山这样的人物才出现在他的视野里，大山是作为他失去了的雄强的生命活力而呈现出自己的独立性及其价值和意义的。大山不是底层社会群众的"典型"，而是从这个阶层中涌现出来的英雄人物。在这个意义上，大山这个人物虽然是虚构的，但并不缺乏生活的基础。他的基本特征是贫穷但充满自尊。他没有权势，但不屈服于权势；他没有金钱，但不崇拜金钱。他的力量来自顾惜尊严但不顾惜自己的生命，他是用生命维护生命的。这使他在个人与个人的比较中，有了较之不能不顾惜个人生命安全的富家豪门子弟所没有的个人魅力。他能够直面死亡，像传说中的刑天一样以乳为目、以脐为口，操干戚而舞，用生命本能的力量进行战斗。丁宁渐渐认识到，科尔沁旗草原未来的主人不是已经丧失了生命活力的他的贵族家庭的后裔，也不是只有美丽的幻想而没有实现这种幻想的实际力量的他，而是像大山这样仍然充满生命活力的人物。这使他产生了与大山联合的愿望。这种联合，实际上是理想与现实的联合（丁宁体现理想而大山体现现实），是思想与行动的联合（丁宁体现思想而大山体现行动），是美与力的结合（丁宁体现美而大山体现力）。但这种联合至少在当时的条件下是不可能得到真正的实现的。在过去，我们把大山就作为一个最完美的理想人物而感受、而分析，我认为，至少在端木蕻良创作《科尔沁旗草原》的时候，还不是把他当作可以独立支撑科尔沁旗草原的孤胆英雄而把握、而描写的。他的理想是丁宁与大山的结合，是大山对丁宁的理解。但是，假若大山没有向丁家进行报复的欲望，大山就不是大山；假若大山还是大山，他向丁家进行报复的欲望就是不可泯灭的，他与丁宁的对立就是不可化解的。历史积累了仇恨，仇恨制造着对立。

但是，丁宁的视野，包括当时端木蕻良的视野，也只能到大山为止。大山就是《科尔沁旗草原》的地平线。至于地平线背后的东西，是丁宁这个人物的视线所不能达到的，也是端木蕻良本人的视线所无法达到的。在《科尔沁旗草原》中，大山是个影子式的人物，但却是一个真实的影子，而在大山背后的"大老俄"、老北风、白老大、杨大顺这类人物，则成了影子的影子。作者在革命理念的影响下，常常想用场面描写的方式把他们拉到前台来，给予更具体、细致的描写，但这些描写不能不流于表面化和平面化，造成小说的沉闷和拖沓。在某种程度上，对大山的描写也有过度张扬之嫌。

<h1 style="text-align:center">三</h1>

《科尔沁旗草原》是端木蕻良作品中的《狂人日记》。

他埋葬了过去的生命，埋葬了过去的理想，走上了一条更现实的路。1935年"一二·九"运动的爆发，使他重新振作起来，去走他当时能走的路。

这条路就是融入关内文化、成为关内文化同时也是整个中国现代文化的一员的道路。我之所以称端木蕻良这条道路是一条新的道路，是因为这是与他在《科尔沁旗草原》中所描写的丁宁的人生道路完全不同的另一条道路。在这条道路上，他所面对的世界是不同的，他在这个世界上应当扮演的角色是不同的，他所形成和发展着的思想倾向和艺术倾向也将是不同的。在《科尔沁旗草原》所展示的那条人生道路上，丁宁必须独立地面对整个世界，他不是成为这个世界的改造者和拯救者，成为这个世界的恩人，就是成为他的贵族家庭固有文化传统的继承者，成为科尔沁旗草原的罪人。他所接受的文化，他对科尔沁旗草原的感情，使他必须成为一个改造者和拯救者，而在这个改造者和拯救者的地位上，他不但需要列夫·托尔斯泰式的人道主义的大爱之心，不但必须站在与一切被侮辱与被损害者真正平等的地位上，同时也需要尼采式的超人的意志力量，需要成为科尔沁旗草原的"统治者"。而在这条新的人生道路上，他面对的已经不是科尔沁旗草原这个独立的封闭的世界，而是整个关内文化、整个中国文化（当时的中国文化是由关内文化体现着的）。在这个世界上，他仍然需要成为一个改造者和拯救者，但担当这个世界的改造者和拯救者的已经不是他一个人，而是与他有相近倾向的一批人。他与他们有着几乎相同的社会理想和人生价值标准，但彼此却有不同的人生经历和个性特征。所有这一切，都潜在地影响着他的思想发展道路，也影响着他的文学创作道路。

人生是微妙的，艺术也是微妙的，在人生道路上迈出任何微小的一步，他面前的世界都会发生一些意想不到的变化。当端木蕻良作为一个科尔沁旗草原的改造者和拯救者意识自己的时候，当他理所当然地应当作为科尔沁旗草原整体愿望和要求的体现者的时候，他恰恰失去了代表整个科尔沁旗草原的资格，而当他不再作为科尔沁旗草原的改造者和拯救者意识自己的时候，当他已经不是科尔沁旗草原整体愿望和要求的体现者的时候，他恰恰获得了科尔沁旗草原整体愿望和要求的体现者的身份和地位。这样一种变化是不难理解的。当他直接面对科尔沁旗草原而意图实际地改造它的时候，他是作为一个不同于科尔沁旗草原、背叛了科尔沁旗草原的固有文化传统的青年知识分子而出现在这个世界上的，他越是意图站在整个科尔沁旗草原的立场上改造这个草原，他与这个草原的距离就越大，也就越感到与这个草原的矛盾和对立，二者构成的是对立的两极，而不是一个和谐统一的整体。但当端木蕻良实际面对的已经不是科尔沁旗草原本身，当他开始以个人的身份实际地参与到由关内社会、关内文化体现的整个中国现代社会、中国现代文化中的时候，他才在这样一个社会上和文化中成了科尔沁旗草原的真正的代表，成了科尔沁旗草原文化传统的体现者。在这时，科尔沁旗草原文化传统不但作为他的地方性特征同时也作为他的个性特征而被关内文化所容纳和接受。这正像一个中国学者在中国国内无论如何也无法成为整个中国文化的代表，而只能作为与整个中国文化相区别的一个个体或一个派别的代表而存在，但当他到了一个对中国文化极少了解的外国文化环境中，他反而具有了代表整个中国文化的资格，成了整个中国文化传统的体现者。

一个人在不同的文化环境中有不同的"身份"，这种"身份"不但是一个人在自己的文化环境中客观地位和作用的表现，同时还潜在地影响着一个人自我意识的形式，影响着他的人生观念和世界观念。在科尔沁旗草原上，他处在文化的中心地位，天然地是这个草原的主人，他在这个草原的地位是不需向别人证明也不必向自己证明的。他的理想就是科尔沁旗草原的理想，他是站在这个草原的理想的层面上面对这个草原的现实的，科尔沁旗草原的现实首先处在被否定的地位。在这里，他首先是一个浪漫主义者，他是从浪漫主义理想的高度俯视科尔沁旗草原的现实从而也使他成了一个现实主义者的，只是在浪漫主义的理想同科尔沁旗草原的现实的碰撞中，在希望和绝望的纠缠中，他开始进入现代主义的精神境界。而在关内文化中，他是流浪到关内的一个关外人，一个从辽远、荒僻的文化低地进入原本由关内人构成的文化整体结构的一个"闯入者"。在这里，他处在文化边缘的地位，处在外层文化空间，处在科尔沁旗草原上的"大山"的位置，而不再是关内文化中的"丁宁"。他要像大山那样通过对主流社会及其文化的反叛而为自己开辟生存和发展的空间，也要通过像大山那样对主流社会及其文化的反叛而获得进入关内文化的入场券。在这时，发生的已经主要不是理想和现实的碰撞和对接，而是现实与现实的碰撞和对接，是科尔沁旗草原文化和关内文化的碰撞和对接。他是用科尔沁旗草原的文化传统赋予他的力量对关内主流社会及其文化进行反叛的，也是以这样一种力量获得同样反叛关内主流社会及其文化的关内边缘文化——左翼文化——的理解和重视的。也就是说，他反叛的已经不是科尔沁旗草原的文化，而是关内的主流社会及其文化，他的反叛的力量首先是从科尔沁旗草原的文化中汲取和发展起来的。在这种关系中，科尔沁旗草原的文化已经不是首先被置于否定的地位，而是被置于肯定的地位。作者与科尔沁旗草原的文化已经不是立于对立的两极，而是共处于与关内主流社会及其文化对立的另外一极。他所关注的已经主要不是科尔沁旗草原文化应被扬弃的东西，而是它自身所具有而在整个关内文化中相对缺乏的东西。这在九一八以后对自己家乡的沦亡怀着切肤之痛、主要关注着反侵略战争的端木蕻良就更是这样。我认为，只要认识到这个时期端木蕻良自我意识形式的这种内在变化，我们就能够理解他这个时期主要以科尔沁旗草原为背景或以类似于科尔沁旗草原的文化背景为背景的长篇小说《大地的海》和《大江》的总体艺术布局以及在这种艺术布局中所遇到的艺术难题。

我们首先说他这时遇到的艺术难题。

孔海立先生曾经对端木蕻良小说中的自我形象进行了系统的研究，他把《科尔沁旗草原》之后端木蕻良作品中的丁宁也作为他的自我形象，我认为，这恰恰忽略了作者这时期自我意识形式发生的内在变化。[①]《科尔沁旗草原》中的丁宁是作者的自我形象，即使对他的解剖也是端木蕻良的自我解剖，而在后来作品中的丁宁，则已经不是端木蕻良的自我形象——在关内文化中，端木蕻良和他小说中的丁宁已经分手，他们成了两个完全不同的人物。端木蕻良对丁宁的描写，已经不是对自我的描写。

他离开了丁宁，更离开了丁宁所承袭的他的贵族家庭的文化传统。我们分明看到，端木蕻良已经不再在自己家族的历史中挖掘科尔沁旗草原的生命力量，关于他家族历史的描写也在他的作品中消失了。

他在关内文化中已经不是丁宁，而是大山。《科尔沁旗草原》中的丁宁是把大山作为一种共建科尔沁旗草原辉煌未来的战友而重视的，而在这时，大山则成了科尔沁旗草原上独立飞翔的雄鹰，成了端木蕻良笔下唯一的理想人物，是作为与关内主流社会及其文化相对立，也与关内左翼作家笔下的艺术形象相区别的人物形象而出现的。他体现着端木蕻良的精神理想，也体现着科尔沁旗草原的独立特征。但是，大山这个形象在端木蕻良心目中的位置仅仅是在关内文化与科尔沁旗草原文化的对应关系中产生出来的，端木蕻良在关内文化中处于流亡青年作家的边缘地位，所参与的也是在当时处于边缘地位的左翼无产阶级文化的阵营，他在意识层面完全接受了当时左翼文化的社会人生观念，在科尔沁旗草原上与之相对应的是大山，而不再是他原来的自己——丁宁。但是，直至那时，大山仍然只是端木蕻良观念中的人物，而不是他在科尔沁旗草原

---

① 孔海立：《端木蕻良和他小说(1933—1943)中的自我形象》，载《中国现代文学研究丛刊》，1999(2)。

生活中朝夕相处的人物典型。他是一个真实的影子，但真实的影子仍然只是影子；他是科尔沁旗草原上的一只雄鹰，但这只雄鹰却始终没有飞翔起来。他在小说中仍然不能构成情节发展的推动力量。

也就是说，在端木蕻良这个时期的角色变化和思想意识变化的过程中，曾经给《科尔沁旗草原》带来思想深度的丁宁和给《科尔沁旗草原》带来历史广阔度、社会广阔度、情节发展的推动力量的丁家家族发展史都已经在他的意识中也在他这个时期长篇小说的艺术布局中滑落了出去，而他希望给科尔沁旗草原带来更耀眼的光辉的大山却因为端木蕻良故乡生活经验的有限性仍然停留在一个影子的地位，而无法成为他长篇小说艺术布局中的主体部分。

但是，端木蕻良笔下的科尔沁旗草原仍然是有活力的，这种活力来自哪里呢？

首先是来自科尔沁旗草原的自然景观：

> 假若世界上要有荒凉而辽阔的地方，那么，这个地方，要不是那顶顶荒凉、顶顶辽阔的地方，但至少也是其中最出色的一个。
>
> 这是多么空阔，多么辽远，多么幽奥渺远啊！多么敞快得怕人，多么平铺直叙，多么宽阔无边呀！比一床白素的被单还要朴素得令人难过的大片草原呵！夜的鬼魅从这草原上飞过也要感到孤单难忍的。
>
> 多么寂寥呵！比沙漠还要幽静，比沙漠还要简单。一支晨风，如它高兴，准可从这一端吹到地平线的尽头，不会在途中碰见一星儿的挫折的。倘若真的，在半途中，竟而遭遇了小小的不幸，碰见一块翘然的突出物，挡住了它的去路，那准是一块被犁头掀起的淌着黑色的血液的混凝的泥土。[①]

---

① 端木蕻良：《大地的海》，见《端木蕻良文集》第 2 卷，1 页，北京，北京出版社，1999。

端木蕻良是个自然景物描写的专家，他的"雄放中和着一缕忧郁，辽阔中掺着一点哀愁"①的景物描写，至今震撼着中国读者的心灵。在这里，我们能够很清楚地感到，端木蕻良对科尔沁旗草原的整体印象，不是或主要不是从它的社会生活中获得的，而是从他的自然景观中获得的。它像一张地图一样铺展开了整个科尔沁旗草原，也铺展开了端木蕻良对故乡的全部回忆。他的所有关于故乡的人和社会生活的描写，都力图纳入这个雄阔浩渺的自然景观中，并且找到与之相应的规模和气氛。他有写不好人物的小说，但却没有写不好自然景物的小说。这是他从童年起就生活着的世界，是这个世界给他的第一个印象，从而也形成了他的主要的世界图式。它是清晰的，但又是神秘的；它是辽阔的，但又是苍凉的；它是气势磅礴的，但又是寂寞冷落的。说到底，这种印象实际是在自然生命力的蓬勃和人气的稀薄的双重因素的交织中形成的，假若我们置身在这样辽阔的大草原上，也会感到一种高耸的精神生命力，同时也会有一种缺乏人与人之间情感交流的寂寞的感觉，这在千百遍的重复中强化了端木蕻良对科尔沁旗草原的印象，使他终生难忘。当他进入现代的大都会，当他的故乡为日本侵略者所强占，这种印象不但没有淡漠下去，反而愈加分明起来。对它的辽阔感愈加分明起来，对它的寂寥感也愈加分明起来；对它的亲切感愈加分明起来，对它的忧郁感也愈加分明起来。不同情绪的强化将端木蕻良景物描写的突兀感和涡旋感加强到了常人所没有的程度，从而形成了端木蕻良景物描写的特色。这种景物描写的特点，不但在对科尔沁旗草原的描写中表现出来，同时也在《大江》中对"大江"的描写中，在后来的短篇小说中对湖泊、对海洋的描写中表现出来。实际上，在端木蕻良的笔下，草原、大地、大江、湖泊、海洋，都已经不是一种人物活动的背景，不是单纯的自然景物，而是这个现实世界的基本图式。它是整个现实世界的象征，是整个现实世界的原型。它不是美好的，但却是比现代的大都会更具有生命活力的世

---

① 赵园：《论小说十家》，77页，杭州，浙江文艺出版社，1987。

界。端木蕻良的景物描写时时刻刻暗示着这样一种确信：未来的世界不是从资本主义的现代大都会产生出来，而是在这个充满生命活力的自然世界中产生出来；中华民族的危机，无法依靠现代大都会政治官僚和文化绅士的头脑得到克服，而必须依靠科尔沁旗草原这种原始的生命活力。在这里，透露着端木蕻良作为科尔沁旗草原人的骄傲与自豪，同时也表现着对关内软性文化的轻蔑和否定。

这样一个广袤辽阔的世界难道会是没有力量的吗？

端木蕻良的小说所力图实现的，就是要为这样一个世界图式找到与之相应的人的力量。

如上所述，在这个时期，端木蕻良已经不愿在他的贵族祖先那里去寻找科尔沁旗草原的前途，他的左翼的文化立场使他把目光转向了他的贵族家庭的对立面——贫苦农民。在这个范围中，他的经验世界里储藏最丰富的是像《大地的海》中的艾老爹这样的农民：

> 农夫有着和肩膀一样宽的灵魂，有时会寂寞的不着边际的哀伤着自己，有时又在毫无意义的作着愉快的大笑。对着生人，也怀着磅礴的热烈粗鲁，怀着父亲对儿子样密切的愿望，对着自己的亲人则反而像仇敌那样疏远着，因为他们不会在作态上表示感情，他们以为真实的感情是无须表现的，倘一表现便显得琐碎、卑下。年老的祖父，可以坐在篝火前和死去整整十年了的祖母，叨叨咕咕的谈上一个夜晚，而白发的外婆，在梦中，又会寂寞的"吹土"，第二天早起来对孙子唠喀：
> "唉，真是土埋半截了呢！"
> …………
> 有人曾到北国的旷野里，看见过一棵独生的秃了皮的大松树吗？要是给它起一个适当的名字，那就是艾老爹。
> 这树是很可怕的。春天，它是绿的。夏天，是绿的。秋天，依然是绿的。冬天，它还是绿的。风吹来，休想迷惑它摇曳一棵枝

条。雪来了，并不能加到它身上以任何的影响。它的哲学就是：重的就比轻的好，粗的就比细的好，大的就比小的好，方的就比圆的好，长的就比短的好。小鸟是不会落在它身上的，因为它不懂得温柔。在它整个的生命里，似乎只有望一下这草原，就够了。除了空阔它再不需要任何其他的东西。人们简直不知道它是怎样活过来的，而且为什么到现在还在活着呵！……而且居然是魔鬼一样的矫健呵！……①

这是多么有力的描写啊！像木刻一样，几笔下去，有棱有角，令人印象深刻。艾老爹这个人物的经历，也充满奇诡的色彩，虽然作者并不把他作为科尔沁旗草原的希望，但对于这部小说，他却是带来生命活力的因素。

端木蕻良不想把大山拉到他的小说的前台来，无疑这是聪明的，但他依然无法放下塑造大山这类人物的心愿。这里的原因也是很明显的，假若不暗示出大山的形象来，科尔沁旗草原的前途在哪里呢？端木蕻良的希望又在哪里呢？端木蕻良有很多地方接近鲁迅，但在一个根本点上却无论如何也不会与鲁迅"苟同"：他没有鲁迅那么"悲观"，甚至也不敢像鲁迅那么"悲观"。他像当时绝大多数左翼青年作家那样，总要塑造出能够体现或表现出他们的人生理想的现实形象来。《大地的海》中的来头，《大江》中的铁岭，就是作为成长中的大山这样的人物被塑造着的。他像后来的路翎一样，总想在这样的农民身上，不但挖掘出反抗强权的物质力量来，还要挤压出他们体现时代脉搏的思想力量来。所以，我认为，这两个人物形象都是有一种挤压感的。他们在其出发点上，都还是有自己的现实性的，作为一个艺术形象，也有一定的力度，但越到后来，他们的形象越趋于模糊，有点似是而非，有点扑朔迷离，让人感到

① 端木蕻良：《大地的海》，见《端木蕻良文集》第2卷，3～4、26页，北京，北京出版社，1999。

难以把握。他们的难以把握，不是丁宁那样的难于把握，而是把原本明确的东西搞模糊了。像来头、铁岭这样从一个青年农民走上抗日道路、成为抗日战士或抗日将领的人是数不胜数的，只是他们或许没有像端木蕻良笔下的来头和铁岭那样经历过那么些莫名其妙的思想纠缠。在这两部长篇小说中，来头和铁岭都担任着第一主人公，这造成了大量生涩的描写和没有意味的客观过程的交代，从而影响了这两部长篇小说的思想和艺术成就。在这两部小说中真正富有传奇色彩并且生动丰满的不是这两个主要的人物，而是在《大江》中作为陪衬出现的李三麻子。

为了说清李三麻子这个人物，我们不能不提出这样一个问题：到底是谁体现着科尔沁旗草原的原始生命活力？是大山吗？是来头吗？是铁岭吗？不是！从大山、来头、铁岭的身上能够成长出体现端木蕻良当时所认为的先进思想力量来吗？不能！现代的思想力量是在丁宁这样的知识分子身上才能产生出来的。尽管丁宁是不可能将自己的思想和理想贯彻到底的，尽管丁宁这样的知识分子在当时的中国社会是不可能具有改造现实的稍微大一点的力量的，但新的思想和理想仍然只能在这样一些知识分子身上才能够产生，而不可能在大山、来头、铁岭这样的青年农民的身上产生。思想，借助的不仅仅是经验，更是一种思维形式。没有一种新的思维形式，没有一种能够穿透经验层面现实人生的理性思维能力，不在比现实经验更广阔的全部社会联系中，不在比现实经验更长远的历史变迁中，就不可能产生超越于自身文化传统的新的社会理想和人生理想。当丁宁产生了改造科尔沁旗草原的愿望后，首先考察的是科尔沁旗草原的整个历史和整个社会，他通过这种历史的考察和整个社会的考察，获得的是与大山、来头、铁岭完全不同的体验和感受。他看到的不仅仅是斗争，还是为什么而斗争；他看到的不仅仅是缺乏原始生命力的一面，还是缺乏人与人之间的爱和同情的一面。丁宁的弱点不是思想层面的，而是实践层面的。他没有实践的力量，也没有实现的可能，但我们却不能说他是没有新的社会理想和人生理想的。大山、来头、铁岭则没有产生丁宁这样的思想的可能性。端木蕻良企图通过他们实际的人生经历和斗争经历悟出一种属于现代社会的革命思想来，这是根本不可能的。他们无法超越于他们自身的狭隘的生活经验，也就无法产生超越于自己的文化传统的新的社会理想和人生理想。他们只能是某种过往典型的历史重现。实际上，像大山、来头、铁岭这样的反抗型农民，在中国的历史上存在了两千余年，他们的斗争经历和斗争经验一点也不比大山、来头、铁岭这样的人物更少，但他们并没有在反抗压迫的斗争中形成新的思想理想和社会理想。当然，这并不是说他们是没有自己的历史作用的，特别是在反侵略的战争中，他们的实际作用理所当然地超过了像丁宁这样的知识分子。但他们的作用不是来自他们的思想，而是来自他们原始的生命活力。而只要认识到这一点，我们就会发现，大山、来头、铁岭就其实质仍然只是李三麻子这类人物，并且在其人生观念的透明性上，在其特征的鲜明性上，在其性格的朴素、单纯上，他们则远远不如李三麻子这个艺术的典型。端木蕻良在他们身上寄托了太大的理想，反而把这些人物压垮了。端木蕻良没有在李三麻子身上寄托太多的理想，他实实在在地依靠自己对这类人物的实际感受和了解，反而把这个人物写活了。我们谁都不会将他误解为一个圣人，谁都不会把他当作一个理想的人物形象，但也正因为如此，读者感到他比大山、来头、铁岭都更加亲切和可爱。

端木蕻良在写作《科尔沁旗草原》的时候，在理性上用的是马克思主义的经济基础的理论，从经济的角度，他建立起来的是《科尔沁旗草原》那样的思想的和艺术的框架。在那个框架里，他没有也无法将他的贵族发家史排除出去。这正像在茅盾的《子夜》里，吴荪甫不能不占据着小说的中心地位。茅盾意欲证明吴荪甫的无力，但只要作家关注的是中国现代的经济发展，他就无法摆脱开吴荪甫的阴影——中国现代的经济独立和经济发展是离不开像吴荪甫这样的民族资本家的。但到了端木蕻良的《大地的海》和《大江》中，作者关注的是中华民族的军事危机，是中国现代的反侵略战争，并且是当下的具体的抗日战争的胜利。经济的分析已经没有多么重要的作用，社会的分析才是唯一重要的。而只要我们从社会分析的角度，我们就会看到，李三麻子这个人物较之来头、铁岭乃至大山都是一个更有光彩的人物。只有他，才是当时科尔沁旗草原上的"当代英雄"。

不像波兰、希腊等民族在近现代历史上进行的反侵略的民族战争，也不像俄国反对拿破仑入侵的卫国战争、美国反对英国殖民军的独立战争，前者是本民族贵族阶级领导的争取民族独立和民族解放的斗争，后者则是国家对国家的战争；科尔沁旗草原上的抗日斗争则是在东北三省被日本侵略者占领之后在没有一个统一的集团领导的情况下自发产生的抗日斗争，后来的抗日义勇军也是在这些自发的抗日斗争的基础上逐渐发展起来的。在外国侵略者的践踏之下，倒是平时被我们瞧不起的"匪"，成了中华民族脊梁式的人物，成了那个时代的"当代英雄"。如《大江》中的李三麻子。他不需要文化的修饰，没有固定的伦理道德规范，也没有人类文化赋予他们的人生理想和社会理想。自己活着，自己活得痛快，既是他们的最低纲领，也是他们的最高纲领。"活着就是这么一回子事，谁能活，谁就是英雄。""利己，我没有不赞成的……再不然，损人，利己，比如抢人，我也干，我人是老粗，从小惯啦，喜欢这一手。既不利己又不利人这一门，我看不惯，他妈的，你说可也怪了，我天生成，就看不起这一道……""不作无益之事，不作无味之事"，是他的座右铭，是他的为人处事的基本原则。① 但也正因为如此，他并没有瞻前顾后的毛病，他整个的生命都活在当下的情景中，饿的时候想的只是找食吃，渴的时候想的只是找水喝，在战争中，想的只是战争。对于他们，打仗不是为了另外一个目的，不是为了升官发财、光宗耀祖，也不是为了建功立业、名垂青史。打仗就是他们的生活方式，打仗为活着，活着为打仗。不难看出，这样一种人生态度和人生"观念"，在严峻的战争年代，在中华民族面临着日本帝国主义的军事侵略的时候，是比

---

① 端木蕻良：《大江》，见《端木蕻良文集》第 2 卷，438 页，北京，北京出版社，1999。

中国社会"官""绅""民"各阶层的传统的人生态度和人生观念都是更富有魅力的。实际上，李三麻子体现的就是人的生命本能的力量。在外国侵略者的军事侵略面前，中华民族进行的是生命的战斗，是保卫本民族基本生存权利的斗争。这种斗争，依靠的不是文化，不是理想，甚至也不是脱离开生命本能需要的所谓现代理性，而是一个民族的求生本能和自由意志。一个民族有自己的求生本能和自由意志，就有反侵略的斗争；一个民族连自己的求生本能和自由意志都丧失了，这个民族就会甘愿做外国侵略者的顺民和奴隶。正是在这样一个意义上，在当时的中国，李三麻子这样的人物及其人生态度、人生观念具有了夺目的光彩。端木蕻良是从科尔沁旗草原上走出来的青年作家，他有着对这样的人物的真实的感受和记忆。他的家乡的沦陷，他对家乡命运的真切的关怀，使他关心的不再是"思想""品德""世界观""人生观"这些纯粹理念中的东西，而是实实在在的抗战，实实在在的抗日斗争。这使他不能不暂时放弃知识分子的倨傲，把李三麻子这样的人物及其人生态度、人生观念推到历史的前台来。这个人物形象的过人之处，在于作者不是站在否定、批判的立场上讽刺、挖苦李三麻子和他的人生态度和人生观念，而是带着一种隐然的肯定和赞许。他没有把李三麻子作为圣人来歌颂，但也没有把他当作坏人来否定。与此同时，端木蕻良笔下的这个人物也不同于沈从文笔下的同类人物，他不是仅仅从超时代的人性的层面上肯定李三麻子及其人生态度和人生观念的，还是在社会历史的层面上，在中国反侵略战争的需要上予以肯定的。

我们说科尔沁旗草原充满着原始的生命活力，李三麻子实际就是科尔沁旗草原原始生命活力的社会表现。在《大江》中，李三麻子这个人物形象是与作者对"大江"的景物描写遥相呼应的，二者都给《大江》这部小说带来了生动的气象和艺术的力度。李三麻子的人物语言，与端木蕻良景物描写的语言一样，是他的文学语言中最富表现力的部分。但端木蕻良没有把李三麻子提高到这个人物所应当具有的高度。他想用对来头、铁岭这样一些人物的描写弥补李三麻子这样的人物的不足，反而给小说的创作带来了驳杂和沉闷。我认为，即使将来头、铁岭这样的人物塑造得更成功一些，他们也只是《水浒传》中的林冲一类的人物，而李三麻子则是《水浒传》中的武松和鲁智深一类的人物。林冲的意义在其过程，武松、鲁智深的意义在其性格，很难说林冲就是比武松、鲁智深更完美的人物典型。

就其思想挖掘的深刻性和艺术表现的完整性而言，《大地的海》和《大江》远没有达到《科尔沁旗草原》的水平。

四

《大地的海》和《大江》是从端木蕻良的故乡记忆中选取题材的，《新都花絮》则是在他的现实生活的感受中选取题材的。

在端木蕻良小说的研究中，研究者似乎都对《新都花絮》没有更高的评论热情，其中一些研究者则公开表示了对这部小说的描写感到难以理解。我则认为，《新都花絮》不论在其人性表现的深刻性上，还是在其艺术描写的精细性上，都是一部较之《大地的海》和《大江》更优秀的作品。

我认为，要感受和理解《新都花絮》的意义，我们得透视端木蕻良内心的秘密。

《科尔沁旗草原》不但给端木蕻良的文学创作画上了一个分号，同时也给端木蕻良的生活画上了一个分号。从此之后，尽管他以一个科尔沁旗草原代表者的身份出现在关内社会中，但他实际已经不是科尔沁旗草原的一员，而成了关内社会的一分子。他生活在关内人的世界里，并且也以关内社会人的生活方式生活着。在其外在的标志上，他与多数关内人已经没有任何的差别，他也被自己周围的人视为与自己相同的一个人，与他进行着各种形式的交往。在这时，抗日战争爆发了，国民党政府放弃了先安内而后攘外的政治主张，正式对日宣战，并且号召全民抗战，在我们关内知识分子的眼睛里，出现了一个全民族抗战的热潮。全国人民的抗战热情空前高涨，全国人民的抗战决心十分坚定，抗战的宣传空前热烈，抗战的活动空前频繁，我们也把抗战胜利的希望寄托在这种空前高涨的抗战热情上。所有这一切，作为一个流亡关内的东北知识分子，端木蕻良都不能不表示支持，不能不积极地参加。但是，面对所有这一切，这个从东北流亡到内地的青年知识分子端木蕻良还会不会有与关内知识分子并不完全相同的感受呢？

在这里，我们得知道，端木蕻良虽然早已成为关内文化的一员，虽然在表面上已经与关内知识分子没有任何的差别，但他依然与他们是不同的。这里的不同，至少有两点，一是实际处境的不同，一是基本文化心理的不同。在实际的处境上，端木蕻良是一个早已失去了自己故乡的人，虽然随着在关内生活时间的延长，故乡的记忆已经被现实生活的印象埋藏起来，但他却绝对不会完全忘却它的存在。故乡沦陷的隐痛是我们看不到的，但他自己却是能够时时感受得到的。在基本文化心理上他也仍然是一个东北人，虽然他以关内文化的方式与他人交往着，联系着，不愿也不能将自己的喜怒哀乐完全公开表现出来，但作为一个东北人的基本性格特征，作为一个东北人感受人、感受社会、感受世界的方式却是不可能完全改变的。逄增煜先生说："东北先民的日神崇拜及日神文化精神——追求火爆热烈，在严酷的生存环境和压力面前绝不退缩，而是以太阳般的激情积极忘我地投入和搏战——一直是东北大野的精灵，千百年来始终伴随着融进东北生民的生产生活方式和民风习俗而流传不息，并构成为一种集体无意识和文化无意识，潜移默化地渗透、积淀在一代代东北住民的心理结构中。"[①]假若我们能够意识到端木蕻良当时的内心隐痛和他的东北人的这种基本性格特征，我们就能够意识到，他看待我们的方式与我们自己看待自己的方式是有很大不同的。我们完全能够相信，当抗日战争爆发的初期，当国共再一次合作联合抗日的时候，全国的抗日情绪是异常高涨的。我们不但情绪高涨着，同时也

---

① 逄增煜：《日神文化与东北作家群的创作》，载《文艺争鸣》，1994(6)。

相信这种高涨是真诚的——我们没有理由不相信我们的真诚性。端木蕻良内心有着一触即疼的东西，我们内心可能并没有这种东西。我们必须看到，在关内的文化中，在关内文化体现着的中国文化中，有一种狂欢仪式一类的传统。我们平时的生活是艰难的，我们平时内心有很多痛苦，但我们隐忍着，迅速地忘却，迅速地平息，并被其他的印象所冲淡，但当遇到一个群体共同认可的场合，或是春节这样允许高兴的日子，或是葬礼这样允许伤心的日子，我们就能痛快淋漓地宣泄出来。在允许高兴的日子里，我们未必遇到了真正高兴的事情，但我们却真诚地高兴着，欢歌笑语，锣鼓喧天；在允许伤心的日子里，我们未必对某个事情的发生或某个人的死亡感到痛苦，但我们仍然真诚地痛哭着，呼天抢地，声泪俱下。所有这一切，实际都与某个特定的对象和某个特定的事件没有必然的联系，而只是有了一个情绪的发泄机会。每个人所以狂热的原因实际是各不相同的，但却都在公众认可的同样一个意义上得到发泄，而其形式则取决于这个公众认可的仪式的要求。需要狂欢就狂欢，需要痛苦就痛苦，每个人都感到自己的感情是真实的，但产生这种感情的原因却是各不相同的；所有的人都演着同样一出戏，但各自的潜台词却是彼此不同的。

这一切，却很难瞒过端木蕻良的眼睛，因为他的人生态度和人生观念是在科尔沁旗草原上形成的，他还留有科尔沁旗草原人的人生态度和人生观念的清晰的记忆。他看得到，感得到，但在大多数的情况下却不能捅破这层窗户纸，因为这是我们的文化，而就我们每一个人，都不是坏人，都是很真诚的，我们做的是有意义的工作，即使端木蕻良自己在这种环境中也没有比我们做得更好，做得更多，他没有理由指责我们，也没有必要责怪我们。

我认为，只要我们能够了解端木蕻良在关内文化中的这点内心的感受，这点内心的秘密，我们就会理解《新都花絮》的意义和价值。

端木蕻良选择了宓君这个人物作为小说的主人公，可谓匠心独运。

她不是一个不求上进的小姐，更不是一个自甘堕落的女人。她纯真，她善良，她直率，她热情，她有修养，懂艺术，她厌恶粗俗，厌恶虚伪，从关内文化的角度，她可以说是一个非常可爱的少女。她的美丽，她的热情，她的任性，她的小鸟一般的自由，都不能不引起我们的怜爱。"面对着中华民族伟大的解放战争，伊的感情是庄严的，伊很想做一个有用的公民，贡献出自己的服务的热情，伊的教育、伊的情操，都使她有着这种憧憬……"①她这种感情，这种憧憬，是真实的，真诚的，但却是没有根的。它的根并不扎在对民族命运的关切上，并不扎在对沦陷区人民的关心和同情上。对所有这一切，她都无所系念，似乎她也没有理由系念这些与她个人的生活如此"遥远"的事情。她之能产生这种感情、这种憧憬，仅仅由于自己爱情上的失意。她生长在一个并不保守的家庭里，他的父亲曾是安福系的重臣，当过北京的道尹，是位硕儒，但在失势之后，颇有自悔之意，让他的子女都接受了良好的西方文化的教育。但所有这一切，并不是像"五四"先驱者们那样，是为了中国的科学、民主和自由，而是为了垂"裕"于后，让自己的子女都过上安逸舒适的幸福生活。在他的家庭里，在他的家庭所体现的整个上流社会中，新文化、西方文化，都早已被镶嵌在了求安逸、求舒服、求荣耀的中国固有文化的镜框里，成了他们的身份、他们的地位的标记。路把窑痞张僧如假托窑姐写给他的信夹在鲁迅的《彷徨》里，真是一语道尽了"新文化"在这个圈子里的地位和作用。实际上，端木蕻良暗示的并不仅仅是这个上流社会，而是这个时候的关内文化。例如，"其实潇湘（一个窑姐——引者）的文笔也很好的，市上流行的新文学她都看过"②。七小姐宓君就是在这样一个富裕的家庭里、在这样一个关内文化中、在父亲特

---

① 端木蕻良：《新都花絮》，见《端木蕻良文集》第 2 卷，261 页，北京，北京出版社，1999。

② 端木蕻良：《新都花絮》，见《端木蕻良文集》第 2 卷，275 页，北京，北京出版社，1999。

别宠爱的环境里长大的。她不是为抗战而生产出来的，而是为自己的舒适和别人的舒适而被创造出来的。她的生活的唯一的内容就是爱和被爱。只是因为爱情上的失意才使她产生了一种参加抗战工作的冲动，在她心目中的"抗战"，只是顺便遇到的一台比爱情更受世人瞩目的人生大戏，其实际内容在她是毫无意义的。这场大戏在革命时就是革命，在复辟时就是复辟，只要能够轰轰烈烈，能够被世人所瞩目就行。但她之参加抗战，归根到底还是因为爱情的失意，所以当她爱上了梅之实，梅之实也爱上了她之后，她的抗战的热情就烟消云散了。抗战，对于她，只是填补自己内心空白的一种方式。但这个空白是爱情的空白，不是抗战的空白，只能由爱情来填补。

在这里，我们必须加以注意的，就是端木蕻良并没有把宓君描写成像张天翼《华威先生》中的华威先生那样的一个可笑的人物，更没有有意地给她的脸上涂上白粉，在对她的描写里，我们甚至能够感到端木蕻良对她的一点男性的爱意，感到他也能像梅之实那样爱上这位贵族小姐。显而易见，在端木蕻良看来，这并不是宓君一个人的过错，并不是宓君比所有其他人都更加虚伪，更加庸俗，更加追求安逸和舒适，而是整个关内的社会、整个关内的文化，大多数关内的人，原本就是这样的，原本就与科尔沁旗草原的文化不同。科尔沁旗草原上的人们过的是另外一种生活，具有的是另外一种人生态度和人生观念。他们没有关内人这么雅致，这么小巧，也没有关内人这么安于舒适惬意的生活。但也正因为如此，他们更有抗战的精神和抗战的力量。这是一个悲剧，而不是一个喜剧。

假若我们在端木蕻良这个时期的作品里寻找他自己的身影，我认为，梅之实便是这个时期端木蕻良的自我写照。梅之实像这时的端木蕻良一样，已经成为新都文化的一员，他的音乐才能使他能够在新都文化中受到重视、受到欢迎，但他知道，他之受到重视和欢迎的不是他的艺术的精神，而是他的艺术的外在特征，一种周围人所器重的所谓才能和技巧。他有着与其他所有人都不相同的人生经历和人生体验，这种人生经历和人生体验才是真正赋予了他的艺术以精神内涵的东西，但在新都文化中，这是受到人们轻视的东西，他感到孤独，感到寂寞，他找不到与周围人进行有效对话的方式。我认为，这也是端木蕻良处身在关内文化中的真实的内心体验。他是一个在关内文化中的关外人，人们并不在意他作为一个关外人如何看待关内文化。关内文化是以自己的文化看自己的，不论是自傲还是自卑，不论是保守还是激进，都只是关内文化心理的表现，都有一种关内文化的西洋镜。他不能戳穿也不可能戳穿这个西洋镜。他在内心深处是孤独的，寂寞的。他之爱上宓君，除了宓君的女性美之外，更是因为他一度错误地理解了她，认为她与她周围的人都是不同的，当宓君触到了他内心的隐痛，当他发现她与她周围的人并没有什么根本的不同，便毅然地离弃了她。——这，也是他对关内文化的一种态度。

宓君这个人物的重要性，还不仅仅在于她自己，更重要的是围绕她，展开了对新都重庆生活的更广阔的描写。重庆，是抗战时期的首都。鲁迅在 20 年代就曾指出，中国人是没有确定的"主义"的，"火从北来便逃向南，刀从前来便退向后"。这次的"火"就是"从北来"的，我们自然要"逃向南"，逃向战时的首都重庆。不过这次逃的不是普通的老百姓，老百姓是逃不起的，逃得起的都是有钱人。他们到了重庆，首先想到的是给自己营造一个舒适的窝，并且在这个窝里继续过自己温热的生活：

> 沙发是软软的，床铺是软软的，厚绒的地毯踏在上面仿佛深陷下去了似的。
>
> 屋子里呈着一种富贵气的红色，仿佛一个鼓胀篷笼的灯笼似的红晕晕挂着，映照她俩就如两只丰腴的红烛一样，也都摇摇的燃烧起来了。

　　　　屋里是暖馥馥的，朦胧胧的红色灯光像潜沉在海水底下的探海灯似的，好像光线都不能直接的透露出来，而且缠绕着许多丝络的水草，拥塞着许多透明色的肉黄的肥膜的水母，灯光又像是从红珠子里流射出来，像是围绕了一个珊瑚的透亮的红色骨骼的晕环……总之，宓君一走到这个屋子里，就觉得一切都是洞红，一切都是暖漉漉的热作一团……①

　　这是宓君的朋友紫云的家，是紫云当大官的丈夫在新都重庆刚刚为自己营造起来的。这里的一切都是温热的，柔软的，红晕，朦胧，舒适得令人沉醉，令人浑身乏力，连点抗战的气味都没有。只要我们想到端木蕻良笔下的科尔沁旗草原的冷、硬和荒凉，想到科尔沁旗草原上进行的艰苦卓绝的抗战，我们就会感到，这里的描写是表现着端木蕻良对新都文化同时也是关内文化的严重的失望的。但他却不能不承认这一切对于关内人的合理性。连那些国民政府的要员都在为自己建造豪华的住宅，作者有什么理由过多地责怪紫云这样一个女性呢？与其说紫云和宓君是体现关内文化的丑的，不如说她们是体现关内文化的美的，只不过这种美缺乏作者所希望的那种内在的精神内涵：

　　　　紫云的肢体是丰腴的，她的肌肉紧凑而富于节奏，脚踝和臀都是丰满而浑圆，流射出一种光艳照人的快感。她的气味是强烈的，四肢的律动，也富有坚强的魅力。她的肉体散布着一种紧迫的感觉，而她自己对这些都是漠然不较的，所以这种紧迫的力量更在这沉默中加强，使她的美丽更加洒上一种强烈的椒粉。……虽然她对自己的美丽并无自觉而且并不经意的去鉴赏，但是在这方面，她却

　　①　端木蕻良：《新都花絮》，见《端木蕻良文集》第 2 卷，239 页，北京，北京出版社，1999。

是知道得很清楚，而且不轻轻放过。她一接触了温热的水，皮肤就泛起一种粉红色，好像一触就要淌出血来。

宓君却比她清秀，皮肤比她还要白嫩，像出水芙蓉似的，带着一种清香的油质，而且和紫云那种少妇型的美质完全不同，她是什么都不多的，肢体是平静而羞怯的，缺乏一种夸张的气息，而带着一种淹留的顾盼的姿态，而且顶怕热水，所以不能完全浸在水里，只是坐着，热的水溅在她的身上，她就轻轻的蹙着眉峰……①

正像端木蕻良是一个描写景物的能手，他也是一个描写女性的能手。在这里，紫云和宓君是两种女性美的形态。紫云是健美型的少妇，宓君则是优美型的少女，但这两种美都是典型的关内文化中的女性美，紫云的美是有力的，但却用在征服丈夫、驾驭丈夫上，带有明显的世俗美的特征，而宓君的美则有一种游移不定的色彩：希望人爱而不知让什么样的男人爱的外形美的特征。这两种美，都不具有内在精神的独立性。

在这样一个文化环境中，也有爱情，但爱情也成了一种技巧，一种讨得少女欢心并将之俘虏过来的本领：

路的长处就是什么都做到恰到好处，他穿的衣服都是最好的料子，样子既不新奇又是随着时尚的。他的鞋子都是惠罗公司的出品。他认为中国人对帽子和鞋都不考究，所以他对这两样东西就特别考究起来。

路的议论既不乖僻，也不啰嗦，听来非常入耳，就是反对他的人也要为他的声音和态度而首肯。

他不刺探别人的隐秘，他的内心平静得很，也不怕别人刺探他

---

① 端木蕻良：《新都花絮》，见《端木蕻良文集》第 2 卷，243～244 页，北京，北京出版社，1999。

的，他的态度可以说是落落大方。①

这不是一种讽刺，而是一种文化。在这种文化里，也许连抗战也只成了这些很会享受人生的人们的一道风景：

> 摇船声，打桨声，掠水声……在清寂混浊的水面上传来。
> 嘉陵江上的大船，与别处不同，它是前面船头低而船尾高，粗粗看去，以为它是倒行的呢。
> 沿江建造的房子，有一半都是用竹竿架空了，像马来人的房子，远远看去非常别致。
> 快到对岸，白石上写着很大的大字："抗战到底！"
> 到了海棠溪，她们雇了马匹，从石级上爬上去。
> 这马小得很，有驴子那样大，以能爬山出名。
> 到了老君洞，吃了一口茶，便到南山去。
> 南山是清幽的。②

我认为，《新都花絮》除了写宓君在保育院的那一节有些急迫、仓促之外，整篇小说都是很精彩的，并且精彩的不仅仅是描写的手段，还是它对中国关内文化的解剖。这种解剖，即使拿到现在来，也仍然是非常深刻的。

（原载《中国现代文学研究丛刊》，2003 年第 3、第 4 期，略有删减）

---

① 端木蕻良：《新都花絮》，见《端木蕻良文集》第 2 卷，268～269 页，北京，北京出版社，1999。
② 同上书，278 页。

中国现代新诗的"芽儿"

——冰心诗论

　　我在《闻一多诗论》中曾经提出，在中国新文学发展的初期，对中国新诗创作贡献最大的有下列几个诗人：胡适、郭沫若、闻一多、徐志摩、冯至和冰心。胡适是首先用现代白话文作诗的人，他对中国新诗的贡献是不容置疑的。但是，胡适之创作白话新诗，其目的不在诗歌的创作，而在于实现整个中国语言载体的革新。严格说来，他是一个伟大的文化革新家，但却不是一个杰出的诗人。在这里，存在着一个诗的语言和一般白话语言的差别问题。诗之成为诗，就是因为它的语言不同于一般的白话语言，它是语言的艺术，是通过对一般语言习惯的改造而实现一种全新的表达的，是对一个民族语言的新潜力的不断开发。它是在一般语言习惯的基础上进行的，但却不能等同于一般的白话语言。中国古代的格律诗之所以至今具有强大的审美功能，就是因为它是不同于一般白话语言的一种独特的语言形式。在漫长的中国古代的历史上，这种语言形式被历代诗人所运用、所开掘，使它的潜力得到了超强度的开发，中国现代知识分子已经极难在此基础上开发出新的语言潜力，创造出仅仅属于自己的独立风格，创造出具有新的审美功能的诗歌来。也就是说，胡适提倡的白话文革新是非常必要的，对于中国新诗的发展也是具有重要意义的，但新诗的创作却不能仅仅返回到白话文本身。新诗不仅仅等同于"白话"的诗，它应当是白话语言的新的语言潜力的挖掘，是一种独立于古代文言也独立于现代白话的另一种语言形式：中国现代新诗的语言形式。胡适没有完成这种新诗形式的创造，他错误地认为，只要用白话散文的语言形式写诗就完成了他的新诗创作的任务，结果只把新诗写成了分行的散文，新诗的语言结构并没有在他的手里建立起来。胡适之后，沈尹默、刘半农、鲁迅等人也有新诗的创作，其中也不能说没有成功之作，但在总体特征上，仍没有突破胡适白话新诗的范围。鲁迅《野草》中的散文诗在中国现代新诗史上放出了异彩，但那是后来的事情。

胡适之所以没有完成新诗形式的创造，更重要的原因还在于他是一个太理性化的人。他天生是一个做学问的人，他是按照做学问的方式来作诗的。他的理性不是在自己对世界、对人生的亲身感受的基础上建立起来的，而更多的是从书本中学到的。这种理性在他与周围的世界、周围的人生之间搁置了一块挡风板，使他的心灵不易在周围世界、周围社会人生的变动中发生情绪的波动。他没有常人所没有的独特的情绪感受，也就没有寻找表达这种独特情绪感受的独特语言形式的内在要求。他是中国现代史上第一个伟大的文学革新家，但却不是中国现代文学史上第一个伟大的文学家。他把中国现代文学史上第一个伟大文学家的位置留给了鲁迅，也把创造中国新诗独立艺术形式的任务留给了他的后继者。

在胡适之后的几个有突出贡献的新诗人中，冰心不是发表新诗最早的人，但从中国现代新诗发展的自身逻辑而言，我把她排在郭沫若、闻一多、徐志摩、冯至之前，视为胡适之后有突出贡献的第一个中国现代新诗人。郭沫若发表新诗比冰心要早，但就其独立风格的形成，两个人几乎是在同一时期。郭沫若诗歌的独立艺术风格是在美国诗人惠特曼的《草叶集》的影响下形成的，那是在 1919 年。也就在同年，冰心在泰戈尔《飞鸟集》的影响下开始了她的小诗的创作。

郭沫若的自由诗和冰心的小诗都是在外国诗歌的影响下形成自己的独立风格的，但二者之间却有一个根本的差别，即郭沫若之接受惠特曼的影响，是从明确作诗的目的出发的，而冰心之接受泰戈尔的影响，其目的却不在作诗。她自己说："《繁星》《春水》不是诗，至少是那时的我，不在立意做诗……我写《繁星》，正如跋言中所说因着看泰戈尔的《飞鸟集》，而仿用他的形式，来收集我零碎的思想……"这对我们考察中国新诗的发展并不是没有任何意义的。如上所说，一个民族的诗歌，是对一个民族语言的潜力的重新开发，这种开发是在这个民族全部通行语言的基础上进行的，是由于作者有不同于他人的独立的情绪感受和思想感受，需要以完全独特的语言形式表达自己完全独特的情绪感受和思想感受。中国的新诗不是像原始诗歌一样，是在没有任何现成的诗歌创作为借鉴的情况下从头开始生成并发展的。中国诗歌传统和外国诗歌传统都可以直接影响中国新诗的发展。但是，尽管固有的诗歌传统也能促进中国新诗的产生和发展，可它的根本基础仍然不在中国或外国的诗歌传统，而在于诗歌创作者自我表现的需要。诗人不是为"诗歌"寻找表达形式和语言形式，而是为自我的感受寻找新的语言。从这个意义上看待中国新诗的发展，我们就会感到，冰心的小诗较之郭沫若的诗歌创作更能体现中国新诗发展的自身的逻辑性。冰心的小诗是直接承袭着胡适的传统的，胡适把中国新诗放在了现代白话的基础上，但他把现代新诗写成了分行的散文，没有找到具有诗意的语言形式。冰心则是从表达自己的一些"零碎的思想"开始的，她没有想到写成新诗，但人们却在她的这些文字中读出了诗意，成了中国现代新诗发展史上第一种具有独立审美功能的诗歌形式。它的诗意是从哪里产生出来的？显而易见，它不是从泰戈尔小诗这种诗歌形式本身产生出来的（冰心并没有把它视为一种诗歌的形式），它也不是从中国现代白话自身产生出来的（中国现代白话本身不具有诗意的性质），它的诗意实际是从冰心的心灵感受中产生出来的，是她的"零碎的思想"的一种固有的特征。她为自己的"零碎的思想"找到了适宜的表达形式，同时也为她笔下的文字找到了诗意。

冰心在发表《繁星》《春水》中的小诗之前、之中和之后，还有其他的诗歌创作。在这个范围内，她基本上是胡适新诗传统的继承者，是散文化诗歌的创作者。在冰心这些散文化的新诗创作中，占有相当突出地位的是她的宗教赞美诗。她的《傍晚》《夜半》《黎明》《清晨》《他是谁》《客西马尼花园》《髑髅地》《使者》《生命》《孩子》《沉寂》《何忍？》《天婴》《晚祷（一）》《歧路》《晚祷（二）》等大量诗篇都明确地属于基督教宗教赞美诗的范畴，其他如《秋》《天籁》《人格》《一朵白蔷薇》《冰神》《十一月十一夜》等诗也都有明显的宗教色彩，而《迎神曲》《送神曲》则有佛教色彩。作为一种思想文化现象，冰心这些诗是值得认真研究的，但作为中国现代诗歌艺术，它们还不具有重要的意义，因为它们并没有为中国的新诗建立一种独立的新的艺术形式。在教会学校里，在基督教的信徒中，这种思想是一种太普通的思想，这种题材是《圣经》已经充分表现了的题材，而在中国社会中，它又是无法唤起广大读者丰富想象力、引起他们的艺术兴味的题材。这是一个文化的夹缝，冰心根本无力仅用自己的诗歌将这两种迥然不同的文化连接在一起。语言在这里是无力的，诗歌语言就更显得无力。冰心这些诗歌从总体上显得空泛，无法触及中国读者心灵的痛处，也没有挠到我们心灵的痒处，所以它们在中国诗歌史上没有产生太大的影响。冰心后来说："我生平宗教的思想，完全从自然之美感中得来。"[①]严格说来，冰心这里的表白是不符合实际的，宗教思想是她从宗教学校中接受过来的，单纯的自然美感无法产生宗教思想，但从冰心思想发展的自身逻辑而言，它又有着内在的合理性，因为构成冰心思想基础的的确不是她的宗教思想，而是她幼年在大自然和温馨的家庭环境中酝酿形成的童真的心灵。她是以这样一颗心灵同时接受宗教文化、新文化和中国固有的传统文化的，是以此为基础重新组织她所面对的全部文化传统的。在冰心这里，"孩子"是连接家庭、大自然、基督教的"上帝"

---

① 冰心：《冰心诗全编》，192 页，杭州，浙江文艺出版社，1994。

和新文化的一个根本纽带，是她所有文化观念中一个最基本的文化观念。

可以说，在 20 世纪 20 年代中国新文学的草地上，冰心比任何人都更是一棵稚嫩的小草。在她开始写作《繁星》中的小诗的时候，才是一个不满 20 岁的妙龄少女，一个未更事的青年女学生。她生在一个温馨的家庭。对于童年的她，这个家庭就是整个世界，她是在对这个家庭的感受中形成她最初的对现实世界的印象的，这个家庭用它的温馨保护了冰心的童心，她也用自己的童心呈现了这个家庭，呈现了以这个家庭为模式想象出来的整个人类的世界。童心赋予了她笔下的语言以诗意，把本来的白话散文变成了诗：

> 嫩绿的芽儿，和青年说："发展你自己！"
> 淡白的花儿，和青年说："贡献你自己！"
> 深红的果儿，和青年说："牺牲你自己！"

（《繁星〔10〕》）

从句式，从语序，从词语本身的意义来看，它都是极为散文化的。表面看来，它与胡适那些散文化的白话新诗并没有什么明显的不同。但是，在你的感受里，它却已经是一首诗。它是以白话散文语言为基础的，但它却弹离了白话散文语言的基础，并且永远也无法回到白话散文的语言范围中来。直至现在，当我们反复读过了它，并且已经在感受中接受了它，可你仍然不可能把它作为口头的语言从你的日常谈话中说出来。你只能以诗来读它，来接受它。也就是说，它是诗，而不再是散文。它为什么会成为诗？显而易见，正是诗人冰心那颗童年的心灵，才把这些在成年人的思想里根本无法组织在一起的话语组织成了一个有机的整体。在这个整体里，所有的话语成分都已经离开了成年人所习用的白话语言系统，从而获得了它们过去所不具有的色彩和意味。必须看到，这首小诗首先写的不是几句思想教条，它首先展开的是一个心灵纯白的儿童眼里的大自然，一个儿童眼里的现实世界。"嫩绿的芽儿""淡白的花儿""深红的果儿"就是儿童眼里的大自然，就是儿童眼里的整个世界。这个世界是新鲜的、纯净的、美好的、充满光明的、色彩鲜艳的，虽然娇小稚嫩却是生意盎然的。这个大自然、这个世界在儿童的心灵感受里，总是带有一些神秘的色彩、一种朦胧的启示意义。它能与儿童交谈，用自己的形象说出它的意义、它的暗示。"嫩绿的芽儿"，茁壮地生长着，好像在告诉他们，要"发展你自己"；"淡白的花儿"，以其娇美的的姿态供人欣赏，使人愉悦，好像在告诉他们，要"贡献你自己"；"深红的果儿"，甜美可口，给人以享受，好像在告诉他们，要"牺牲你自己"。在这里，"发展你自己""贡献你自己""牺牲你自己"已经不是成年人口里的教导、高头讲章里的教条，它们首先是诗人所面对的自然世界的生命力的表现。即使这些话语本身，也在这首诗的具体语境中获得了新的意义和韵味。在成年人的散文语言里，它们是思考的结果、理性的结论，是崇高的道德、深刻的思想，是自觉的追求、努力的目标，是需要主观能动性的东西。它们成了轻松自由、亲切自然的耳语，成了花儿对你说的悄悄话。它们是大自然本来的意义，是人生自自然然的成长过程，是不言自明的道理，是不需着意雕琢、刻意追求的东西。文字还是那样的文字，意思还是类似的意思，但味道变了，意蕴变了。所有这些已经被人用惯了、用滥了的话语被重新注入了新鲜的生命，白话成了诗句。与此同时，我们也能发现，"五四"个性解放的思想是怎样在童心中找到了自己的根须，从而成了一种自然生长的意识，而不再是西方书本中的东西。在陈独秀、胡适、李大钊、鲁迅那里，个性解放还是以一种外来思想的形态出现在中国社会的，而在那些遗老遗少们的观念里，它则是有类于洪水猛兽的东西，是大逆不道、祸国殃民的思想。到了冰心的小诗里，它完全成了大自然对人的一种启示，成了从人的意识自身生长出来的思想幼芽。可以说，冰心的小诗使我们看到了五四文化传统在中国是怎样落地生根的。

在这里，我们可以看到，冰心的小诗尽管是在接受了泰戈尔小诗的影响之后创作出来的，但作为诗，它却是完全独立的。它的诗的特征不同于泰戈尔，也不同于日本的俳句。简要说来，泰戈尔的小诗和日本的俳句作为诗，主要是音乐的艺术，它们是用音乐的旋律同散文区别开来的。冰心小诗的诗意不来自这些方面，而来自它们的联想式的语言结构，来自不同语义之间的"空白镜头"。在这些空白镜头里，是作者独特而又丰富的感受，它们构成了语言背后的语言，构成了诗歌可感而不可言传的意蕴内涵。"童年呵！是梦中的真，是真中的梦，是回忆时含泪的微笑。"（《繁星〔2〕》）在这首诗里，"童年"与"梦中的真""真中的梦""回忆时含泪的微笑"并没有直接的逻辑关系，其中的过渡是突兀的，是跳跃式的。也就是说，中间是一片意义的空白，是一个空镜头。它使读者必须到自己童年的生活体验和心灵体验中去发现这个过渡的根据。在这时，你沉入回忆之中，你进入了玄想的心境，你感到了诗的意蕴和意味。"梦中的真""真中的梦""回忆时含泪的微笑"是不可解的，但又似乎是可解的。它的诗意就在这可解与不可解的永恒的矛盾中，在这恍惚朦胧之中。

　　冰心的童心不同于明代李贽提倡的"童心说"中的"童心"，也不同于后来丰子恺散文中反复赞美的"童心"。前者是中国古代知识分子对文学创作的真诚性的追求，后者是中国现代知识分子对儿童爱心的强调。它们本质上属于成年人的思想感情，而冰心的"童心"则是她自己的一种心灵状态，是她感受世界和观照事物的一种天然的方式，她用童心创造了她小诗中众多的独立意象，同时也用童心把这些意象组织成了一个独立的诗歌意象系统。在这个意象系统里，有她童年生活中的一切，有父亲、母亲、姊妹、弟兄，有大海、鲜花、月儿、鸟儿，也有她刚刚接触到的成人世界中的东西，有诸如人类、真理、艺术、诗歌、诗人、生命、死亡、光明、黑暗这些在成年人的世界中具有严肃性质的观念。

　　　　母亲呵！
　　　　天上的风雨来了，

　　　　　鸟儿躲到它的巢里；

　　　心中的风雨来了，

　　　　　我只躲到你的怀里。

(《繁星〔159〕》)

　　对于儿童，外部世界是神秘的，又是可怕的，它吸引着他们，又威胁着
他们。只有在母亲的怀抱里，他们才感到温馨和安全，才会消除对外部
世界的畏惧感。在这首小诗里，世界是儿童眼里的世界，母亲也是儿童
感受中的母亲。儿童的心灵和儿童的眼睛组织起了整个世界，组织起了
这首小诗中的所有意象。童心使其中的一切都处在一种特定的协调关系
之中。"大海呵，那一颗星没有光？那一朵花没有香？那一次我的思潮
里没有你波涛的清响？"(《繁星〔131〕》)这是冰心童年回忆中的大海，是
童年印象在冰心心灵中的回响。你能感到大海的潮汐声在儿童的听觉中
格外清越和鲜明。它不是郭沫若笔下那狂暴而又热情的大海，而是冰心
笔下清澈而又靓丽的大海。青年冰心所接触到的一切抽象的观念，都是
被她的童心所融化了的，也浸透着她的纯真和稚嫩的爱意。什么是"人
类"？在她眼里，"人类"也不过是一群小孩子，一些大自然抚育的婴儿：
"我们都是自然的婴儿，卧在宇宙的摇篮里。"(《繁星〔14〕》)什么是"真
理"？"真理，在婴儿的沉默中，不在聪明人的辩论里。"(《繁星〔43〕》)最
好的"诗"、最好的"诗人"是怎么样的？"婴儿，是伟大的诗人，在不完
全的言语中，吐出最完全的诗句。"(《繁星〔74〕》)连"黑暗"也具有一种神
秘幽深的美感，"黑暗，怎样描画呢？心灵的深深处，宇宙的深深处，灿
烂光中的休息处。"(《繁星〔5〕》)……一个诗人独立风格的标志，不是一个
诗人有没有写出过一两首好诗，而在于他有没有建立起独立的意象系
统。胡适之所以还不能被视为一个具有独立风格的现代诗人，就是因为
他虽然写了很多诗，在他的诗中也描写了许许多多事物，但所有这些事
物，在他的笔下还是横七竖八地排列在一起的，它们彼此之间构不成一
个统一的系统，构不成一个完整的艺术世界。而在冰心的小诗里，诸多
意象已经具有了自己的系统性，有了一个相对统一的艺术世界。这个系

统是由冰心的童稚的眼睛和童稚的心灵连接在一起的，是以一种不同于前人的方式连接在一起的。这是一个独立的艺术世界。

但是，冰心在创作自己小诗的全部过程中，并不处于单纯的童年心态之中，而处于童年意识和青春意识的矛盾交织中。一个方面，她较之当时任何一个作家都更是一个孩子，都更带有童年时期纯真无邪、天真烂漫的特征；另一方面，她又是作为一个作家，作为一个成熟了的青年，一个有着成年人的理性、成年人的理想、成年人的才能的新女性出现在读者面前的。前者是她的内在心灵素质，是她感受世界、感受人生的基本方式，是她的审美意识和审美态度，后者则是她对自我社会身份、社会价值和社会作用的明确意识；前者使她更多地趋向于童心的自我表现，后者则又使她把这种表现作为对中国青年的思想引导。也就是说，她把诗人（自我）既当作具有童心纯情的人，又当作中国青年的思想表率。这就把两种不同的意识混淆在了一起。中国青年是从童心纯情中走出来而获得更丰富、更深刻的社会感受和人生感受的人，而不应是停留在单纯的童心纯情阶段的人。童心是每一个青年较之中老年社会成员都更为宝贵的特征，而不是他们自身发展的新的思想高度。能对中国青年进行理性启迪的不是单纯的童心，而是对社会人生的更深入、更细致的认识。冰心小诗是被童心召唤出来的一个更空灵、更纯洁的艺术世界，它有着童心的美，也有着童心的脆，难胜理性的沉重。我们看到，即使在比较优秀的创作中，冰心也常常把童年的感受当作对青年的思想启迪，这为她的小诗带来了不良的影响。例如，在前引《繁星〔10〕》这首小诗中，其真正的意义和诗的情趣是童心的自然流露，"嫩绿的芽儿""淡白的花儿""深红的果儿"都给人以童年的暗示，都有着童年的天真无邪的特征。它们只能与天真无邪的儿童说话，只能给他们以神秘的启示。但冰心用"和青年说"，将其嫁接在了对青年的教诲上，从而使这首玲珑剔透的小诗多了一点沉重，少了一点可爱。对于这首小诗，连"青年"这个词本身都显得过于硬、过于重。到了《春水》中，这种教导意识明显加强起来，其中艺术上完美的小诗远较《繁星》中少，而干瘪无味的小诗则远较《繁星》中多。在通常的评论中，人们把哲理性当成冰心小诗的主要思想艺术价值，但哲理性自身不能构成诗歌的特征，不是由独特的语言结构表现出来的哲理内涵，在诗歌中实际是最大的累赘，它自身不能给诗歌带来诗的韵味和诗的意境。如前所述，真正给冰心的小诗带来诗意特征的是冰心的童心，是她的童心给世界、给语言带来的为成年人的世界及其语言所不可能具有的独特的联系。只有这种独特的语言联系，才包含着童年鲜活的世界感受和人生感受。中国现代的小诗是和童心紧密联系在一起的，它是童心的一种新诗的表达形式。失去了童心便失去了小诗，便失去了小诗所特具的玲珑剔透、单纯晶莹而又略带神秘朦胧意味的审美特征。"言论的花儿/开得愈大，行为的果子/结得愈小。"（《春水〔45〕》）这首小诗为什么显得干瘪、没有诗的味道？因为它已经不是童心的表现。它是只有成年人才会产生的思想，才会得出的人生教训。在儿童的世界里，大的花与大的果是自然地联系在一起的，言论和行为也是不可能分解为二的。童年的天真，童心的无欺，使它们自然地处于无差别的境界之中。这首诗无法进入童年的心灵和童年的世界，而对于成年人，它又是一个太简单、太枯燥的教训，一个被人用不同的语言形式重复了千百遍的陈旧的思想，一个只有在极其有限的范围才具有真理性的笼而统之的命题。它不再是诗，而成了道德格言和修身语录。"星星——只能白了青年人的发，不能灰了青年人的心。"（《春水〔113〕》）"星星"在童年世界里占有重要的地位，也是冰心小诗中的重要意象之一，但在这首小诗中的"星星"，却构不成一个独立的诗的意象整体。在童年的意识里，没有"灰心"的观念，也不会有"白发"的苦恼，"星星"不会对他们产生任何与此有关的启示，而"星星"在青年人的世界里几乎不具有任何重要的人生意义，青年人并不想从"星星"身上获取人生的教诲。"修养的花儿在寂静中开过去了，成功的果子便要在光明里结实。"（《春水〔125〕》）"花儿""果儿"固然带着童稚的清新之气，但"修养""成功"却是成年人价值体系中的东西，它们在人的感受中是沉重的、严肃的。这两组意象在读者的感受中无法和谐相处，构不成一个统一的意象结构体……总之，当冰心在创作的过程中越来越以一个成熟青年的标准意识自己而不再能唤起自己纯真无邪的童年感受时，她的小诗就向着理性化的方向发展，向着非诗的散文化方向退婴了。

当冰心小诗因理性化、语录化而走向衰落的同时，它也在向象征化、情绪化的方向发展而为自己开辟着新的道路。

遥指峰尖上，

孤松峙立，

怎得倚着树根看落日？

已近黄昏，

算着路途罢！

衣薄风寒，

不如休去。

（《春水〔166〕》）

这首诗表现的不是童年的世界，而是一个落落寡合的孤独知识分子的思想情绪，但与此同时，它也不再是一首典型的冰心小诗，而更像后来发展起来的卞之琳、废名笔下的象征派的诗。"我的朋友坐下莫徘徊，照影到水中，累他游鱼惊起。"（《春水〔165〕》）"朦胧的月下——长廊静院里。不是清磬破了岑寂，便落花的声音，也听得见了。"（《春水〔168〕》）冰心虽然没有沿着这条道路继续走下去，但这种内在的枯寂感却足以破坏她小诗的单纯性和透明性，逼她走出小诗的审美范畴。

在 20 世纪 20 年代末和 30 年代初，冰心一连写了几首优秀的抒情诗，像《惊爱如同一阵风》《我劝你》《生命》等，我认为，即使在整个中国新诗史上，也属上乘之作，但这些诗没有以独立的风格影响到整个中国新诗的发展。

〔原载《北京师范大学学报（社会科学版）》，

1996 年第 5 期，略有删减〕

闻一多诗论

闻一多的诗歌创作经历了三个时期：1922年7月留学美国之前在清华学校读书期间的诗歌创作；1922年7月至1925年5月在美国留学期间的诗歌创作；1925年5月从美国留学归国后的诗歌创作。

闻一多的第一首白话新诗《西岸》发表于1920年7月，自那时起直至1922留学美国时的诗歌创作多数收入诗集《红烛》之中，还有少部分保存在他当时抄存的《真我集》中。这是闻一多第一个时期的诗歌创作。闻一多这个时期的诗歌，在内容上非常广泛，其中有对于各种生活实感的抒写（如《雨夜》《雪》《黄昏》《春之首章》《春之末章》《红荷之魂》《朝日》《晚霁见月》等），有对于各种爱情体验的抒发（如《风波》《贡臣》《花儿开过了》《国手》等），有对于艺术的倾慕和向往（如《诗人》《黄鸟》《艺术底忠臣》等），有对于人生意义的思考（如《宇宙》等），有对于所崇慕的人格的刻画（如《李白之死》《剑匣》等），有对于故乡的回忆（如《二月庐》等），也有对于社会状况的情感反映或对于世界面貌的象征性表现（如《初夏一夜底印象——一九二三年五月直奉战争时》《西岸》等）。这些诗歌是一个怀着童年的纯白心灵和初绽的青春理想的闻一多与宇宙人生所做的最初的精神和情感的交流。我们怎样表现对他这个时期诗歌的整体印象呢？我认为不妨借用他自己诗歌里的几句话：

> 神秘的生命，
> 在绿嫩的树皮里膨胀着，
> 快要送出带着鞘子的，
> 翡翠的芽儿来了。

（《青春》）

一切都包含在带有神秘意味的薄雾中，一切都带有一个初涉人生、初入宇宙的孩童在睁开婴儿般的双眼时的新奇、神秘、欢喜的色彩，可说是闻一多这个时期诗歌的总体特征。当然，这绝非说闻一多只写了宇宙人生的神秘和美，而是说这个世界的一切对闻一多都还是神秘的、陌生的，世界的一切到了闻一多的笔下都带上了一种隐秘的发现和乐趣。他写人生的苦难，写失恋的痛苦，写伟大的人格，写宇宙的意义，甚至写死，但都在诗的旋律中、在描绘的意境中透露着他对这个世界的新奇感和纯真的爱心，没有决绝的仇恨，也没有不可妥协的厌恶；没有深刻的绝望，也没有死不放手的攫取。在《宇宙》一诗中，他把宇宙比作一个监狱，但又说它是一个模范监狱。"他的目的在革新，并不在惩旧。"在这里，监狱这个意象也成了一个可以在感情上被接纳的事物，它并不可怕，也不令人感到窒闷。只要想一想我们在童年时走过监狱、望着监狱的高墙、想象着监狱高墙内的囚犯的生活时的心情，想一想当父母向我们讲到监狱和囚犯的时候所产生的那种神秘多于可怕、可怕但也神秘的感受，我们便完全可以理解闻一多为什么以监狱这个意象来象征宇宙而又不体现着他对宇宙的憎恶之情了。宇宙并不是美好的，但这不美好的宇宙也是可以理解和可以接受的，它总有它的合理性。在闻一多第一个时期的诗歌里，表现他的各种生活实感的诗占有相当大的比重。在这类诗中，有描写自然风景的，也有写人的生活环境的。读着这些诗，你总会产生这样一种印象：诗人好像一个童心未泯的孩子，在睁大着天真的眼睛注视着这个世界的一事一物，但却始终不敢伸出自己的小手，以免破坏了这个世界自身的和谐。不但《二月庐》《美与爱》《春之首章》《春之末章》《红荷之魂》等描写自然美景的诗是这样，就是描写风雪严寒、花败叶枯的自然风景的诗也是如此。《花儿开过了》写的是花残叶落枝枯的飘零景象，但诗人对大自然的爱心并没有因此凋谢："爱啊！上帝不曾因青春底暂退，／就要将这个世界一齐捣毁，／我也不曾因你的花儿暂谢，／就敢失望，想另种一朵来代他！"《睡者》是写同室人的睡态，但在这睡态中，诗人所感到的是他们的灵魂的可爱，而在他们醒时，诗人原是有些怕他们的。对一切安静的事物，即使它们是怪异的、丑陋的，也充满着温柔的感情，而对活动着的有力的事物，则有一种本能的惊惧感，这不是典型的儿童的心态吗？在这时，闻一多也充满着青春时必有的理想，但这些理想也不像在郭沫若的诗歌中所表现的那样，气充意足，横冲直撞，而是有着梦幻般的美，童心般的纯。李白是他所崇仰的一人，对李白一生的坎坷和不幸，闻一多也是知道得很清楚的。但在《李白之死》里，我们感到的却不是对李白一生命运的强烈同情，也没有表现出对迫害他的现实社会的强烈愤慨，与此相反，诗人却把李白之死描写得如此之美，如此之飘逸。这绝非说明闻一多冷酷无情，反而是他的纯真心灵的体现。一个纯真的儿童对他所崇敬的人不是以感同身受的方式接受的，而是像接受他所喜爱的一切事物那样接受他的，他把他的一切都美化了，连同他的病与死，他的生活和事业。闻一多笔下的李白就是被一颗童真的心美化了的李白。对李白是如此，对爱情、对艺术、对大自然也是如此，他透过梦幻般的纱幕窥视爱情和艺术，看到的不是爱情的悲欢离合、一波三折和实现人类爱的艰难，不是艺术家的痛苦追求和心灵的挣扎，而是它们的象牙之塔般的纯净和恬美。

闻一多这个时期的诗歌呈现这种面貌，是不足为奇的。1920年闻一多刚刚21岁，他的第一个时期的诗歌便在这样青春年少的时候写成。

他出生在一个温暖而富裕的家庭，在家庭里感受到的是周围人的温软的爱。即使在清华学校里，虽然社会的复杂、现实的黑暗、政治的腐败也会通过书报刊物输入到闻一多的意识中来，但这一切都并非他的亲身体验和感受，没法浸透到他的心灵深处。他的内在心灵仍是洁白无瑕的，他的童心像在温室里培育的花草一般一直完整地保留着，世界的一切，包括他在理智上了解到的人生苦难，都是倒映在他的这颗洁白的童心之中的。

在中国文论传统中，"童心说"占据着很重要的位置。它是在对抗旧礼教造成的虚伪中建立起来的。及至现代，开始创作白话新诗的多是青年学生，并且他们一直是现代文学，特别是现代诗歌的接受者与创作者，纯情在无意间便成了现代诗论的重要评价标准，似乎诗的最高境界就在这纯情的表现里。实际上，童心和纯情只是诗的一个因素而不是全部因素，它自身不但难以造就伟大的诗人，甚至也难以成诗。中国的屈原、陶渊明、杜甫、李白、苏轼，西方的但丁、歌德、波德莱尔、艾略特等伟大诗人，所表现的都不是童心纯情。只有在人类的原初愿望受到现实人生的各种形式的阻抑时，人类的心灵中才会迸发出强烈的感情火花，才会渐渐酿成浓郁的情绪感受。美因丑而存在，善因恶而产生，真因伪而显示，原初的混沌无法显现出美、善、真的鲜明轮廓。即使闻一多当时崇拜的济慈，也是在艰难人生中锤炼出来的一个美的渴望者，他幼年父母双亡，成了孤儿，独立寻求着自己的生存之路。在创作过程中，济慈屡受攻击，且身患肺病，精神和肉体都经历了现世的磨难。在不完全的人生中渴望着艺术的全和美，可说是济慈成为伟大诗人的基本条件。童心和纯情是每一个人都曾具有的，它的普遍性使它不足以构成诗人的独特创作个性，所以闻一多这时的诗同当时多数青年诗人的诗还是可以混同的，甚至与湖畔诗社的那些少年人的诗在整体意境与格调上也没有根本的区别。

诗是个体的，也是群体的，诗的语言和意象必须有普遍的可接受性而又必须显示出自己的独立创造。童心纯情容易将有差别的语言混同化，也容易将普遍的意义作为个人独有的发现。如前举闻一多将宇宙比为监狱的例子，便无法实现普遍的沟通，因为监狱这个意象无法在广大的读者中成为不使人感到窒闷和畏惧的东西，这便影响了读者对它的直感把握。人们可以理解闻一多《宇宙》一诗的意思，但直感中却并不感到美，因而它就不能成为好诗。另一方面，像"红荷"，像"黄鸟"，又都是中外诗歌中太普遍的意象，也使闻一多这时一些自身较美的诗缺乏独创性，缺乏应有的诗的张力。我们可以看到，闻一多这时的诗虽然不失美的诗句，但极少完美和谐、无可挑剔的诗篇；虽然不失美的意象，但几乎没有他自己独创而又流传于世的意象。童心纯情对诗的破坏作用恰恰在于它把所有的东西都诗意化了，儿童的心灵自是一首诗，他对世界人生始终还是有距离的观照，但要用语言重组这颗心灵却恰恰是最困难的，正如每个人的梦都是美的，但要把这梦讲给清醒的人听而又使听者感到同样的美却非易事。具体讲来，闻一多这一个时期的诗还多是散文化的，若用散文或散文诗的方式改写而不会损其诗意，反会增其诗意。《二月庐》与《陋室铭》孰美？还是《陋室铭》更有诗意。若说在诗的本身无可挑剔的诗，我认为只有下列一首小诗：

> 春啊！
> 正似美人一般，
> 无妨瘦一点儿！
>
> （《春寒》）

但它的独创性还不很明显，难与徐志摩的《沙扬娜拉》媲美。

如果说闻一多第一个时期的诗歌还像当时多数新诗作者一样处于尝试阶段、探索阶段，那么他的第二个时期的诗歌创作便渐渐与自己的现实人生感受结合起来，他的思想感情开始向一个方向聚拢，其诗歌创作的个性化倾向更明显了。他这个时期的诗歌创作大多收在他的第一个诗集《红烛》之中，未收集的则散见于《清华周刊》《小说月报》《京报副刊》

《大江季刊》等刊物。

　　23岁的闻一多离开祖国，挥别亲友，远渡重洋，前往美国留学，使思乡的主题成了这个时期诗歌创作的总主题，他的爱国主义的倾向则直接产生于这种"思乡"的主题。《红烛》中的"孤雁篇"大都直接写海外游子的怀旧思乡情绪，"红豆篇"亦属同类，只不过是为远在祖国的新婚即别的妻子一人所作。未收入《红烛》的《大暑》《醒呀！》《七子之歌》《长城下之哀歌》《我是中国人》《爱国的心》是留学后期的诗，思乡的主题直接升华为爱国的主题，开始表现出第三个时期诗歌的特征。

　　思乡的主题给闻一多的诗歌带来了主体性的加强。如果说在第一个时期的诗歌中，诗人与所咏对象还是观照者与观照对象的关系的话，那么思乡的主题则不再是对对象的表现，而是自我感情的表现了。这种感情是先在的，是自己的实际处境所致，是自己的某些愿望和意志受到客观环境的抑制的结果。客观的对象是在这种感情情绪中被主观所调遣、所选择的。闻一多这个时期诗歌的主要特点便是抒情的成分变浓了，主体的参与度提高了，感情的力度也增大了。正是由于这种感情力度的增大，他的诗的语言开始敲出了铿锵有力的音调，他的诗的意象也有了轮廓鲜明的色彩对比。

　　　　我是中国人，……
　　　　我的心里有尧舜的心，
　　　　我的血是荆轲聂政的血，
　　　　我是神农黄帝的遗孽。

　　　　　　　　　　　　　　　　　　　（《我是中国人》）

　　在这里，诗开始为诗，开始与散文有了严格的界限。这不仅因为闻一多开始用韵，开始注意诗句的整饬，更在于它的意蕴只有在这诗的形式中才能得到充分的展现，一旦将这几句话用散文的形式排列起来，它的诗的意蕴便消失了。关键在于，它不是一种陈述，它是一种表现、一种内在情感的表现。在我们用诗的形式感受"我是中国人"的时候，我们所想到的绝非闻一多的民族归属问题，而是首先感到的是中华民族在当时世界上的屈辱地位，感到的是闻一多这个海外游子在异邦他乡所受到的有意与无意的侮辱，是闻一多在受到侮辱后的屈辱感以及对这种屈辱感的心灵的反抗。由于这种心灵的反抗，他才想到中国古代的尧、舜、荆轲、聂政、神农、黄帝，诗人为他们而感到骄傲，也为自己是他们的后裔而感到骄傲。但是，在这骄傲的背后，仍然蕴藏着深沉的屈辱感，仍然能使我们感到诗人那一颗受伤的心灵。因为他引述的都是中国古代的人物，这就暗示了连他自己也无法否认中华民族现实的衰败和现在的孱弱。他在现实中无法找到自己引以为傲的事物，无法抵抗别民族成员对自己的轻蔑以及带给自己的侮辱。就这样，历史的光荣与现实的劣败，屈辱和对屈辱的心灵的反抗，自信与心灵的伤痛，骄傲与对中华民族现状的不满，都在这几句诗中包孕着了，它们构成了这几句诗的张力，使这几句诗既有着正剧的意义，也有着强烈的悲剧感受。

假若说第一个时期的《李白之死》咏的是诗人崇拜的对象，是自我所崇慕的人格，但并非自己的话，那么这个时期的《渔阳曲》则不仅是歌颂自己所崇拜的对象，同时也是闻一多自我的表现，是他自己的人格设计。

但是，闻一多这个时期的思乡主题还是有很大的局限性的。思乡主题的本身还不能给诗人的诗歌带来鲜明的个性和独创性，特别是在中国古典诗人已经创作出了众多思乡名篇之后。思乡主题的鲜明个性来自诗人与自己的故乡、祖国实际联系和精神联系的特殊性，没有这种特殊性或不善于发掘并表现这种特殊性，思乡诗便极易在内容和意境上流于一般化，甚至连古典诗人已有的意境也无法再一次地呈现。应该说，闻一多当时与自己故乡和祖国的联系还是太一般化的，开始时还主要停留在我们常说的"故乡是生我养我之地"，"我是喝着故乡的水长大的"，"月亮还是故乡的圆"等最一般的意义上。这样，故乡、祖国、亲人、朋友便成了单纯的思念对象，与李白的"举头望明月，低头思故乡"（《静夜思》），与王维的"君自故乡来，应知故乡事。来日绮窗前，寒梅著花未？"（《杂诗》）"遥知兄弟登高处，遍插茱萸少一人"（《九月九日忆山东兄弟》）等，在意境上便不易产生区别，也不会创造出与前人不同的崭新的且有生命力的意象来。实际上，闻一多这时的大量意象，还都是古诗意象的借用，如"孤雁""红烛""红豆""菊花"等，而略有变动，反而觉得不如原来的意象富有韵味。如借太阳抒思乡之情（《太阳吟》）就与古代诗人有所不同。但当思乡情本身没有本质的变化的时候，太阳意象反而不如古代诗人笔下的明月。明月是静谧安详的，清幽妩媚，是酝酿离情别绪、惹起往事回想的极好环境条件，而太阳则是热烈光明的，给人以强烈的刺激，使人产生向前的追求和向上的欲望，不易使人沉入遐思梦想之中，对于表现浓郁的离情别绪并不是太有益的。"太阳啊——神速的金鸟——太阳！/让我骑着你每日绕行地球一周，/也便能天天望见一次家乡！"这种思乡之情是可理解的，借用它的速度也能讲得通，但"骑着太阳"总不会给人一种舒适的感觉，因而诗的韵味和意境是不好的。

在这个时期，闻一多诗歌的抒情性加强了，抽象性也增加了。当思乡之情停留在一般的、没有超于平常人的感情、情绪、感受的时候，这种抽象性往往会伴随抒情的需要而出现。

啊，那里是苍鹰底领土——/那鸷悍的霸王啊！/他的锐利的指爪，/已撕破了自然底面目，/建筑起财力底窝巢。/那里只有铜筋铁骨的机械，/喝醉了弱者的鲜血，吐出此罪恶底黑烟，/涂污我太空，闭熄了日月，/教你飞来不知方向，息去又没地藏身啊！

(《孤雁》)

这里的语言虽然也是形象化的，但却是抽象的，是用形象化的语言对一种概括认识的表述，因而缺少诗意，只能适应报纸杂志文章的需要。闻一多这时的诗之所以还保留着这种语言，是因为他的思乡情中还保留着更多的理智的成分，不是在美国的具体生活环境中被具体地激发出来的。

总之，闻一多第二个时期诗歌创作开始与自身的人生经历及其主要的精神体验结合起来，但由于这种人生经历及其体验方式的一般性，使他的诗歌创作还不可能呈现出独创性，其创作个性还是不够鲜明的。到了第三个时期，他才找到了真正属于自己的诗和属于自己的诗的语言。

闻一多第三个时期（留学归国之后）的诗歌创作多数收入他出版的第二个诗集《死水》之中，少数发表在《晨报副刊》《新月》等刊物上的诗在他生前未曾收集，现在我们编入《〈真我集〉以及其他》中。

闻一多留美归国之后，思想感情发生了巨大的变化。现在看来，似乎只有到了这个时候，他才经历了一个完整的精神历程和思想历程。前两个阶段只不过是这个完整历程的头两个环节，它们的作用不是由它们自身便能体现的，而只有到了第三个时期，前两个时期的真正作用才充分地表现了出来。

当闻一多赴美留学的时候并没有自觉意识到，他与中国古代知识分子的离乡背井、别亲弃友远游他方或进京赶考是有着根本不同的性质的。他这时暂时告别的不仅仅是故乡的山和水、故乡的亲和友，同时也在暂时告别着中国文化。这一点，更由于他主观上对中华文化的热爱而被掩盖起来。他没有意识到，他为什么会怀恋自己的故乡和亲友，为什么会怀恋自己民族的文化，难道这仅仅是一种理性的认识和意志性的行为吗？不是！假若仅仅从理性角度解释这种现象，人们对自己的故乡和亲友的怀恋都是荒谬的，因为只有极少极少的人才会在理性上认为自己故乡的山和水才是世界上最美的山和水，自己故乡的亲和友才是世界上最崇高、最智慧、最美的人。一个人与一种文化的关系，是在其适应性的变化中实现的。他长期生活在这种环境之中，对它的生活方式、语言、风俗习惯、思维方式和情感表现方式渐渐适应了。对它所匮乏的东西渐渐容易忍耐；对它所具有的东西，渐渐感到无法离开。他也就与自己的文化融成了一个整体。而当闻一多赴美留学的时候，不论他愿意不愿意，都实际是暂时告别了中国文化，不再渐渐朝着适应它的方向变化，他所要适应的是另一种形式的文化。这里需要注意的是，一个人对一种文化的接受，可以有两种完全不同的方式：顺应性的接受和对立性的接受。顺应性的接受是在主观上意识到它是好的而主动地去适应它的要求，接受它的影响；对立性的接受是在思想上在自觉与之对立的方式中接受对立面的影响的。对立的前提是认知，没有认知便没有对立，但一经认知，它作为一种文化符码便已经输入你的意识中，你的拒斥行为只是一种理性的选择和意志性的行为。一旦你的理性认识发生变化或在这方面的意志力量发生松懈，对立性的接受便会转化为顺应性的接受。即便这种转变不会发生，你的拒斥行为本身也已经改变了自己的文化心理结构，朝着另一种不同的方向发生变化了。基督教文化是一种西方文化的形态，反基督教文化也是一种西方文化的形态。中国古代文化既不是基督教文化的一个种属，也不是反基督教文化的一个种属，而在于它对基督教文化没有任何意识，甚至连这类语言概念也不会产生。总之，不论闻一多怎样意识他与美国文化的关系，他的赴美留学都是暂时告别中国文化而去接受美国文化的熏陶的一个过程。由于闻一多的主观理性选择的明确性，这种接受在他整个留美期间都是在无意识中进行的，因而也极为隐蔽。但当它离开美国重新返回中国文化的环境中来，它的作用便表现出来了：他对中国文化的适应性大大减弱了，中国的现实社会生活使他感到难以忍受了：

> 我来了，我喊一声，迸着血泪，
> "这不是我的中华，不对！不对？"
> …………
> 我来了，不知道是一场空喜。
> 我会见的是噩梦，哪里是你？
> 那是恐怖、是噩梦挂着悬崖，

那不是你，那不是我的心爱！

（《发现》）

在这里，我们感到闻一多已经不是中国传统型的知识分子。中国传统的知识分子与中国现实社会也会发生矛盾，但他们却绝不会在整体的意义上否定中国社会，他们否认的是中国的奸相佞臣，否定的是叛臣逆子。并且这种否定不是在自己青云直上、目的已达的春风得意的时候，而是在自己命运坎坷、怀才不遇的时候。闻一多留学归国可谓是衣锦还乡之时，但他却发现中国的社会已经难于为自己所忍耐。这种整体的不适应状况不正说明西方文化对他的无形影响吗？外国文化中的一些东西他开始感到无法离开了，中国文化中的一些东西他开始难以忍耐了。这在他出国之前和美国留学期间的诗歌中是感受不到的。

与此同时，闻一多第二个时期诗歌创作的特点到这时也才开始显出它的重要性。在第二个时期，他便开始把笔触转向自己在人生经历中最激动他自己心弦的题材。他考虑的不再是诗应当怎样写，而是怎样用诗传达自己内心的情感体验；考虑的不是自己的情感体验的合理性何在，而是自己的情感体验是怎样的。正是这种自然的创作倾向，当他自己的情感体验真正有了独立性的时候，他的诗歌也便会向着独立创造的方向发展了。如果一个诗人从来没有想到应该循着自己内心的要求去写诗，而是始终把一种已有形式当作自己作诗的楷模，即使他有了与别人不同的情感体验，也不会重视这种萌芽状态的东西而去创造属于自己的诗歌。

闻一多归国以前的思想积淀在他第三时期的精神结构和诗的意境的构成上无疑也是极为重要的。闻一多带着童年的纯真和青春的理想离开祖国、赴美留学，故乡和祖国在他的心目中还是美好的，因这离别，故乡和祖国的形象整体化了，这在诗创作的意义上即等于把故乡和祖国当成了一个有距离感的观照对象，当成了一个审美的对象。回忆和想象使它的形象带上了理想的色彩，但当诗人带着成年的成熟的眼光回到祖国，再一次接受它的现实生活的时候，他的想象与现实的巨大反差便出现了。美丽的想象更加强化了他对现实丑恶面貌的直接感受，殷切的希望顿时转化为严重的失望。倒是那些从来没有把祖国当作一个整体的概念、只想到国外学点谋生的本领、归国后混个好差使的知识分子，反而不会失望于现实。在这里，闻一多的"东方老憨"的性格也是值得注意的。在中国古代的知识分子中，虽然也不乏执着追求的知识分子，但不论儒家的大同世界的理想，还是道家的真人的人格理想、佛家对深奥境界的追求，都带有明显的终极理想的性质，它的明显的终极性使中国知识分子极易不把理想当作现实，因而在对待现实生活时反而能更好地顺应现实的要求，迁就现实。理想在那里常常是要求最高统治者体恤下情、安定社会的一种外在标准。但到了近现代历史上，在西方文化影响下产生的一系列理想都具有明显的现实性品格。如民主和科学都只是具体改造社会的旗帜，是以一种理性要求的形式出现的，并且在封建专制与民主制度的实际对比中，使它们的现实可行性的特征更加强了。但在这相近而不相同的两者之间，却有着中外文化的巨大差异，使想象中极易实现的东西成了极难达到的理想。因此，在中国近现代知识分子这里，理想与现实冲突的尖锐性被激化到了最强烈的程度。这种冲突的尖锐性常常使近现代知识分子在众目睽睽之下逃入自造的梦幻中去：有的在铁的现实面前闭上眼睛，美化现实，把现实想象成合于理想的样子，从而浑浑噩噩，随波逐流；有的则在理想面前闭上眼睛，把现实的丑恶和缺陷合理化，顺应现实的一切需要，苟且偷生，逐臭追腥。但闻一多的"东方老憨"的性格却使他难以闭上任何一只眼睛，他不能不正视现实的严酷，不能不正视中华民族的真实的屈辱，不能不相信自己的直接感受；与此同时，他又无法使自己放弃他坚信其合理性的理想追求，不能驱散他内心世界已经聚成坚实实体的那个梦，那个不能实现的梦。他坚信自己的眼睛，也坚信自己的理想，从而把二者都同时凝固在自己的心理结构中，而凝固了二者，也就凝固了二者的矛盾和冲突。它们彼此僵持着又对立着，谁也无法消灭谁，但又相互抵拒，构成了一种高度紧张的关系，造成了一种阴沉凝重的氛围。不难看出，这是闻一多第三个时期的内在精神结构，也是他这时期诗歌创作的特有的意境，使他的诗歌创作进入了一个崭新的境界。

> 我不骗你，我不是什么诗人，
> 纵然我爱的是白石的坚贞，
> 青松和大海，鸦背驮着夕阳，
> 黄昏里织满了蝙蝠的翅膀。
> 你知道我爱英雄，还爱高山，
> 我爱一幅国旗在风中招展，
> 自从鹅黄到古铜色的菊花。
> 记着我的粮食是一壶苦茶！
> 可是还有一个我，你怕不怕？——
> 苍蝇似的思想，垃圾桶里爬。

（《口供》）

正像《红烛》一诗对闻一多前两个时期的诗有整体说明的作用一样，《口供》这首诗是对闻一多第三个时期的诗歌创作有整体的说明作用的。它到底是对外部世界的一种象征，还是对内部世界的一个表现，我认为都不重要。重要的是在这首诗里，崇高和卑鄙、美与丑是僵持着的两个对立面，它们都以其不可移易的铁的坚定站立在你的眼前。诗人让你正视崇高和美的同时也必须正视卑鄙和丑，他向那些逃避丑恶和阴暗的怯懦灵魂挑战。"可是还有一个我，你怕不怕？——/苍蝇似的思想，垃圾桶里爬。"不论你如何厌恶后者，但诗人却毫不含混地告诉你，后者是与前者共存的，你不能仅仅承认前者而无视后者。不难看出，正是这二者的尖锐对立而又共存的紧张关系，使诗具有了张力，具有了精神上的力度。

正视现实而又执着于理想，实际上就是把坚实的追求置于坚韧的忍耐之中，现实是铁的不移的事实，必须忍耐也只能忍耐，不忍耐现实的重压便是自身的毁灭，一切的理想都成泡影，但这忍耐不能是屈服，不能是甘愿如此，而必须是为实现自己的理想而忍耐。这种忍与不忍的对立也是闻一多诗歌张力的来源。一向被我们重视的《洗衣歌》，其诗意就在这忍与不忍的辩证关系中。对整个屈辱地位的心灵的反抗都被压缩在了现实地位的忍受中，使这首诗具有了震撼人心的力量，整首诗都呈现在高度缄默的氛围中，没有怨诉，没有哭泣，没有哀怜，没有乞求，她只是洗、洗、洗，这是由忍耐带来的缄默，但正是在这缄默中，闻一多的一颗不屈的灵魂被暗示了出来。因而在这高度的缄默中又蕴储着巨大的势能，蕴储着忍耐的破裂和精神力量的爆发。

> 有一句话说出就是祸，
> 有一句话能点得着火。
> 别看五千年没有说破，
> 你猜得透火山的缄默？
> 说不定是突然着了魔，
> 突然青天里一个霹雳
> 爆一声：
> "咱们的中国！"

（《一句话》）

　　这种现实与理想、忍耐与反抗的冲突不仅是闻一多爱国主义诗歌张力效果的主要来源，同时也是他的一种基本的人生态度，坚韧地忍耐人生中一切不得不忍耐的东西，正视苦难而又抗拒苦难，也是他的著名抒情诗《也许》等的诗意的源泉。当女儿的死已成铁的不可挽回的事实，闻一多在诗中没有哭泣，没有呼天抢地的叫喊，反而用极为平静的语言像抚爱着生前的女儿一样抚爱着她的灵魂，语调轻柔而温存。但恰在这平静中我们感到诗人的心是何等的不平静，在轻柔而温存的语言中我们感到了极有力度的东西。因为只有最坚韧的忍耐才有这最温柔的抚爱，只有最剧烈的痛苦才有这高度的平静。

在理想与现实、美与丑、崇高与卑鄙、反抗与忍耐、缄默与爆发这诸种矛盾的僵持与对立中，形成了闻一多这个时期诗歌语言的最基本的特征：每一个词语和语言单位都在这种对立中获得了不同于一般语言的独特的意蕴，使它们带上了在两个对立的方向上同时理解和感受它们的可能性，从而充满了张力，真正具有了诗的语言的特征。在《洗衣歌》中，"替他们洗，替他们洗"的真正意义绝不是本来意义上的"替他们洗"，而是这种相反意义在对立中的结合；在《春光》一诗中，诗人开始时像一般的春景诗一样描绘着自然景物，一幅恬淡怡人的景象，但在最后却异常平滑地转向了另一种景象："忽地深巷里迸出了一声清籁：/'可怜可怜我这瞎子，老爷太太！'"这两幅画面的组接，一下子改变了全诗春景描绘的意蕴，两种感情、两种印象以奇特的方式结合在了一起。《你看》一诗的题材是闻一多在前两个时期经常描写的，写的是思乡之情。但它却不像以前的诗一样直接写故乡美景，而是写他乡之美，只是其中插了这样一些诗句：

> 你有眼睛请再看青山的峦嶂，
> 但莫向那山外探望你的家乡。
> ············
> 朋友，乡愁最是个无情的恶魔，
> 他能教你眼前的春光变作沙漠。
> ············
> 呵，不是探望你的家乡，朋友们，
> 家乡是个贼，他能偷去你的心！

这样，异乡与他乡的对立便把诗的全部描写都复杂化了，两种因素同时蕴储在同样一个词语中，收到了比以前同类诗歌更好得多的效果。像《荒村》《飞毛腿》《天安门》这类诗则通过内容与调子的对立，丰富了诗的语言的表现力。

《死水》是闻一多的代表作，也是中国现代诗史上少有的一二十首最优秀的诗作之一。它之所以取得较高的艺术成就，我认为，正是因为上述一切特点都在该诗中得到了集中的体现，因而也代表了闻一多诗歌创作的独立个性。显而易见，"死水"这个意象已经不像闻一多前两个时期所运用的"孤雁""红烛""红豆""菊花"等一样，只是古典诗词同一意象的简单承袭，而是他自己的一个全新的创造，是他对中国诗歌意象系统的丰富和发展。

我认为，结合闻一多这个时期的基本精神结构和他的诗歌创作所追求的独特艺术境界来理解他的新格律诗的诗学主张，或许对他的新格律诗提倡的意义能有更贴近的感受。在精神结构上闻一多是这样一个人：他不是一个纯粹的理想主义者，他更是一个在现实的缺陷中、在现实的实际束缚中感受理想和美的必要性的诗人，而为了理想和美的实现，他认为必须首先忍受现实的重压，在这种重压中产生的向理想和美发展的力量才是理想和美的最高体现，脱离对现实的忍耐和忍耐中的反抗，其理想和美的追求便是空洞无力的。总之，他所重视的美不再是自我独立存在的、空幻缥缈的美的境界，而是对丑的忍耐中的反抗所体现出来的那种精神力量，他把这种精神力量更视为美的最高体现。当这种美转化为一种语言的形式，便成了他的新格律诗的诗学主张。在形式上美是什么？美就是对形式的忍耐和忍耐中的反抗，你只有接受束缚并在束缚中反抗，冲破这种束缚，诗的力量才能有效地被传达出来，而这种力量才是诗美的最高体现。当然，在他的诗作中，有的较完满地实现了他的这种诗学追求（这是他诗作中最好的一部分诗），有的则没有较完满地实现，而一旦在较整饬的形式中情感与情绪并没有充满感、没有产生冲破形式的束缚而独立出来的力量，其诗便呈现出疲弱无力的特征来了，束缚也便成了真的束缚。人们批评的"豆腐干诗"，只能指这不成功的新格律诗。

现实和理想的僵持与对立是一种精神境界，但即使在艺术中，这种境界也只能存在于较短暂的时间中。人在生活中，或者更偏于屈就于现实，或者更偏于沉入空幻的梦想，把两者都强化到同样的强度在精神上是最紧张、最疲累的一种状态。对于闻一多而言，这种精神状态主要出现在他留美归国之后重新适应中国现实的一个阶段。在留美时期所加强了的中华民族子民的那种屈辱感，以及由这屈辱感激发出来的民族自强心，使他回国之后对中国现实的沉滞落后的局面产生了格外强烈的感受，使其在适应中国现实生活方面有了极大的难度，因而造成了这个时期诗歌的独特艺术境界。但此后的道路，就是如何重新在中国的现实生活中存在下去并在存在中求得实际的发展，因而更多地转向现实便是闻一多此后的不能不出现的发展趋向。他的学者生涯便是在这种情况下开始的。学者的道路，是一种精神追求的道路，同时也是一条实际生存的道路，二者的统一使其有了更加明显的现实性的色彩。但与此同时，闻一多的精神矛盾也转入了他的学者生涯之中。他在实际人生中形成的人生理想和爱国主义倾向，形成了他学术研究的思想基点：通过对中华民族文化传统的研究，努力把中华民族固有的自强不息的精神挖掘出来，使其转化为中华民族的现实精神力量，整个改变中华民族在世界上的地位。显而易见，闻一多的这种学术思想是包含着极深刻的矛盾的。第一，科学性与目的性的矛盾。就学术研究的本质而言，它是一种科学，科学的职能在于认识，在于对客观对象的理性把握。在这个意义上，学术研究是没有国界的，中华民族对希腊文化的研究与对中国春秋战国时期文化的研究都是一种理性认识上的自我完善，就纯学术而言，两者有同等的价值。学术研究的价值是不取决于对象自身的性质的，对苍蝇的研究与对青蛙的研究同样是为了认识的发展，其价值在认识本身，不在苍蝇和青蛙是有害还是有益于人类。闻一多从事学术研究的目的是可以理解的，对他学术研究的积极性的开发也是有作用的，但却无法由他自身的工作实现自己的目的。因为这个目的对于学术研究自身的性质而言是不完全吻合的。中华民族传统文化中确实贯穿着一种自强不息的精神，这是任何人也否定不了的，正是由于这种精神的存在，才有全部中华民族的文化，也才有中华民族的现在的生命机制，但与此同时，中华民族传统文化中也一定存在着与自强不息的精神相反的一种精神萎靡的特征，正是有这种因素，才使中华民族的文化难以得到持续的发展，难以将自强不息的精神贯彻到底，并使中华民族在面临着西方列强的挑战时表现出了自己的劣势地位，无法立即振拔精神，迎头赶上。这两种倾向的同时存在使闻一多不可能仅仅通过传统文化积极精神的研究全面认识中国传统文化的特点和实质，因而也不可能完全达到促使民族振拔的主观目的。第二，现实性与历史性的矛盾。中国传统文化的研究属于历史性的研究，是对历史状况的研究，它解决的是如何认识历史的任务，而不是如何认识现实的任务。这两者有联系，但并不能等同起来。现实的矛盾必须通过对现实矛盾具体状况的了解与认识才能得到解决，而不可能单纯通过对历史的研究得到解决。中华民族现实的面貌如何改变，必须研究中国在现代世界的处境和地位，必须研究如何调动现实的有利因素而克服不利因素求得实际的发展，这个任务是不可能通过对先秦思想或汉唐文学的研究而解决的。闻一多把历史研究的任务同现实发展的任务直接联系起来，一方面树立了他学术研究的信心，另一方面却也容易因无法实现自己的实际目的而失望。第三，局部性与全局性的矛盾。现实的发展取决于全局的发展，是社会整体各部件共同运转的结果，而学术研究在任何时代、任何社会都只是少数知识分子内部的认知活动，它首先在本专业的知识分子内部发生影响，然后才能通过这少部分知识分子的变化而作用于全局性的变化，其作用是微弱而曲折的。学者对某一专业范围内的学术研究更主要是知识分子自身范围中的事情，其向全社会的渗透是极困难、极长期的任务。闻一多的这种矛盾，是整个民族的现实命运与知识分子自身职业特征的矛盾。知识分子的职业是整个社会系统中极有限的一个组成部分，但那时的知识分子又是首先获得全局感受的社会阶层，两者的直接嫁接使很多知识分子陷入了爱国主义目的与学术研究职业特点相矛盾的怪圈之中，一方面有使之在一定时期充满学术热情的作用，但现实的矛盾一旦加剧，又容易产生对自身职业的失望。闻一多一生的最后阶段便又一次经历了巨大的思想变迁，当他感到他所重视的学术研究并没有遏止现实的恶性发展，当他不能不再以一个普通民族成员的身份面对现实社会的矛盾，他便由学者转化为一个"战士"了。

当他以一个"战士"的面貌出现在社会上，也就是他的忍耐现实的力量已经破裂，他不能再向现实的黑暗妥协，而现实的黑暗也就以其巨大的指爪撕毁了他。在这时，他才认识到，中国的传统中不仅仅有着美好的、可爱的东西，也有着切切实实能吃人的东西。他的学术思想再一次返回到"五四"，返回到鲁迅的《狂人日记》中去了，他也就作为中国现代"狂人"的一员，被自己的文化吞噬了。

他完成了自己的悲剧，一个中国现代知识分子各种形式的悲剧中的一种悲剧。这是一个有独立思想个性者的悲剧。而这种独立个性，早在他的诗歌创作中已经孕育成熟了。

（原载《海南师院学报》，1993 年第 1 期，略有删减）

他开辟了一个新的审美境界

——论郭沫若的诗歌创作

"若讲新诗，郭沫若君的诗才配称新呢，不独艺术上他的作品与旧诗词相去最远，最要紧的是他的精神完全是时代的精神——二十世纪底时代的精神。有人讲文艺作品是时代底产儿。《女神》真不愧为时代底一个肖子。"①

这是闻一多对郭沫若《女神》的概括性评价。应该说，它不仅集中反映了当时新文学界对郭沫若早期诗歌的强烈感受，同时也符合我们当代人对郭沫若那些最优秀诗作的实际感受。但是，闻一多说它们"新"，到底"新"在哪里呢？"他的作品与旧诗词相去最远"，仅仅是从诗的外部形式上而言呢，还是同时指整体的意境或审美艺术境界呢？"他的精神完全是时代的精神"，仅仅是指郭沫若的思想认识和精神品质呢，还是同时指他的基本的感情情绪特征呢？假若说这里的"新"指的是所有这一切，指的是所有这一切构成的艺术整体，那么，郭沫若的诗歌与中国古代那些最伟大的诗人的作品，特别是那些我们称之为伟大浪漫主义诗人的作品，到底有什么根本不同的特征

---

① 闻一多：《女神之时代精神》，见《闻一多选集》第一卷，258 页，成都，四川文艺出版社，1987。

呢？这些特征在他的作品里是怎样具体表现出来的呢？它们是怎样产生以及它们的产生又怎样体现了"五四"的时代精神呢？这些问题，我们是应该回答也必须回答的。

在我们过去论述郭沫若的早期诗歌创作的时候，常常直接用"五四"自由精神说明他的诗歌创作的产生根源。这当然是对的，但是还必须看到，作为一种抽象形式的自由观念，是无法直接转化为诗歌创作的，对自由的追求是"五四"一代文学作家的共同特征，但像郭沫若这样用诗的形式体现了这种自由精神的，在当时还是绝无仅有的，因为对自由的追求永远不等同于心灵自由本身，前者是一种理性的愿望，后者才是能够直接转化为诗的审美境界的主体心灵状态。应该说，思维空间的空前扩大，世界知识的丰富和充实，生活领域的进一步拓展，对于郭沫若内在精神境界的开拓是起了关键性作用的，但必须看到，这对于一个广义的散文作家说来，有着更重要的意义，它们几乎可以直接构成一个散文作家的文化心态和精神境界并进而转化为他的艺术作品的艺术境界。因为把对世界的复杂感受以相对复杂的形式保存在自己的头脑里，是广义的散文作家的精神特征，但对于一个抒情诗人，这就远远不够了。一个抒情诗人必须把各种复杂的感受凝聚在一个单纯而又具体的物象上，并在这个具体的物象上展开自己的主观感情或情绪。在这里，认识到下列一点是异常必要的：当还没有一种可见的、具体的物象与之相对应时，沉淀在诗人心灵深处的某种感情情绪是不可能获得自己的独特的表现形式的，同时这种感情情绪也是不可能被一个抒情诗人异常明晰地感受到的。"问君能有几多愁，恰似一江春水向东流"（李煜《虞美人》），如果没有川流不息的江水这种外在的物像形式，李煜这种特定的感情情绪能否被如此强烈地表现出来呢？能否被李煜自己以如此明晰的方式感受得到呢？我认为是不可能的。一个外国的古代诗人是不可能产生只有面对万里长城才会产生的那种特定的审美情绪的，同样，一个中国古代诗人也是不可能产生面对金字塔才可能产生的那种特定的审美情绪的。思维空间的扩大，世界知识的增长，生活领域的开拓，为郭沫若精神境界的开拓奠定了基础，但依然不可能以整体的形式转化为他的情感形式，这种情感形式必须有赖于一种具体可感的物象才会明晰化起来。须知胡适的白话诗，也是在异域开始进行创作的，但他分明没有为自己找到一种足以体现新的世界感受的诗歌形式。这不但说明仅仅由白话文代替文言文还不足以构成一种全新的精神境界和审美境界，而且说明仅仅有思维空间的扩大、世界知识的增长、生活领域的开拓还是不能直接转化为一种新的审美境界的。此外，西方浪漫主义诗人的影响无疑对郭沫若的诗作起了重要作用，但只要我们不把他们的作品完全等同起来，我们也便不能仅仅由这种影响说明郭沫若诗作的特征。

当我们谈到郭沫若诗歌创作的时候，我们还必须意识到这样一个严峻的现实：他是在中国已有了数千年的诗歌传统，有了无数杰出的古典诗人，有了不可计数的优秀古典诗歌创作之后开始自己的诗歌创作的。在这时假若没有一种全新的物象基础，要创造出一种全新的审美艺术境界几乎是不可能的。任何一种新的主观感受都会赋予一种物象以新的审美形式，但这只是问题的一个方面。与此同时任何一种特定的物像形式所能够表现的情感、情绪、感受又是极其有限的。一条明澈的小溪绝无法触发"黄河之水天上来"这样的情绪感受，反之亦然。郭沫若在没有取得一种新的物象基础之前，还能不能在"黄河""长江""青松""翠竹""冬梅""秋菊""春花""秋雨""楼阁""台榭""清风""明月""晨钟""暮鼓"等这些已被中国古典诗人反复吟诵过的物象身上，造成一种全新的艺术境界呢？进而言之，这些物象还能否诱发沉淀在人的心灵深处的一种全新的主观感情或情绪呢？至少可以说，这种可能性是很小很小了。我认为，只要意识到以上数点，我们便会意识到首先寻找足以诱发郭沫若内在自由精神并足以赋予这种自由精神以外在表现形式的物象基础是多么重要了。

这种物象基础是什么呢？我认为是海，是浩渺无际、浪飞涛涌、常动不息的大海！

是的，我们中国古代人也谈到海、见过海，我们中国古代的诗人也吟咏过海。但到底在他们的观念中，在他们的感受中，海是渺远的、神秘的，海为他们划定了生存的界域，是一个人迹罕到的地域。在他们的实感中，海是向前方伸展的，他们不是生活在它的环绕中、它的怀抱中，而是立足于坚实、静穆、稳固的大地上的。"道不行，乘桴浮于海，从我者，其由与？"（《论语·公冶长》）在这里，海是无限渺远的，是远离自我、远离现实人生的，只在决心摆脱任何人生羁绊的时候，人们才会想到它。"海客谈瀛洲，烟涛微茫信难求。"（李白《梦游天姥吟留别》）"忽闻海上有仙山，山在虚无缥缈间。"（白居易《长恨歌》）在这些诗句里，海是神秘莫测、虚无缥缈的，是梦幻中的美妙境界。"海内存知己，天涯若比邻。"（王勃《送杜少府之任蜀州》）我们生活在海的包围中，它是我们生存空间的四域。"朔风吹海树，萧条边已秋。"（陈子昂《感遇》）正因为它远离人间，所以它可以是梦幻中的美妙境界，同时又是现实中萧索荒凉之所在，只有那些命运偃蹇、宦途失意、被难遭灾的人才会真正与海共同相处。"避仇至海上，被役此边州。故乡三千里，辽水复悠悠。"（陈子昂《感遇》）文天祥是怀着南宋灭亡之忧写了《过零丁洋》的，借海抒发的是自己的寂寥和痛苦的心情："惶恐滩头说惶恐，零丁洋里叹零丁。"我们看到，在上述所有这些诗中，海都不是全诗的意象中心，其审美境界与大海这种具体物象没有本质上的联系。曹操的《观沧海》，形式上看来，颇有一些海的精神和气魄，但若细细体味，我们便会感到，它的审美艺术境界并不是以海为基础构成的，它是静穆的，没有大海那样的涌动感；它是遒劲的，没有大海般任情舒卷的自由感。须知四言诗这种形式，就不是曹操在描写大海时首创的，因而大海并非它的主要物象基础。总之，在中国古代，大海在中国人的精神形成与发展中并没有起过直接的重要作用，从而也没有一种艺术境界是以它为基础形成的。

但在郭沫若的早期诗作里，情况便大大不同了。人们只要读一读《女神》《星空》两个诗集中的诗作便不难发现，海的形象是在这时期郭沫若抒情诗中出现最多的一种具体可感的物象。更重要的是，海不仅仅是郭沫若描写的纯客观对象，而且是他的最具个性特色的诗作的内在精神和审美特征。我们完全可以说，郭沫若是第一个在中国诗歌中注入了真正的海的精神的人，是第一个以海的精神构成了自己诗歌的基本审美特征的人。

大海是什么？大海是一个浑融的整体，是一片浩浩茫茫的景观。在大海中，每一个浪峰，每一片粼光，每一次涛声，都是瞬息即逝的东西，都不真有独立的价值和意义，只有由它们组合在一起的一个整体，才是永恒的、壮丽的，才会给人一种强烈的印象和精神上的冲击。一般说来，这并非中国古代诗歌的特征。中国古代诗歌也讲整体，也要注意诗歌的整体艺术效果，但这里的整体是由每一个有独立意义的部分组成的。有时一个字可以照亮整首诗，可以赋予全诗以新的境界、新的精神。"春风又绿江南岸"，一个"绿"字，创造了一个新的境界；而"满城风雨近重阳"的例子更可以说明在古典诗歌中每个单句、每联相对于整个诗的独立性。[1] 如果我们结合陆地物象的特征，便不难理解中国古典诗歌的这种结构方式了。任何陆地物象都是由相对独立的各个部分构成的一个独立而又完整的物象。其中各个独立的部分，有它们各自的境界、各自的精神，由这些各不相同的部分以特定方式构造起来，即形成一种新的诗意境界。就这个整体来说，各个部分是不能独立的，也是不可或缺的。但就各个部分而言，它们却可以有自己的独立性，可以离开整体而自由行使自己的职能。"枯藤老树昏鸦，小桥流水人家，古道西风瘦马。夕阳西下，断肠人在天涯。"（马致远《天净沙·秋思》）这里的每一个单句，都是一个独立的意象系统，而各个意象系统又共同构成了全诗的整体意象系统。严格说来，每一个独立的意象系统都会向全诗投射出自己的光辉，但往往只有其中的一个，具有最大的能量，能在整体中把自己特别耀眼地凸显出来，从而把其他各个意象系统都变成了自己的背景，变成了自己的铺垫或衬托。在诗中，一向被我们称为"诗眼"的东西，也就是全诗最鲜明、最耀眼的所在，是使全诗升华到一种新的艺术

---

① 参见（宋）释惠洪：《冷斋夜话》，北京，中华书局，1985。

境界的关键。正是由于中国古代诗歌的这种特殊结构形态，构成了它的独特的审美特征。但在郭沫若的那些最成功的诗作里，这种情况发生了根本的变化。在这里，我们并非说中国古典诗歌的结构特征是低劣的、笨拙的，但我们完全可以说，对于形成大海的意象，传达大海的精神，它却是极不适宜的。郭沫若的诗每个单句的独立性是极小的，即便那些最好的诗篇我们从中抽出一句或数句，或则仅仅成了毫无诗意的口号，或则成了并无意义的词句，都会顿然失色，成为没有生气的东西，但作为整体，它的精神一下子便显现出来了。我们不妨首先看一看他直接描写海洋的一首诗《立在地球边上放号》：

> 无数的白云正在空中怒涌，
>
> 啊啊！好幅壮丽的北冰洋的晴景哟！
>
> 无限的太平洋提起他全身的力量来要把地球推倒。
>
> 啊啊！我眼前来了的滚滚的洪涛哟！
>
> 啊啊！不断的毁坏，不断的创造，不断的努力哟！
>
> 啊啊！力哟！力哟！
>
> 力的绘画，力的舞蹈，力的音乐，力的诗歌，力的律吕哟！

可以说，这首诗中的每一句都不是诗，都没有可以称为诗意的东西。"啊啊！力哟力哟"一句如果抽出来单读，谁也不会认为它有什么诗意；"啊啊！好幅壮丽的北冰洋的晴景哟！"这是多么抽象而又意味索然的感叹呀！即使像"无限的太平洋提起他全身的力量来要把地球推倒"，如果仅就单句来说也是拖沓无力的，很难感到词意所表达的那种海的力量和气势。但是一旦把这些毫无诗意的词句组合成一个整体，我们却不能不承认它是一首诗，并且是有强烈诗意的一首诗。你好像也置身于整个太平洋的怀抱中了，你感到滚滚的海涛正向你涌来、扑来，你感到整个大海蓬勃着无穷的力，蓬勃着势欲将整个地球翻转过来的伟大力量。在这一刹那之间你沉醉了，你与大海在精神上拥抱在一起了，一切狭隘实利的考虑，一切蝇营狗苟的打算，一切虚伪弄假的念头，一切偷安苟且的怯懦，一切平庸伧俗的秽气，全被大海的磅礴气势一冲而光了。你感到自我内心的开阔和疏朗，感到自我充满了大海一样的力量，感到自我的生命力像太平洋的洪涛一样在汹涌、奔流……这难道不正是你乞望于诗的东西吗？

　　整个大海是一个浑然的整体，它的每个部分也是一个涌动着的流体。面对大海，你是眩惑的、忘情的，你无暇做出细致的观察和条理井然的思索。在中国古代诗歌中，诗是由各个独立而明确的单句组成的，单句是由几个明显的节拍组成的，在各个节拍之间，看起来有明确的独立性，读起来有或大或小的停顿，即使那些表现倏忽而过的意象的诗句，也只是停顿较小，而并非没有停顿或感觉不到各个节拍之间的区别。

　　　忽如一一夜一春风来——
　　　千树一万树一梨花开——

（岑参《白雪歌送武判官归京》）

　　　剑外一忽传一收蓟北——
　　　初闻一涕泪一满衣裳——
　　　却看一妻子一愁何在——
　　　漫卷一诗书一喜欲狂——
　　　白日一放歌一须纵酒——
　　　青春一作伴一好还乡——
　　　即从一巴峡一穿巫峡——
　　　便下一襄阳一向洛阳——

（杜甫《闻官军收河南河北》）

在这些诗里，描写的客观对象似乎都是一刹那间发生的，但每个单句依然是节拍分明的。两两对仗的形式把每个节拍区分得清清楚楚，使它们与下一个节拍的纵向联系同时受到了横向联系的制约，形成了既连又断的句子结构。在吟读中，或大或小的停顿使它们不致粘连成一个流体般的整体。如果我们从感情情绪的物化方式的角度来说，我认为这恰恰是在相对静止的陆地物象面前所能够形成的心灵状态的形式表现。陆地物象是相对静止的，它的任何动态都是在静态的背景上产生的，都是以静态物象为存在基础、为基本参照物而呈现出来的状态。在这种物象面前的感情体验，很少能产生长时间的完全忘情的体验，一种沉静的理性总是能同一种含蕴在内心的感情情绪结伴同行，并悄悄地条理着感情，整化着情绪，规范着它的流泻。即像杜甫听到官军收复河南河北的胜利消息的一刹那，他的思理仍是井然的，他得意地盘算着如何庆祝和迎接这个喜讯，他性急地计划着回乡的途程，并且一点也没有紊乱了应走的路线。因而在中国古代文论中，"情""理"统一说始终占着绝对的统治地位，因为他们极少能够有情感涨潮冲破理性框架而自由泛溢时的高峰体验，极少能够认为在这种体验状态的人还可以是有价值的人。他们在任何感情激越中都能同时保持着清醒的理智思考，这是一种琢磨着的感情，思忖中的情味，沉静的理性将一切打出了明确的节拍，使感情情绪永远能够含蕴在有规则的形式框架之中。大海与陆地景物是根本不同的。它的动态不是在静态背景上的动态，动态才是它的常态。在大海面前，人们可以长时间地处于忘我的沉醉状态，松弛了神经，解脱了理性的自我控制，一任自己的心潮被浩渺渺的浪涛激动，听凭海的怒号在自己的心灵中震荡。在这时，你难以再精细地条理大海的涌动，每一个节拍都是一个整体，一个有相当高度的浪涛，一个有相当长度的呼啸，而绝不会像中国古代的诗歌那样打出短促而沉实的节拍。如果我们从此回观郭沫若的诗歌，便会发现节拍的概念在他的诗里发生了巨大的变化。他的那些最具特色的诗里，一个节拍不再是一个词，一个词组，而是一句诗，或者一个短句。一般说来，我们必须按照他的分行打出节拍，或者以他的标点符号作为短暂停顿的标志，而其中的语句，包括那些长达二十字左右的长句，也必须速成一个连续流动的语流，它们像一个海涛一样不能断开，像一声海啸一样不能截断。

> 晨安—常动不息的大海呀——
> 晨安—明迷恍惚的旭光呀——
> 晨安—诗一样涌着的白云呀——
> 晨安—平匀明直的丝雨呀—诗语呀——
> 晨安—热情一样燃着的海山呀——
> 晨安—梳人灵魂的晨风呀——
> 晨风呀—你请把我的声音传到四方去吧——

（《女神·晨安》）

应该看到，中间较长语段里的助词"的"是起到了重要作用的，它把前面的定语和后面的主语紧紧地连接在了一起。我们能不能把它们的节拍划得再细再小一些呢？能不能再多一些停顿呢？我认为不能了，如果我们按下列区分节拍的方法读去，全诗的精神便顿然丧失了：

> 晨安—常动—不息的—大海呀——
> 晨安—明迷—恍惚的—旭光呀——
> ………

这不但破坏了白话文的语法结构，也严重破坏了该诗的精神和意境。它从反面证明了郭沫若是充分利用了白话文的特点为自己所要创造的诗歌的新意境服务的。

我国的古典诗词，由《诗经》的四言体和屈原的骚体，经由汉代的乐府诗，发展到五言、七言的格律诗，后来又出现了词、曲。从总的趋势而言，虽然也可视作从自由到格律又向相对自由的方向发展，但所有这一切又都是有特定形式限制的，并且格律诗直到清末民初都是我国诗歌的正宗。任何的格律都是一种具有相对独立性的带有普遍适用意义的形式框架，这种框架从人的主观方面讲来是人们的一种情感形式，也是一种特定的审美范畴。它的普遍适用性来源于人们永远可以用自己固有的特定情感方式感知世界上的任何事物，永远可以把世界上的任何事物纳入特定的审美范畴中进行取舍。这正像同一架摄影机可以拍摄任何对象而又形成各种不同的艺术画面一样。但由此也可看出，它的普遍适用性又是以一定的取舍和转换为前提的，摄影机必须把立体的现实转化为一个平面摄影，一定的诗的格律也必须把世界纳入它的特定审美范畴中来，而一旦这种格律形式同诗人的主观感情方式或审美追求发生了尖锐的冲突，其效用也便日趋衰退了。

在中国近代，随着国际联系的加强，描写大海或借海抒志的诗歌增多了，但他们一般还是用旧的格律形式写海的。例如：

> 星星世界遍诸天，
> 不计三千与大千。
> 倘亦乘槎中有客，
> 回头望我地球圆。

这是黄遵宪《海行杂感》中的一首。它写的是海景，但他赖以感知海景的情感形式分明与中国古代诗人感知湖景、山景、江河之景的情感形式没有本质的差别。假若说有差别，那也只是具体的理性认识有了差别（"回头望我地球圆"）。我们完全可以感到，这种整齐的句式、规整的形式，便难以传达出大海那种常动不息、浪涌水拍的内在精神。大海是有自己的规律的，但这种规律却永难被人的感官所直接感知，就这个意义来说，它的规则就是无规则，它的形式就是无固定的形式。他的浪峰不像中国古代五言、七言格律诗那样整齐，也不像中国古代词曲那样是有固定长短句的顺序的。你永难预知在何时、在哪个方位的哪个地方会掀起一个巨大的波涛，你也永难预知在何时会爆发出一声骇人的长啸。一切都是陡然而来、陡然而去的，一切都是猝不及防的。它才是真正自由的，不容你用理性规范它，不容你用精致的条规梳理它，它得按照自己的方式进行活动，做出自我表现。郭沫若的诗我们能不能由此得到说明呢？我认为是可以的。郭沫若说："艺术训练的价值只许可在美化感情上成立，他人已成的形式是不可因袭的东西。他人已成的形式只是自己的镣铐。形式方面我主张绝端的自由、绝端的自主。"在谈到郭沫若的诗时，也常常有人批评他不重视形式。但我们必须注意到现实存在的这种矛盾，恰恰是在郭沫若不重视形式、倡言挣脱形式的镣铐最激烈的时期，他创作出了自己一生中最优秀的诗篇，而正是在他开始重视诗的形式的时候，他的诗创作开始走向衰退。这个矛盾我们应当怎样解决呢？郭沫若上述一段话是有缺陷的，他没有认识到一种诗的形式并不仅仅适应于一个特殊的、具体的情景或感受，而是带有一种普遍性特征的审美形式，是人们借以感受对象的具有恒定性的情感方式。但具体到郭沫若来说，传统的、已成的诗的形式却也确实成了他的桎梏，因而这时他的轻视形式主要是轻视固有的形式规则，而不是说他的诗便没有自己的形式。他的那些最具特色的诗的形式是什么呢？我们可以说是在没有固定形式的基础上呈现出来的一种形式，是在没有预定的规则基础上形成的一种规则，它的形态是与大海相应的："我的血同海浪同潮。"（《女神·浴海》）

我们常把诗的抑扬顿挫用上下波动的曲线来表示，诗歌在我们心灵中引起的感情震颤我们也感到是上下起伏的波澜状的东西。根据这种情况，我们可以把郭沫若的《我是个偶像崇拜者》一诗做一种看似荒诞的处理，即将全部9行诗按原排列顺序竖立起来，在这时，我们看到的是什么呢？我们看到的是海涛形式的东西，是波澜起伏、排山倒海般的海浪的起伏。显而易见，它们的起伏是很不规则的。首句陡然而起，二句又起，三句在人们可能期待一个短句而松弛一下前两句持续推进时带来的紧张状态时却又进一步推进，陡然翻上了最高峰。第四句虽略有下跌，但远没有跌到第一、第二句的高度，而仍然停留在高峰状态，第五句又在此基础上向上翻滚，在人们似乎难以继续维持紧张状态的时候，第六句却又翻上了最高峰，出现了一个最长的句子。第六句后便陡然下落，第七、第八两句以梯形形式下降，但在没有落到最低潮的时候，全诗便戛然而止。整首诗都使你处于精神的紧张状态，使你不暇旁顾，不暇停下沉思，也不容你慢慢品味、细细咀嚼。一个个浪峰不断向你扑来，万丈巨浪不知何时掀起，震天狂啸不知何时传来，其中有涨有落，但涨落无序，难以预测。不难看出，这种极不规则的形式组成也不失为一种形式，是有类于大海潮涌的形式。它给人造成的感受，不是登楼怀古、览物伤情、赏花思春那样的感受，而是面对狂澜奔涌的大海所可能感到的那种精神状态。

钱杏邨说郭沫若的《女神》有三个基本优点，其二便是力的表现："诗里面所蕴藏的一种伟大的力，简括地说，就是力的表现，二十世纪的力的表现，震动的表现，奔驰的表现，纷乱的表现，速率的表现，立方的表现……"[①]这个判断是我们全都赞同的，但必须指出，郭沫若诗歌的力量，同中国古典诗歌中那些深沉或豪放的诗歌的力量是根本不同的。如果说中国古典诗歌中的力的表现更像山岳大地的深沉的力或长江大河的奔腾的力，而郭沫若诗歌中的力则更像大海的涌动的力。这种力的特点除了上述无规则波动激荡的诗歌旋律外，我们还可以从它的另一种表现形式得到说明。在中国古典诗歌中，两两对仗是一种基本的句法，我们可以说，它表现的是以静态为背景的陆地景象的对称美。其中那些比较深沉有力的作品，则在对称中显现出一种凝重倔强的力量。例如：

> 风急天高猿啸哀，
> 渚清沙白鸟飞回。
> 无边落木萧萧下，

---

① 阿英：《诗人郭沫若》，见王训昭等编：《郭沫若研究资料》（中），北京，中国社会科学出版社，1986。

不尽长江滚滚来。

万里悲秋常作客，

百年多病独登台。

艰难苦恨繁霜鬓，

潦倒新停浊酒杯。

（杜甫《登高》）

我们故意选用了杜甫这首表现自己穷困潦倒的艰难际遇的诗，但就在抒发他的内心痛苦的这首诗里，我们仍能感到一种深沉有力的东西。我们知道杜甫的生活是艰困的，但我们同时也能感到他的心仍没有被这种艰难所压碎、压扁。他在倔强地忍耐着，既不会自杀，也不会起来抗争；既不会向人哀哀乞求，也不会发疯变傻。他的那种坚如磐石的精神力量支持着他，使他能坚韧地忍耐下去。这种感觉是从哪里来的呢？我认为是从它的基本形式当中来的。它的节拍是短促有力的，韵脚是滞涩沉郁的，形式是规整的。其中每两个对仗的词语、句子，都在相互制约中有了确定不移的固定位置，整个诗就像被钉在一起的一个固定的框架，再也没有自由活动的余地。

大江东去，浪淘尽，千古风流人物。故垒西边，人道是，三国周郎赤壁。乱石穿空，惊涛拍岸，卷起千堆雪。江山如画，一时多少豪杰。

这是中国古代最著名的一首豪放派的词《念奴娇·赤壁怀古》的上阕。它的力量是在纵向的流动中取得的。其中的句子不是在方位上共时并存的，而是依照作者的思路前后继起的。整个词像是纵向滚动的江河流水，显现着滚动的力量。

但是郭沫若早期那些最具代表性的诗篇，与前两种力的表现形式是不同的。郭沫若诗的一个显著特点，是运用大量的排比句，即如前引

《我是个偶像崇拜者》，除了首句和尾句，全诗都是"我崇拜……"句式的排比句子，而每句又都是由几个"崇拜……"的词组排比而成的，其中那些崇拜的对象有什么特点呢？首先它们不像苏轼的《念奴娇·赤壁怀古》一样，是按作者的思路以前后相连的方式被有次序地组织起来的，而是一些同时存在的、彼此并列的事物，但它们又不像杜甫的《登高》一样，组成两两对应的固定关系，而是几乎以毫无规则的方式被作者随意选取的。它们的存在没有任何固定方位的规定性，因而又像是散处在各个不同的方位的。我认为，它们的结构方式，也与大海的意象有着密切的关系。在大海中，整个景观都是一齐呈现出来的，你很难在其中理出一种线性链条，各个方位上的波涛同时涌动，四面八方的波涛一齐咆哮，而它们又总是处于无序状态，你找不出也来不及考虑它们的对应关系，有规则的对称形式在大海中是找不到的。

在郭沫若的诗中，除了上述以杂多的形式出现的排比句外，代替古诗词两两对称形式的还有四个排比句连用的形式。例如：

> 无限的大自然，
>
> 成了一个光海了。
>
> 到处都是生命的光波，
>
> 到处都是新鲜的情调，
>
> 到处都是诗，
>
> 到处都是笑：
>
> 海也在笑，
>
> 山也在笑，
>
> 太阳也在笑，
>
> 地球也在笑……

（《女神·光海》）

人们不难感到，它们造成的不是有对称轴的对称感，而是向四面八方伸展的开阔感。而这，也是海洋给人的感觉。

如上所述，人们感受世界的方式离不开特定的（一种或一类）物象，但当一种审美情感方式在特定物象身上得到表现，并在不断反复中得到强化和加固，它也便成了人们主观中带有某种先验性质的审美情感方式，因而它也便同时成了感受其他事物时同样存在的一种具有某种恒定性、普遍性的方式。人们很容易发现，郭沫若早期的诗歌不但常常直接描写大海，而且常常在不是海的对象上面感受出海的气息来。中国古代诗人也描写光，但很少有人像郭沫若这样，把光看作如海样的东西。中国古代也反复写到人生，但在郭沫若的笔下，整个社会人生也成了人生的海洋，一个人便是这大海中的一叶孤舟：

啊啊！
我们这缥缈的浮生
好像那大海里的孤舟。
…………
帆已破，
樯已断，
楫已飘流，
柁已腐烂，
倦了的舟子只是在舟中呻唤，
怒了的海涛还是在海中泛滥。

（《女神·凤凰涅槃》）

在郭沫若笔下，现代繁华的都市也是以大海的形象出现的："哦哦，山岳的波涛，瓦屋的波涛"，"涌着在，涌着在，涌着在呀！"后来，他在诅咒城市的现代文明时又曾把它看作一个可怕的血海。

那么，我们把郭沫若早期那些最优秀的诗歌同大海联系起来，是不是否认了它们的社会历史意义呢？显然并非如此。第一，只有在中国世界化的过程中，大海才成了中国知识分子生存空间的一个现实的、具体的组成部分，才有可能对青年知识分子审美态度的形成和发展产生内在的精神影响。仅就这一点也可以说，没有时代的发展，社会的变化，就不可能在中国诗坛上出现郭沫若这样的诗人和这样的诗作。第二，中是具有数千年封建文化传统的国家，它严重地制约着中国人民的思维方式和审美情感方式的变化，而这种思维方式和审美情感方式不发生任何变化，任何新事物都会被纳入固有的思想框架和审美定势中进行整化。只有在"五四"自由精神的感召下，郭沫若才有可能以新的心态、新的精神感受世界，才有可能与大海的精神一拍而合，并在它的景观中感受到与"五四"自由精神相呼应的东西。如果说新文化运动赋予了郭沫若以理性上的自由追求，大海则为他提供了体现这种精神的直观的、感性的、具体的物像形式，并从这种物像形式中展开了他的审美情感形式。在这里，二者是双向加强的关系，没有理性上的自由追求，他便难以以新的心态感受客观对象，而没有新的客观物象加强他的具体的自由精神的实感，它的理性追求也难以得到加强和表现。前者使他与中国古代直至黄遵宪那些以传统形式描写海观的诗人区别了开来，后者则使他与胡适那些有了理性的自由追求而没有找到种新的审美形式以充分体现自由精神的"五四"新诗人区别开来，从而使他成了一个具有时代特征而又有独创性的诗人。第三，白话文运动为郭沫若新诗创作提供了语言基础，没有这种语言革新和白话诗的创作，郭沫若便不可能为自己找到体现大海的自由精神的审美形式。总之，诗人对特定物象的新感受自身便是在时代的社会思潮中进行的，因而它反转来也以特定的方式体现着时代精神和社会历史的发展变化。

　　任何一种审美境界都有它的特定性和局限性，关于这，我们以后再做更具体的剖析，但任何一种新的审美境界又要求人们以特定的方式感受它。以古典主义的方式感受浪漫主义的作品，再优秀的浪漫主义作品也只能算作低劣的作品；以现实主义的方式感受现代主义作品，再优秀的现代主义作品也是胡说八道。对郭沫若早期那些优秀诗作也是如此。我们应当怎样感受郭沫若早期那些富有特色的诗作呢？我认为，我们应当以感受海景的方式去感受它。任何陆地物象，在中国古代文化悠久的发展历史上，都成了具有丰富内涵、能够引起人们丰富联想的符号形式，中国古代诗人就是利用这种特征进行创作的。再者，任何以陆地静态为背景的事物，都可以构成静观的对象，在静观中渐渐领悟它的内在韵致、内在意蕴。由于以上两个原因，中国古代那些优秀的诗歌作品，需要在反复品咂、体味、咀嚼、领悟中渐渐进入它所创造的艺术境界中去，这就是古代诗论家常常说的诗味。显而易见，中国古典诗歌有它独特的优点。但与此同时，它又有自己不可避免的局限性。正是因为它需要品咂，需要体味，需要慢慢咀嚼，因而它也便难以造成欣赏者的高峰体验状态，难以排除欣赏过程中的沉静的理性的参与，难以将人们一下子推入到沉醉般的感情情绪的热狂状态中。而艺术的目的在于感情情绪的净化，它必须将欣赏者带入忘我般的精神境界中去，以使之暂时地超越于自身所处的狭隘的、一己的、实利的现实关系。因为只有这样，他才能够体验到他平时极难体验到的东西，才能与现实中难以存在的完美的、理想的、超现实的精神融为一体。中国古典诗歌在这方面显然是有局限性的。那些大量的言志载道的作品自不必说，即使那些写景抒情的作品，由于这种特定审美特征（这种审美特征又是与中国古代的文化心理联系在一起的）的限制，也难以完全达到这一目的。所以鲁迅说："即或心应虫鸟，情感林泉，发为韵语，亦多拘于无形之囹圄，不能抒两间之真美。"（鲁迅《摩罗诗力说》）

在郭沫若所面对的大海里，一切都不是作为特定的符号存在的，至少在郭沫若那时是这样。哪一个浪涛也没有内在的意蕴，那一声嚎叫也不需要领悟，它们也不容你沉思默想。它是一种状态，是一种没有思想含义的形式，是一种没有本质的现象，它需要的不是品咂、体味、咀嚼和领悟，它需要的是感受，直接的感受。它不需要你联想什么，不需要你赋予它什么意义，只需要你的心弦随着它的波涛起伏，应着它的咆哮跳动。这时，你心弦跳动的频率与它的旋律和节奏产生了共振，你似乎离开了平时的自我，但又似乎找到了另一个更纯净、更崇高的自我，这个新的自我是与大海融为一体的，是像大海那样宽阔、那样自由、那样充满了生命的活力的。这就是大海所能给你的东西，但它也仅仅能给你这点东西。当你一离开它，当你不再立于它的狂风怒浪之上，你便再也不会感到那时的感情情绪的激越。即使你在遐想中重新构想出它的形象来，你也别再希望重返那时的境界。它给你的仅仅是那一刹那的沉醉，但正是这一刹那的沉醉使你感到你自己是完全自由的，是充满巨大的、澎湃的生命力的，感到你不是卑微的、软弱的、草芥般微不足道的，而是一个高扬的人，是世界的主宰、宇宙的主人。

这也应是感受郭沫若那些最优秀的诗作的方式。

郭沫若的诗是单调的，单调得像大海一样，永远是那样的骚动不安。郭沫若的诗没有回味的余地，经不起你反复品咂和咀嚼。但我认为，关键在于我们不应以这样的标准衡量它。要体验郭沫若的诗，你得重新回到郭沫若的诗上去，正像你要感受大海必须再站在大海面前那样。在读的过程中松弛下你的神经，一任你自己的心弦随着他的诗的旋律和节奏而波动、而震荡，正像你面对大海时一任海浪冲击你的心灵一样。在这时，你才会进入郭沫若为你设定的特殊的审美境界和精神境界。假如你是一个饱经人生沧桑、尝尽人生苦味的老年人，假如你是早经碰破了理想的肥皂泡、执着于现实人生的中年人，假如你是过早被现实的苦难压垮了脆弱的筋骨、摧残了精神支架的青年人，假如你是生性温婉、感情柔弱、运思精细的纤纤女子，或者假如你是被传统习俗胶固了心灵、心胸狭隘、利欲熏心、即使面对大海的狂风怒浪也难忘人生赌场上输掉的几个小钱的人，或者再难被郭沫若的诗所激动，但这并不能证明郭沫若的诗是没有价值的。因为世界上总还有一些初出茅庐，心灵还没有被人生苦难的风刀霜剑打得遍体鳞伤，还没有被传统的习俗禁锢了感情从而还充满理想、充满勃勃朝气的青年，他们还会被《天狗》《我是个偶像崇拜者》《立在地球边上放号》等这类诗篇所激动，还会在其中获得那沉醉的一刹那。这是迷狂的一刹那，发疯的一刹那，不知天高地厚的一刹那，然而也是幸福的一刹那。

我认为，这就是郭沫若为我们开辟的一个新的审美境界。

它是一个属于崇高美范畴的审美境界。

[原载《郭沫若研究》(第七辑)，文化艺术出版社，1989 年版，略有删减]

《雷雨》的典型意义和人物塑造

　　杜勃罗留波夫说："我们认为艺术作品的主
要价值是它的生活的真理……如果能够判断作者
的眼光在现象的本质里、究竟深入到何种程度，
他在他的描写里对于生活各方面现象的把握，究
竟宽阔到何种程度，——那么他的才能究竟是否
伟大，也可以得到解决了。"①曹禺的《雷雨》自发
表至今，始终保持着经久不衰的新鲜生命力，其
原因绝不仅仅在于它情节的新奇、结构的严谨、
语言的精练、诗意的浓郁等纯艺术性的因素，而
主要在于它深刻揭示了历史的真实和生活的真
理。本文试图结合它的典型人物的塑造探索一下
它的典型意义。

一

　　我认为，理解《雷雨》全部意义的关键在于明
确意识到周朴园的存在并对他的典型意义有一个
较清晰的了解。离开他，全剧就会变色；离开
他，就将失去评判所有其他人物的主要客观

---

① ［俄］杜勃罗留波夫：《黑暗的王国》，见《杜勃罗留波夫选集》第一卷，辛未艾译，
174页，上海，新文艺出版社，1954。

依据。

周朴园是一个什么样的人物呢？他是一个非驴非马、亦驴亦马的"怪物"，是旧中国畸形社会历史发展的"产物"，是半封建半殖民地旧中国的"特产"。

"周朴园在家庭里是一个顽迷专制的家长，在生产上又是一个懂得榨取、压迫和欺骗工人的方法，口里衔着雪茄烟的资本家。"①也就是说，他是社会政治经济关系中的资本家和家庭伦理道德关系中的封建家长结合的怪诞产物。正是在这怪诞然而又是真实的结合中，存在着他有别于世界文学中同类艺术形象的独立"民族特征"，存在着他有别于中国新文学中其他反面艺术形象的独立典型意义。

"资产阶级在它已经取得了统治的地方把一切封建的、宗法的和田园诗般的关系都破坏了。它无情地斩断了把人们束缚于天然尊长的形形色色的封建羁绊，它使人和人之间除了赤裸裸的利害关系，除了冷酷无情的'现金交易'，就再也没有任何别的联系了……资产阶级撕下了罩在家庭关系上的温情脉脉的面纱，把这种关系变成了纯粹的金钱关系。"②周朴园这个资本家阶级的代表人物，在政治和经济上已经取得了自己的统治地位，但却丝毫没有迹象表明，想要把家庭关系中那封建的、宗法的关系也破坏一下，他仍然热衷于维护着自己的"体面家庭"，他"外表还是一副道德面孔，是慈善家，是社会上的好人物"。他以"天然尊长"的资格坐在周公馆的家长制的宝座上，实行着近代世界上最严酷无情的封建家长制专制统治。这个"怪物"，不但在巴尔扎克的发达资本主义国家社会关系的巨幅画卷《人间喜剧》中难以发现与之类似的面影，即使在易卜生、列夫·托尔斯泰这些不发达资本主义国家的文学大师的作品中，也难以找到和他的本质相同的伙伴。曹禺的《雷雨》，曾受到易卜生剧作的影响，特别是与他的《玩偶之家》，更有明显的相似之处，但是，

---

① 周扬：《论〈雷雨〉和〈日出〉》，载《光明》，1937(8)。
② 《马克思恩格斯选集》第一卷，274～275页，北京，人民出版社，1995。

人人可以看到，周朴园与托伐·海尔茂之间，是存在着遥远的思想距离的。海尔茂和娜拉之间，是一种在表面被肯定为"平等"关系中的实质上的不平等，是在"爱情"联系中的玩弄与被玩弄的关系。海尔茂对娜拉的束缚和控制，更多地表现为一种潜在的意识本质，甚至在他自己的潜意识中，也没有将妻子置于他个人绝对统治之下的主观动机。所以当娜拉一旦觉醒，他没有利用个人的任何强权制止娜拉的出走。恩格斯在谈到资产阶级的婚姻关系时说："婚姻仍然是阶级的婚姻，但在阶级内部则承认当事者享有某种程度的选择的自由。在纸面上，在道德理论上以及在诗歌描写上，再也没有比认为不以相互性爱和夫妻真正自由同意为基础的任何婚姻都是不道德的那种观念更加牢固而不可动摇的了。总之，由爱情而结合的婚姻被宣布为人的权利……"①易卜生的《玩偶之家》所暴露的正是这种表面承认"平等"而实质上不平等的资产阶级的婚姻家庭关系。列夫·托尔斯泰的《安娜·卡列尼娜》中的卡列宁也与海尔茂的艺术形象有着较为相近的特征。周朴园较之他们，在经济关系中更带有严格的资产阶级性质，他本人就是一个产业资本家，但在家庭伦理道德关系中则是地地道道的封建专制主义者。他在工人阶级的肉体痛苦中吮吸着自己的物质营养，同时还在自己的妻子儿女的精神痛苦中汲取自己的精神营养。对他来说，不但在政治和经济上，而且在家庭关系中，"平等""人权"都是根本不可理解的字眼儿，他要求的是对他的绝对的、无条件的服从，公开地用严酷的封建等级制威压着自己家庭中的每一个成员。这种非驴非马、亦驴亦马的"怪物"形象，在世界文学的反面人物的画廊中不是独具一格的吗？

但是，周朴园这种"怪物"恰恰反映了中国产业资产阶级的一个非常重要的本质方面。就其主体而言，西欧资产阶级是从中世纪末期的手工业者和作坊主成长起来的，在它正式得到政权之前的几个世纪中，一直处于受压迫、受禁锢的"第三等级"的地位上。为了谋取自身的思想解放

---

① 《马克思恩格斯全集》第二十一卷，94～95 页，北京，人民出版社，1965。

和社会解放，在漫长的历史进程中，它一直高举着"自由、平等、博爱"的旗帜与封建贵族阶级的传统观念和专制统治进行着斗争。当它转化为统治阶级之后，它无法也不需要公开抛弃这个自己使用了几个世纪的思想武器，而只是以保留了经济上的不平等关系而蚀空了它的大部分实际内容。可是，中国的产业资产阶级，远没有这么"光荣的出身"，也没有经历过如此长期的反封建斗争。它主要是在外国资本主义的刺激之下，由封建官僚和农村的封建地主阶级投资于城市工业资本或兼营工业资本而产生的。所以，从它一开始，便具有浓厚的封建性质，洋务派"中学为体，西学为用"的思想是它当时的指导思想。在此后的发展中，它受到帝国主义和封建主义的双重压迫，有反帝反封建的政治经济要求，但刚刚脱胎于封建地主阶级的中国产业资本家，对中国反封建伦理道德的思想斗争，并没有表现出更大的积极性。我们可以看到，反封建思想革命的义旗首先是由进步的小资产阶级知识分子举起的，其中有在外国进步思潮影响下的知识分子，有广大的青年学生，有在封建家庭受到严重束缚的青年男女。在争取个性解放的反封建思想斗争中，他们一直是主要的力量。应当说，中国产业资产阶级的这一典型特征，在中国新文学作品中表现得是不很充分的。巴金的"激流三部曲"，生动地描绘了封建大家庭内部封建与反封建的思想斗争；茅盾的《子夜》，重点反映了民族资产阶级与买办资产阶级的经济斗争。关于《子夜》的开端，朱自清先生曾经指出："书中以'父与子'的冲突开始，便是封建道德与资本主义的道德的冲突。但作者将吴荪甫的老太爷，写得那么不经事，一到上海，便让上海给气死了，未免干脆得不近情理。"①很显然，除了结构方面的考虑之外，作者主要是在象征意义上使用这一细节的。它标志着封建道德观念和封建势力在大上海的灭亡，资产阶级道德观念和资产阶级势力在大上海的胜利。但严格讲来，这在本质上是不真实的：其一，封建道德观念的实质不是厌恶丑恶，而是在虚伪的外表下掩盖住最可耻的丑行

---

① 朱自清：《子夜》，载《文学季刊》，1934(2)。

和最肮脏龌龊的心迹，吴老太爷那种"真诚的"态度并不能代表这一观念本身，鲁迅《肥皂》中的四铭一面下意识地想着用肥皂"咯支咯支的遍身洗一洗"孝女，一面大谈其维持风化，才是中国传统封建道德的本质表现。其二，思想观念和意识形态比经济制度具有更大的稳固性和灵活性，大上海资本主义经济的胜利绝决不能宣布封建道德观念影响的消失，它依然会寄存在封建地主阶级之外的人们身上而继续发挥自己的影响。这虽不能影响《子夜》整体的杰出意义，但它却客观上说明了，当时人们在重视描写中国产业资产阶级政治、经济上动摇性和软弱性的同时，却往往忽略它在道德观念上与封建地主阶级的历史联系，而这正是它思想软弱性和妥协性的典型表现。在这方面填补了中国新文学的空白的，是曹禺的《雷雨》。不论就其形象的鲜明性，还是就其思想含义的丰富性，周朴园都是新文学史上屈指可数的同类人物的一个突出代表，是有其不可代替的独立典型意义的。

当然，曹禺对周朴园这一典型形象的塑造，绝非从对中国社会历史发展的理性分析和逻辑判断中引申出来的，而是从具体的、真实的生活感受和现实经验中提炼出来的。他说："周朴园是由封建家庭（大地主）的子弟转化为成功的资本家的。"[①]更重要的是，曹禺以异常敏锐的感觉，在周朴园这类产业资本家的身上清晰地嗅出了一股浓郁的封建伦理道德观念的陈腐恶臭的气味。正像周恩来指出的那样："演《雷雨》，不熟悉封建社会的生活，演成资本主义社会的家庭，就不像了。"[②]之所以如此，是因为周朴园虽然在社会经济关系上已经成为资本家阶级的代表人物，但在家庭伦理关系上，他依然是一个典型的封建家长。通过这一典型形象，曹禺不但深刻揭示了中国产业资产阶级的一个非常重要的本质方面，而且以独特的方式表现了中国封建传统观念的顽固性，中国反

---

① 曹禺：《关于〈雷雨〉在苏联上演的通信——曹禺致阿·柯索夫》，载《戏剧报》，1958(9)。

② 周恩来：《在文艺工作座谈会和故事片创作会议上的讲话》，见《周恩来论文艺》，102 页，北京，人民文学出版社，1979。

封建思想革命斗争的长期性和复杂性。《雷雨》向我们表明：在中国有着两千余年思想统治历史的封建伦理道德观念，不但会由它的倡导者封建地主阶级不遗余力地维持着它的存在，而且在本质上属于与封建地主阶级对立的资产阶级的许多代表人物仍会在一个相当长的时期维持着它的统治地位，它还会寄存在其他阶级的人们身上继续生存并施展其无形的桎梏力量。

周朴园这一基本特征在剧本中是怎样显示出来的呢？我认为，曹禺当时对他的具体而又真实的强烈感受，首先决定了这个剧本的整体结构方式。

根据周朴园各方面的社会活动，《雷雨》主要存在着三条不同的情节线索，由此也产生了三种不同的主要结构方式。

第一，以周朴园和鲁侍萍的矛盾纠葛为主要情节线。这样，剧本就要从周朴园对鲁侍萍始乱终弃开始，在舞台上集中展开他对鲁侍萍母女两代人的摧残和蹂躏。这种结构方式突出表现的是作为一般剥削阶级代表人物的周朴园对被侮辱、被损害的"小人物"的践踏和压迫，是鲁侍萍一生命运的悲剧。在这种结构方式中，繁漪、大海两个人物最多只能以背景人物出现在舞台上，远不会得到现在这样的重要地位。

第二，以周朴园和鲁大海的阶级矛盾和阶级斗争为主要情节线。这样，剧本的主要结构方式就要从周朴园对工人的压榨剥削、工人阶级的痛苦生活写起，以鲁大海领导工人罢工及其最终失败为主要内容。这一情节线索展开的是作为资产阶级的代表人物周朴园对工人阶级的鲁大海等工人群众的剥削、压榨和镇压，是工人阶级的觉醒、反抗和斗争。全剧则是一出反映劳资斗争的社会剧。在这种结构方式中，繁漪、侍萍、四凤都将退居于更次要的地位。周萍的思想面貌也要发生很大的变化。

很显然，以上两种结构方式，都没有可能突出表现周朴园封建性的一面。那么，第三，也就是现有的结构方式的内在意义也就非常明确了，它有效地揭示了周朴园这个资本家在伦理道德观念上的封建性特征。对于作者采用血缘关系的密网联系剧中人物的方法，曾有很多人感到不很理解，认为它削弱了作品的思想性。岂不知正是因为作者采用了这种独特的处理方法，才把一般的社会矛盾（周朴园与鲁侍萍的矛盾）、资产阶级与工人阶级的矛盾（周朴园与鲁大海的矛盾）全部网罗进了以周朴园的家庭为主要阵地展开的封建伦理道德与反封建伦理道德的思想斗争中。而家庭正是中国传统封建道德影响最深刻、统治最严密的领域，是这种道德的藏污纳垢之地。不论作者当时是否意识到，一旦当他把自己的聚光镜集中到了这一点上，《雷雨》的主要矛盾冲突就确定不移了。其他的矛盾只能从属于这种矛盾、服从于这种矛盾，剧中的人物也要被放在这种中心矛盾中去塑造、衡量和评判。

二

假若脱离开《雷雨》的反封建伦理道德的中心矛盾冲突，脱离开周朴园这个反面艺术形象，繁漪简直是一个十恶不赦的无耻女人。她践行了世界上最令人作呕的丑恶罪行，与自己的儿子（虽然是名义上的）通奸；她厚颜无耻，死缠住周萍不放；她有着那些恶毒的女人所能有的最强烈的嫉妒心，为了保住自己的爱情而不惜千方百计支走自己的情敌——四凤，更不惜冒着倾盆大雨跟踪监视周萍，并且反关上窗户把周萍置于危险的境地；她是蔑视劳动人民的资本家太太、极端的个人主义者、庸俗的爱情至上主义者，是一个连自己的亲生儿子也不顾及的无情女人……总之，在她身上，体现着人类所能有的最恶劣的情欲。然而，却正是这个人物，深深地震撼了人们的心，她像一个魔鬼一样抓住读者和观众，猛烈地搅动你平静的心，用死力拽出你内心深处似乎不情愿交出的同情心。甚至连那些素以德性坚定而自满自足、见到繁漪这类女人会下意识地马上用手捂住眼睛的人，也会由于抑压不住的好奇心而从指缝间偷偷瞧她一眼。

这是为什么呢？

恩格斯在肯定了黑格尔所说的"恶是历史发展的动力借以表现出来的形式"这一命题之后，接着解释说："这里有双重的意思，一方面，每一种新的进步都必然表现为对某一神圣事物的亵渎，表现为对陈旧的、日渐衰亡的、但为习惯所崇奉的秩序的叛逆，另一方面，自从阶级对立产生以来，正是人的恶劣的情欲——贪欲和权势欲成了历史发展的杠杆，关于这方面，例如封建制度的和资产阶级的历史就是一个独一无二的持续不断的证明。"①恩格斯所说的这双重意义，对于蘩漪都是适用的。作者正是在全剧的中心冲突中，在她的行为与周朴园所施加的封建伦理秩序的威慑力量中，才使读者在她的"不正常"的行为中看到了带有必然性的正常的一面，看到了她值得怜悯和同情，乃至应当支持和引导的东西。在蘩漪身上，善恶因素是如此复杂地交织在一起，以致我们难以把它们截然分开。几乎她的每一个行动、每一句台词，都既非绝对的恶，又非绝对的善。我认为，这种善恶因素的复杂交织，就是蘩漪性格的第一个特征。

蘩漪善恶因素的复杂交织，是通过她的第二个主要特征即软弱性与执拗热烈的结合具体体现出来的。

按照曹禺后来的设想，蘩漪受的是旧式的家庭教育，也接受了"五四"以来的新思想的影响。② 但她为什么竟肯屈服于父母之命而嫁给自己并不爱的周朴园呢？是由于她的软弱。她为什么长期甘愿幽囚在令人窒息的周公馆里而不敢毅然冲破周朴园的禁锢，到广大的人世间寻求自己的爱之所在呢？也是由于她的软弱。蘩漪"有她的纤弱的一面。只要有周萍的爱，这'闷死人'的屋子也会使她留恋，她会安于虚伪和欺骗的不自然的关系里"。③ 可以说，蘩漪原来要求个性解放、争取自由的愿望并不是异常强烈的，假若她能在周朴园身上得到哪怕像易卜生的《玩

---

① 恩格斯：《路德维希·费尔巴哈与德国古典哲学的终结》，见《马克思恩格斯选集》第四卷，237 页，北京，人民出版社，1995。

② 参见《曹禺谈〈雷雨〉》，载《人民戏剧》，1979(3)。

③ 周扬：《论〈雷雨〉和〈日出〉》，载《光明》，1937(8)。

偶之家》中托伐·海尔茂对娜拉的那么一丁点儿情爱，尽管这种情爱实际是虚伪的、不平等的，甚或假若周朴园对她少施加些封建性的束缚和禁锢，恐怕她素性软弱的心灵中也不会迸发出如此强烈的愤怒火花。但是，中国封建的伦理道德对妇女的禁锢是如此严密，体现着这种道德的周朴园对她的精神压迫也便是不会有任何止境的了。她软弱到什么程度，它就会压迫到什么程度，甚至她要下楼来，也要受到谴责，她是否需要吃药，也要听从于周朴园的命令。这种压迫像一个用沉重的力按下来的活塞一样，总是要把原来稀薄疏散的空气压缩到最小体积的。在这时，软弱势必会转化为执拗，文静也势必转化为热烈。但是，当繁漪已经蓄足了反抗的力，再也难耐周公馆窒息人的气息的时候，她已经被密闭在了周公馆这个狭小的容器中了。在这里只有一个周萍，是她唯一可以托付爱情与命运的对象，她也便必然地践行了与自己名义上的儿子私通的"丑行"。而这种"丑行"，恰恰是封建伦理道德观念的压迫的沉重性造成的，是周朴园实行最严酷的封建统治的结果。假若说这是"丑恶"的话，这实际是封建伦理道德最易导致的"丑恶"，而对于繁漪，则是她向这种道德、向周朴园维护的封建秩序的第一次严重挑战，是具有进步意义的一种行动。

在这里，我们描述一下周朴园这个反面人物的第二个主要特征。在剧中，他体现着中国传统的伦理道德观念，同时也具备着这种道德的固有特性：虚伪性和残酷性。他表面道貌岸然，却隐瞒着自己所犯下的最可怕的罪行；他一副道德面孔，却实行着政治、经济和精神上的最惨无人道的统治。周朴园的这一性格特征和全剧的反对封建伦理道德的中心矛盾冲突，必然形成这样一种情势：在剧中，谁能不但在言词上而且在行动上彻底破坏周朴园维持着的"正常"封建伦理道德关系，谁能最坚决、最尖锐地公开抓破周朴园在伦理道德上的虚伪面皮，谁能无情地挞伐封建伦理道德的合理性和合法性，谁就会最强烈地吸引住读者和观众的注意力，谁也就会获得他们在感情上的呼应。在《雷雨》中，这个人物是谁呢？是繁漪！作者认为她是"最雷雨"的性格："她有火炽的热情，一颗强悍的心，她敢冲破一切的桎梏，做一次困兽的斗。"①表面看来，她在全剧中一直在追求的是爱情，但这种追求本身，就是对周朴园封建夫权的直接挑战，就是埋在周公馆下面的十万两无烟火药，就是对封建伦理道德的最果决的叛逆。在剧中，她第一个向读者、观众和周萍宣布并控诉了周公馆的罪恶，第一个公开声称自己不是周朴园的妻子，表示了对现行封建伦理关系的无视。在剧中，她是为封建伦理道德、为周朴园下的一副毒性剂。我认为，这就是为什么她能得到读者和观众的强烈关注的根本原因，也是作者成功地塑造了这一人物形象的根本原因。她带着她本阶级的许多局限性，她有着很多不可避免的弱点，但在她对封建伦理道德所做的大胆叛逆面前，在她于剧本中心矛盾中所起的巨大作用面前，这些都退居到了次要的地位。

关于周萍，作者说："他的行为不会获得一般观众的同情的，而性格又是很复杂的……演他的人要设法替他找同情。"②这是为什么呢？我认为，他在剧中是一个犹疑徘徊在繁漪与周朴园这对立的两极之间的中介线上的人，他再向前跨出的一步，哪怕是极其微小的一步，都会使他成为周朴园思想领地的人。他自始至终被各种矛盾关系牵制着，他犹豫、迟疑，随时准备跨出这关键的一步，他已经抬起腿来，把腿伸了过去，但临终又缩回来，停在了中介线的这一侧。因为他处于中介线上，所以他不易获得人们的同情。因为他被各种矛盾关系所牵掣，所以他性格中充满了矛盾，是复杂的，但他到底没有跨过这关键性的一步，所以演他的人还要"设法替他找同情"。他的第一个也是最基本的一个性格特征便是这种复杂的矛盾性和向对立面过渡的趋向性。由此派生的第二个主要特征便是软弱性和动摇性。假若说繁漪的软弱属于过去，那么他的软弱代表现在；假若说繁漪现在的软弱主要属于她的阶级，那么他的软弱既属于他的阶级也属于他的个人；假若说繁漪的软弱里包着一个岩样

① 曹禺：《〈雷雨〉序》，见《雷雨》，上海，文化生活出版社，1936。
② 曹禺：《〈雷雨〉序》，见《雷雨》，上海，文化生活出版社，1936。

的硬核，那么他的软弱简直只是一摊烂泥，一把抓去，连点扎手的东西也没有，只是到了剧终，人们才感到里面多少有一点类似胶状物的东西。而对他的理解，关键又在于如何看待他与繁漪和四凤的爱情纠葛。

很多同志都倾向于笼统地否定周萍和繁漪及其和四凤的爱情关系，很可能作者现在也改持了这种观点。我认为这将导致对全剧理解的紊乱。在原剧中，作者异常明确地告诉我们，周萍对繁漪的爱伴随着的是对封建伦理道德观念的反抗，是对周朴园的憎恨；而对繁漪的离弃，伴随着的则是对封建伦理道德的妥协和对周朴园的屈服。

繁：你忘记了在这屋子里，半夜，你说的话么？你说你恨你的父亲，你说过，你愿他死，就是犯了灭伦的罪也干。

萍：你忘了，那是我年轻，我一时冲动，说出来这样糊涂的话。

…………

萍：你没有权利说这种话，你是冲弟弟的母亲。

繁：我不是！我不是！自从我把我的性命，名誉，交给你，我什么都不顾了。我不是他的母亲，不是，不是，我也不是周朴园的妻子。

萍：（冷冷地）如果你以为你不是父亲的妻子，我自己还承认我是我父亲的儿子。

繁：（不曾想到他会说这一句话，呆了一下）哦，你是你父亲的儿子。——这些日子，你特别不来看我，是怕你的父亲？

萍：也可以说是怕他，才这样的吧。

繁：你这一次到矿上去，也是学着你父亲的英雄的榜样，把一个真正明白你，爱你的人丢开不管么？

萍：这样解释也未尝不可。

繁：（冷冷地）这么说，你到底是你父亲的儿子。（笑）父亲的儿子！（忽然冷静地）哼，都是些没有用，胆小怕事，不值得人为他牺牲的东西！我恨我早没有知道你！①

这段台词很清晰地使我们看到，周萍和繁漪的结合，绝不仅仅是一种性关系的结合，也不仅仅是纯爱情的结合，同时还是一种思想的结合。当初的周萍，不是现在这种犹疑动摇的周萍，他曾无视于周公馆的封建伦理关系，无视周朴园的封建家长制的威严，所以当现在他声称自己是"父亲的儿子"的时候，连繁漪也是没有料到的。周萍对繁漪的离弃，我们可以为之找到种种借口，如年龄的差距、四凤的吸引、感情的易变等，但其根本原因却是他有慑于社会的强大封建力量，受到这种思想的严重浸染，失去了抗争的勇气，开始向周朴园及其代表的封建秩序投降了。后来，他还曾对鲁大海说："那时我太糊涂，以后我越过越怕，越恨，越厌恶。我恨这种不自然的关系，你懂吗？我要离开她……"②他分明是由于怕，由于"恨这种不自然的关系"，才抛弃了对繁漪的爱，他离开了繁漪，向周朴园的一侧走去。

但是，他的退却暂时还不表现为变成周朴园式的封建秩序和封建道德的自觉维护者，他只是不再想亲自与它对立并破坏它。而对四凤的爱情，就是企图在繁漪和周朴园之间找一个中立点或曰避风港憩息下来。对一个"下等人"女儿的爱，也是与封建的联姻制有所抵牾的，但到底没有直接破坏封建人伦关系那样的尖锐性质。我们也不能否认他对四凤爱情的诚心，否则我们便无法理解他最后的自杀。可牵动人心弦的是他的出走。他的软弱、他的向周朴园的屈服，使他不敢公开争取自己与四凤的爱情结合，而现在的出走，则随时使人感到四凤有重蹈鲁侍萍覆辙的可能。四凤要求把她带走，他怎么敢呢？他抬起腿来，时刻有迈出这关键性一步的可能，迈出这一步，我们便会在台上看到第二个周朴园。但由于情势的变化，他终于收回了自己的腿，并准备带走四凤，而这时，

① 《雷雨》第二幕。引自1954年人民文学出版社版《曹禺剧本选》，该版本除一些文字的变动，基本保留了原来的思想面貌，以下对剧本的引文皆依这个版本。
② 《雷雨》第四幕。

他也就走到了自己生命的尽头。

　　周萍是站在中介线上的人物，所以对我们分析评判《雷雨》及其人物的标准十分敏感。在对《雷雨》的分析中，我们离不开两个标准：其一，政治立场的标准；其二，阶级的伦理道德的标准。依照第一种标准，周朴园是资产阶级，剧中也就仅存在着资产阶级和工人阶级的两种立场，不但周萍将被划入反动派的一边，蘩漪也不能予以肯定。依照第二种标准，则剧中出现了三种意识形态，一是周朴园为代表的封建伦理道德，二是以蘩漪为代表的资产阶级个性解放者的伦理道德，三是以鲁大海、鲁侍萍为代表的劳动群众的伦理道德。我认为，在《雷雨》这样一个以反封建思想为中心矛盾冲突的剧本中，应当以阶级的伦理道德标准为基本的标准，也就是说，只有属于封建伦理道德的自觉维护者的周朴园才完全属于反面的典型形象，而第二、第三类人物都不应当予以简单的否定，当然，在第二、第三类人物的评价中，我们还要参照政治立场的标准，但作为人物在剧中可能起到的作用（并非对人物的具体评价）仍然要取决于其在反封建思想斗争中的立场和地位。所以，这个基本标准是贯穿始终的。模糊了这个基本标准，我们在评价剧中人物时就将陷入混乱，而周萍则将是我们笔下的第一个牺牲品。很显然，曹禺在创作《雷雨》的当时，激动着他的心的也主要是封建伦理道德对人们的桎梏作用和扼杀作用，这就是吃药的场面会首先浮现在他脑际的主要原因。我认为，正是曹禺这种观照现实的审美态度，使他在与周朴园所体现的封建伦理道德观念的关系变化中塑造和把握周萍这个人物，具体地描绘他、表现他，把他塑造成了一个虽然复杂而仍然有血有肉的鲜明人物形象。这个人物充分体现了那些剥削阶级家庭出身的青年，在反封建思想斗争中的软弱性，显示了他们时刻有向封建思想投降的发展趋向性。

　　鲁侍萍是一个被侮辱与被损害的劳动妇女形象。她的存在，对封建制度的残酷性是一个证明，对封建伦理道德的虚伪性是一个揭露，对周公馆的正常封建秩序是一个威胁，对周朴园是一个严峻的抗议。整个剧中的暴风雨，有赖于她的出现而酝酿成熟；整个剧本的悲剧结局，有赖于她的出现而得以完成。周朴园一得知面前站的是她，便立即露出了惶恐的神色，为了使她永不返回周公馆，他不惜做出任何牺牲。这就是这个人物在剧中主要矛盾冲突中起到的主要作用。但这种作用，是鲁侍萍一生命运的客观事实本身蕴蓄的，而不是她主观追求的目的。鲁侍萍这个人物，在舞台的现实斗争中并没有与周朴园体现的封建伦理道德观念进行有目的的斗争。她恨周朴园，但仍夹杂着淡淡的留恋；她抗议自己不幸的命运，但也流露着宿命论的观念。更重要的是，她并没有意识到封建制度和封建伦理道德是她一生悲惨命运的根本原因。甚至在得知四凤和周萍的爱情关系之后，她还认为是自己的过错。

> 鲁：（低声）啊，天知道谁犯了罪，谁造的这种孽！——他们都是可怜的孩子，不知道自己做的是什么。天哪，如果要罚，也罚在我一个人身上；我一个人有罪，我先走错了一步。①

也正是由于她无法了解自己命运的根本原因，所以她不敢主动揭破自己与周朴园、自己与周萍、周萍与四凤的关系，而这也就影响了她对封建制度、封建道德及其体现者周朴园揭露力量的发挥。这也是周朴园希望她做到的。她之后来嫁给鲁贵，也反映了她对命运的忍从，在与鲁贵相处的家庭关系的描写中，她也表现出了委曲求全的软弱性的一面。所以，她虽然较之繁漪在这种斗争中处于更加有利的地位，但并没有表现出反封建思想的更炽热的感情和更猛烈的冲击力量。作者通过对她的真实描绘，一方面同情地描写了她一生的悲剧命运；另一方面也表现了她的命运观念等思想弱点，概括了那些尚未觉悟的劳动群众的特点。

　　四凤表面上没有卷入与周朴园的直接斗争，但她的存在却在两个方面关涉这种斗争：其一，她的真挚、纯真的爱情追求，有她没有阶级觉悟的一面，但这种爱情追求本身，与封建主义的禁欲主义和封建联姻制

---

① 《雷雨》第四幕。

则是不相调和的；其二，她的悲剧结局是封建伦理道德吃人的又一证明。

关于周萍和四凤的悲剧结局，我们有时还被一些表面现象所迷惑。例如，有的同志说："作者在这个社会悲剧中加上了许多性爱和血缘的纠结，给人的印象是，要解开这个结几乎是不可能的。蘩漪和周萍的不正常关系，周萍和四凤的血缘关系，都尖锐到只有用主人公的毁灭才能得到解决的地步。好像只因为周萍和四凤是同母兄妹，他们才会得到悲剧的结局，这就不仅掩盖了它的社会性质，而且正如思基同志所说，'周萍自杀的结局对观众没有教育意义，损害了作品的思想性和艺术性。'"①实际上，不是剧中的血缘关系掩盖了这个悲剧的社会意义，而是人们没有看到这种血缘关系形成的社会原因。任何成功的近亲恋爱的悲剧都是特定社会的反映。在古希腊，这类悲剧是家庭制形成初期原始杂婚制残余的产物；在资本主义社会，这类悲剧是资产阶级荒淫无耻行为的结果。同样，在《雷雨》中，四凤和周萍的恋爱悲剧是周朴园对鲁侍萍始乱终弃的罪恶行为造成的，是封建联姻制的产物。不消灭封建联姻制，不消灭周朴园这类的罪恶行径，这个"结"确实是解不开的，作者硬要给它解开，就等于原宥了周朴园，原宥了封建制；消灭了产生它的社会根源，这个"结"也就系不上，也就不存在解不解的问题。在这里，周萍和四凤的个人，几乎是没有任何主动权的。

周冲没有直接卷入剧中的主要矛盾冲突中，他也没有这种能力。不论对周朴园，还是对蘩漪、周萍和四凤，他都没有发生实际的推动力。他只以自己的美丽的幻想与周朴园代表的丑恶社会和丑恶思想对立着。他的死亡象征着不切实际的幻想在铁的现实打击下的必然破灭。

以上所说的一群，是自觉不自觉与封建思想对立过或对立着的一群。其中有两个营垒：其一，以蘩漪为代表的资产阶级个性解放的一翼。他们的目标是狭小的，但行动是自觉的；他们的本质是软弱的，但

---

① 刘正强：《曹禺的世界观和创作》，载《处女地》，1958(6)。

挣扎是猛烈的；在政治立场上，他们不属于先进阶级，但在思想斗争中，他们在剧中的特定情况下是进步的、正义的。其二，以鲁侍萍为代表的被侮辱与被损害的劳动群众的一翼。他们受到的实际残害是沉重的，但对封建思想的本质认识缺乏自觉性；他们自身蕴蓄的实际力量是巨大的，但在思想斗争中还没有得到充分的发挥。周萍就其过去属于前者；四凤部分地属于前者（对爱情的真诚追求），部分地属于后者（在经济地位和思想觉悟上）；周冲不属于任何一翼，但又可属于任何一翼，因为社会实践还没有在他身上打下比较明确的阶级烙印。由该剧反封建思想斗争的基本性质所决定，前一翼在剧中居于更显要的地位。但所有这一群都因其各自不同的弱点而带有软弱性的共同特征，由此决定了全剧的悲剧结局。

表面上，鲁贵与全剧的思想斗争毫无关联，他没有介入全剧的中心矛盾冲突。但他的不介入正是介入的一种特殊方式。在迄今为止所有以阶级对立为特征的社会中，都会从社会不同阶级的身上"排泄"出一些社会的渣滓。他们没有操守，不相信任何道德准则；他们会当面恭奉任何强权者，但背后又会诅咒他们；他们专门注视着社会的丑恶，但并不是为着消灭它们，而是借以为自己的卑劣行为辩护；他们没有任何社会理想，一生只追逐着蝇头小利，并为此不惜出卖任何人，包括自己的妻子儿女；他们欺软怕硬，厚颜无耻，卑琐庸俗，保守腐朽……鲁贵就是这常被称为"小市民"阶层的一个。严格讲来，他不属于任何阶级，他也并不自觉地维护任何阶级的利益，但又以其自己的卑劣和庸俗而成为所有邪恶势力的社会支柱。就其社会效能而言，他在剧中对周朴园是一个无形的支持。有的同志认为，他"本质上是好的"，"是一个应该同情的人物"①。这是不对的。他理应受到作者的鄙夷。

上述所有的人物，不论在剧中的地位和作用如何，不论其思想和性格有多大差异，但有一点是共同的，即我们对他们的感情态度和理性要

---

① 吴仞之：《写在〈雷雨〉演出之前》，载《解放日报》，1959-08-19。

求之间没有多么大的差距，我们再也不感到他们缺乏太多的东西。但对于鲁大海这个人物，解放后有很多同志感到不满足：全剧中唯——个工人阶级的人物，难道应当是这样的吗？他应当高大得多！1951年开明版的《曹禺选集》中，作者在鲁大海的台词中加入了很多政治术语，力图使鲁大海的形象高大起来，结果却是适得其反，既失去了历史的真实，也严重破坏了这个人物形象的鲜明性和完整性。其内在原因何在呢？我认为，作者本人对鲁大海这个人物的真实社会内涵还没有更自觉、更明确的认识，一些读者、观众乃至评论家对鲁大海提出的一些理性要求，也是违背这个人物所应具有的社会典型意义的。

我认为，鲁大海性格的核心恰恰在于他的不可避免的矛盾性，他是政治立场的鲜明性和思想斗争立场的不明确性的矛盾统一体。他的真实生命在此，他的社会典型意义也在此。在《雷雨》所设置的斗争环境和中心矛盾冲突中，鲁大海这类的工人暂时还不可能以叱咤风云的英雄人物的面目出现，这是由鲁大海自身的条件决定了的，也是由中国历史客观发展规律及其特点规定了的。

在中国现代史上，中国工人阶级遇到了较之西欧工人阶级更加复杂的历史情况，尤其是在社会伦理道德观念斗争的领域里。当西欧工人阶级登上社会政治历史舞台时，西欧资产阶级已经基本为它扫清了封建主义思想的垃圾，它所面临的是单一的批判资产阶级思想的任务。在漫长的资本主义历史发展中，西欧工人阶级不但在力量上壮大了，而且受到了长期资产阶级思想的启蒙教育，接受了一切可以接受的资产阶级反封建主义的思想成果，提高了政治、思想和文化的修养。也就是说，在社会伦理观念的斗争中，西欧工人阶级面临的任务是单一的，且自身的素养是充足的。但中国工人阶级所面临的思想斗争任务要复杂得多，而自身的素养则薄弱得多。在思想影响上，中国两千多年的封建统治者一直遵循着儒家"以道德治国"的路线，用一整套严密的封建伦理道德观念禁锢人心，在整个社会上有着根深蒂固的影响。中国没有发生过彻底的资产阶级政治革命，更没有广泛持久的资产阶级思想启蒙运动，中国工人阶级一开始便面临着与封建主义意识形态和资产阶级意识形态的双重矛盾。作为政治经济上中国工人阶级直接对立面的资产阶级，不但在有形的政治斗争中具有双重性的特征，对这一特征我们是经历了一系列痛苦历程才较为明确地认识到的，而且在思想斗争中其也具有其双重性，这个无形领域里的特征不但处于自发阶段的中国工人阶级很难敏锐地把握住，而且在政治上进入自觉阶段以后也要有一个由不认识到认识、由不自觉到自觉的漫长而又痛苦的认识过程。与此同时，中国工人阶级刚刚从受封建思想桎梏较浓厚的农民阶级中脱胎出来，他们虽然在政治经济上备受压迫而具有强烈的政治革命要求，但在思想斗争的领域里，其准备条件是较为薄弱的。在这里，不但需要热情，需要勇气，需要牺牲精神，同时还需要理论修养、历史知识和对中国两千多年封建传统的明敏认识。曹禺就是不自觉地把自发斗争的工人鲁大海领到这样一个复杂的领域中的。

假若我们不是从主观愿望，而是从具体的人物形象出发，我们便可清晰地看到，鲁大海身上也正体现着中国工人阶级素有的优点和弱点的两个方面。他在周朴园的矿上受到残酷的剥削和压榨，领导工人罢工，斗争是坚决的，阶级立场是明朗的。但是，当他一介入周公馆内进行的这场个性解放的思想斗争，他的弱点的一面暴露出来了。作为一个象征意义的细节，我们可以举出他的那把手枪。很显然，作者为了暗示他即将走上武装斗争的道路，设置了这把手枪，但它在整个的舞台上，却并没有起到任何实际作用，只是吓唬了一下鲁贵。因为在《雷雨》所展开的这场斗争中，手枪是无用武之地的。相反，鲁大海一侧身于这场斗争，他与任何人，甚至与自己的母亲、妹妹都是隔膜的。这种隔膜，一方面由于他不熟悉这种环境，但更重要的，反映了他缺乏对各种思想表现的分辨能力，而且他自己身上也还潜藏着许多属于封建思想性质的因素。他对蘩漪、周萍的态度，原因还可说是复杂的，我们难以硬性进行分析，可对周冲的简单拒斥态度，却分明留有封建血统论的思想观念。像周冲这样一个不更事的孩子，即使没有公开表示对罢工工人的同情，也是不应与成人一样对待的，阶级的烙印还不可能鲜明地打在他的身上。鲁大海之所以对他表现出简单粗暴的态度，主要是因为他是周朴园家的人，是资本家的"少爷"。这绝不能认为是无产阶级的阶级观点，而实质是封建血统论，扩大起来，便会成为"地主资本家狗崽子"理论。四凤在爱上周萍之后，心里不但暗暗怕着母亲，也暗暗怕着哥哥，这反射出他们二人都有决定她爱情选择的权力，也反映着他们平时的态度。在原来的剧本中，鲁大海曾对周萍说，他看周朴园还顺眼些，一看到周萍就生气，我觉得，这是颇能说明些问题的……总之，虽然作者并没有自觉地表现他的这一思想侧面，但从人物的自身活动中，从其真实描写上，仍然可以看到他受封建伦理观念影响的蛛丝马迹。由于这些原因，鲁大海在《雷雨》的舞台上是无法以英雄人物的面目出现的，硬要他以这种面目出现，就要损害这一人物形象，违背历史的和细节的真实。《雷雨》对鲁大海这一人物的塑造又一次充分证明：只有真实地反映现实，刻画作者所眼见的真实人物形象，才会具有一定的社会典型意义，尽管这种典型意义是作者当时也可能没有意识到的。假若说鲁大海这个形象还不很充实、丰满的话，绝不因为曹禺没有加给他更高大的英雄面貌，而在于他还没有更深入地把握住这一真实形象的客观内在含义，所以在描写时不够自觉和明确。

三

最后，我们再回到周朴园这个人物身上。

上面我们谈到了他的前两个重要特征：政治经济关系中的资本家和伦理道德关系中的封建家长的怪诞结合；虚伪性和残酷性的结合。现在我们补叙他的另两个重要特征：强固性与虚弱性的结合；鲜明的阶级性与内心复杂性的结合。

在剧中，谁是最强固有力的人物呢？是周朴园。不但周萍、周冲、四凤、鲁贵有慑于他的威力，即使繁漪也不得不常常屈服于他的压力，只是在最后，她才更无顾忌地对他的威严显示出公然的反叛。在全剧的结局，周萍、周冲、四凤被严酷的现实和不可解的思想矛盾碾碎了年轻的生命，在初发表时的"序幕"和"尾声"中，繁漪、鲁侍萍患了神经病，鲁大海不知去向，只有周朴园尚健在人世。这实际都说明了封建势力及其伦理道德在当时社会中的强固性。在这种势力面前，以繁漪为代表的软弱的资产阶级个性解放势力，都难免被撞得粉碎，而走向悲剧的结局。

但是，周朴园的强固有力是相对的、暂时的，而不是绝对的、永久的。他还有其虚弱性的一面。他怀念鲁侍萍，因素是复杂的，但其中一个重要的方面是他已深深感到了自己的孤独、寂寞，这是他内心极度虚弱的表现。在雷雨之夜与周冲的一段对话，更充分地显示了他内心的空虚和软弱。虽然他暂时维持着自己在周公馆的家长制统治地位，但在周围人对他的无言的沉默中，他感受到了日益强烈的心的反抗，鲁侍萍的出现，更加深了他的危机感。我认为，正是在周朴园的这种内心虚弱感的真实表现里，在繁漪等人的无望的挣扎反抗中，在鲁大海等工人的罢工斗争的存在中，潜行着《雷雨》的一股昂扬的乐观主义情调。它使我们感到，虽然当时封建思想势力暂时还相当强大，但已是一种渐趋没落腐朽的思想，必将逐渐衰亡下去。

读者和观众都能清楚地看到，周朴园的阶级性特征是异常鲜明的，但他又绝不是这种阶级特征的具象化。作者对这个人物塑造的独特之处，在于他在周朴园的现在的表现里，糅进了他一生经历的全部可能存留的因素，从而显示着他的全部复杂性。

要认识周朴园的复杂性，我们必须正确看待他以往的经历和现在的表现。

绝大多数评论家都否认周朴园昔日对鲁侍萍爱情的合理性。我认为欠妥。人的阶级性，不是一生下来就具有的，而是在阶级的实践中逐渐产生和加固的。周朴园出身于封建家庭，但又在外国留过学，也曾接受过一些外国思潮的影响。他在斥责周冲时说："你知道社会是什么？你读过几本关于社会经济的书？我记得我在德国念书的时候，对于这方面，我自命比你这种半瓶醋的社会思想要彻底的多！"①说明他当时还不是封建阶级的孝子。他对鲁侍萍的爱，和现在周萍对四凤的爱一样，完全可能是真诚的。这种爱本身不应受到谴责，因为它既有导致现在这种后果的可能性，也有可能导致他背叛本阶级的可能性，这在现实中与文学作品中都是有先例的。但他不敢于向封建家长公然争取自己的爱的权利，在阶级与爱情的最后抉择中，他回到了本阶级的立场上，依照封建联姻制结了婚，并为个人的阶级利益迫使鲁侍萍投水自尽。这时，只有这时，他过去的真诚的爱才导致了罪恶的后果。此后的阶级实践加固了他的阶级性特征，但过去的经历也不可能消失得无影无踪，而是以浸透着阶级性的转化形态保留在现在的思想感情中。当已不存在阶级与爱情的对立的抉择时，在这日暮之年的孤独寂寞中，尤其是当他再也没有得到过鲁侍萍曾给予他的爱情和温暖的情况下，他也就自然地产生对鲁侍萍的怀念。在这怀念里，有他自身的虚弱感觉，有他对自己所犯罪行的本能的恐惧，有自欺欺人的赎罪心理，有他对昔日幸福的留恋。因为这时的怀念已没有与他的阶级利益的直接对立性质，所以这种怀念也就与他的阶级性并不矛盾。当真的鲁侍萍又出现在他面前时，他再一次面临着阶级与爱情的对立抉择，他也就很自然地表现出了自己的阶级立场，这也就把他平时的一切怀念之情的虚伪性和欺骗性全部暴露出来，虽然这是他自己在过去也未曾意识到的。周朴园就是这么一个鲜明地体现着阶级性的人，同时又是一个这么复杂的人。他的阶级性没有影响他的复杂性，他的复杂性也没有消去他的阶级性。作者在他一生的经历中把握他的现在，在他的全部复杂性中把握他的阶级性，从而使他成为一个成功的反面人物形象。

总之，我认为《雷雨》的杰出典型意义在于，它是稍后于《呐喊》《彷

---

① 《雷雨》第一幕。

徨》的一个历史时期中国城市中进行的反封建伦理道德观念的思想斗争的一面镜子。封建思想依附在其他阶级的剥削者身上继续施展自己窒息人心的社会职能，它的暂时强大，它的日渐虚弱；觉醒的青年男女的挣扎反抗，他们的个性要求，他们的暂时弱小，他们的执着或动摇；劳动群众被"吃"的悲剧，他们的痛苦，他们的怨恨，他们身上的无形思想枷锁；工人阶级政治上的反抗，他们对中国思想斗争的暂时隔膜和不理解……这一切，在《雷雨》中都或多或少、或直接或间接、或自觉或不自觉地被反映了出来。

（原载《文学评论丛刊》，1985 年第 2 期，略有删减）

现代文学研究展望

　　预言未来是危险的，尤其是预言最近的将来。遥远的未来无可对证，最近的将来则是可以对证的，而任何一个偶然因素的加入，都会改变整个历史的进程。但是，任何预言的目的都不在预言本身，它是一种现实的操作方式。如果意识到这一点，我才敢把我平时想到的几个问题在这个题目下说一说。

　　我觉得，首先应当注意的，是现代文学正在由现实的文学转化为历史的文学，现代文学研究也正在由现实的文学研究转为历史的文学研究。原来，我们的文学河道里有两大板块，一是古典文学，二是现当代文学，这两大板块的运动是无法取得一致的，就像漂浮在水面的两块冰，同一种力量可能使它们向不同的方向漂浮，不同的力量则可能使彼此靠拢。现在现当代文学脚下的这块大冰开始断裂，我们站在现代文学这半部分冰块的人渐渐被留在了历史上，与古典文学研究开始有了更多的一致特征（虽然仍有很大差异）。这种向历史的文学研究的漂移，一方面加强着它的雅化特征，主要是收缩到学院派学者的学术研究的圈子里；另一方面则是社会影响力的减弱，它已很少可能成为文学研究的热点。这种热点将更多地出现在当代文学和文学理论上。

在现代文学研究内部，启蒙主义思潮将无可挽回地低落下去，这个阵线在分化，它将向几个方向发展，并与新发展起来的文学研究势力集结而形成新的现代文学研究格局。在中青年现代文学研究者中得到发展的将首先是先锋派的现代文学研究，他们将把英美学院派中的文学研究方式更多地用于中国现代文学研究，把中国现代文学当作一种被解剖的对象，从而丰富人们对它的纯理性的认识。它与现在的启蒙主义研究的根本不同特征是，启蒙主义用自己的倾向性建构现代文学的整体构架，先锋派则用某种文学特征（如叙事角度等）建构它的框架。在中老年的现代文学研究者中得到发展的将首先是学术派的现代文学研究。这一派将把中国现代文学研究学问化，把更多的历史资料纳入人们容易接受的理论观点中加以整理、研究和描述，从而改变启蒙主义文学研究将一种倾向片面突出的弱点，但在思想理论的开拓上将变得潜隐化或钝化。在老、中、青三代人中都会不自觉地重新聚拢起一个现代文学研究中的社会派，他们将在当代社会生活的感受中寻找现代文学研究的角度。他们与启蒙主义派的根本不同特征是，启蒙主义者自觉地把自己的思想同社会政治区分开来，这一派将会重新把社会政治包括在自己的社会历史学的视野中，并给它以更高的历史位置。当然，在中年向老年转化的一代中还会有启蒙主义文学研究的残留现象，但它将像孤雁的哀鸣，不会再有新时期十年时的召唤力量。

以上几派在现代文学研究中将会向不同方向发展。先锋派文学研究将给文学作品或文学现象带来过细的分析，并发掘出更多创作意图背后的意蕴；学术派将向完备的史的叙述发展，在作家研究、社团流派研究、文学现象研究等方面都会以丰富的资料及其对这些资料的整理分析使之更丰满化；社会派将会再一次注重 20 世纪三四十年代的左翼文艺思潮和现实主义文学作品的分析与研究。就整体来说，研究的重心将由 20 年代转移到三四十年代。就希望而言，我希望先锋派研究在注意小说研究的同时，注意对现代为数并不太多的优秀诗歌作品运用"新批评"

的操作方式进行更深入的研究；学术派应对三四十年代大量散佚的作品进行搜集、整理和宏观的分析，而在历史的描述上更应注重中国古典文学与中国现代文学的联系与区别的研究；社会派应当对中国现代文学与社会政治的实际关系做出更合乎国情的历史说明和理论分析，并把现代文学的发展同中国社会的发展更有机地结合起来，从而加强现代文学研究同当代文学研究的联系。

如果我们再回到中国现代文学研究的历史化发展趋势中来看待中国现代文学研究，就应当意识到我们从事中国现代文学研究的人已开始与现实社会的文学需求走向了不同的方向。就现实社会而言，对中国现代文学的需求在逐渐降低，读者有更多的当代文学作品满足着他们的阅读需要。他们需要阅读的将只剩下少量的现代优秀作家的优秀作品，甚至像庐隐的小说、田间的诗歌、田汉的戏剧这类在我们现代文学研究者看来很重要的作家和作品，大多数的读者也不再会主动去阅读，除非为了了解现代文学史而作为一种知识来掌握。但在我们的现代文学研究界，各个派别要想取得自己的独立研究成果都必须向更广更细的方向发展。学术化与现实性的矛盾加强了，这将对现代文学研究者的世界观和人生观产生巨大的影响。我们将被放在社会的吊篮里越来越高地挂起来，成为学者、教授、名人，而组成现实社会的则是另外一些人。他们还得为自己现实的追求去做各种形式的斗争，身上沾满泥浆。

（原载《天津社会科学》，1994 年第 2 期，略有删减）

丛书后记

这套"王富仁论文精粹"是由北京师范大学出版社提议，刘勇、李春雨、宫立、张悦组成编选小组，合力完成的。一年多来，我们对王富仁先生的学术论著进行了精心的选编，最后形成了这样两卷本的册子。

在这里要特别感谢北京师范大学出版社，能够推出这样一套论文精粹集。这既体现了他们的学术眼光，又蕴含着深厚的人文情感。要感谢各位编辑细致的工作，特别是在整个论文集的编撰过程中，周劲含编辑为我们提供了大力的支持，为论文集的出版付出了辛劳。另外，还要感谢胡金媛、陶梦真、汤晶、解楚冰、乔宇、陈蓉玥、庄敏等各位博士、硕士研究生，他们在文字校对等方面做了大量辛苦细致的工作。

我们在此次的编撰过程中，深切地感受到学术精品的价值与魅力，王富仁先生作为一个思想型的学者，他的影响和价值会在很长的时间内不断显现出来。我们在王富仁先生去世六周年之际推出这套论文精粹集，也算是对王富仁先生的敬意与怀念吧！

编　者